Christelle Dabos

La Passe-miroir, Livre III

La mémoire de Babel

Gallimard Jeunesse

Christelle Dabos est née en 1980 sur la Côte d'Azur. Installée en Belgique, elle se destine à être bibliothécaire quand la maladie survient. L'écriture devient alors une évasion hors de la machinerie médicale, puis une lente reconstruction et enfin une seconde nature. Elle bénéficie pendant ce temps de l'émulation de Plume d'Argent, une communauté d'auteurs sur Internet. C'est grâce à leurs encouragements qu'elle décide de relever son tout premier défi littéraire : s'inscrire au concours du Premier roman jeunesse (2013), organisé par Gallimard Jeunesse, *Télérama* et RTL. Elle en devient la grande lauréate grâce à *La Passe-miroir, Livre I : Les fiancés de l'hiver*. Depuis ont paru le *Livre II : Les disparus du Clairdelune*, le *Livre III : La mémoire de Babel* et le *Livre IV : La tempête des échos*.

Souvenirs du Livre II

Les disparus du Clairdelune

À la suite d'un malentendu, Ophélie est nommée vice-conteuse à la cour de Farouk, l'esprit de famille du Pôle. Elle plonge dans l'envers du décor à la Citacielle et entrevoit la corruption des âmes sous les illusions dorées. D'inquiétantes disparitions au sein des nobles l'amènent bientôt à enquêter – en tant que *liseuse* cette fois – sur un maître chanteur qui prétend agir pour le compte de « Dieu ». Ophélie en devient la cible quand Farouk compte sur son pouvoir pour percer le secret de son Livre, un manuscrit codé dont chaque esprit de famille possède un exemplaire, dernier vestige d'une enfance oubliée. Une lecture dont finira par dépendre la vie de Thorn, condamné à la peine capitale.

Ce qu'Ophélie découvrira dépasse de loin ce qu'elle avait imaginé. Dieu existe bel et bien. Il est le créateur des esprits de famille, le parent de toutes leurs descendances, le maître des destinées familiales, le censeur des mémoires collectives !

Et surtout, il peut prendre les traits et le pouvoir de tous ceux dont il croise la route. Cela, Ophélie et Thorn l'apprendront à leurs dépens quand Dieu leur rendra visite en prison. Il leur prédit alors que le pire est à venir : l'Autre est bien plus redoutable que lui… et c'est Ophélie qui l'a libéré sans le savoir lors de son tout premier passage de miroir.

Thorn, qui est devenu lui-même passe-miroir grâce à son mariage, se sert de son nouveau pouvoir pour disparaître dans la nature.

Contrainte de quitter le Pôle et de regagner Anima, Ophélie reste seule avec toutes ses questions. Qui est l'Autre ? Est-ce bel et bien lui qui a provoqué la Déchirure ? Pourquoi projette-t-il de déclencher l'effondrement des arches ? Et est-elle vraiment destinée à mener Dieu jusqu'à l'Autre ?

Mais une question reste la plus obsédante de toutes.

Où est Thorn ?

La carte des Roses des Vents et leurs destinations

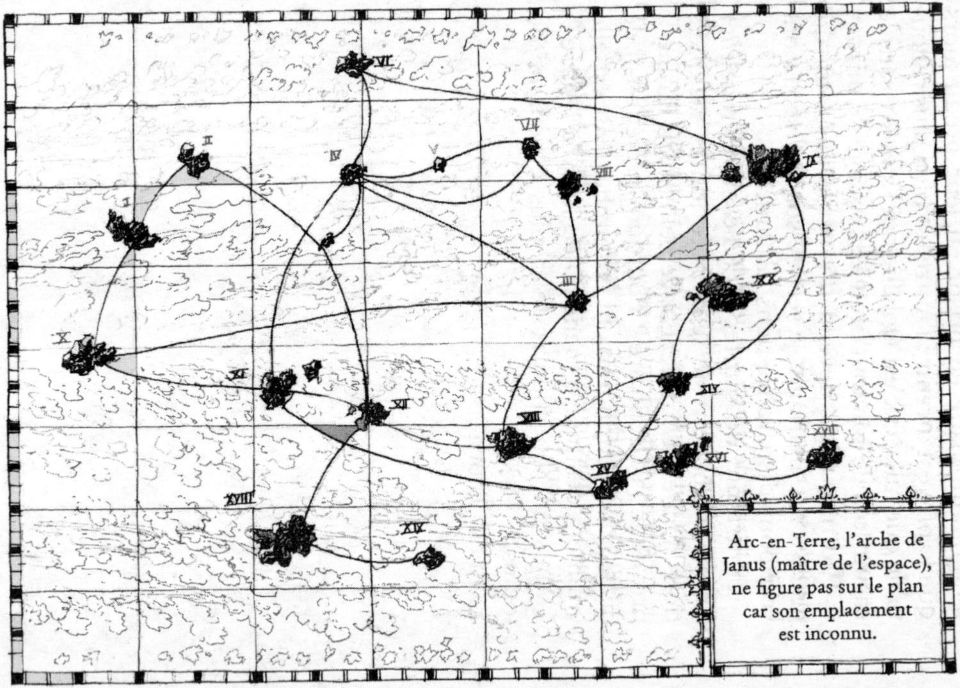

I. Anima, l'arche d'Artémis (maîtresse des objets)
II. Le Pôle, l'arche de Farouk (maître des esprits)
III. Totem, l'arche de Vénus (maîtresse des animaux)
IV. Cyclope, l'arche d'Ouranos (maître du magnétisme)
V. Flore, l'arche de Belisama (maîtresse de la végétalité)
VI. Plombor, l'arche de Midas (maître de la transmutation)
VII. Pharos, l'arche d'Horus (maître du charme)
VIII. La Sérénissime, l'arche de Fama (maîtresse de la divination)
IX. Héliopolis, l'arche de Lucifer (maître de la foudre)
X. Babel, l'arche des jumeaux Pollux et Hélène (maîtres des sens)
XI. Le Désert, l'arche de Djinn (maître du thermalisme)
XII. Le Tartare, l'arche de Gaia (maîtresse du tellurisme)
XIII. Zéphyr, l'arche d'Olympe (maître des vents)
XIV. Titan, l'arche de Yin (maîtresse de la masse)
XV. Corpolis, l'arche de Zeus (maître de la métamorphose)
XVI. Sidh, l'arche de Perséphone (maîtresse de la température)
XVII. Séléné, l'arche de Morphée (maître de l'onirisme)
XVIII. Vespéral, l'arche de Viracocha (maître de la fantomisation)
XIX. Al-Ondalouze, l'arche de Rê (maître de l'empathie)
XX. L'étoile, l'arche neutre (siège des institutions interfamiliales)

Il sera une fois,
dans pas si longtemps,
un monde qui vivra enfin en paix.

En ce temps-là,
il y aura de nouveaux hommes
et il y aura de nouvelles femmes.

Ce sera l'ère des miracles.

L'absent

La fête

L'horloge fonçait à toute allure. C'était une immense comtoise montée sur roulettes avec un balancier qui battait puissamment les secondes. Ce n'était pas tous les jours qu'Ophélie voyait un meuble de cette stature se précipiter sur elle.

— Veuillez l'excuser, chère cousine ! s'exclama une jeune fille en tirant de toutes ses forces sur la laisse de l'horloge. Elle n'est pas si familière d'habitude. À sa décharge, maman ne la sort pas souvent. Puis-je avoir une gaufre ?

Ophélie observa prudemment l'horloge dont les roulettes continuaient de crisser sur le dallage.

— Je vous mets du sirop d'érable ? demanda-t-elle en piochant une gaufre croustillante sur le présentoir.

— Sans façon, cousine. Joyeuses Tocantes !

— Joyeuses Tocantes.

Ophélie avait répondu sans conviction en regardant la jeune fille et sa grande horloge se perdre dans la foule. S'il y avait un événement qu'elle n'avait pas le cœur à fêter, c'était bien celui-là. Assignée au stand de gaufres, au beau milieu du marché artisanal d'Anima, elle n'en finissait pas de voir défiler des pendules à coucou et des réveille-matin. La cacophonie ininterrompue des tic-tac et des « Joyeuses Tocantes ! » se répercutait sur les grandes vitres de la halle. Ophélie avait l'impression que toutes ces aiguilles tournaient uniquement pour lui rappeler ce qu'elle n'avait pas envie de se rappeler.

— Deux ans et sept mois.

Ophélie observa la tante Roseline qui avait jeté ces mots en même temps que des gaufres fumantes sur le présentoir. À elle aussi, les Tocantes donnaient des idées noires.

— Crois-tu que *madame* répondrait à nos lettres ? siffla la tante Roseline en agitant sa spatule. Ah, çà, je suppose que *madame* a mieux à faire de ses journées.

— Vous êtes injuste, dit Ophélie. Berenilde a probablement essayé de nous contacter.

La tante Roseline reposa sa spatule sur le moule à gaufres et s'essuya les mains dans son tablier de cuisine.

— Bien sûr que je suis injuste. Après ce qui s'est passé au Pôle, ça ne m'étonnerait pas que les Doyennes sabotent notre correspondance. Je ne devrais pas me plaindre en ta présence. Ces deux ans et sept mois ont été encore plus silencieux pour toi que pour moi.

Ophélie n'avait pas envie d'en parler. Le simple fait d'y penser lui donnait l'impression d'avoir avalé les aiguilles d'une horloge. Elle s'empressa de servir un bijoutier, paré de ses plus belles montres.

— Eh bien, eh bien ! s'agaça-t-il lorsque ses

montres se mirent toutes à claquer frénétiquement du couvercle. Où sont passées vos bonnes manières, mesdemoiselles ? Vous voulez donc que je vous ramène à la boutique ?

— Ne les grondez pas, dit Ophélie, c'est moi qui leur fais cet effet. Du sirop ?

— La gaufre suffira. Joyeuses Tocantes !

Ophélie regarda le bijoutier s'éloigner et reposa sur la table la bouteille de sirop qu'elle avait failli renverser.

— Les Doyennes n'auraient pas dû me confier un stand de fête. Je ne sers qu'à distribuer des gaufres que je suis incapable de préparer moi-même. Et encore, j'en ai fait tomber une demi-douzaine par terre.

La maladresse pathologique d'Ophélie était de notoriété familiale. Personne ne se serait risqué à lui demander du sirop d'érable avec toute cette horlogerie dans les parages.

— Ça me fait mal de l'admettre, mais pour une fois je ne donnerais pas tort aux Doyennes. Tu fais peur à voir et je pense que c'est une bonne chose que tu t'occupes un peu les mains.

La tante Roseline appuya un regard sévère sur sa nièce, soulignant son visage tiré, ses lunettes décolorées et sa tresse si embrouillée qu'aucun peigne n'en venait à bout.

— Je vais bien.

— Non, tu ne vas pas bien. Tu ne sors plus, tu manges n'importe quoi, tu dors n'importe quand. Tu n'es même pas retournée au musée, ajouta gravement la tante Roseline, comme si ce détail-là était le plus préoccupant de tous.

— En fait, j'y suis allée, contredit Ophélie.

Elle s'était précipitée là-bas à son retour du Pôle, sitôt descendue du dirigeable, avant même de déposer sa valise à la maison. Elle avait voulu voir de ses propres yeux les vitrines vidées de leurs collections d'armes, la rotonde vidée de ses avions militaires, les murs vidés de leurs étendards impériaux et les alcôves vidées de leurs armures de parade.

Elle en était ressortie déchirée et n'y était plus jamais retournée.

— Ce n'est plus un musée, murmura-t-elle entre ses dents. Raconter le passé en refusant de raconter la guerre, c'est mentir.

— Tu es une *liseuse*, la rabroua la tante Roseline. Tu ne vas quand même pas rester les doigts croisés jusqu'à... jusqu'à... Bref, tu dois aller de l'avant.

Ophélie s'abstint de rétorquer qu'elle ne se croisait pas les doigts et qu'aller de l'avant ne l'intéressait pas. Elle avait beaucoup enquêté ces derniers mois, sans quitter son lit, le nez plongé dans des ouvrages de géographie. C'était *ailleurs* qu'elle devait aller, sauf qu'elle n'en avait pas la possibilité. Pas tant que les Doyennes la surveillaient.

Pas tant que Dieu la surveillait.

— Il vaudrait mieux laisser ta montre à la maison pendant les Tocantes, déclara soudain la tante Roseline. Elle agite les autres.

Des horloges s'étaient en effet attroupées devant le présentoir de gaufres. Ophélie posa instinctivement la main sur sa poche, puis elle fit signe aux cadrans d'aller pulser ailleurs.

— C'est bien Anima, ça. On ne peut pas porter sur soi une montre déréglée sans sentir la désapprobation de toutes celles des environs.

— Tu devrais la faire soigner par un horloger.

— Je l'ai fait. Elle n'est pas en panne, juste très perturbée. Joyeuses Tocantes, mon oncle.

Engoncé dans son vieux manteau d'hiver, ses moustaches lourdes de neige fondue, le grand-oncle venait de surgir de la foule.

— Ouais, ouais, bonne fête, tic tac et compagnie, marmonna-t-il en passant directement de l'autre côté du comptoir et en se servant lui-même une gaufre chaude. Ça devient ridicule, ce brol ! Fête de l'Argenterie, fête des Instruments de musique, fête des Bottes, fête des Chapeaux… Chaque année, y a une nouvelle guindaille dans le calendrier ! Bientôt, verrez qu'on fêtera les pots de chambre. D'mon temps, on ne gâtait pas les objets comme aujourd'hui, et après on s'étonne qu'ils nous fassent des caprices. Cache ça vite, chuchota-t-il soudain en remettant une enveloppe à Ophélie.

— Vous en avez trouvé une autre ?

Tandis qu'elle glissait l'enveloppe dans sa poche de tablier, Ophélie sentit son cœur battre plus vite que toutes les horloges de la fête.

— Et pas des moindres, m'fille. En dégoter, c'est pas si difficile. Le faire à l'insu des Doyennes, ça, c'est une autre affaire. Elles louchent sur moi presque autant que sur toi. Gaffe d'ailleurs, grommela le grand-oncle en ébrouant ses moustaches. J'ai vu la Rapporteuse et son satané piaf rôder dans les parages.

La tante Roseline serra ses longues dents en assistant à leur échange. Elle était parfaitement au courant de leurs petites manigances, et si elle ne les approuvait pas, craignant qu'Ophélie se mît dans de nouveaux ennuis, elle se faisait souvent leur complice.

— Je commence à manquer de pâte à gaufres, dit-elle d'un ton sec. Va m'en chercher, s'il te plaît.

Ophélie se faufila dans le local à provisions sans se faire prier. Il faisait glacial ici, mais elle y était à l'abri des regards. Elle calma l'écharpe qui s'impatientait sur sa patère, vérifia qu'il n'y avait personne, puis ouvrit l'enveloppe du grand-oncle.

Elle contenait une carte postale.

La légende indiquait : « XXIIe Exposition interfamiliale » et le cachet de la poste remontait à plus de soixante ans. En digne archiviste familial, le grand-oncle avait dû faire jouer ses relations pour se procurer cette carte. C'était la photographie qui intéressait Ophélie. L'image en noir et blanc, rehaussée çà et là de couleurs artificielles, montrait les estrades des exposants et les curiosités exotiques sur les promenoirs d'un immense bâtiment. On aurait dit la halle d'Anima, en cent fois plus imposant. Remontant ses lunettes sur son nez, la jeune fille approcha la carte postale de la lumière. Elle trouva enfin ce qu'elle cherchait : à travers les grands vitrages du bâtiment, presque invisible dans le brouillard extérieur, se dressait une statue décapitée.

Pour la première fois depuis longtemps, les lunettes d'Ophélie se colorèrent d'émotion. Le grand-oncle venait de lui apporter la confirmation de toutes ses hypothèses.

— Ophélie ! appela la tante Roseline. Ta mère te réclame !

À ces mots, elle cacha précipitamment la carte postale. La bouffée d'excitation qui l'avait envahie reflua aussitôt pour céder la place à la frustration. C'était même au-delà de ça. L'attente, l'interminable attente lui creusait un trou à l'intérieur du corps. Chaque nouvelle journée, chaque nouvelle semaine, chaque nouveau mois agrandissaient ce trou. Ophélie se demandait quelquefois si elle n'allait pas finir par tomber à l'intérieur d'elle-même.

Elle sortit la montre à gousset et en ouvrit le couvercle avec d'infinies précautions. Cette pauvre mécanique était déjà assez souffrante ainsi, Ophélie ne pouvait pas se permettre d'être maladroite. Depuis qu'elle l'avait récupérée dans les affaires de Thorn, juste avant d'être rapatriée de force sur Anima, la montre n'avait jamais donné l'heure. Ou plutôt, elle donnait un peu trop d'heures à la fois. Toutes ses aiguilles pointaient tantôt dans un sens, tantôt dans un autre, sans aucune logique apparente : quatre heures vingt-deux, sept heures trente-huit, une heure cinq… et plus le moindre tic-tac.

Deux ans et sept mois de silence.

Ophélie n'avait reçu aucune nouvelle de Thorn après son évasion. Pas un seul télégramme, pas une seule lettre. Elle avait beau se répéter qu'il ne pouvait pas courir le risque de se manifester, que c'était un homme recherché par la justice, peut-être par Dieu en personne, elle se consumait de l'intérieur.

— Ophélie !

— J'arrive.

Elle attrapa un pot de pâte à gaufres et sortit du local à provisions. De l'autre côté du stand se tenait sa mère dans son énorme robe bouffante.

— Ma fille qui daigne enfin quitter son lit ! Il était temps, encore un peu et tu te changeais en table de chevet. Joyeuses Tocantes, ma chérie. Sers les petits, veux-tu ?

La mère désigna la longue file d'enfants qui l'accompagnait. Ophélie aperçut parmi eux son frère, ses sœurs, ses neveux, ses petits-cousins et la pendule du salon. Ils n'étaient pas tellement « petits », de son point de vue. Hector avait fait une telle poussée de croissance ces derniers mois qu'il avait allègrement rattrapé Ophélie. À les voir tous ainsi, avec leurs hautes tailles, leurs cheveux flamboyants et leurs taches de rousseur, elle se demandait parfois si elle faisait vraiment partie de la même famille.

— J'ai discuté de ton cas avec Agathe, dit la mère d'Ophélie en se penchant de tout son buste par-dessus le stand. Ta sœur est de mon avis, tu dois songer à te trouver une situation. Elle en a parlé avec Charles, ils sont d'accord pour que tu viennes travailler à la fabrique. Regarde-toi une fois, ma fille ! Tu ne peux ni continuer ainsi. Tu es si jeune ! Rien ne t'enchaîne encore à… tu sais… *lui*.

La mère d'Ophélie avait articulé ce dernier mot sans le prononcer. Personne ne mentionnait jamais Thorn dans la famille, comme s'il s'agissait d'un sujet honteux. De façon générale, personne ne mentionnait jamais le Pôle. Il y avait des jours où Ophélie se demandait si tout ce qu'elle avait vécu là-bas était bien réel, à croire qu'elle n'avait jamais été ni valet de chambre, ni vice-conteuse, ni grande *liseuse* familiale.

— Vous remercierez Agathe et Charles, maman, mais c'est non. Je ne me vois pas travailler dans la dentelle.

— Je peux la prendre avec moi aux archives, grogna le grand-oncle dans ses moustaches.

La mère d'Ophélie pinça si fort les lèvres que son visage ressembla à un soufflet.

— Vous avez sur elle une influence déplorable, mon oncle. Le passé, le passé, toujours le passé ! Ma fille doit songer à son avenir.

— Ah çà ! ironisa-t-il. Tu la voudrais aussi bien-pensante que les gentils petits bouquins de la bibliothèque, hein ? Autant l'envoyer à Houtesiplou-les-Berdouilles, ta gamine.

— J'aimerais surtout qu'elle se fasse bien voir des Doyennes et d'Artémis, pour changer.

Ophélie se sentit si exaspérée qu'elle tendit par inadvertance une gaufre à la pendule de la famille.

Rien n'y faisait : elle avait beau répéter à chacun qu'une Doyenne était indigne de confiance, on ne l'écoutait pas. Elle aurait voulu les mettre en garde contre tellement d'autres choses encore ! Contre Dieu, en particulier. Elle n'avait pourtant parlé de lui à personne : ni à ses parents, qui la questionnaient sans cesse, ni à la tante Roseline, qui s'inquiétait de son mutisme, ni au grand-oncle, qui l'aidait dans ses recherches. Toute la famille savait qu'il s'était passé quelque chose dans la cellule de Thorn – les moins renseignés croyant que c'était Ophélie qui avait fait de la prison – mais personne n'avait jamais obtenu d'elle le fin mot de cette histoire. Elle ne pouvait pas le dire, pas après ce qu'elle avait découvert sur Dieu.

La Mère Hildegarde s'était tuée à cause de lui.

Le baron Melchior avait tué pour lui.

Thorn avait failli être tué par lui.

L'existence même de Dieu était une vérité dangereuse. Aussi longtemps qu'il le faudrait, Ophélie en garderait le secret.

— Je sais que vous vous tracassez tous pour moi, déclara-t-elle enfin, mais c'est de *ma* vie qu'il est question. Je n'ai de comptes à rendre à personne, pas même à Artémis, et je me contrefiche de ce que pensent les Doyennes.

— Grand bien te fasse, ma chère petite !

Ophélie se raidit en voyant une femme entre deux âges s'approcher subrepticement du stand. Elle ne portait aucune montre, ne promenait aucune horloge, mais elle était affublée d'un chapeau invraisemblable, au sommet duquel une girouette en forme de cigogne tournoyait à toute vitesse. Ses bésicles dorées agrandissaient davantage deux yeux globuleux qui épiaient les moindres faits et gestes des Animistes en général et d'Ophélie en particulier.

Si les Doyennes étaient les complices de Dieu, la Rapporteuse était celle des Doyennes.

— Ta fille est une libre-penseuse, ma petite Sophie, dit-elle avec un sourire bienveillant pour la mère d'Ophélie. Il en faut dans toutes les familles ! Elle ne veut pas reprendre son travail au musée ? Respectons son choix. Elle ne veut pas travailler dans la dentelle ? Ne lui forçons pas la main. Laisse-la voler de ses propres ailes… Peut-être a-t-elle besoin de dépaysement ?

Dans un même mouvement, le regard et la girouette de la Rapporteuse se tournèrent vers Ophélie. Cette dernière dut se faire violence pour s'empêcher de vérifier que la carte postale du grand-oncle ne dépassait pas de sa poche de tablier.

— Vous m'incitez à quitter Anima ? demanda-t-elle avec méfiance.

— Oh, nous ne t'incitons à rien du tout ! s'empressa d'affirmer la Rapporteuse, coupant la mère d'Ophélie qui ouvrait déjà une bouche toute ronde. Tu es une grande fille, à présent. Tu es libre de tes mouvements.

Cette femme manquait décidément de subtilité ; c'était la raison pour laquelle elle ne serait jamais Doyenne elle-même. Ophélie savait pertinemment qu'à la seconde où elle monterait à bord d'un dirigeable on la ferait suivre et on la garderait à l'œil. Elle voulait retrouver Thorn, oui, mais elle n'avait aucune intention de mener Dieu jusqu'à lui. Dans ces moments plus que jamais, elle regrettait de ne pas être en mesure de se servir des miroirs pour quitter Anima : son pouvoir avait malheureusement ses limites.

— Je vous remercie, dit-elle après avoir fini de distribuer des gaufres aux enfants. Je crois que je préfère encore ma chambre. Joyeuses Tocantes, madame.

Le sourire de la Rapporteuse se crispa.

— Nos très chères mères te font un immense honneur – un immense honneur, tu entends ? – en se préoccupant de ta petite personne. Cesse donc tes cachotteries et confie-toi à elles. Elles pourraient t'aider, et beaucoup plus que tu ne le penses.

— Joyeuses Tocantes, répéta Ophélie d'un ton sec.

La Rapporteuse eut un brusque mouvement de recul, comme si elle avait été traversée par une décharge électrique. Elle dévisagea Ophélie avec stupéfaction d'abord, puis avec indignation, avant de tourner les talons. Elle rejoignit un cortège de vieilles dames au milieu de la procession des horloges. Des Doyennes. Elles se contentèrent de hocher la tête en écoutant la Rapporteuse, mais le regard qu'elles adressèrent de loin à Ophélie fut glacial.

— Tu l'as fait ! s'exclama furieusement la mère d'Ophélie. Tu as utilisé cet horrible pouvoir ! Sur la Rapporteuse en personne !

— Pas délibérément. Si les Doyennes ne m'avaient pas forcée à quitter le Pôle, Berenilde aurait pu m'apprendre à contrôler mes griffes.

Ophélie avait marmonné ces mots en passant un coup de chiffon agacé sur le stand. Elle ne se faisait pas à ce nouveau pouvoir. Elle n'avait blessé personne jusqu'à présent – elle n'avait découpé aucun nez ni tranché aucun doigt –, mais, si quelqu'un lui inspirait une trop forte antipathie, c'était toujours le même phénomène : *quelque chose* en elle se mettait en mouvement pour le repousser. Et ce n'était certainement pas la meilleure façon de régler un différend.

— Tu ne t'en tireras pas ainsi, siffla la mère d'Ophélie en pointant un ongle rouge sur elle. J'en ai par-dessus le chapeau de te voir traîner dans ton lit et défier nos très chères mères. Demain matin, tu iras à la fabrique de ta sœur et puis c'est tout !

Ophélie attendit que sa mère fût partie avec les enfants pour s'appuyer des deux mains au présentoir de gaufres et prendre une profonde inspiration. Le trou qu'elle avait l'impression de sentir à l'intérieur de son ventre venait de se creuser davantage.

— Ta maman dira ce qu'elle voudra, grommela le grand-oncle, tu peux venir travailler aux archives.

— Ou à l'atelier de restauration avec moi, renchérit la tante Roseline d'une voix encourageante. Je ne connais rien de plus gratifiant que de désinfecter un papier de ses vers et de ses moisissures.

Ophélie ne leur répondit pas. Elle n'avait envie d'aller ni à la fabrique de dentelles, ni aux archives familiales, ni à l'atelier de restauration. Ce qu'elle désirait du plus profond de son être, c'était échapper à la vigilance des Doyennes pour se rendre à l'endroit qui figurait sur la carte postale.

Là où se trouvait peut-être Thorn en ce moment même.

« Premier entresol. »

« Toilettes pour hommes. »

« N'oubliez pas votre écharpe : vous partez. »

Ophélie se redressa si vivement qu'elle renversa le flacon de sirop d'érable sur l'étal. Les joues en feu, elle chercha au milieu des horloges de cuisine et des pendules astronomiques celui qui lui avait soufflé ces trois pensées dans la tête. Il était déjà hors de vue.

— Quelle épingle te pique ? s'étonna la tante Roseline en voyant Ophélie enfiler précipitamment son manteau par-dessus son tablier.

— Je dois aller aux toilettes.

— Tu es malade ?

— Je ne me suis jamais sentie aussi bien, dit Ophélie avec un grand sourire. Archibald est venu me chercher.

Le raccourci

En vérité, tandis qu'Ophélie montait discrètement l'escalier avec le grand-oncle, la tante Roseline et son écharpe, elle n'avait pas la moindre idée de la façon dont Archibald avait débarqué ici, en pleine fête animiste, ni pourquoi il lui avait donné rendez-vous dans des toilettes. « Vous partez », lui avait-il déclaré. S'il projetait de lui faire quitter Anima, n'aurait-il pas été préférable de se retrouver à l'extérieur, le plus loin possible de la foule et des Doyennes ?

— Vous auriez dû garder le stand, murmura Ophélie. Dès qu'on s'apercevra qu'il n'y a plus personne aux gaufres, on va nous chercher.

Elle s'était adressée à la tante Roseline qui trimbalait sous ses bras tout ce qu'elle avait pu emporter, dans la précipitation du départ.

— Tu n'es pas sérieuse, s'indigna celle-ci. S'il y a la moindre chance de repartir pour le Pôle, je viens avec !

— Et votre travail à l'atelier ? Ce que vous me disiez sur les vers et les moisissures ?

— Ce sont des serpents et des dépravés que

Berenilde affronte seule depuis notre départ. Elle a bien plus de valeur à mes yeux qu'une feuille de papier.

Ophélie sentit son cœur bondir en apercevant Archibald à l'autre bout de l'entresol. Il attendait tranquillement devant la porte des cabinets, enveloppé dans une vieille pèlerine rapiécée, son haut-de-forme posé de travers. Il n'essayait même pas de se cacher, ce qui n'aurait pourtant pas été une précaution superflue : même vêtu comme un vagabond, il était le genre d'homme à attirer les regards, ceux des dames en particulier.

— C'est ni un piège, au moins ? maugréa le grand-oncle en retenant Ophélie par l'épaule. Ce gaillard, là, c'est du fiable ?

Ophélie jugea préférable de ne pas se prononcer sur ce point. Elle faisait confiance à Archibald dans une certaine mesure, mais ce n'était pas non plus l'homme le plus vertueux de sa connaissance. Elle s'avança sur la passerelle de l'entresol en évitant de se montrer à la balustrade. D'ici, elle ne voyait plus des festivités qu'une mer houleuse de chapeaux et de cadrans d'horloge : ça se donnait l'heure, ça remontait sa montre, ça se souhaitait « Joyeuses Tocantes ! ».

— Je vous avais prévenue, madame Thorn ! lança Archibald en guise de bonjour. Si vous ne venez pas au Pôle, le Pôle viendra à vous.

Il ouvrit la porte des toilettes comme il l'aurait fait avec la portière d'un carrosse et, d'un geste ample, les invita tous à y entrer.

— Qu'est-ce qui se passe ici ? Qui est cet individu ?

Essoufflée d'avoir gravi l'escalier à la hâte, sa girouette braquée sur eux, la Rapporteuse venait d'atteindre l'entresol en catastrophe.

— Entrez vite, dit Archibald en poussant Ophélie à l'intérieur.

La tante Roseline et le grand-oncle se précipitèrent à sa suite et dérapèrent sur le carrelage, cherchant une issue de secours. Il n'y avait que des urinoirs autour d'eux. Ophélie aurait voulu demander à Archibald par où ils étaient censés s'enfuir, malheureusement il était trop occupé à empêcher la Rapporteuse d'entrer à son tour. Elle avait été si rapide qu'elle avait réussi à bloquer la porte avec l'une de ses bottines.

— Très chères mères ! appela-t-elle d'une voix suraiguë. Elle essaie de s'échapper ! Faites quelque chose !

Ces paroles déclenchèrent l'apocalypse à l'intérieur des toilettes. Les urinoirs, les cuvettes et les lavabos se mirent à dégorger leurs eaux dans d'abominables borborygmes. L'animisme des Doyennes était déjà à l'œuvre. Tous les établissements publics obéissaient à leur volonté ; la halle du marché artisanal ne faisait pas exception.

— Nous ne pourrons pas rester indéfiniment ici, lança Ophélie à Archibald par-dessus le vacarme des eaux. Quel est votre plan ?

— Fermer cette porte.

Il avait déclaré cela sans se départir de son sourire, comme si tout ceci n'était qu'un léger contretemps.

— Et après ? insista-t-elle.

— Après, vous serez libre.

Ophélie ne comprenait pas. Elle fixa la main de la Rapporteuse qui venait de se glisser dans l'entrebâillement de la porte ; elle connaissait assez Archibald pour savoir qu'il ne casserait jamais les doigts d'une dame.

— Pousse-toi, bonhomme ! grogna le grand-oncle. Je fais mon affaire de cette enquiquineuse, aide la gamine à filer.

Sur ces mots, il sortit en trombe des toilettes, entraînant la Rapporteuse dans son élan.

Archibald claqua la porte et le silence s'abattit avec elle. Un silence surnaturel, incompréhensible. Les eaux avaient cessé de se déverser des tuyauteries. On n'entendait plus les cris de la Rapporteuse. Tous les tic-tac de la fête s'étaient interrompus. Ophélie en arriva à se demander si Archibald n'avait pas arrêté le temps. Quand ils ressortirent, il n'y avait plus ni entresol, ni grand-oncle, ni Rapporteuse, ni halle. À la place se tenait une boutique déserte où l'on devinait des rangées d'étagères vides. À en juger par la puissante odeur de poussière, ce commerce était fermé depuis longtemps.

— Attention à la marche, avertit Archibald.

Ophélie et la tante Roseline quittèrent précautionneusement les toilettes qui étaient un peu surélevées par rapport au sol de la boutique. Elles en comprirent la raison en jetant un regard en arrière : elles venaient de sortir d'une armoire.

— Comment avez-vous réussi un tour pareil ?

— J'ai invoqué un raccourci, dit Archibald comme si cela coulait de source. N'y voyez rien de magistral, il est éphémère. Constatez par vous-mêmes.

Il referma, puis rouvrit la porte de l'armoire. De vieux bibelots avaient remplacé les toilettes pour hommes. C'était à se demander comment trois personnes avaient pu sortir d'un meuble aussi exigu.

— La halle a retrouvé ses cabinets, commenta Archibald avec une expression réjouie. Imaginez la tête de cette dame à la girouette lorsqu'elle ne nous y trouvera pas.

Ophélie essora son écharpe trempée et entrebâilla les rideaux de la vitrine. Le verre était embué, mais elle devina une petite rue pavée, en partie enneigée, remplie de passants emmitouflés qui s'efforçaient de ne pas glisser. Plus bas, sous un ciel blême, une péniche se mouvait lentement sur l'eau à moitié gelée d'un canal.

— Je reconnais cet endroit, dit la tante Roseline par-dessus son épaule. Nous ne sommes pas loin des Grands Lacs.

Ophélie fut un peu déçue. Leur fuite avait été si prodigieuse qu'elle avait espéré un instant avoir quitté Anima.

— Comment avez-vous réussi un tour pareil ? insista-t-elle.

Archibald était un homme plein de ressources, capable de s'infiltrer dans la tête des gens comme dans le cœur des dames, mais ça, ça défiait l'entendement.

— C'est une longue histoire, dit-il en fouillant les poches trouées de sa pèlerine. Figurez-vous que je me suis découvert de nouvelles possibilités, de nouvelles ambitions et de nouvelles amours !

Il avait déclaré cela en sortant triomphalement

un trousseau de clefs. Ophélie l'observa dans le demi-jour de la boutique. La dernière fois qu'elle l'avait vu, sur l'embarcadère de la Citacielle, il n'était plus que l'ombre de lui-même. Aujourd'hui, un soleil brillait dans le ciel de ses yeux et cet éclat-là était d'une nature très différente de l'insolence aigre-douce qui le caractérisait avant.

Ophélie se contracta malgré elle. Était-ce bien Archibald qu'elle était en train de suivre ainsi ? Elle n'avait pas eu affaire à Dieu depuis leur confrontation dans la prison de Thorn, mais elle n'oubliait pas qu'il pouvait prendre n'importe quel visage.

— Comment saviez-vous où me trouver ?

— Je ne le savais pas, rétorqua Archibald. Je viens de passer deux heures dans un ferry glacial et une de plus à demander mon chemin dans les rues de votre petite vallée. Quand j'ai enfin localisé la maison de vos parents, vous n'y étiez pas. Je ne peux invoquer de raccourcis qu'entre deux endroits que j'ai déjà visités, vous m'avez donné du mal ! Si ces dames veulent bien me suivre, enchaîna-t-il en se dirigeant vers l'arrière-boutique.

Mais Ophélie n'avait plus tellement envie de se précipiter.

— Pourquoi nous avoir amenées ici ?

— Berenilde est-elle avec vous ? demanda la tante Roseline à son tour.

— Et Thorn ? ne put s'empêcher d'ajouter Ophélie.

— Tout doux, tout doux ! s'esclaffa Archibald. Je vous ai amenées ici parce que c'est ici que je suis arrivé. Mes invocations de raccourcis ont leurs limites. Cette chère Berenilde n'est pas avec moi, non. Elle ne sait même pas que je suis là… et elle me découpera en rondelles si je ne rentre pas bientôt au Pôle, dit-il en consultant l'heure. Quant à l'insaisissable M. Thorn, nous n'avons reçu aucune nouvelle de lui depuis son évasion.

L'espoir qui s'était emparé d'Ophélie en retrouvant Archibald retomba comme un soufflé. L'espace d'un fol instant, elle avait pensé que c'était Thorn lui-même qui était à l'initiative de cet enlèvement. Elle eut un regard circonspect pour l'arrière-boutique où Archibald s'était introduit : elle paraissait abandonnée depuis plus longtemps encore que la devanture.

— C'est ici que vous êtes arrivé ? Je ne comprends pas.

Archibald essaya plusieurs clefs dans la serrure avant de provoquer un déclic sonore.

— Après vous, mesdames !

Contrairement à ce qu'Ophélie s'était imaginé, le passage ne donnait pas sur une cave, mais sur une rotonde aussi vaste qu'un hall de gare. Des hauts vitrages de la coupole émanait une lumière diaphane, presque irréelle. Le sol était entièrement composé d'une immense mosaïque ; elle représentait une étoile dont les huit branches pointaient vers des portes positionnées comme les points cardinaux. Cet endroit était aussi grandiose que la boutique attenante était miteuse.

Plusieurs écriteaux en argent plaqué reprenaient le même slogan :

NOUS VOUS SOUHAITONS UN BON PASSAGE DE PORTE

— Une Rose des Vents, murmura Ophélie.

Et à en juger par son envergure, il s'agissait d'une interfamiliale. C'était la première fois qu'Ophélie posait les pieds à l'intérieur de l'une d'entre elles. Dommage que ce fût juste après avoir été arrosée par les eaux des toilettes : elle produisait à chaque pas un bruit spongieux qui n'était pas du meilleur effet.

— J'avais entendu dire qu'il y en avait sur Anima, mais je n'y croyais qu'à moitié.

Même si Ophélie ne parlait pas fort, la mosaïque et les vitrages firent voler le son de sa voix à travers toute la rotonde.

— Il n'y en a qu'une seule, précisa Archibald en verrouillant la porte derrière lui. Et, comme toute Rose des Vents qui se respecte, son emplacement est confidentiel. Ça m'aurait arrangé que celle-ci se trouve un chouia plus près de chez vous.

Au centre de la rotonde se dressait un comptoir sur lequel Ophélie fut étonnée de trouver une petite fille. Étendue sur le ventre, elle dessinait avec la plus grande application. Elle était si silencieuse qu'elle passait presque inaperçue.

— Mesdames, vous avez sous les yeux mes nouvelles possibilités et mes nouvelles ambitions, déclara Archibald avec un geste possessif pour la salle entière. Quant à mes nouvelles amours, les voici ! (Il souleva la fillette du comptoir et se mit à la brandir comme un trophée.) Ma petite Victoire, permettez-moi de vous présenter votre marraine et la marraine de votre marraine.

Sous l'effet de la surprise, la tante Roseline lâcha toutes les affaires qu'elle avait emportées : parapluie, manchon, châle et spatule à gaufre.

— Nom d'une poussette, la gamine de Berenilde ! Son portrait craché avec ça.

Émue, un peu intimidée aussi, Ophélie considéra la fillette qui écarquillait sur elles de grands yeux clairs. Les yeux de Berenilde. Pour le reste, Victoire tenait en réalité davantage de son père. Son visage était d'une pâleur féerique et ses cheveux, anormalement longs pour son âge, paraissaient plus blancs que blonds. Elle avait aussi cette curieuse façon d'entrouvrir la bouche sans émettre un seul son qui rappelait les interminables silences de Farouk.

— Elle ne sait encore ni parler ni marcher, les prévint Archibald en secouant Victoire, comme s'il s'agissait d'une poupée-phonographe dont le mécanisme serait défectueux. Son pouvoir familial ne s'est pas encore déclenché non plus. Mais n'allez pas la croire stupide, elle comprend déjà plus de choses que toutes mes ex-sœurs réunies.

La tante Roseline fronça des sourcils suspicieux.

— Berenilde sait-elle au moins que sa fille est ici ? Vous êtes toujours aussi irresponsable ! s'exaspéra-t-elle en voyant s'accroître le sourire d'Archibald. L'enfant d'un esprit de famille ! C'est l'incident diplomatique que vous cherchez ? Vraiment, vous ne valez pas un clou comme ambassadeur.

— Je ne suis plus ambassadeur. C'est mon exsœur Patience qui occupe maintenant cette fonction. Mon clan m'a rayé du registre des vivants depuis vous-savez-quoi. (Archibald mima des doigts un coup de ciseaux.) Ne me jugez pas trop sévèrement, madame Roseline. Victoire a hérité d'une mère qui voudrait la garder au berceau et d'un père qui ne se rappelle jamais son nom. C'est mon rôle de parrain de lui offrir une vie stimulante... Et n'écoutez pas toutes les mauvaises langues qui vous traitent d'attardée, jeune dame ! déclara alors Archibald en engloutissant la tête de Victoire sous son vieux haut-de-forme. Je vous prédis, moi, que vous accomplirez de grandes choses.

Ophélie se sentit traversée par une émotion brutale. Ce n'étaient pas tout à fait les paroles que le grand-oncle lui avait adressées pour ses fiançailles, mais ça y ressemblait beaucoup. Elle songea soudain que, si les Doyennes ne s'en étaient pas mêlées, elle aurait pu voir grandir Victoire et agir elle aussi en véritable marraine. Elle aurait peut-être même déjà retrouvé Thorn à l'heure qu'il était. En tout cas, elle n'aurait pas passé deux années cloîtrée dans sa chambre pendant que le reste du monde continuait de faire son chemin.

— Comment fonctionne cette Rose des Vents et jusqu'où peut-elle nous emmener ? J'aimerais mettre le plus de distance possible entre les Doyennes et...

Le « moi » ne franchit pas les lèvres d'Ophélie. D'un geste théâtral, Archibald venait de tirer un rideau qui dissimulait une grande table ronde derrière le comptoir : Gaëlle et Renard se tenaient penchés dessus. Ils étaient occupés à prendre des notes et portaient tous deux, sous leurs chapkas, des loupes binoculaires qui les rendaient méconnaissables. Un gros chat roux, qu'Ophélie supposa être Andouille, se frottait contre leurs jambes pour obtenir de l'attention, mais ils étaient si concentrés, l'un et l'autre, que rien ne semblait exister pour eux en dehors de la table.

Du moins Ophélie le crut-elle jusqu'à ce que Renard lui fît un clin d'œil, amplifié par la loupe, entre deux prises de notes. Avec sa carrure athlétique, ses sourcils ébouriffés et ses abondants favoris roux, il ressemblait plus que jamais à une cheminée.

— Salut, patronne. On termine les calculs et on est à vous. Si on s'arrête en plein milieu, faudra reprendre tout l'itinéraire depuis le début et ça mettra mon autre patronne de mauvaise humeur.

— Arrête avec tes « patronne », grogna Gaëlle sans lever sa loupe binoculaire de la table. Tu es un syndicaliste, parle comme un syndicaliste.

— Oui, patronne.

Plus la journée avançait, plus Ophélie se demandait si elle ne s'était pas endormie sur son stand de gaufres et si elle n'était pas en train de rêver !

— Mes compagnons de voyage ! commenta Archibald qui tenait toujours la petite Victoire en équilibre sur un bras. Nous ne pouvons pas nous voir en peinture mais, ce détail-là mis de côté, nous formons une bonne équipe. Moi, je déniche les Roses des Vents et eux, ils les décodent. Sept des huit portes ici présentes mènent sur d'autres arches où se trouvent d'autres accès. Chaque Rose des Vents est en tout point semblable à celle-ci : huit portes, un comptoir, une table d'itinéraires. Vous n'avez pas idée du nombre de passages qu'il nous a fallu franchir rien que pour venir du Pôle à Anima, et je ne parle pas des erreurs de parcours.

Ophélie examina la table ronde de plus près et constata que son marbre était entièrement gravé de chiffres, de symboles et de lignes directionnelles. La carte du réseau des Roses des Vents évoquait le plus cauchemardesque des casse-tête. Renard et Gaëlle se montraient des lignes du doigt, utilisaient des instruments de mesure, puis griffonnaient des indications. Ils ne se touchaient pas, ne se regardaient pas, ne se parlaient pas ; pourtant, à la façon dont ils se tenaient l'un près de l'autre, Ophélie *sut*. Elle détourna les yeux, soudain embarrassée de les observer ainsi, comme si elle était en train de s'immiscer dans leur intimité. Elle caressa Andouille qui recherchait auprès d'elle ce qu'il n'obtenait pas ailleurs, dépitée de voir à quel point il avait grandi lui aussi.

Elle ne venait pas à bout de l'impression désagréable d'avoir manqué une marche. Un escalier entier, même.

— Qu'est-ce que c'est, un syndicaliste ? demanda-t-elle à Archibald.

Il venait de poser Victoire qui reprit aussitôt son dessin sur le comptoir.

— Oh, une nouvelle mode de chez nous. Repos compensateur, valorisation des salaires, diminution du temps de travail : c'est comme si la vieille Hildegarde était plus vivante que jamais, à mettre ses idées folles dans la tête des domestiques. Les mœurs ont bien changé depuis votre départ.

— Vous aussi, vous avez changé, fit observer Ophélie. Allez-vous m'expliquer comment vous vous y prenez pour invoquer des raccourcis et déverrouiller des Roses des Vents ? Je pensais que seuls les Arcadiens en étaient capables.

Archibald récupéra son haut-de-forme sur la tête de Victoire et le fit tournoyer autour de son doigt.

— Je vous ai déjà parlé d'Augustin, mon arrière-grand-père. Et de la petite amourette qu'il avait eue avec la vieille Hildegarde. Vous vous souvenez ?

Ophélie considéra Archibald avec stupéfaction. Elle se tenait toujours accroupie devant le chat, sa main suspendue en pleine caresse, sans remarquer qu'il se chamaillait maintenant avec son écharpe.

— Vous et Mme Hildegarde ? Vous seriez son…

— Arrière-petit-fils, oui, ricana Archibald. Oh, c'est un scandale qui a été soigneusement étouffé. Je ne l'aurais jamais su moi-même si je ne m'étais mis soudain à réaliser des tours de passe-passe. Ça a commencé l'année dernière, par un après-midi où j'étais particulièrement mal réveillé, au lendemain d'une noce dont je vous épargnerai les détails. Je me suis rendu dans ma salle de bains : j'ai atterri à la place dans les thermes des courtisanes. Comme ça, dit-il en claquant des doigts, d'un bout à l'autre de la Citacielle. Et puis l'expérience s'est répétée et je me suis mis à créer des passages de plus en plus souvent. Donnez-moi une porte, un espace clos et je vous concocte un raccourci. C'est ainsi que je suis un jour tombé sur une authentique Rose des Vents. Elle était dissimulée dans un pli de l'espace et j'ai… c'est difficile à décrire… j'ai ressenti sa présence, voyez-vous ? Ne me demandez pas comment ça marche, mais si je tourne une clef dans la serrure d'une porte à proximité d'une Rose des Vents, abracadabra, nous y voilà ! N'importe quelle clef de n'importe quelle porte. C'est un pouvoir franchement tarabiscoté que la vieille Hildegarde m'a légué là, mais je l'adore.

Pendant qu'elle essayait de séparer le chat et l'écharpe, Ophélie dut produire de gros efforts d'imagination pour superposer le souvenir qu'elle avait de la Mère Hildegarde à l'homme qui se tenait devant elle.

— Et vous ne vous étiez jamais rendu compte avant ça d'une chose aussi évidente ? intervint la tante Roseline avec son pragmatisme habituel.

Archibald tapota le tatouage en forme de larme entre ses sourcils.

— C'est la rupture avec le lien de la Toile qui a débloqué mon autre pouvoir familial. Il hibernait en moi, attendant patiemment son heure. Et vous, madame Thorn ? demanda-t-il à brûle-pourpoint. Qu'avez-vous fait de beau ces deux dernières années ?

Ophélie ouvrit, puis referma la bouche. Archibald avait appris à maîtriser un nouveau pouvoir, Renard était devenu syndicaliste, mais elle, à quoi avait-elle employé son temps ? Elle était restée prisonnière d'une interminable parenthèse. Non. C'était même au-delà de ça. Elle avait fait un pas en arrière en enfilant son ancienne peau d'adolescente solitaire. Elle avait même pris des kilos en trop, par-dessus le marché.

— J'ai bouquiné, finit-elle par répondre.

— Bon, on arrête là les histoires sans intérêt,

les interrompit Gaëlle d'un ton brusque. Il y a une question plus urgente à trancher.

Elle leva enfin le nez de la table d'itinéraires et ébroua les boucles sombres qui lui gênaient la vue. Ses yeux hétérochromes, l'un noir comme la nuit, l'autre bleu comme le jour, étaient démesurément agrandis par sa loupe binoculaire. Ils avaient beau être différents, ils exprimèrent la même rage froide au moment de se plonger dans les lunettes d'Ophélie.

— Est-ce que Dieu existe ?

La destination

Le temps avait comme retenu son souffle à l'intérieur de la Rose des Vents. Ophélie, qui était encore en train de tirer sur son écharpe pour l'arracher des griffes d'Andouille, regarda tour à tour Gaëlle, Renard, Archibald et la tante Roseline qui semblaient soudain attendre d'elle la réponse à toutes leurs questions existentielles.

— Avant d'aller plus loin, dit Archibald en s'asseyant nonchalamment sur la table d'itinéraires, vous devez comprendre ce qui nous a réunis ici. Nous enquêtons sur la mort de la vieille Hildegarde. Vous êtes, avec Thorn, la seule personne encore vivante à avoir assisté à ses derniers instants. Vous êtes aussi la seule à savoir ce que cachait réellement l'affaire des lettres de DIEU dans laquelle elle a été impliquée.

Le mot « DIEU » se répercuta à travers la Rose des Vents avec une résonance de vieille cathédrale. À cette seule évocation, Ophélie se rappela le baron Melchior, son chantage mortel, la Mère Hildegarde aspirée par le fond de sa poche, les cadavres dans l'Imaginoir, les doigts tranchés par Thorn.

Oh oui, elle savait exactement de quoi il retournait. Elle en faisait encore des cauchemars.

— Et puis il y a eu la crise de Farouk, poursuivit Archibald d'un ton hilare, comme s'il racontait une bonne plaisanterie. Toute la cour a été témoin de son comportement inexplicable et de la façon dont vous l'avez ramené à la raison. Vous seule. En quelques mots.

« Ton Livre n'est que le début de ton histoire, Odin. Il n'appartient qu'à toi d'en écrire la fin. » De cela aussi, Ophélie se souvenait parfaitement. Sauf que ce n'étaient pas ses mots à elle : c'étaient les mots de Dieu, prononcés il y avait bien longtemps.

— Farouk n'a plus été le même depuis, enchaîna Archibald. Tire-au-flanc et tête en l'air, oui, mais quand il s'agit du sort de sa famille, il se montre presque… comment dire ? Presque concerné.

— Sauf que c'est de la Mère qu'on cause ici, s'impatienta Gaëlle.

Elle contourna la table et vint coller ses loupes contre les lunettes d'Ophélie. Celle-ci remarqua que Gaëlle avait cousu, assez mal d'ailleurs, le motif d'une orange sur sa chapka à rabats. L'orange était l'emblème de la Mère Hildegarde.

— Écoute-moi bien, petite. La Mère savait que son temps était compté. Elle savait qu'il existe autre chose, quelque chose de pas joli-joli, quelque chose de plus grand que les esprits de famille, quelque chose qui en a après ça. (Gaëlle leva le pouce par-dessus son épaule pour désigner la Rose des Vents dans son ensemble.) La Mère a essayé de me parler, de me préparer, mais moi, je ne l'ai pas écoutée. Je voulais juste rester cachée dans mon coin. J'avais la trouille de finir comme le reste de mon clan.

Un silence brutal accueillit ces mots, un silence peuplé par les esprits défunts de tous les Nihilistes. Ophélie s'était demandé pourquoi Gaëlle paraissait lui en vouloir ainsi, mais elle comprenait à présent que c'était contre elle-même qu'était tournée sa colère.

— Tu as cassé mon monocle, grommela-t-elle. Pour ça, tu me dois des excuses. Et je te dois, moi, des remerciements. Sans lui, j'ai pas pu dissimuler longtemps aux autres ce que je suis vraiment. Ça a été le coup de pied aux fesses dont j'avais besoin. La Mère a été une famille pour moi, j'en ai marre de faire ma petite ingrate. Alors, je veux que tu me le dises maintenant, face à face : est-ce que ce Dieu existe et est-ce que c'est à cause de lui que la Mère est morte ?

— Oui.

La réponse d'Ophélie produisit un effet immédiat. Gaëlle poussa un chapelet de jurons, Renard releva ses loupes sur son front, Archibald éclata de rire et la tante Roseline pinça les lèvres. Seule Victoire continua de faire imperturbablement crisser son crayon sur son dessin.

Ophélie remit d'aplomb ses lunettes que Gaëlle avait déstabilisées. Avant de disparaître, Thorn lui avait recommandé de ne parler de ce qu'elle savait à personne, mais elle n'avait pas le droit de se taire plus longtemps.

— Vous vous rappelez la Caravane du carnaval ?

— La compagnie de cirque ? s'étonna Renard. Celle qu'on a été voir avec votre frangin ?

— Dieu voyageait à leur bord en se faisant passer pour un Métamorphoseur.

Ophélie se racla la gorge. Le souvenir de ce dont elle avait été témoin cette nuit-là, dans la prison de Thorn, lui donnait toujours la sensation d'avoir avalé du sable.

— Il est beaucoup plus qu'un Métamorphoseur. Dieu peut reproduire l'apparence, la voix et le pouvoir familial de toutes les personnes qu'il a approchées. C'est pour cette raison qu'il voulait provoquer une rencontre avec la Mère Hildegarde : il convoitait sa maîtrise de l'espace. Et c'est pour cette raison que la Mère Hildegarde s'était retranchée dans un non-lieu, derrière un cordon de sécurité : elle savait que celui qui essaierait de franchir cette ligne deviendrait plus dangereux à cause d'elle. Ce n'est pas tout, reprit-elle après un nouveau grattement de gorge. Dieu est le créateur des esprits de famille et se considère, en tant que tel, comme notre parent à tous. Il nous impose sa loi à notre insu, avec la complicité d'hommes et de femmes qu'il appelle « les Tuteurs ». Ah, et un dernier détail, s'empressa-t-elle d'ajouter avec un sourire nerveux. Les griffes de Thorn n'ont eu aucun effet sur lui.

Elle observa une pause pour mesurer l'impact de ses paroles sur son auditoire, mais ce ne fut pas là un exercice facile : autour d'elle, tout le monde s'était figé de stupeur. Archibald lui-même, qui frottait ses mains d'excitation, avait fini par s'interrompre en plein mouvement.

— Je vous ai tous mis en danger rien qu'en vous en parlant, poursuivit Ophélie. J'ignore quels sont vos projets exactement, mais soyez extrêmement prudents. Les Tuteurs sont les yeux et les oreilles de Dieu à travers toutes les arches. Il est impossible de déterminer avec certitude qui est à son service et qui ne l'est pas. Je vous le dis à vous, car vous êtes les personnes en qui j'ai le plus confiance.

Ce fut la tante Roseline qui, la première, rompit l'immobilité générale. Elle fit quelques pas énergiques à travers la salle, le temps de se calmer, ses talons claquant sur la mosaïque et résonnant jusqu'à la coupole. Puis elle se massa le front en soupirant.

— C'est bien toi, ça. Quand il s'agit de te mettre dans le pétrin, tu ne fais jamais dans la demi-mesure.

Ophélie contracta les mâchoires. Sa marraine ignorait à quel point elle avait raison. Si Dieu avait dit vrai, il n'était pas le plus à craindre dans l'affaire. Il y avait l'Autre. Cette entité inidentifiable qu'elle avait libérée du miroir. Cet ange de l'apocalypse qui aurait cassé le monde et qui, toujours d'après les dires de Dieu, s'apprêterait à achever son œuvre.

« Tôt ou tard, que tu le veuilles ou non, tu me mèneras à lui. »

Un lien s'était-il réellement créé entre Ophélie et cet Autre ? Le seul souvenir qu'elle en conservait – un souvenir lointain, confus –, c'était celui de son propre reflet dans la glace de sa chambre d'enfant, la nuit de son premier passage de miroir. Depuis, contrairement à ce que Dieu avait annoncé, aucune arche ne s'était effondrée. Certes, des blocs de terre s'abîmaient parfois dans le vide, mais cela aurait pu être aussi bien l'action d'une érosion naturelle. Non, vraiment, plus Ophélie y réfléchissait, moins elle voyait de raison d'affoler tout le monde avec une histoire aussi nébuleuse que cet Autre.

Elle réalisa soudain, à la façon dont il patientait, la tête penchée, qu'Archibald lui avait posé une question.

— Pardon ? Vous me disiez ?

— Que c'était plutôt curieux. D'un côté, vous nous affirmez que Dieu a créé les esprits de famille. De l'autre, vous nous affirmez qu'il convoite leurs pouvoirs familiaux. Je sens pour ma part comme une embrouille.

— Il y a beaucoup de choses que je ne comprends pas moi-même, admit Ophélie. Pourquoi, par exemple, Dieu a-t-il dit autrefois aux esprits de famille qu'ils étaient libres de leurs choix si c'est pour en faire ses pantins aujourd'hui ? Pour une raison ou pour une autre, ses plans ont changé.

Archibald se contenta d'opiner du menton. Assis sur la table d'itinéraires, jambes croisées et mains autour du genou, on pouvait croire qu'il était en train de discuter de la pluie et du beau temps.

— Et quand il ne prend pas l'apparence d'un mortel, quel est le visage de Dieu ?

— Je ne le connais pas, répondit Ophélie. J'ignore même s'il en a un. Ce que je sais, par contre, c'est qu'il n'a pas de reflet. Et qu'il a tendance à faire des lapsus, ajouta-t-elle d'un ton prudent, mais je ne sais pas dans quelle mesure c'est un signe distinctif fiable.

Archibald bondit de la table et échangea un

coup d'œil entendu avec Gaëlle et Renard, avant de revenir à Ophélie.

— Voulez-vous chercher Arc-en-Terre avec nous ?

— Arc-en-Terre ?

— L'arche natale de la vieille Hildegarde.

— Je sais cela, mais pourquoi Arc-en-Terre ?

— Parce que si Hildegarde savait pour Dieu, il y a fort à parier que sa famille aussi. Voyez-vous, les Arcadiens tiennent des Roses des Vents sur chaque arche. Ils observent tout ce qui se passe à travers le monde depuis des générations. Je pense qu'ils sont extrêmement bien renseignés. Le problème, c'est que tous les Arcadiens ont déserté les Roses des Vents ; nous n'en avons pas encore croisé un seul. (D'un geste éloquent, Archibald ouvrit un tiroir au hasard et en sortit toutes sortes d'imprimés – cartes, timbres, passeports, certificats –, comme s'ils étaient maintenant à lui.) Qu'à cela ne tienne, nous irons les chercher jusque chez eux s'il le faut !

— Et vous m'attendiez pour ça ? s'étonna Ophélie.

Archibald secoua la tête dans une débâcle de cheveux blonds.

— Nous ne vous avons pas du tout attendue. En fait, nous les cherchons depuis un moment. Non, pour l'instant, on tâtonne, on expérimente, on vagabonde. C'est ainsi que nous avons fini par trouver le chemin jusqu'à Anima. Pour les explications techniques, je passe mon tour.

Archibald fit une révérence à Gaëlle qui le bouscula sans ménagement et frappa la table d'itinéraires du plat de la main.

— Des semaines qu'on étudie ces combinaisons !

Tout un tas de foutues portes desservant vingt arches majeures, cent quatre-vingts arches mineures et les tapées d'îlots qui flottent avec. Mais *aucune* qui mène à Arc-en-Terre, pesta-t-elle en foudroyant la table des yeux. À tous les coups, les Arcadiens ont gardé cet itinéraire secret. Et impossible d'aller là-bas par voie aérienne.

Ophélie acquiesça. Arc-en-Terre ne figurait sur aucune carte. Il se racontait même que l'arche entière était dissimulée dans un repli de l'espace.

— Il y a forcément un accès, poursuivit Gaëlle en martelant la table de son index, mais il va nous falloir beaucoup de temps et de méthode pour le trouver. Ces Roses des Vents sont conçues comme un réseau ferroviaire à grande échelle : il y a des lignes directes et des centaines de correspondances. Il nous faut trouver le bon embranchement.

— Mais vous n'êtes pas déjà allée plusieurs fois sur Arc-en-Terre ? l'interrompit Ophélie. Je me souviens que vous en aviez même rapporté des oranges.

— Ce raccourci-là a disparu, répondit Archibald à la place de Gaëlle. Je peux déverrouiller un passage condamné, mais je ne peux pas reconstruire ce qui a été détruit.

Ophélie contempla longuement la table ronde, son chaos de chiffres, son labyrinthe de lignes et de signes.

— Pourquoi ? murmura-t-elle. Pourquoi vous donner tout ce mal ?

Le sourire d'Archibald s'accentua et la lueur de son regard s'intensifia. Jamais Ophélie ne lui avait vu une telle détermination.

— C'est pourtant évident. Hildegarde était une vieille cabocharde qui n'a pas cessé de m'attirer des ennuis, mais elle était sous *ma* protection. Si Dieu est responsable de sa mort, alors Dieu devra me rendre personnellement des comptes.

Gaëlle cracha par terre en signe d'approbation et Renard, d'un geste habituel, sortit aussitôt un mouchoir pour lui frotter la bouche.

— J'aimais pas spécialement la vieille chouette, soupira-t-il, mais ce qui est important pour ma patronne est important pour moi.

— Je dois maintenant ramener cette demoiselle auprès de sa mère, déclara Archibald en caressant les cheveux blancs de Victoire qui avait fini par s'assoupir sur le comptoir, son crayon encore à la main. Vous êtes dans une Rose des Vents, à vous de choisir votre destination, madame Thorn ! Voulez-vous rester sur Anima avec votre famille ? Voulez-vous retourner au Pôle avec votre filleule ? Ou bien voulez-vous chercher Arc-en-Terre avec nous ?

— Le Pôle ! répondit la tante Roseline sans la moindre hésitation. Nous retournons auprès de Berenilde, n'est-ce pas ?

Ophélie se mordit la lèvre. Il aurait été facile de dire oui à la demande de la tante Roseline ou à celle d'Archibald. Elle aurait pu choisir de rester auprès de ce qui lui était familier, mais cela n'aurait fait que creuser davantage son vide intérieur. Elle fut alors saisie par une mêlée d'émotions, de celles qui prennent au ventre lorsqu'on monte à bord d'un train sans savoir jusqu'où il nous conduira ni si on pourra revenir en arrière.

Ophélie caressa du regard la table de pierre où

étaient gravées la carte des Roses des Vents et leurs arches de destination.

ANIMA, l'arche d'Artémis, maîtresse des objets.

LE PÔLE, l'arche de Farouk, maître des esprits.

TOTEM, l'arche de Vénus, maîtresse des animaux.

CYCLOPE, l'arche d'Ouranos, maître du magnétisme.

FLORE, l'arche de Belisama, maîtresse de la végétalité.

PLOMBOR, l'arche de Midas, maître de la transmutation.

PHAROS, l'arche d'Horus, maître du charme.

LA SÉRÉNISSIME, l'arche de Fama, maîtresse de la divination.

HÉLIOPOLIS, l'arche de Lucifer, maître de la foudre.

BABEL, l'arche des jumeaux Pollux et Hélène, maîtres des sens.

LE DÉSERT, l'arche de Djinn, maître du thermalisme.

LE TARTARE, l'arche de Gaia, maîtresse du tellurisme.

ZÉPHYR, l'arche d'Olympe, maître des vents.

TITAN, l'arche de Yin, maîtresse de la masse.

CORPOLIS, l'arche de Zeus, maître de la métamorphose.

SIDH, l'arche de Perséphone, maîtresse de la température.

SÉLÉNÉ, l'arche de Morphée, maître de l'onirisme.

VESPÉRAL, l'arche de Viracocha, maître de la fantomisation.

AL-ONDALOUZE, l'arche de Rê, maître de l'empathie.

L'ÉTOILE, l'arche neutre, siège des institutions interfamiliales.

Et bien sûr, la destination qui ne figurait pas sur la table : Arc-en-Terre, l'arche de Janus, maître de l'espace.

Ophélie les avait étudiées, ces vingt et une arches majeures, depuis sa chambre trop étroite. Elle les avait étudiées, oui, mais il lui semblait qu'elle n'avait rien appris.

Elle sortit de sa poche la carte postale du grand-oncle. La photographie avait souffert pendant l'épisode des toilettes, mais on y voyait encore distinctement le majestueux bâtiment de la XXIIe Exposition interfamiliale.

— Voici ma destination, déclara-t-elle enfin, à la surprise générale. Je dois aller à Babel. Et je dois m'y rendre seule.

La séparation

Ophélie serra l'écharpe contre elle, pendant qu'elle contemplait la porte qui lui faisait face. À peine Archibald l'avait-il close, sur un dernier clin d'œil, que le scintillement lumineux s'était éteint à travers tous les interstices. Ophélie tourna le bouton de la poignée et poussa prudemment le battant : plongé dans le noir, un cagibi avait remplacé la grande rotonde de la Rose des Vents. Le passage était fermé et bien fermé.

« Je suis seule », réalisa soudain Ophélie en écarquillant les yeux sur le réduit obscur. Seule en territoire inconnu, à des milliers de kilomètres de chez elle, avec pour unique repère une carte postale vieille de soixante ans. Elle avait rêvé de ce moment depuis deux années et, à présent qu'elle y était, cette pensée lui donnait le vertige.

Ophélie referma le cagibi d'un geste déterminé. Elle avait peur, oui, mais elle ne regrettait rien.

Elle examina l'endroit où la Rose des Vents l'avait déposée. Une lumière pâle traversait le verre brouillé d'une porte d'entrée, dessinant des contours de pelles, de râteaux, de bêches et de pots. Un abri de jardin, vraisemblablement. Ophélie ignorait à qui il appartenait, mais mieux valait ne pas tomber sur son propriétaire. Même sur son arche, Anima, où l'on partageait tout, il n'était pas bien vu de débarquer chez les autres sans s'annoncer.

Se faufilant par la porte d'entrée le plus discrètement possible, elle s'immobilisa aussitôt sur le seuil : il n'y avait rien dehors. Rien que du blanc, un improbable et implacable condensé de blanc. C'était comme si une énorme gomme avait fait disparaître le monde extérieur pour ne plus laisser voir qu'une feuille de papier vierge.

Ophélie tourna le regard dans toutes les directions, de plus en plus inquiète. L'abri n'était attenant à aucun bâtiment, planté au milieu du néant comme une maisonnette abandonnée. L'air était tellement chaud et humide qu'Ophélie étouffait sous son manteau et ses lunettes s'embuaient déjà. Et si Gaëlle et Renard s'étaient trompés dans leurs calculs ? Et si Archibald, trop confiant en son nouveau pouvoir, avait manqué son coup ?

— Où m'avez-vous amenée ? murmura Ophélie.

— LES JARDINS BOTANIQUES DE POLLUX.

Ophélie se retourna en sursaut. La voix – une voix désincarnée qui ne ressemblait à rien de ce qu'elle avait entendu jusque-là – s'était élevée derrière elle, à l'intérieur même de l'abri.

— Excusez-moi, bredouilla Ophélie en cherchant son interlocuteur des yeux. Je me suis égarée, je ne…

— IL EST RECOMMANDÉ AUX VISITEURS DE VENIR AUX JARDINS EN PÉRIODE DE MARÉE BASSE,

INTERROMPIT LA VOIX. APRÈS LA PLUIE LE BEAU TEMPS.

Ophélie finit par trouver d'où elle venait. Un mannequin articulé se tenait debout contre un mur, si raide, si mince et si immobile qu'il se fondait parmi les silhouettes des pelles et des râteaux. La voix venait plus exactement de son ventre, ajouré de petits trous ; sa tête n'avait ni bouche, ni nez, ni yeux. Il ne portait pour tout vêtement qu'une casquette semblable à celle d'un chef de gare avec les mots « visite guidée » brodés dessus.

Elle n'avait rencontré qu'une seule fois un automate semblable à celui-ci : le majordome mécanique de Lazarus, le célèbre explorateur.

— La marée basse ? releva-t-elle.

Le mannequin ne répondit pas. Ophélie eut un nouveau regard pour la blancheur au-dehors et comprit que ce qu'elle voyait était un brouillard d'une formidable densité. Elle se sentit soulagée. Si elle se trouvait dans les jardins botaniques de Pollux, alors elle était au bon endroit. Pollux et Hélène étaient les esprits de famille jumeaux qui gouvernaient Babel.

— Quand est-ce que ce sera la marée basse ? demanda-t-elle en reformulant sa question.

— LES JARDINS BOTANIQUES DE POLLUX SONT OUVERTS TOUS LES JOURS DE L'ÉTÉ DU LEVER AU COUCHER DU SOLEIL, répondit le mannequin, toujours au garde-à-vous contre son mur. TOUT VIENT À POINT À QUI SAIT ATTENDRE.

C'était encore l'été sur Babel ? Ophélie songea qu'elle aurait dû étudier davantage ses manuels de géographie. Elle sortit la carte postale que lui avait offerte son grand-oncle et la présenta au mannequin sans trop savoir comment s'y prendre, puisqu'il ne possédait rien qui ressemblât à des yeux.

— Oublions la marée. Je dois me rendre à l'endroit où s'est tenue la XXIIe Exposition interfamiliale. La photographie date un peu, mais je pense que le bâtiment existe encore. Pourriez-vous m'indiquer où je…

— LES JARDINS BOTANIQUES DE POLLUX, répliqua aussitôt le mannequin.

Ophélie s'assit sur un pot en pierre. Ce guide mécanique lui rappelait le majordome de Lazarus qu'elle avait rencontré par le passé : il ne réagissait qu'à des instructions basiques. Elle allait devoir attendre la levée du brouillard ; elle aurait au moins aimé connaître l'heure (elle avait quitté Anima en fin d'après-midi, mais il devait y avoir un décalage horaire avec Babel). La touffeur ambiante commençait à lui donner soif.

Ophélie croisa le regard de son reflet dans une vitre cassée qui était posée à même le mur. Elle considéra un instant ses lunettes colorées, sa longue tresse noueuse, son écharpe remuante, et l'évidence la frappa :

— Je me ressemble beaucoup trop.

Ophélie avait eu du mal à convaincre la tante Roseline de ne pas l'accompagner, lui expliquant encore et encore qu'elles auraient trop attiré l'attention à deux. Mais si quelqu'un la reconnaissait malgré tout ?

Elle se mit à ronger les coutures de ses gants de *liseuse*. D'un point de vue théorique, il était peu probable que Dieu eût devancé sa venue sur

Babel. Elle avait remonté cette piste-là à partir de tout petits indices : les mimosas dorés, le soldat sans tête et l'ancienne école. C'étaient ces trois visions, provoquées par la *lecture* du Livre de Farouk, qui l'avaient guidée jusqu'ici.

Trois visions dont Ophélie n'avait parlé qu'à Thorn.

D'après son travail de documentation, et sauf erreur de sa part, c'était sur Babel que toute l'histoire avait commencé. La grande histoire : celle des esprits de famille, des Livres, de Dieu et de la Déchirure. Peut-être Ophélie aurait-elle pu percer ces mystères-là en suivant Archibald dans sa quête, mais elle n'aurait eu aucune chance de trouver Thorn sur Arc-en-Terre. Non, s'il était arrivé aux mêmes déductions que les siennes et qu'il avait réussi à quitter le Pôle – deux choses dont Ophélie l'estimait parfaitement capable, il s'était forcément rendu à Babel.

Elle cessa brusquement de grignoter ses gants, se rappelant soudain qu'elle n'en avait plus qu'une seule paire.

— Il n'empêche que je me ressemble trop, répéta-t-elle en secouant ses lunettes pour dissiper leur coloration.

À présent que les Doyennes l'avaient laissée s'échapper, Dieu en serait vite informé. S'il avait implanté des Tuteurs sur Babel, ce qui était plus que certain, ils allaient sans doute recevoir un avis de recherche avec un signalement précis. Ophélie allait devoir jouer serré pour passer inaperçue. Elle ne pouvait cesser d'être myope ni petite, mais pour le reste…

Elle fouilla le local et trouva sans mal des cisailles pour la taille des haies. D'un geste décidé, elle coupa maladroitement sa tresse qui retomba sur le sol avec la lourdeur d'une botte de foin. Ophélie observa le résultat dans la vitre cassée et eut l'impression de se retrouver avec une colonie de points d'interrogation dressés sur la tête. Ses cheveux, délivrés de leur poids, s'étaient mis à boucler dans tous les sens. Elle les avait laissés pousser depuis l'enfance mais, curieusement, lorsqu'elle jeta cette partie d'elle-même dans un sac de mauvaises herbes, elle ne ressentit rien de particulier. Rien, hormis une soudaine impression de légèreté. À croire que ce n'étaient pas ses cheveux qu'elle venait de couper, mais le cordon qui l'enchaînait à son ancienne vie.

Elle dissimula ensuite son manteau sous une pile de tabliers ; si c'était bien l'été sur Babel, elle n'en aurait pas besoin. Alors qu'Ophélie dénouait son écharpe, celle-ci lui opposa une furieuse résistance.

— Tu es trop reconnaissable. Ne sois pas bête, je ne t'abandonne pas ici. Tu resteras avec moi, dans le sac.

Ophélie fit sauter les attaches de la besace que Renard lui avait donnée. Elle contenait des biscuits secs, un siphon d'eau gazeuse et plusieurs affaires glissées par la tante Roseline. En fourrant l'écharpe dans le sac, la jeune fille fit tomber les faux documents d'identité qu'Archibald avait fabriqués pour elle à la Rose des Vents – il y avait là-bas de quoi falsifier vraiment n'importe quoi.

— Je m'appelle Eulalie, récita Ophélie en

examinant ses papiers. Je suis animiste au huitième degré et je n'ai jamais mis les pieds sur mon arche d'origine.

Ce serait crédible tant qu'elle éviterait d'entrer dans les détails. Elle tenait de son grand-oncle qu'elle avait quelques cousins éloignés disséminés sur d'autres arches.

Elle eut aussitôt une pensée coupable pour les membres de sa famille. Elle les avait tous quittés sans un mot d'explication. Elle espérait quand même qu'ils n'étaient pas trop en train de s'inquiéter.

— Je m'appelle Eulalie, répéta pensivement Ophélie.

Pourquoi *Eulalie* ? Quand Archibald lui avait demandé de se choisir un nouveau nom, c'était celui-là qui lui était spontanément venu à la bouche. Plus elle y réfléchissait, plus elle jugeait son choix malavisé. La sonorité de ce nom était beaucoup trop proche du sien.

Ophélie se chercha une position plus confortable entre deux sacs de graines. Et Thorn ? songea-t-elle en fermant les paupières. Avait-il réussi à se recréer une identité après son évasion ? Vivait-il au moins dans des conditions décentes ? Mangeait-il à sa faim, lui qui avait si peu d'appétit ?

Elle tressaillit quand un éclat de lumière la frappa en plein visage. Elle s'était assoupie sans même s'en apercevoir. S'abritant les yeux, elle vit, dans l'entrebâillement de ses doigts, le guide mécanique sortir de l'abri. Le soleil se déversait en trombe par la porte. Ophélie attrapa sa besace et s'avança dans la lumière. À peine posa-t-elle un pied dehors que la chaleur lui coupa le souffle. En redescendant, le brouillard avait levé le voile sur une jungle de couleurs, un mélange inextricable de verdure et de fontaines, d'humus et de fruits, d'oiseaux et d'insectes.

Si la beauté sauvage des jardins botaniques était spectaculaire, Ophélie n'en profita pas longtemps : assaillie d'odeurs inhabituelles, elle fut secouée par une crise d'éternuements qui se prolongea tandis qu'elle suivait le guide mécanique au milieu des fougères. Même sans manteau, elle suffoquait. L'air moite lui collait à la peau et trempait sa robe de transpiration. Elle était loin, la grisaille hivernale d'Anima !

Ophélie aperçut à travers les hautes herbes d'étranges silhouettes de marsupiaux qu'elle n'avait jamais vus ailleurs que dans des livres. Les cris des singes, dans les feuillages, ne ressemblaient à rien de ce qu'elle connaissait.

— Où se trouve la sortie ? demanda-t-elle au guide mécanique.

— LA VISITE DES JARDINS BOTANIQUES DE POLLUX COMMENCE À L'ARBORETUM, répondit-il en marchant droit devant lui. RESTEZ GROUPÉS, S'IL VOUS PLAÎT.

Ophélie décida de lui fausser compagnie. Pendant qu'elle cherchait son chemin, elle croisa d'autres mannequins qui débroussaillaient des haies et frottaient la mousse sur les dalles des allées, ne s'arrêtant que pour huiler leurs articulations. Chaque fois qu'elle les interrogeait, ils lui répondaient « QUI VEUT ALLER LOIN MÉNAGE

SA MONTURE » ou encore « TOUS LES CHEMINS MÈNENT À BABEL », ce qui ne l'aidait pas tellement. Il devait bien y avoir des Babéliens qui n'étaient pas des automates, non ?

Ophélie monta des escaliers en pierre d'où s'écoulaient des flots de bougainvillées. Plus elle prenait de la hauteur, plus elle mesurait l'ampleur du parc. Il se déclinait en plusieurs étages et chacun d'eux était une véritable symphonie de plantes, d'arbres, de fleurs et de fruits. Dans les étages inférieurs, des lambeaux de brouillard s'accrochaient encore aux palmiers.

Il lui paraissait incroyable de penser que, la veille encore, elle traînait en chemise de nuit dans sa chambre. Elle avait passé tellement de temps immobile, à ne mettre le nez dehors que pour chercher des croissants pour le petit déjeuner familial chez le boulanger du quartier, que ses muscles la tiraillaient déjà.

Ce qui la préoccupait davantage, c'était l'absence de mimosas. Le passé de Dieu était, d'une façon ou d'une autre, associé à cet arbre. Ophélie n'en avait en fait jamais croisé un seul de sa vie, mais, depuis qu'elle en avait eu la vision, elle s'était documentée. Les mimosas étaient reconnaissables à leurs grappes de fleurs dorées et ils ne poussaient que sur très peu d'arches. Si le manuel de géographie n'avait pas raconté de bêtises, Babel aurait dû être de celles-là.

Ophélie finit par trouver les grilles des jardins botaniques, aussi majestueuses que celles d'un palais oriental. En les franchissant, elle eut l'impression de quitter un monde pour un autre. Un pont large comme un boulevard reliait les jardins à un marché public. Là-bas, une foule immense ondoyait à la façon d'un fleuve entre les tentes des étals. Des éléphants et des girafes dominaient l'essaim d'hommes, de femmes et d'automates, à croire que tout ceci était la plus naturelle des cohabitations.

La fête des Tocantes lui paraissait soudain bien anodine !

À peine s'engagea-t-elle sur le pont que les effluves des épices lui firent tourner la tête. Éblouie par le soleil, déjà haut dans le ciel, elle promena son regard autour d'elle. Sa main s'agrippa instinctivement à la bandoulière de sa besace : le pont sur lequel elle se tenait enjambait le vide. Ophélie avait lu dans son manuel de géographie que Babel était éclatée en plusieurs arches mineures, mais cela ne l'avait pas préparée au spectacle qui se déployait devant elle. Une multitude d'îles flottantes baignaient dans une mer de nuages à la blancheur incroyable. Certaines avaient une taille suffisante pour accueillir une ville. D'autres à peine la place d'y construire une maison. Toutes arboraient une architecture mêlée de végétation, comme si les plantes et les pierres étaient imbriquées les unes dans les autres. Les arches mineures les plus proches étaient reliées entre elles par un entrelacs de ponts et d'aqueducs ; les plus éloignées étaient desservies par des machines volantes qu'Ophélie aurait été bien en peine d'identifier et qui ressemblaient à des trains ailés.

Ophélie se plongea corps et biens dans la foule. Elle fut aussitôt assaillie par la criée des marchands et vit défiler des étoffes, des bijoux, des lentilles, des fèves, des œufs, des piments, des melons, des pastèques, des mangues, des bananes et toutes sortes de produits dont elle ignorait le nom ; son estomac lui fit sentir qu'il lui faudrait bientôt se soucier de trouver un repas.

— Pourriez-vous m'indiquer cet endroit, s'il vous plaît ? demanda-t-elle en montrant sa carte postale à tous ceux qu'elle croisait.

Sa petite voix étant engloutie par le brouhaha ambiant, elle posa sa question de plus en plus fort sans jamais obtenir de réponse. Est-ce que les gens ne l'ignoraient pas délibérément ? Ils continuaient de regarder droit devant sans jamais baisser les yeux vers elle.

Décontenancée, Ophélie s'approcha d'une fontaine où des flamants roses trempaient leurs échasses. Elle humecta un mouchoir pour se rafraîchir le visage et avala une gorgée d'eau gazeuse. Là, assise sur la bordure de la fontaine, sa main caressant l'écharpe au fond du sac, elle prit un moment pour observer attentivement le marché. La diversité des peaux, des morphologies et des accents était celle d'une population cosmopolite : il n'y avait pas ici une, mais plusieurs familles. Pourtant, ils semblaient tous ne former qu'un seul peuple où Ophélie tenait le rôle d'intruse.

Elle décida de ne pas s'attarder plus longtemps sur cette place. Une patrouille d'hommes et de femmes était en train de fendre la foule. Ils portaient une cuirasse par-dessus leurs tuniques, et leurs casques à pointe, prolongés de couvre-nuques, leur conféraient une allure militaire. Ils posaient autour d'eux des regards qui, sans se vouloir menaçants, étaient des plus troublants : leurs prunelles brillaient comme de l'or. Cet éclat surnaturel trahissait leur pouvoir familial, une vue perçante à laquelle même une mouche n'aurait pu échapper.

Ophélie préférait ne pas avoir affaire à eux. Tout ce qui était proche de l'autorité était susceptible de l'être de Dieu. Elle traversa le marché dans le sens opposé et avisa un tramway à air comprimé qui était sur le point de partir. Il était tapissé d'affiches publicitaires où figurait un soleil avec le mot « LUX » écrit en majuscules. Les citadins entraient en pointant des tickets dans un horodateur. Ophélie vérifia qu'il n'y avait aucun contrôleur, puis se dépêcha de monter à son tour. Elle n'eut pas le temps de reprendre son souffle qu'un passager se leva de son siège pour la repousser doucement sur le trottoir.

— N'y voyez rien de personnel, *miss*, s'excusa-t-il d'un ton poli. Vous n'avez pas pointé, vous ne respectez pas les codes, je ne fais que mon devoir de citoyen.

— Écoutez, je dois absolument me rendre là-bas, expliqua Ophélie en brandissant sa carte postale. Pourriez-vous au moins me dire comment…

La porte se referma automatiquement, mettant un terme à la conversation. Le dépit d'Ophélie se transforma en affolement quand elle se sentit partir en même temps que le tramway. La bandoulière de sa besace s'était coincée dans la portière !

Elle tira de toutes ses forces sur son sac, trébucha en avant, fut traînée le long du trottoir jusqu'à ne plus pouvoir faire autrement que lâcher prise.

— Non ! souffla-t-elle en voyant le tramway s'élancer sur les rails en ballottant son sac.

L'écharpe était restée à l'intérieur.

Le tac-si

Ophélie avait longé les rails en courant à toutes jambes. Trempée de sueur, couverte d'égratignures et gênée par un point de côté, elle avait les poumons en feu. Après un pont et quelques rues, la voie ferrée bifurquait. Quel aiguillage avait emprunté le tramway ? Par où était-il parti ? Elle tourna son regard dans tous les sens, à la recherche d'une indication. Il n'y avait que des citadins, des omnibus, des pousse-pousse, des bicyclettes, des animaux et des automates qui circulaient dans un capharnaüm étourdissant. Lorsqu'elle releva ses lunettes, Ophélie fut prise de vertiges. Le quartier entier était conçu comme un escalier colossal dont chaque marche accueillait une nouvelle rue envahie par la foule et les jardins.

Malgré l'effervescence, Ophélie se sentait seule comme jamais. Comment allait-elle retrouver son écharpe ? Comment arriverait-elle jusqu'à Thorn ? Comment avait-elle pu croire un instant qu'elle était prête à se lancer seule dans une telle expédition ? La tante Roseline, Archibald, Gaëlle et

Renard lui avaient tous recommandé d'attendre un peu avant de se précipiter, mais elle n'avait écouté que son impatience.

— S'il vous plaît, apostropha-t-elle un pousse-pousse. Je cherche le tramway qui vient du marché.

Elle s'était adressée au conducteur, mais elle s'aperçut, quand il baissa vers elle une tête sans visage, qu'il s'agissait d'un mannequin. Sa passagère, qui somnolait sous l'auvent du véhicule, répondit à sa place d'une voix endormie :

— Vous devriez poser vos questions à un guide, jeune fille.

— Un guide ?

La passagère entrouvrit une paupière, et son nez bombé, où étincelait un anneau, aspira soudain l'air comme si elle essayait de flairer Ophélie à distance.

— Un guide public de signalisation. Vous en trouverez un à chaque carrefour. Et comme vous n'êtes visiblement pas d'ici, je me permets un conseil : habillez-vous convenablement.

Ophélie regarda le pousse-pousse s'éloigner. Sa petite robe grise n'était pas de la première fraîcheur, soit, mais ce n'était pas non plus comme si elle se promenait nue. Elle aperçut, au milieu du carrefour, une grande statue-automate dont les huit bras pointaient dans différentes directions : ce devait être ça, le guide public de signalisation.

— Euh... le dépôt des tramways ? lui demanda Ophélie.

Comme elle n'obtenait pas de réponse, elle remarqua un remontoir semblable à celui d'une boîte à musique incorporé dans le socle de la statue. Elle libéra le mécanisme envahi par les plantes et le tourna plusieurs fois.

— POSEZ-MOI UNE QUESTION, déclara la statue.

— Le terminus du tramway du marché ?

— LA CHANCE SOURIT AUX AUDACIEUX.

— Les objets perdus ?

— UNE BONNE JOURNÉE COMMENCE PAR UNE BONNE NUIT.

— La XXIIe Exposition interfamiliale ?

— UN TIENS VAUT MIEUX QUE DEUX TU L'AURAS.

— Merci quand même.

Ophélie s'adossa au socle de la statue, découragée. Ses seules possessions étaient désormais la montre de Thorn et la vieille carte postale. Elle n'avait plus ni papiers d'identité, ni affaires de rechange et sa pauvre écharpe se retrouvait livrée à elle-même dans cette ville incompréhensible.

Et si quelqu'un trouvait le sac ? se demanda Ophélie en frottant furieusement ses paupières. Et si ce quelqu'un le remettait à la garde familiale de Pollux ? Et si Dieu apprenait qu'une écharpe animée avait été localisée sur Babel ?

À peine venait-elle d'arriver qu'Ophélie avait l'impression d'avoir déjà compromis toutes ses chances.

— Si j'en juge par votre réaction, l'expérience a été plutôt décevante.

Elle remit ses lunettes en place, tout étonnée d'entendre une voix humaine lui adresser la parole. Un adolescent se tenait assis juste en face d'elle, accoudé à un fauteuil de bois sculpté, à l'abri d'une grande ombrelle. La blancheur éclatante de ses habits faisait ressortir le bronze de sa peau. Il émanait de lui une étrangeté qu'Ophélie eut du mal à définir. En vérité, il aurait paru davantage à sa place dans un salon de thé qu'au milieu de la voie publique. Il observait Ophélie avec une telle curiosité qu'il n'accordait aucune attention au torrent de citadins autour de lui.

— Le guide public de signalisation, finit-il par expliquer en désignant la statue-automate. Vous devez lui donner l'adresse exacte de votre destination, sinon il ne vous comprendra pas. Et sans vouloir vous offenser, *miss*, je crois que votre accent est un peu trop prononcé pour lui.

L'adolescent s'exprimait lui-même avec l'accent caractéristique de Babel, qui était un mélange de musicalité et de distinction. Tout était douceur chez lui : ses yeux d'antilope, ses longs cheveux au noir soyeux, les traits fins de sa figure, jusqu'à l'étoffe satinée de ses habits. Ophélie le devançait probablement en âge mais, en cet instant, elle se sentit comme une enfant devant lui.

— J'ai perdu mon sac et mes papiers, dit-elle d'une voix enrouée dont elle ne fut pas fière. Je ne sais pas quoi faire. C'est la première fois que je viens à Babel.

L'adolescent se tourna malaisément sur son fauteuil et Ophélie fut à nouveau frappée par cette étrangeté indéfinissable qui se dégageait de lui.

— Prenez ce boulevard, longez-le jusqu'au bout et traversez le pont, dit-il en pointant vers l'est. De là, vous apercevrez un très grand édifice qui ressemble à un phare : une fois que vous l'aurez repéré, vous ne pourrez plus vous perdre.

— Et cet édifice, c'est quoi exactement ?

L'adolescent esquissa un sourire.

— Le Mémorial de Babel. C'est là-bas que s'est tenue la XXIIe Exposition interfamiliale. C'est bien ce que vous demandiez au guide, n'est-ce pas ? *Sorry, miss,* je n'ai pas pu m'empêcher de vous écouter. Mon père dit que la curiosité est un « joli défaut », mais j'ai toujours tendance à me mêler de ce qui ne me regarde pas. Et à trop parler aussi, convint-il sur un ton d'excuse, mais je tiens cela aussi de mon père. Au sujet de votre sac, je suis persuadé que vous le retrouverez bientôt. L'honnêteté est un devoir civique sur Babel.

Ophélie fut envahie de gratitude. Ce jeune homme lui avait redonné tout son courage.

— Merci, monsieur.

— Ambroise. Sans le monsieur, *miss*.

— O… Eulalie. Merci, Ambroise.

— Bonne chance, *miss*.

Il marqua une hésitation, comme s'il voulait ajouter quelque chose, puis il se ravisa. Ophélie traversa le carrefour à contre-courant, sous les exclamations outragées des cyclistes et des pousse-pousse, mais elle ne put retenir un regard en arrière. Elle avait la sensation d'être passée à côté d'un détail important. Elle comprit ce que c'était en voyant Ambroise manœuvrer péniblement son fauteuil.

C'était un fauteuil roulant. Et il s'était coincé entre les pavés.

Ophélie revint aussitôt sur ses pas, provoquant une nouvelle vague de mécontentement, et s'appuya de tout son poids sur le fauteuil pour en dégager la roue. Ambroise leva vers elle un regard surpris, la croyant déjà loin.

— C'est ridicule, dit-il avec un petit rire embarrassé, je me prends au piège à chaque fois. C'est à cause de ça que je ne ferai jamais un bon tac-si.

— Un tac-si ?

— Un tacot à siffler, *miss*. Tout ce qui peut rouler et prendre un passager. Vous n'en avez pas chez vous ?

Comme Ophélie se contentait d'un hochement de tête évasif, Ambroise la considéra avec un regain de curiosité.

— Je vous ai aidée. Vous m'avez aidé. Nous sommes amis.

Cette déclaration fut si spontanée qu'Ophélie ne put s'empêcher de serrer la main qu'il lui tendait. Ce fut à cet instant précis qu'elle sut en quoi résidait l'étrangeté de cet adolescent : il avait un bras gauche à la place du droit, un bras droit à la place du gauche. Et à en juger par l'angle incongru de ses babouches, ses jambes étaient pareillement inversées. C'était le handicap le plus insolite qu'Ophélie avait jamais vu chez quelqu'un – à croire qu'Ambroise avait été lui aussi victime d'un accident de miroir.

— Si vous voulez bien de moi comme chauffeur, Miss Eulalie, montez !

Il tourna une manivelle intégrée à son fauteuil, produisant un long cliquetis de rouages. Ophélie se jucha maladroitement sur le marchepied arrière et faillit en tomber dès qu'Ambroise baissa le frein à main, propulsant le fauteuil en avant. Elle sentit défiler sous elle tous les pavés de la route. À plusieurs reprises, il lui fallut mettre pied à terre et déloger elle-même les roues des malformations, pendant qu'Ambroise remontait les ressorts de son fauteuil à coups de manivelle. La grande ombrelle, mal fixée au dossier, grinçait bruyamment au gré du vent et recouvrait la voix douce d'Ambroise qui faisait la conversation. Ce fut un voyage plutôt inconfortable, mais Ophélie cessa d'y penser à la seconde où le fauteuil s'engagea sur un pont entre deux arches et qu'Ambroise lui désigna le lointain de sa main inversée.

Entre l'infinité du ciel et la mer de nuages, une immense tour en spirale coiffée d'un dôme en verre se dressait sur un îlot flottant qui avait à peine la place de l'accueillir ; un versant entier de l'édifice débordait sur le vide, mais l'équilibre architectural était si parfait que l'ensemble tenait debout envers et contre tout.

— Le Mémorial de Babel, commenta Ambroise. C'est notre plus vieux monument, la moitié date de l'ancien monde. L'adage dit que toute la mémoire de l'humanité y repose.

« La mémoire de l'humanité », répéta Ophélie en son for intérieur. À la pensée que Thorn s'était peut-être rendu là-bas, elle sentit comme un tambour dans sa poitrine. Elle s'inclina par-dessus le dossier pour se faire entendre d'Ambroise dont elle ne voyait que des ondulations de cheveux noirs.

— La moitié seulement ?

— Une partie de la tour s'est effondrée avec la Déchirure, mais elle a été reconstruite par LUX il y a des siècles. J'aime bien aller au Mémorial, on y trouve des milliers d'ouvrages ! Je raffole des livres, pas vous ? Je pourrais passer mes journées à en lire, sur n'importe quel sujet. J'ai essayé d'en écrire une fois, mais je suis aussi piètre auteur que tac-si, je me perds toujours dans des digressions. N'allez pas croire que le Mémorial est une sorte de vieille bibliothèque poussiéreuse, Miss Eulalie. Il est à la pointe de la modernité avec des familiothèques, des transcendius et des fantopneumatiques ! Tout ça grâce à LUX.

Ophélie n'avait pas la plus petite idée de ce qu'étaient des familiothèques, des transcendius et des fantopneumatiques, mais le mot « LUX » lui évoquait quelque chose. Elle se rappela alors que c'était celui qui était imprimé sur toutes les affiches publicitaires du tramway.

— Et un soldat sans tête ? demanda-t-elle. Il y en a un ?

Ambroise releva son levier d'un coup sec, freinant si brutalement qu'Ophélie cogna sa tête contre la sienne.

— Vous ne devriez pas employer ce mot en public, *miss*, murmura-t-il en lui décochant un coup d'œil surpris par-dessus son épaule. Je ne sais pas ce qu'il en est chez vous, mais nous avons un Index ici.

— Un Index ?

— L'Index vocabulum prohibitorum. La liste de tous les mots qu'il est interdit de prononcer à voix haute. Tout ce qui a un rapport avec... vous savez. (Ambroise fit signe à Ophélie de se pencher davantage pour lui chuchoter à l'oreille.) La guerre.

Ophélie se contracta de tous ses muscles. Ainsi,

les tabous fixés par Dieu étaient aussi de rigueur sur Babel.

— Je suppose que vous vouliez parler de la vieille statue, à l'entrée du Mémorial, reprit Ambroise d'un ton plus léger en remettant son fauteuil en marche. Elle est aussi ancienne que le site.

— Et comment s'y rend-on ?

— En tramoiseaux, *miss*. (Et avant qu'elle ne pût demander ce qu'était un tramoiseaux, il enchaîna :) Mais si vous voulez visiter le Mémorial ou récupérer votre sac, il faudra d'abord vous changer. On ne vous laissera entrer nulle part dans cette tenue.

— Je ne comprends pas, dit Ophélie avec un froncement de sourcils. En quoi ma robe est-elle problématique ?

Ambroise éclata de rire.

— Je vous invite chez moi, *miss* ! Il y a deux ou trois choses qu'il faut que je vous explique.

Le domicile d'Ambroise ne ressemblait en rien à l'idée qu'Ophélie se serait faite de la maison d'un chauffeur de tac-si. Le fauteuil roulant remonta un portique entre les colonnes duquel scintillaient des bassins de nénuphars. Plus ils pénétraient dans le domaine, plus les bruits et les odeurs de la rue se faisaient lointains. Un bataillon de mannequins, en livrée de domestique, vint à leur rencontre et leur ouvrit les hautes portes de la demeure. La fraîcheur qui régnait à l'intérieur arracha un soupir de bien-être à Ophélie ; la peau de sa nuque, dégagée par sa nouvelle coupe de cheveux, était bouillante.

Elle descendit du marchepied, puis posa un

regard déconcerté sur l'atrium. Statues et automates, tables de marbre et appareils de téléphonie, plantes grimpantes et lampes électriques se côtoyaient dans un singulier assortiment de distinction antique et de technologie moderne. Cet endroit résumait à lui seul l'ambiance anachronique de toute la ville.

— C'est ici que vous vivez ?

— Moi et mon père. Surtout moi, en fait. Mon père n'est pas souvent à la maison.

Ce disant, Ambroise désigna un portrait en pied qui trônait sur le mur principal. Il représentait un homme doté de longs cheveux blancs et de petites bésicles roses où pétillait un regard plein de malice.

— C'est Lazarus, le fameux arches-trotteur, reconnut Ophélie. Cet homme est votre père ? Je l'ai rencontré une fois.

— Je ne suis pas surpris. Tout le monde connaît mon père et mon père connaît tout le monde.

Elle nota qu'il y avait plus de mélancolie que de fierté dans le sourire qu'Ambroise destina au tableau. Il ne devait pas être facile de trouver sa place dans une vie aussi remplie que celle de ce père-là.

— Et vous n'avez pas d'autres parents ici ?

— Ni proches ni amis. Aucun qui ne soit un automate, du moins.

Ophélie observa les majordomes mécaniques qui étaient occupés à démonter, plutôt malhabilement, l'ombrelle du fauteuil roulant. Elle essaya de s'imaginer en train de grandir au milieu de ces corps sans visage dont les ventres laissaient parfois échapper un « LA CONSTANCE EST LA BASE DES VERTUS » ou un « LA TARTINE TOMBE TOUJOURS DU CÔTÉ QUI EST BEURRÉ ».

— J'ai dit à mon père que les dictons n'étaient pas du meilleur effet, soupira Ambroise, mais il est têtu comme un dromadaire.

— Il est l'inventeur des automates de la cité ? s'étonna Ophélie. Je savais qu'il les commercialisait, mais j'ignorais qu'il les avait conçus.

— C'est un sans-pouvoirs, mais ce n'en est pas moins un génie. Mon père ne doit son statut de citoyen qu'à son seul mérite.

— Votre famille est sûrement très importante.

Ambroise fronça les sourcils, comme s'il éprouvait des difficultés à comprendre Ophélie.

— C'est mon père qui est important, et encore, il est loin de l'être autant que les Lords de LUX. Mais pourquoi, moi, le serais-je ? Je n'ai pas réussi à trouver mon utilité pour la cité. Je ne suis qu'un entretenu.

Il avait prononcé ce mot avec une honte qui laissait assez clairement entendre combien c'était déshonorant. Il élança son fauteuil entre les colonnes intérieures et, avec un entrain forcé, continua à parler sans reprendre son souffle, comme s'il voulait remplir de sa voix les grands espaces vides de sa demeure :

— Avant d'être tac-si, j'ai essayé toutes sortes de petits boulots qui se sont à chaque fois soldés par un échec. Je ne suis pas un manuel, voyez-vous. Même taper sur une machine à écrire est d'une atroce complexité pour moi. Je me dis souvent que, si j'avais été un Fils de Pollux, j'aurais au moins eu à ma disposition un sens surdéveloppé. Si là, maintenant, un bon génie me demandait ce que je voudrais être, je répondrais sans hésitation : un Visionnaire ! Ce doit être passionnant de voir des microbes à l'œil nu, vous ne pensez pas ? Ou alors un Acoustique. C'est extraordinaire tout ce qu'on peut apprendre du monde qui nous entoure rien qu'avec des ultrasons. Même être un Olfactif, un Tactile ou un Gustatif ne m'aurait pas déplu, mais non, il a fallu que je me retrouve avec les mains à l'envers. Mon père me répète sans arrêt que ma seule existence fait de moi quelqu'un de très important pour la cité. Il est bien le seul à le penser.

Tandis qu'Ophélie suivait Ambroise, un peu étourdie par son bavardage, elle comprenait de moins en moins cette société où il était bien vu d'expulser une étrangère d'un tramway, mal vu de subvenir aux besoins de son enfant et indifférent à tout le monde qu'une jeune fille se rendît seule au domicile d'un jeune homme. Il lui semblait que ni le Pôle, ni Anima, ni ses manuels ne l'avaient réellement préparée à Babel. Ce monde répondait à des règles tout à fait différentes de celles qu'elle connaissait.

Cette impression se mua en certitude lorsque Ambroise l'introduisit dans une élégante garde-robe et ouvrit les volets sculptés des armoires, adaptées à la hauteur de son fauteuil. Tous les habits, impeccablement pliés, étaient aussi blancs que ceux qu'il portait.

— Ce que vous devez comprendre, Miss Eulalie, c'est qu'ici les gens sont exactement ce à quoi ils ressemblent. Nous avons, au même titre qu'un code civil et un code pénal, un code vestimentaire très strict. Mon père et moi-même, par exemple, sommes tenus par la loi de porter du blanc. C'est la non-couleur des sans-pouvoirs. Êtes-vous une sans-pouvoirs ?

— Euh… je suis animiste. Au huitième degré, ajouta Ophélie avec une pensée pour le faux certificat d'identité qu'elle avait perdu.

— Au huitième degré ? Avec un pouvoir familial aussi dilué, vous pourrez porter du blanc aussi. Vous êtes menue, mais je ne suis pas très grand non plus. Mes vêtements seront presque à votre taille.

— Parce qu'il sera moins choquant pour moi de porter des habits d'homme ?

Ambroise, qui était en train de déplier une longue tunique blanche, releva un regard interloqué vers Ophélie avant de se fendre d'un sourire en coin.

— Excusez-moi, je ne suis pas comme mon père, qui connaît les us et coutumes des autres arches. Nous ne faisons pas de différence entre les sexes ici. J'en déduis que chez vous les hommes ne portent pas de tenues comme la vôtre ?

Ophélie se fit violence pour ne pas imaginer Thorn en petite robe grise.

— Non, effectivement.

— C'est intéressant. Cela étant, Miss Eulalie, le principal problème avec votre robe est que son modèle ne figure pas dans notre code vestimentaire. Ne pas respecter ce code en public est interprété comme un acte de provocation. Ce qui est évidemment très mal perçu.

Ophélie haussa les sourcils. Elle n'aurait jamais imaginé que cette antiquité qui la boutonnait des chevilles jusqu'au menton la ferait un jour passer pour une mauvaise fille.

— La composition vestimentaire varie selon l'âge, la profession et l'état civil, poursuivit Ambroise en fouillant ses armoires. Les citoyens ne portent pas les mêmes couleurs que les non-citoyens, par exemple.

— Les non-citoyens, répéta Ophélie qui se rappelait avoir lu un passage là-dessus dans son manuel géographique. Ce sont ceux qui vivent à Babel, mais qui ne descendent pas de Pollux ?

— Ce n'est plus vraiment exact, dit Ambroise avec un sourire indulgent. Les Fils de Pollux sont citoyens d'office, en effet. Ils peuvent voter, élire et être élus. Mais il est aussi possible de devenir citoyen par le mérite, comme mon père. Ça, c'est depuis que Babel a conclu des alliances commerciales avec les autres arches. Vous avez dû le remarquer dans la rue, il y a plein de familles différentes qui vivent ici : des Florins, des Totémistes, des Cyclopéens, des Alchimistes, des Héliopolitains ! Des sans-pouvoirs, ajouta-t-il, du bout des lèvres cette fois. Nous sommes les « Filleuls d'Hélène ». Lady Hélène n'ayant jamais pu avoir de descendance, elle est devenue la marraine attitrée de tous ceux qui ne sont pas des Fils de Pollux. Elle sera aussi la vôtre tant que vous resterez à Babel.

Ophélie espérait bien que non. La dernière fois qu'elle avait été la pupille d'un esprit de famille, ça avait failli lui coûter la vie.

— Pour revenir à nos habits, dit Ambroise en se replongeant dans son armoire, vous devez comprendre que chaque ornement, chaque bijou, chaque accessoire ajoute des strates de significations très précises. C'est un langage à part entière ! Si votre séjour à Babel doit se prolonger, je vous conseille de parfaitement le maîtriser pour éviter les malentendus. Prenez garde, la police vestimentaire effectue régulièrement des contrôles.

Ophélie, qui s'était toujours affublée du premier vêtement lui tombant sous la main, devrait fournir de sérieux efforts si elle voulait se fondre dans le décor de Babel.

— Et que se passe-t-il si on s'habille différemment de ce qui est prévu par le code ?

— On doit verser une amende à la cité. Plus l'infraction est grave, plus l'amende est lourde.

Elle renversa la pile de vêtements qu'Ambroise avait amoncelée dans ses bras. Il était navrant de constater que, même sans avoir les mains à l'envers, elle était la plus maladroite des deux.

— Restez chez moi pour la nuit, proposa le chauffeur de tac-si en voyant la lumière décliner à travers les croisées. Nous nous mettrons à la recherche de votre sac à la première heure demain matin.

— Et le Mémorial ? Ne serait-il pas possible d'y aller dès aujourd'hui ?

Ambroise ouvrit de grands yeux dont le blanc ressortit sur la surface sombre de sa peau.

— Il sera fermé d'ici à ce qu'on soit sur place. Cet endroit a l'air de vous tenir vraiment à cœur. Que recherchez-vous exactement ?

— C'est personnel.

Ophélie se reprocha son impulsivité en voyant disparaître le sourire d'Ambroise.

— Excusez mon indiscrétion. Veuillez me suivre, *miss*, vous devez avoir envie de vous rafraîchir et de vous reposer. Avez-vous faim ? Accepteriez-vous de partager ma table ?

Ophélie ramassa les vêtements répandus sur le sol, puis releva les lunettes vers le fauteuil qui roulait déjà vers la porte dans un ronronnement mécanique.

— Ambroise ?

— *Miss* ?

— Pourquoi m'aidez-vous ?

Les roues du fauteuil s'immobilisèrent brusquement, crissant sur le marbre en damier, mais Ambroise ne se retourna pas. De là où elle se tenait, Ophélie put voir ses mains inversées se contracter sur les accoudoirs.

— Parce que vous n'êtes pas un automate.

La mémoire

Ophélie ne dormait pas. Elle ouvrait et refermait la montre de Thorn sans la regarder, juste pour entendre le cliquetis familier du couvercle.

Tac tac. Tac tac. Tac tac.

Recroquevillée sur elle-même, elle avait rejeté tous les draps du lit et écarquillé ses yeux myopes sur les taches de lumière qui scintillaient dans l'entrebâillement de la moustiquaire, incapable de déterminer où commençaient les étoiles et où finissaient les lampadaires. La brise s'engouffrait par la fenêtre, diffusant dans la chambre le parfum frais des eucalyptus. Les stridulations des grillons ondulaient à la surface de la nuit.

Tac tac. Tac tac. Tac tac.

Ophélie tremblait. Le soleil avait brûlé la peau de son visage ; elle se sentait pourtant glacée. Le gouffre au fond de son corps prenait cette nuit des proportions vertigineuses, comme si ce n'était plus seulement Thorn qui avait disparu de sa vie, mais un morceau d'elle-même. Elle sentait l'air nocturne sur sa nuque, là où il y avait avant ses longs cheveux indociles, sa vieille écharpe paresseuse et parfois, en de rares occasions, la caresse un peu rude de la tante Roseline.

Tac tac. Tac tac. Tac tac.

Et si Ophélie s'était trompée d'arche ? S'il n'y avait aucun rapport entre la statue décapitée du Mémorial et le soldat sans tête de sa vision ? Si la seule piste qu'elle détenait était une impasse ?

Tac tac. Tac tac. Tac tac.

Elle ne dormait toujours pas quand l'aube fit pâlir le ciel et bourdonner la végétation, mais la lumière du jour lui rendit sa détermination.

— Je vais récupérer mon écharpe, enquêter au Mémorial et trouver un gagne-pain, déclara-t-elle au miroir de sa chambre.

Elle passa les doigts dans ses boucles qui avaient doublé de volume pendant la nuit, formant une auréole sauvage autour de son visage. Le soleil de Babel avait rendu ses joues écarlates.

Enfiler ses nouveaux vêtements lui réclama beaucoup de persévérance malgré l'assistance d'un domestique mécanique. Il lui fallut plier et enrouler une longue toge par-dessus sa tunique de façon à faire passer un pan entre les jambes et dégager une épaule. Une fibule, un serre-taille et une ceinture permettaient de maintenir l'ensemble en place, mais Ophélie avait l'impression qu'au premier faux mouvement tout cet équilibre de tissu serait rompu et retomberait à ses pieds.

Elle se sentit plus gauche que d'habitude quand elle rejoignit Ambroise sous le portique de l'entrée. Abandonné contre le dossier de son fauteuil, il fermait les paupières comme pour mieux accueillir l'air matinal exhalé par les bassins de nénuphars.

Le vent faisait onduler le voile de son turban. Son profil doré, aux longs cils, était d'une telle délicatesse qu'il faisait oublier l'étrange difformité de son corps. Il n'ouvrit pas tout de suite les yeux lorsqu'Ophélie s'approcha de lui, mais ses lèvres se plièrent en sourire.

— J'aime entendre vos pas dans la maison, Miss Eulalie.

Il n'en fallut pas davantage à Ophélie pour avoir honte. De s'être sentie seule auprès d'une personne qui l'était bien plus qu'elle. De lui poser des questions sans jamais répondre aux siennes. De ne lui avoir donné ni son véritable nom ni sa véritable histoire. De ne pas avoir l'intention d'y remédier.

Ambroise scruta Ophélie à travers la pénombre du portique et eut un hochement de tête appréciateur.

— Félicitations, vous voilà devenue une authentique Babélienne. J'ai une surprise pour vous. Jasper ?

Un majordome mécanique se détacha des mannequins alignés en rang devant la porte d'entrée. Ophélie se précipita sur lui dès qu'elle vit ce que suspendait son bras articulé.

— Mon sac ? Mais comment ?

— J'ai envoyé hier soir un pneumatique à la Compagnie des tramways de la cité, dit Ambroise. J'ai signalé la perte de vos affaires. Un coursier est venu tôt ce matin pour les déposer ici. Je vous avais bien dit que l'honnêteté était chez nous un devoir civique. Que vous arrive-t-il ?

Ophélie s'était figée en plein mouvement, cramponnée à sa besace ouverte en grand, les lunettes bleuies.

— Mon écharpe n'y est pas, murmura-t-elle. Est-ce qu'on vous l'a rapportée aussi ? Elle est tricolore, assez longue, un peu froussarde.

Ambroise parut déconcerté par la réaction d'Ophélie dont il espérait plutôt une explosion de joie.

— *Well*, il n'y avait rien d'autre. Vos papiers n'y sont pas non plus ?

— Si. Ils y sont.

Elle avait la gorge tellement serrée que sa voix s'y étrangla. Quelqu'un avait dû ouvrir la besace et l'écharpe s'en était échappée. Ou pire : elle avait été volée. « Je dois partir à sa recherche, fut la première pensée d'Ophélie. Placarder des avis sur tous les murs, interroger les gens, fouiller chaque recoin. »

Non. Elle ne le pouvait pas. Si elle avait caché l'écharpe, c'était justement pour ne pas attirer l'attention. Aussi cruelle que fût cette décision, elle devait s'en tenir au plan.

— Je suis désolé, bredouilla Ambroise. Vous semblez accorder de l'importance à cet objet.

Ophélie évita de le regarder en face, tandis qu'elle enfilait la bandoulière de sa besace. Comment aurait-elle pu lui faire comprendre que l'écharpe était beaucoup plus qu'un objet ? Comment aurait-elle pu lui expliquer qu'elle lui avait donné la vie et qu'elle la lui devait en retour ?

— Merci, dit-elle d'une voix épaisse. Vous m'avez été d'une aide considérable. À présent, je dois me rendre au Mémorial.

Après un silence gêné, Ambroise tourna la manivelle de son fauteuil.

— Je vous conduis, *miss*. Montez.

Le soleil se levait sur Babel, transperçant à grandes lames les dernières brumes matinales et projetant l'ombre des arcades sur les pavés. Le fauteuil d'Ambroise passa des petites ruelles obscures aux vastes places claires, évitant la jungle des jardins et la poussière des chantiers. Installée sur le marchepied arrière, Ophélie posait un regard lugubre sur la foule autour d'eux. Parmi ces toges, ces caftans, ces tuniques, ces châles, ces sarouels, ces ceintures, ces babouches, ces turbans, ces ombrelles, où était son écharpe ?

Aucune des merveilles que lui montra Ambroise ne put la sortir de sa morosité : ni les grandes cascades de la Pyramide, ni les statues monumentales d'Hélène et de Pollux, ni l'agora et son imposant amphithéâtre, ni les potensfactures du centre où se réunissaient chaque jour les meilleurs ingénieurs de toutes les arches.

L'intérêt d'Ophélie se porta uniquement sur l'emblème en forme de soleil de LUX, gravé dans le marbre de chaque édifice, placardé sur les colonnes de chaque forum. Elle l'avait même remarqué sur le revers de sa toge, cousu en fil d'or.

— Qui est… LUX ? demanda-t-elle, essoufflée.

Elle était en train de pousser le fauteuil d'Ambroise pour l'aider à monter une interminable rampe. Ce n'était pas une tâche facile : elle dérapait sur les aiguilles que les pins parasols, secoués par un vent brûlant, déversaient en pluie sur les pavés.

— Une très ancienne institution, *miss*. Ce sont des mécènes qui mettent leurs moyens au service de toutes les productions jugées « d'utilité publique ». D'authentiques philanthropes !

Ophélie frotta contre un pavé une boule de résine qui s'était collée à sa sandale. Des philanthropes qui avaient quand même leur signature sur tous les murs de la ville.

— J'en déduis qu'ils sont plutôt influents.

— On peut le dire, oui. Ils président à l'hôtel de la Monnaie, au Familistère et à la cour de justice. Les Lords de LUX ne sont pas seulement au service de la cité, *miss*. Ils *sont* la cité. Sir Pollux et Lady Hélène en personne ne prennent aucune décision importante sans les consulter. Ce sont également eux qui ont mis en place l'Index dont je vous ai parlé. Vous savez, l'interdiction de mentionner tout ce qui a un rapport avec... *well*... la guerre, murmura-t-il très bas.

Il n'en fallut pas davantage à Ophélie pour comprendre que les Lords de LUX étaient à Babel ce que les Doyennes étaient à Anima : des Tuteurs au service de Dieu. Si leur mainmise sur l'arche était aussi absolue que les explications d'Ambroise le laissaient supposer, elle devrait redoubler de vigilance pour échapper à leur attention.

Toute à ces pensées, elle sursauta quand elle reçut en pleine figure une plume si grande qu'elle claqua bruyamment contre le verre de ses lunettes. La rampe qu'ils venaient de gravir débouchait sur une immense terrasse surplombant le vide : au-delà des larges balustres de pierre, le ciel s'étendait à l'infini. La terrasse se prolongeait en un pont ferroviaire sur lequel était engagé un train, avec les nuages pour unique destination. Les derniers voyageurs s'engouffraient en toute hâte dans les wagons.

— Nous sommes pile à l'heure, dit Ambroise avec un sourire pour l'horloge du quai. Dépêchons-nous de monter.

Ophélie eut du mal à lui obéir. Elle ne pouvait détacher ses yeux des gigantesques volatiles perchés sur les toits du train. Un Totémiste, reconnaissable à sa peau de nuit et à ses cheveux d'or, circulait entre eux pour vérifier leur attelage.

— Ce sont des Bêtes ?

Ambroise attendit d'avoir réussi à introduire son fauteuil dans le wagon le plus proche pour répondre à Ophélie.

— Des chimères, *miss*, dit-il en pointant leurs deux cartes de transport dans l'horodateur de bord. Elles ont la puissance du condor et la docilité du canari.

Le chef de gare siffla et des crissements, produits par les serres des oiseaux sur les toits, résonnèrent à travers le métal. Comme toutes les banquettes étaient occupées, Ophélie s'accrocha instinctivement au fauteuil d'Ambroise.

— Mais un train, ce n'est pas un peu lourd pour des oiseaux ?

— Bien sûr que si, dit Ambroise, à sa plus vive inquiétude. Ils ne le portent pas, ils le propulsent. Les tramoiseaux sont placés en état d'apesanteur. La pire chose qu'il pourrait nous arriver, si les oiseaux cessaient de voler, ce serait de rester suspendus en plein ciel. Cela n'arrivera pas, assura-t-il en désignant une femme au crâne rasé qui circulait entre les banquettes des passagers. Il y a toujours des Cyclopéens à bord pour contrôler les champs gravitationnels. Rassurée, *miss* ?

— Presque.

Ophélie s'appuya à une vitre, alors que le train glissait dans les airs avec des grincements métalliques. Elle aperçut le battement puissant d'une aile en haut, puis les lents tourbillons nuageux en bas. Cette expérience lui rappelait, en plus impressionnante encore, celle des traîneaux aériens de la Citacielle.

Voyant que le tramoiseaux ne sombrait pas dans le vide, elle finit par se détendre et observer les voyageurs qui, avec l'indifférence des habitués, accordaient plus d'intérêt à leurs livres qu'au paysage. Elle les trouva tous étonnamment jeunes et sérieux, si concentrés que personne ne parlait à personne.

— Des étudiants, chuchota Ambroise. Ce tramoiseaux desservira les cinq académies et le conservatoire des virtuoses avant d'arriver au Mémorial. Nous avons donc du temps devant nous. Saviez-vous que plusieurs explorations ont été tentées dans le vide entre les arches ? demanda-t-il à brûle-pourpoint. Il paraît qu'aucun être vivant ne peut s'y attarder au-delà de quelques heures. Plus on s'y enfonce, pire c'est – même les oiseaux ne s'y risquent pas. Il y a de l'oxygène en suffisance, mais il n'empêche, c'est physiquement intolérable. Mon père s'est prêté lui-même à l'expérience, avec un scaphandre de son invention. Il voulait prendre une photographie du noyau du monde, vous savez, là où il y a les orages perpétuels. Il a tenu six heures et trente-neuf minutes. Il m'a avoué que c'étaient les six heures et trente-neuf minutes les plus éprouvantes de toute sa vie. Comme s'il y avait une force qui n'avait pas voulu de lui en dessous. Vous ne trouvez pas cela extraordinaire, Miss Eulalie ? Notre planète entière semble vouloir nous rappeler qu'auparavant, tout ce creux était plein. Mon père trouve ça dommage, car il serait beaucoup plus rapide pour lui de voyager d'une arche à l'autre en traversant le vide en ligne droite, sans avoir à respecter la courbure de l'ancien monde.

— Ah ? fit poliment Ophélie.

En vérité, elle était beaucoup trop obsédée par sa rencontre avec le soldat sans tête pour écouter. Ambroise contemplait le ciel à travers la vitre avec une fascination enfantine et ses mains inversées se cramponnaient d'excitation à son fauteuil.

— D'ailleurs, saviez-vous aussi que les arches ne respectent pas les lois gravitationnelles ? Tous les corps célestes se déplacent les uns par rapport aux autres en fonction de leurs forces d'attraction. Tous, sauf les arches. Elles gardent entre elles une position absolue et tournent toutes ensemble, exactement au même rythme, comme si elles continuaient de former un seul et même corps céleste. C'est ce que les scientifiques appellent « la mémoire planétaire ».

Ophélie se demanda ce que les scientifiques penseraient s'ils apprenaient que l'éclatement du monde était dû à une créature apocalyptique enfermée dans un miroir.

Ambroise continua de faire la conversation pour deux et il ne se tut qu'une fois qu'ils furent arrivés à destination. Ophélie abrita ses lunettes du soleil lorsqu'il lui fallut pencher la tête en arrière pour embrasser du regard la tour du Mémorial. Sa taille était si écrasante, son dôme en verre si éblouissant qu'on aurait dit un phare destiné à éclairer le monde. La petite arche qui lui servait de nichoir était d'une proportion ridicule en comparaison ; il paraissait complètement fou d'avoir reconstruit au-dessus du vide cette moitié de tour qui s'était autrefois effondrée. Des centaines de singes bondissaient sur les lianes entortillées autour des pierres sculptées, puis disparaissaient dans les nuages environnants.

Ophélie s'avança sur le parvis jusqu'à être engloutie dans l'ombre du Mémorial. La statue décapitée était là. Elle se tenait exactement comme sur la carte postale, juste devant les grandes baies vitrées de l'entrée.

— C'est ce que vous cherchiez ? demanda Ambroise.

Elle ne répondit pas immédiatement. À présent qu'elle contemplait cette statue de près, l'évidence lui sautait aux yeux. Elle ne ressemblait pas au soldat sans tête de sa vision. Elle ne ressemblait pas à un soldat tout court. Elle ressemblait à peine à un homme. Elle n'était plus qu'une silhouette informe, rongée par l'érosion et ensevelie sous les lianes. L'embout en fer forgé de sa botte émergeait de la végétation, plus patiné et plus clair que le reste du corps.

— C'est un monument public, n'est-ce pas ?

— Oui, *miss*.

Ambroise avait paru déconcerté par la question

d'Ophélie, et il le fut davantage quand elle lui confia sa besace, puis ôta ses gants. Après s'être assurée qu'il n'y avait personne à part eux sur le parvis, elle frotta ses paumes l'une contre l'autre pour dissiper leur moiteur. Tandis qu'elle s'approchait de la statue, un frisson de fébrilité lui parcourut la colonne vertébrale, comme chaque fois qu'elle s'apprêtait à remonter le temps. Elle respira profondément et, à chaque inspiration, elle s'oublia petit à petit. Elle oublia l'appréhension, elle oublia la chaleur, elle oublia jusqu'à la raison de sa présence ici et, quand elle fut vide d'elle-même, elle posa les mains sur la botte de la statue.

L'ombre du Mémorial reflua comme une marée, tandis que le soleil faisait marche arrière dans le ciel. Le jour céda la place à la nuit, aujourd'hui devint hier et le temps explosa sous les doigts d'Ophélie. Ce n'étaient plus ses doigts à elle. C'étaient des centaines, des milliers d'autres doigts qui caressaient la botte de la statue, jour avant jour, année avant année, siècle avant siècle.

Pour porter chance.

Pour réussir.

Pour guérir.

Pour de rire.

Pour grandir.

Pour survivre.

Et soudain, alors qu'Ophélie se diluait dans cette foule de mains anonymes, elle retrouva ses mains à elle. Ou plutôt des mains qui étaient les siennes sans être les siennes. Et ce fut à travers des yeux qui étaient les siens sans être les siens qu'elle observa la statue. D'un métal brillant, le soldat brandissait fièrement son fusil sous les mimosas en fleur, sa tête emportée par l'obus qui avait détruit le porche de l'école derrière lui.

Il sera une fois, dans pas si longtemps, un monde qui vivra enfin en paix.

— *Miss ?* s'inquiéta Ambroise en approchant son fauteuil.

Ophélie contempla ses mains, vraiment les siennes cette fois, secouées de tremblements. Ça avait recommencé. Elle avait pénétré le passé de Dieu comme si cela avait été son propre passé. Elle releva le visage vers la tour du Mémorial qui se dressait à la place de l'école détruite par la guerre. Les mimosas étaient toujours là, bordant l'allée centrale : Ophélie ne les avait pas reconnus parce que ce n'était tout simplement pas encore la saison de la floraison.

Le soldat sans tête. Les mimosas dorés. L'ancienne école.

— C'est ici, murmura-t-elle.

Ici qu'elle marcherait dans les pas de Dieu. Ici qu'elle marcherait dans les pas de Thorn.

Les virtuoses

Ophélie avait l'habitude d'être petite. Pourtant, lorsqu'elle pénétra dans le Mémorial, elle se sentit plus minuscule que jamais. L'intérieur de la tour formait un atrium monumental autour duquel les étages s'enroulaient comme des anneaux parallèles. Le soleil traversait les innombrables vitres de la coupole, faisant étinceler les reliures des ouvrages, les lunettes des lecteurs et le métal des automates. Le silence était ici d'une telle densité qu'une page tournée produisait l'effet d'un coup de tonnerre. Ophélie fut prise de vertiges quand elle s'aperçut qu'il n'y avait ni escalier ni ascenseur : les visiteurs accédaient aux étages en empruntant de grands couloirs verticaux. Il y avait des salles de consultation aménagées jusque sur les plafonds. Voir tous ces gens et toutes ces collections sens dessus dessous était une expérience plus folle encore que voyager à l'aide de toilettes publiques.

L'espace d'un battement de cœur, Ophélie se sentit vibrer à l'unisson avec les milliers d'objets anciens qui l'entouraient, puis la réalité se rappela à elle. Par où commencer ses recherches ?

— Vous avez un côté préféré, *miss* ? murmura Ambroise aussi bas que possible.

— Un côté ?

— La moitié du Mémorial est consacrée au patrimoine de Babel et l'autre moitié au patrimoine des autres arches. Chez nous, tous les édifices publics sont jumeaux.

Ambroise désigna la gouttière en cuivre qui traçait une ligne de démarcation au sol sur l'ensemble du diamètre de la tour. Ce trait soulignait la différence temporelle entre la partie originelle du bâtiment, tout en vieilles pierres, et celle qui avait été reconstruite après l'effondrement lié à la Déchirure.

— C'est le passé de Babel qui m'intéresse, dit Ophélie en se tournant vers la moitié la plus ancienne.

Alors qu'ils se dirigeaient vers l'un des couloirs verticaux, Ophélie leva les yeux jusqu'à une statue-automate qui, boulonnée à son socle, ne cessait d'incliner et redresser son buste pour accueillir les visiteurs. Une inscription indiquait qu'il s'agissait du premier mécène de LUX ayant contribué à subventionner le Mémorial. *Parce que la connaissance sert la paix*, déclamait sentencieusement la plaque commémorative.

En hissant plus haut le regard, Ophélie aperçut un gigantesque globe de l'ancien monde qui flottait en apesanteur sous le dôme de verre. Un monde intact. Un monde oublié. Un monde auquel elle avait la ferme intention d'arracher ses secrets.

Elle se crispa en voyant le fauteuil d'Ambroise s'engager sur une rampe courbe qui permettait de basculer en douceur de l'horizontalité du hall à la verticalité d'un couloir. En quelques secondes, il se mit à rouler le plus naturellement du monde le long du mur, sans même perdre son turban en route.

— *Miss ?* chuchota-t-il quand il s'aperçut qu'Ophélie ne le suivait pas.

— Je… je n'ai jamais fait ça.

— Prendre un transcendium ? C'est d'une simplicité enfantine. Marchez droit devant, sans vous poser de questions.

Ophélie s'était attendue à sentir son estomac protester en même temps que son centre de gravité, mais elle n'eut à aucun moment l'impression de se soustraire à la force d'attraction terrestre. Les transcendius se montaient et se descendaient aussi simplement qu'on parcourt un couloir ordinaire. Elle eut toutefois une drôle de sensation quand, au bout de quelques pas, son regard tomba sur le hall qu'elle avait laissé en contrebas. C'était comme si la tour entière s'était renversée sur elle-même.

— Les transcendius et les salondenvers sont l'œuvre des Cyclopéens engagés par le Mémorial, dit Ambroise dont le fauteuil glissait sur le marbre dans un cliquetis de rouages. Ainsi va Babel : dès qu'une invention étrangère nous plaît, on l'adopte et on l'adapte.

Ophélie sursauta. Quelque part dans un repli de sa toge, la montre de Thorn s'était soudain ouverte et refermée toute seule en un tac-tac exclamatif. Avait-elle fini par l'animer à force de la manipuler ?

Déconcentrée, Ophélie se cogna à un balayeur qui se tenait au milieu du transcendium. Il était si grand, si mince et si barbu qu'il ressemblait à son balai.

— Je me sens mal chaque fois que je le vois, avoua Ambroise.

— Le balayeur ? s'étonna-t-elle en vérifiant que la montre s'était calmée. Pourquoi ?

— Mon père a toujours lutté contre la domestication de l'homme par l'homme. Les mémorialistes devraient mettre un automate à la place de ce vieillard, comme ils l'ont fait avec le reste du personnel d'entretien.

Ophélie réalisa qu'en effet, où qu'elle tournât les lunettes, les mannequins de Lazarus étaient là, discrets et omniprésents, astiquant les vitrines et époussetant les livres.

Quitter le transcendium fut d'une facilité aussi déconcertante qu'y accéder : il suffisait de suivre la courbe du sol qui desservait l'étage. Ambroise la guida à travers le labyrinthe des livres et des collections. Les visiteurs autour d'eux étaient parfaitement silencieux, chacun mettant la plus extrême application dans ses recherches.

Ophélie les enviait. Pour sa part, elle n'avait pas la moindre idée de ce qu'elle cherchait.

Elle avait espéré que la mystérieuse mémoire qu'elle partageait avec Dieu depuis la *lecture* du Livre de Farouk se débloquerait d'elle-même en visitant le Mémorial. Il n'en était rien. Hormis ses vieilles pierres, le bâtiment n'avait probablement pas conservé grand-chose de l'école où les esprits de famille avaient vécu autrefois. Ce n'était désormais plus qu'un coquillage ; la forme de vie qui l'avait habité avait été depuis longtemps remplacée par une autre.

Au détour d'un rayonnage, Ophélie s'arrêta devant une affiche :

La Bonne Famille cherche des virtuoses
Vous êtes un mémorialiste dans l'âme ?
Vous avez un don pour traquer l'information ?
L'histoire et l'avenir vous passionnent ?
Devenez AVANT-COUREUR *au service de la cité*

— C'est pour les groupes de lecture de Sir Henry, chuchota Ambroise. Ils recrutent toute l'année.

Il leva sa main (la gauche qui se trouvait à droite) et Ophélie hissa les lunettes vers le plafond de l'étage supérieur. Des dizaines d'étudiants en uniforme y étaient assis la tête en bas. Ils se trouvaient dans des box de lecture et prenaient activement des notes.

— Ce sont tous des virtuoses ?

— Des apprentis virtuoses, rectifia Ambroise. Il en existe plusieurs corporations. Ceux-là sont des avant-coureurs : des spécialistes de l'information. Ça fait plus d'un an que je les vois travailler là-haut pour le nouveau catalogue du Mémorial. Ils passent des heures et des heures à lire. Je ne sais pas où ils en sont, mais j'espère qu'ils auront bientôt fini : on ne peut emprunter aucun ouvrage pour le moment, juste en consulter sur place.

— Chut !

L'un des étudiants s'était interrompu dans sa

lecture pour regarder en bas – ou en haut, selon le point de vue –, en direction d'Ophélie et d'Ambroise. Il fronça les sourcils dès qu'il s'aperçut qu'ils portaient des toges blanches.

— Vous n'avez rien à faire ici, les impuissants.

— Le Mémorial est accessible à tout le monde, lui répondit Ambroise avec douceur. Nous sommes des Filleuls d'Hélène.

— Un impuissant ne devrait même pas avoir le droit de prononcer le nom de Lady Hélène, rétorqua l'étudiant.

Ophélie avait remarqué que les Babéliens aspiraient fort leurs « h », mais celui-ci avait prononcé le nom d'Hélène comme s'il voulait s'en emplir tout entier. Comme s'il lui appartenait personnellement.

Ambroise tourna la manivelle de son fauteuil et s'éloigna dans un ronronnement mécanique. Il reprit sa visite guidée, comme si rien de notable ne s'était passé. Ophélie le regarda plus qu'elle ne l'écouta. Se faire traiter d'impuissant en public était donc si habituel pour lui ? Son père était l'inventeur de tous les automates des environs : il aurait pu se servir de son nom pour moucher cet étudiant.

— Vous êtes quelqu'un de bien.

Ambroise fut si déstabilisé par la spontanéité d'Ophélie qu'il faillit perdre le contrôle de son fauteuil.

— C'est plutôt que je déteste les conflits, bredouilla-t-il avec un sourire gêné. Je réalise que je vous ai encore imposé ma présence, *miss*. Je vous laisse visiter le Mémorial à votre guise.

Je vais voir les brevets des inventions au dernier étage, ça a toujours eu le don de me faire rêver. Nous nous retrouvons dans le hall à midi ?

— C'est entendu.

Lorsqu'elle se retrouva à déambuler seule au milieu des rayonnages et des vitrines, Ophélie mesura soudain à quel point elle se sentait nerveuse. Elle ne cessait de plonger la main dans sa toge pour serrer la montre de Thorn. Dès qu'elle croisait un homme un peu plus grand que la normale, elle ne pouvait s'empêcher de se retourner sur son passage avec un battement chaotique dans la poitrine. C'était absurde. Quand bien même Thorn serait déjà venu enquêter au Mémorial, il était improbable qu'il y fût à cet instant précis.

Et ce n'était peut-être pas une si mauvaise chose, songea-t-elle en croisant des vigiles pour la troisième fois. Le Mémorial faisait l'objet d'une haute surveillance, ce n'était pas un lieu de rencontre idéal pour deux fugitifs.

Ophélie vagabonda longtemps au hasard des salles. Elle examina de près les collections – peintures, sculptures, céramiques, orfèvrerie –, mais aucune d'elles ne semblait avoir appartenu à l'ancienne école. Il n'y avait pas non plus d'archives militaires ; à croire que même ici, où était censée reposer la mémoire de l'humanité, il ne subsistait rien des guerres d'autrefois.

« Je raisonne comme une table basse », se rabroua Ophélie. Si cet endroit avait été jadis une école, c'est au département jeunesse qu'elle aurait des chances de trouver quelque chose. Elle consulta le plan des lieux, puis emprunta deux transcendius. C'était à chaque fois une expérience étrange de marcher tantôt de travers, tantôt à l'envers.

Une fois dans la galerie pour enfants, Ophélie lut les plaques des étagères : « alphabets et abécédaires », « principes savants », « éducation civique », « allégories du temps jadis », etc. Elle croisa une classe d'écoliers remarquablement calmes pour leur âge. En ce qui la concernait, elle ne se sentait pas tranquille du tout. Plus elle parcourait les rayonnages, plus elle sentait l'angoisse monter. Et s'il n'y avait tout simplement rien à trouver ? Si Dieu avait pris soin de ne pas laisser la moindre trace de son passé ici ? Si Thorn avait débouché sur la même impasse ? S'il était reparti de Babel depuis longtemps ? Y avait-il seulement mis les pieds ?

Alors que le doute lui faisait tournoyer la tête, Ophélie percuta de plein fouet un chariot devant elle. Les livres qui y étaient entreposés se déversèrent dans un déluge de papier et, pour ajouter à la confusion, elle fit tomber son propre sac dont le contenu se répandit sur le sol.

L'homme qui poussait le chariot ne se mit pas en colère. Il se contenta d'un soupir et de ramasser ses livres avec des gestes fatalistes.

— Je suis désolée, chuchota Ophélie en s'agenouillant à côté de lui, incommodée par sa toge.

— Vous n'avez pas à l'être, *miss*. Je suis seul fautif.

L'homme avait dit cela d'une voix désabusée, le dos voûté, comme s'il portait sur les épaules le poids des péchés du monde. La plaque « commis » était épinglée à son uniforme. Ophélie récupéra ses effets personnels, mais ils s'étaient si bien mélangés aux livres pour enfants qu'elle retrouva son faux certificat d'identité pris dans les pages de l'un d'entre eux.

— Évidemment. Encore et toujours vous.

Une femme s'était approchée avec une discrétion féline. Son insigne indiquait qu'elle travaillait au Mémorial en tant que « maître censeur ». Ses oreilles, élancées et triangulaires comme celles d'un chat, étaient dressées de dédain. Une Acoustique.

— Jeter des livres par terre. Des livres dont je vous avais confié la responsabilité. C'est une offense autant pour mon ouïe que pour mon travail.

La mémorialiste s'exprimait d'un ton très bas, presque inaudible, comme si le son de sa propre voix lui était insupportable.

— Pardonnez-moi, Miss Silence, répondit le commis sans cesser de ranger les ouvrages sur le chariot.

Ophélie voulut intervenir, expliquer que la faute lui revenait, mais la mémorialiste la coupa dans son élan :

— Vous êtes et vous resterez un éternel subalterne ; vous n'avez aucune ambition. Mais tel n'est pas mon cas : alors, de grâce, ne m'éclaboussez pas de votre incompétence. Emmenez ce chariot jusqu'à mon service et ne renversez plus rien.

— Oui, Miss Silence.

Le commis chargea les derniers livres et longea le couloir, sa tête si engoncée qu'elle semblait sur le point de disparaître au fond de son corps.

Les oreilles de la mémorialiste pivotèrent aussitôt vers Ophélie, précédant de peu le mouvement de ses yeux.

— Quant à vous, ouvrez votre sac.

Ophélie serra sa bandoulière avec force. Cette femme lui inspirait une telle antipathie qu'elle recula prudemment. Ce n'était vraiment pas le moment pour ses griffes de se manifester.

— Pourquoi ?

— Parce que je vous l'ordonne.

— Il n'y a rien dans mes affaires qui vous concerne.

La mémorialiste eut une grimace suspicieuse, un tantinet écœurée, et Ophélie prit alors conscience de l'état de son sac. À force de le traîner et de le perdre, elle avait transformé ce très respectable bagage en une guenille répugnante.

— Ça, petite sans-pouvoirs, c'est à moi d'en juger. Depuis que nous ne prêtons plus les livres, nous en voyons défiler, des chapardeurs. Ouvrez votre sac.

Ophélie sentit une goutte de sueur rouler sur son cou. Obéir reviendrait à exposer ses faux papiers et ce n'était pas quelque chose qu'elle souhaitait soumettre à une documentaliste professionnelle, aussi soupçonneuse de surcroît.

— Vous préférez peut-être que j'appelle la sécurité ?

La mémorialiste avait chuchoté sa question en tirant sur la chaînette de son uniforme, révélant un sifflet à son bout. Alors qu'Ophélie se demandait comment se tirer de cette situation, il y eut un retentissant bruit de pétarade. La femme lâcha son sifflet pour se boucher les oreilles. À peine la déflagration fut-elle retombée qu'une voix tonitruante, amplifiée par un mégaphone, résonna à travers tous les couloirs :

— Réveillez-vous, citoyens ! Ce Mémorial n'est qu'une vaste blague ! On nous ampute de notre passé ! On nous ampute de notre langue ! À bas l'Index ! Mort aux censeurs !

— Encore *lui*, souffla la mémorialiste d'un air offusqué.

Elle détourna son attention d'Ophélie, qui profita de la diversion pour détaler. Les lecteurs avaient tous levé le nez de leurs livres avec une expression choquée, tandis que la voix du mégaphone scandait « Mort aux censeurs ! Mort aux censeurs ! » avant de céder la place à un silence brutal. Soit l'agitateur avait été arrêté, soit il s'était enfui.

À bout de souffle, Ophélie rejoignit l'atrium où l'attendait déjà Ambroise. Nonchalamment assis dans son fauteuil roulant, sourire en coin, il ne semblait pas troublé par l'incident.

— C'est le Sans-Peur-Et-Presque-Sans-Reproche, expliqua-t-il. Il faut toujours qu'il vienne perturber la tranquillité des lieux. Il rugit beaucoup, mais il ne mord pas. Il ne vous a pas effrayée, j'espère ?

Ophélie se contenta de secouer la tête. Si elle prenait la parole, là, maintenant, sa voix trahirait son désarroi. Cette visite au Mémorial était une calamité. Son sac lui pesait, comme si c'était son propre moral qu'elle portait en bandoulière.

Ambroise l'observa de ses doux yeux d'antilope.

— Vous savez, *miss*, le Mémorial n'est pas un

endroit qui se visite en une demi-journée. Je viens ici régulièrement depuis des années et il y a encore tout un tas de choses que je ne connais pas.

Il leva le visage d'un air éloquent et Ophélie suivit son regard. Le gigantesque globe terrestre qui gravitait au-dessus d'eux les plongeait entièrement dans son ombre.

— Ce n'est pas un simple globe décoratif, enchaîna Ambroise dans un murmure rêveur. C'est le Secretarium. Y sont entreposées toutes les collections non accessibles au public : les plus rares et les plus anciennes. On raconte qu'il y a une chambre forte là-dedans, et que dans cette chambre se trouve « l'ultime vérité ». Bien sûr, c'est une légende pour faire rêver les marmots, mais je crois que la chambre forte existe bel et bien.

Le cœur d'Ophélie, qui pesait au fond de sa poitrine un instant plus tôt, se mit à tambouriner comme un fou.

— L'ultime vérité ? chuchota-t-elle.

Ambroise lui lança un regard oblique, décontenancé par l'émotion qui avait coloré ses lunettes.

— Je vous l'ai dit, ce n'est qu'une légende qu'on raconte aux enfants, il ne faut pas la prendre au sérieux.

Ophélie la prit très au sérieux, au contraire.

— Comment entrer dans ce Secretarium ?

— C'est impossible, *miss*, répondit Ambroise, de plus en plus déconcerté. Il n'est même pas ouvert aux citoyens. Seuls les avant-coureurs y ont accès. Et encore, les plus virtuoses d'entre eux.

Ophélie contempla le globe qui, en cet instant, se superposait si parfaitement avec le soleil de midi qu'il produisait l'effet d'une éclipse. Il n'était relié à aucun étage du Mémorial, ne disposait d'aucune passerelle et ne laissait rien voir des salles secrètes qu'il abritait. Une pensée soudaine la ramena aux étudiants des box de lecture et à l'affiche de recrutement.

— Dans ce cas, je serai virtuose, déclara-t-elle à la stupéfaction d'Ambroise.

La candidature

Le tramoiseaux prit son envol. Ophélie adressa un dernier regard à la statue du soldat sans tête qui gardait l'entrée du Mémorial, au milieu des mimosas. Elle lui fit une promesse. La prochaine fois qu'elle reviendrait le voir, elle serait prête.

— Les virtuoses sont une véritable élite, insista Ambroise qui était monté à bord avec elle. La Bonne Famille, c'est le conservatoire que tout le monde à Babel rêve d'intégrer. Croyez-moi, *miss*, ils ne prennent là-bas que les candidats qui disposent d'un talent unique. Ils sont extrêmement sélectifs.

— Ils recrutent des avant-coureurs toute l'année, non ?

— Les avant-coureurs sont les plus grands spécialistes de l'information. Et vous... *well,* vous n'êtes pas la personne la plus informée que je connaisse.

Ophélie ne l'écoutait que d'une oreille. Toute son attention était rivée sur l'arche dédoublée, à demi avalée par les filaments des nuages qui grandissaient de l'autre côté de la vitre. La Bonne

Famille était un conservatoire si vaste qu'il occupait à lui seul deux îles flottantes reliées par un pont.

Lorsque le tramoiseaux approcha du débarcadère, Ophélie vérifia qu'elle avait bien sur elle ses faux papiers.

— Je vous confie mon sac, dit-elle à Ambroise. Il m'a fait passer pour une malpropre au Mémorial, j'aime autant ne pas renouveler l'expérience.

— Comptez sur moi, *miss*.

Ophélie hésita. Elle aurait voulu prendre les mains inversées de l'adolescent dans les siennes, lui dire à quel point elle lui était reconnaissante pour la gentillesse qu'il lui avait manifestée depuis le premier instant. Elle n'y arriva pas. Il en allait toujours ainsi avec elle ; à la moindre émotion, elle perdait tous ses moyens.

— Vous êtes… un bon chauffeur de tac-si.

La déclaration arracha un sourire à Ambroise, bref éclair de lumière blanche sur le bronze de sa peau.

— Et vous, une cliente inattendue. Votre sac et moi, nous vous attendrons chez mon père. Bonne chance, *miss*.

Une fois débarquée, Ophélie rendit son salut à Ambroise, qui l'encourageait à travers la vitre, tandis que le puissant battement d'ailes des chimères l'emportait au loin.

L'entrée de la Bonne Famille se situait à l'autre bout du quai qui servait de trait d'union entre le ciel et la terre. Elle était encadrée par deux statues si colossales qu'Ophélie dut protéger ses yeux, aveuglés par le soleil, pour distinguer leurs visages depuis le sol. Une femme et un homme. Probablement Hélène et Pollux.

Elle remonta l'interminable route dallée qui traçait une ligne droite jusqu'à l'édifice principal. Il évoquait une cathédrale de l'ancien monde avec sa façade sculptée en dentelle, ses arcs-boutants et le vitrail de sa rosace. Tout ceci était d'une majesté royale : le dôme blanc de l'observatoire, les grands escaliers de marbre, les édifices taillés comme des temples antiques, jusqu'à l'envergure des arbres centenaires qui plongeaient l'allée dans l'ombre. Une armée d'automates s'activait pour entretenir les jardins et nettoyer les vitres. Le conservatoire était une vraie cité à part entière. Les étudiants qui sourcillaient au passage d'Ophélie portaient tous d'élégants uniformes bleu nuit rehaussés d'argent.

Ambroise avait raison, cet endroit n'était pas à la portée du tout-venant.

Quand Ophélie gravit les marches de la bâtisse principale, elle put lire sa devise sur le fronton :

PRESTIGE ET EXCELLENCE

Elle eut à peine le temps de fouler le marbre du hall d'accueil qu'un homme lui fit poliment signe de rebrousser chemin.

— Pardonnez-moi, jeune dame, mais vous ne pouvez pas entrer.

— Je viens pour l'appel à candidatures.

L'homme parut décontenancé. Il eut un regard circonspect pour la toge blanche et la peau rougie d'Ophélie avant de la reconduire sur le seuil. Il lui désigna, à l'autre bout du domaine, l'immense pont qui enjambait le vide.

— Vous vous êtes trompée d'arche, jeune dame. Vous êtes ici chez les virtuoses de Pollux. Vous devez vous rendre du côté des virtuoses d'Hélène.

Ophélie en fut quitte pour marcher encore. Ses sandales lui faisaient de plus en plus mal aux pieds et sa nuque recommençait à rôtir sous le soleil. Aucune illusion exotique de la cour du Pôle ne lui avait jamais donné aussi chaud. Elle traversa le pont, long et large comme une avenue, et rejoignit l'arche jumelle. C'était comme si les constructeurs avaient dupliqué ici tous les édifices de l'autre côté, avant de les dépouiller un par un de leur caractère grandiose. Le marbre avait cédé la place à la pierre brute, les vitraux au verre dépoli, aucune enjolivure ne venait embellir l'ensemble. Il n'y avait pas non plus d'automates.

Si les lieux étaient à l'image des esprits de famille de Babel, Pollux était le roi des esthètes et Hélène la reine des ascètes.

Même le temps était moins lumineux et Ophélie se retrouva vite engloutie dans une marée montante de nuages surgie de nulle part. Gênée par la vapeur chaude qui se collait à ses lunettes, elle eut du mal à trouver l'escalier du service administratif.

Sur le fronton, la devise des virtuoses d'Hélène était différente de celle des virtuoses de Pollux :

FAIRE SAVOIR ET SAVOIR FAIRE

Cette fois, Ophélie ne fut pas refoulée en franchissant l'entrée. Une préposée à l'accueil examina ses papiers sans un mot. Elle la conduisit ensuite jusqu'à une salle d'étude où deux autres candidats, un homme et une jeune fille, étaient penchés chacun sur un pupitre.

La préposée fournit à Ophélie de quoi écrire.

— Recopiez les différentes définitions du mot « définition ». Trouvez un synonyme pour chacune d'elles et recopiez également leur définition. Il s'agit d'un simple exercice pour vérifier votre connaissance de l'alphabet.

Ophélie contempla le dictionnaire qui lui fut remis. Elle aurait préféré un verre d'eau fraîche.

Dès que la préposée referma la porte de la salle d'étude, l'homme rapprocha son pupitre de celui de l'adolescente.

— Et donc, tu disais ?

— Ma mère m'a obligée à venir ici, siffla celle-ci en tournant rageusement les pages de son dictionnaire. Moi, je n'ai rien demandé, je ne demande jamais rien, je suis toujours celle qui fait docilement ce qu'on attend d'elle. Et… et…

— Et ? l'encouragea l'homme.

— Et ma mère, elle est devenue citoyenne grâce à son seul mérite. Elle voudrait à présent que je suive ses traces. Que je fasse mieux, même. Elle n'arrête pas de me répéter que je dois devenir virtuose et, à côté de ça, elle me traite d'incapable. Et… et…

— Et ?

Ophélie leva les yeux de son dictionnaire, déconcentrée. L'homme ne cessait de rapprocher son pupitre de sa jeune voisine. Il la dévorait du regard, suspendu à ses lèvres, comme s'il n'y avait rien de plus passionnant au monde que ce qu'elle avait à lui dire.

— Et il paraît qu'on vous mène la vie dure ici, reprit l'adolescente sans se faire prier. Qu'il faut étudier nuit et jour et que ce n'est jamais assez. Que plus on s'applique, plus on vous rabaisse. J'en ai marre qu'on me rabaisse. Non, ajouta-t-elle d'une voix changée, soudain frappée par une révélation. J'en ai marre de ma mère. Je n'ai rien à faire là.

Sur ces mots, l'adolescente froissa sa feuille de papier et quitta la salle d'étude en claquant la porte. L'homme remit son pupitre à sa place d'un air victorieux et, sentant sur lui le regard stupéfait d'Ophélie, il lui décocha un baiser du bout des doigts.

— Ne me juge pas trop durement, *miss*. Notre épreuve commence dès à présent, n'est-ce pas ? C'est la dure loi de la concurrence.

— Vous l'avez influencée, comprit-elle avec un hoquet de sourcils.

— Je suis un Pharaon, le charme est mon pouvoir familial. J'inspire irrésistiblement aux autres l'envie de se confier à moi. Je ne voudrais pas te décourager, *miss*, mais je suis le plus grand extorqueur d'informations de tout Babel. L'avant-coureur idéal !

Ophélie fut soulagée d'entendre la préposée appeler l'homme pour son entretien. Elle n'avait pas pu s'empêcher de le trouver sympathique, preuve que son pouvoir était redoutable. S'il parvenait à séduire les examinateurs avec la même facilité, ça ne lui laissait pas beaucoup de chances.

Elle essaya de revenir à son dictionnaire, mais elle eut les plus grandes difficultés à faire son exercice. Elle avait perdu sa concentration. Sur le moment, la voie pour accéder au Secretarium du Mémorial lui avait paru toute tracée. À présent, le doute distillé par Ambroise et par le Pharaon produisait son effet. Qui était-elle pour prétendre incorporer l'élite de Babel ?

Elle tenta, dans un geste un peu vain, de lisser ses boucles folles. Elle n'aurait finalement peut-être pas dû couper ses cheveux avec des cisailles.

Ophélie fut appelée par la préposée qui récupéra sa feuille et l'introduisit dans une nouvelle salle. Un couple d'examinateurs se tenait dans la lumière hachurée d'une persienne, tous deux assis derrière une imposante table de marbre. L'homme avait des yeux bridés qui trahissaient une forte intensité et la femme était d'une pâleur cadavérique qui tirait sur le bleu : ce n'étaient pas des descendants de Pollux, mais tout dans leur allure laissait savoir qu'ils n'en étaient pas moins des citoyens de Babel.

— Prenez place.

Le siège que l'un des examinateurs désigna, de l'autre côté de la table, était un tabouret à pieds entrecroisés. Ophélie le renversa en voulant s'y asseoir. Comme première impression, c'était réussi.

— Votre nom ?

— Eulalie, répondit Ophélie en remettant le tabouret d'aplomb.

— Avez-vous des références ? Une lettre de recommandation ? Une expérience professionnelle ?

— Non.

Il était hors de question qu'elle mentionnât son travail au musée d'Anima et ses états de service à la cour du Pôle. Si elle voulait échapper à la vigilance de Dieu, elle devait être ici Eulalie, juste Eulalie. Or, Eulalie n'avait pas de passé.

— Jeune dame, reprit alors la femme, vous devez comprendre que la Bonne Famille est un établissement spécialisé dans le perfectionnement des pouvoirs familiaux. Nous acceptons les personnes de tout âge et de tout horizon, mais il est rare, extrêmement rare, que nous prenions des sans-pouvoirs. Il va vous falloir être persuasive.

— Ce n'est pas une sans-pouvoirs.

L'homme avait répondu à la place d'Ophélie, à la surprise de cette dernière. Il croisa les mains sur la table et posa sur elle ses yeux bridés, à la fois noirs et brillants comme de l'encre.

— Je décèle en elle plusieurs pouvoirs familiaux amalgamés. Et pas très bien répartis. Ne soyez pas si anxieuse, ajouta-t-il d'un ton radouci.

Un Empathique d'Al-Ondalouze. C'était une famille qu'Ophélie connaissait mal – elle aurait été bien embarrassée de situer leur arche sur une carte –, mais elle savait au moins une chose : leur pouvoir leur permettait d'entrer en résonance avec celui des autres. Raidie sur son tabouret, elle espérait qu'elle ne serait pas trop transparente pour cet homme.

— Vous êtes donc une métisse ? déduisit la femme à son soulagement. Les pouvoirs issus de lignages différents s'accordent rarement bien entre eux, normalement. Mais tel n'est peut-être pas votre cas. Nous vous écoutons, jeune dame.

En quoi feriez-vous une bonne avant-coureuse ? Quelles sont vos compétences ?

Ophélie comprit sans mal qu'elle partait avec un désavantage certain aux yeux du jury.

— Mon pouvoir familial dominant est l'animisme.

— Les Animistes ne sont pas répandus à Babel. Il vous est possible d'animer n'importe quel objet ?

— Surtout les objets que je connais bien.

— Vous pourriez réparer des dégâts matériels ?

— Je peux soigner mes lunettes en quelques jours.

— Seriez-vous en mesure de créer un mouvement perpétuel ?

— Un mouvement, oui. Perpétuel, non.

L'homme et la femme échangèrent un regard. Ophélie s'en doutait. Si elle voulait avoir la moindre chance de devenir une virtuose, il allait lui falloir jouer la carte du talent, et donc courir le risque de se dévoiler. « Les avant-coureurs sont les plus grands spécialistes de l'information », avait dit Ambroise.

— Je suis une *liseuse*.

— Une *liseuse*, répéta la femme. Oui, j'ai entendu parler de cette orientation particulière de l'animisme. Vous percevez « certaines choses » en touchant des objets, c'est bien cela ?

À l'intonation de sa voix, Ophélie vit bien qu'elle ne prenait pas ce pouvoir-là très au sérieux. Si le rôle de l'homme était d'entrer en empathie avec les candidats, celui de cette femme était de s'y montrer insensible. La couleur bleutée de sa peau était caractéristique des Sélénites, un peuple qui maîtrisait les forces conscientes et inconscientes présentes en chaque être humain. Il était inutile de chercher à flatter, amadouer ou envoûter un Sélénite. Il fallait le convaincre, point à la ligne.

Ophélie remonta ses lunettes sur son nez, puis promena un regard circulaire sur la pièce, son mobilier austère, ses plantes vertes, ses tubes pneumatiques, ses rangées de cartes perforées, avant de s'arrêter sur une vitrine dans laquelle étincelaient des trophées. Certains d'entre eux paraissaient particulièrement anciens.

— Ils sont la propriété de la Bonne Famille ? Si vous me donnez l'autorisation, j'aimerais en expertiser un.

— Vous avez notre permission, dit l'homme.

— Nous en choisirons un pour vous, précisa la femme.

Ils sélectionnèrent un trophée dont l'or avait considérablement vieilli. Il ne portait aucune plaque, aucune inscription. Il était impossible de deviner qui l'avait obtenu et en quel honneur.

C'était un choix parfait.

Ophélie ôta ses gants et prit le trophée entre ses mains. Elle fut aussitôt traversée par un scepticisme qui ne lui appartenait pas : il correspondait à l'état d'esprit de la femme au moment de prendre le trophée dans la vitrine. Cela ne dura qu'une fraction de seconde ; le flux du temps l'emporta de plus en plus loin en arrière. Elle se sentit passer de main en main. On montrait le trophée en exemple. On le dérobait pour faire enrager la direction. On l'astiquait avec le plus grand respect. On le vandalisait d'un geste rageur. Et puis ce furent soudain une explosion d'applaudissements et de huées, une satisfaction mêlée de gêne et, glissée dans le creux de l'oreille, inaudible du reste de la foule, un chuchotis haineux : *Tout le monde t'oubliera vite, impuissant.*

Ophélie posa le trophée sur la table et regarda les deux examinateurs bien en face.

— Il s'agit d'un premier prix d'excellence décerné à un virtuose. Pas n'importe quel virtuose : un sans-pouvoirs. Il est aujourd'hui cité en modèle, mais cette récompense a été très controversée à l'époque. Il y avait une plaque à l'origine, ajouta-t-elle en soulignant du doigt la base du trophée. Elle a été arrachée par un rival dans un acte de jalousie. Il y avait écrit dessus « En témoignage des grands mérites de vos recherches théoriques et expérimentales sur la machine analytique ».

Les deux examinateurs échangèrent un nouveau regard, mais ils ne firent aucun commentaire. Ils étaient l'un et l'autre si impassibles qu'Ophélie ne put déterminer si elle leur avait fait forte impression ou non. Elle ne savait même pas ce qu'était une machine analytique.

La femme rangea le trophée à sa place et lui tendit un stylographe.

— Nous demandons à tous les postulants de signer le registre. Avant de le faire à votre tour, je voudrais que vous *lisiez* ceci.

Ophélie serra les gants qu'elle s'apprêtait à remettre.

— Vous attendez de moi que je vous livre des informations sur les autres candidats ?

— Ce sera votre dernier test.

— Je ne peux pas *lire* un bien sans le consentement de son propriétaire.

— La Bonne Famille est la propriétaire de ce stylographe, au même titre que ces trophées, dit la femme avec un geste pour la vitrine. Il n'y a aucune différence.

Ophélie contempla longuement l'objet : un rayon de soleil, soudain échappé de la persienne, rebondissait sur l'or de sa plume. Son dernier test.

Elle reboutonna ses gants.

— Je suis désolée, madame, il y a une différence. Ces trophées appartiennent au passé. L'avenir de leurs propriétaires ne dépend pas de ce que je pourrais divulguer sur eux.

La femme pinça les lèvres et il sembla à Ophélie que le réseau de ses veines devint plus visible que jamais sous la pâleur bleutée de sa peau. Le rayon de soleil, ravalé par un nuage, s'éteignit comme une flamme sur la plume.

— Signez et sortez, jeune dame.

— Je dois vous laisser une adresse où me joindre ? Je suis actuellement installée chez le fils de M. Laza...

— Ce ne sera pas nécessaire, la coupa la femme.

Tandis qu'Ophélie griffonnait un maladroit « Eulalie » sur le registre de candidature, elle sentit un nœud se former dans sa gorge. Les examinateurs rédigèrent chacun une note sur un même papier qu'ils glissèrent dans une cartouche, puis la transmirent à un autre service via un tube pneumatique.

Sitôt sortie, elle s'engouffra dans les toilettes les plus proches et se passa de l'eau sur le visage.

Elle n'avait pas pu s'en empêcher. Sa déontologie professionnelle avait une fois encore pris le dessus. Elle venait de laisser passer sa seule chance d'accéder au Secretarium du Mémorial, d'enquêter sur « l'ultime vérité », de démasquer Dieu, de retrouver Thorn, et tout cela par égard pour qui ? Des candidats qui n'hésitaient pas à utiliser leurs propres pouvoirs pour se débarrasser de la concurrence.

— Miss Eulalie ?

À peine avait-elle quitté les toilettes qu'une jeune fille s'était dirigée vers elle. Une étudiante, à en juger par son uniforme.

— Oui ?

— Veuillez me suivre, s'il vous plaît. Lady Hélène aimerait s'entretenir avec vous.

Ophélie n'était pas une experte en esprits de famille. Sur les vingt et un qui existaient, elle n'en avait connu que deux jusqu'à présent et chacune de ces rencontres lui avait laissé une impression mémorable. Lorsqu'elle entra dans le bureau de Lady Hélène, elle sut que cette fois-ci ne dérogerait pas à la règle.

Le fauteuil où l'esprit de famille se tenait assise était relié à un mécanisme tentaculaire. Des dizaines de bras articulés s'activaient en ronronnant, qui pour ouvrir un tiroir de casier, qui pour soulever le couvercle d'un monte-charge, qui pour vider le contenu d'un tube pneumatique. Les uns accumulaient à gauche le courrier en attente, les autres récupéraient à droite le courrier traité, et cela sans aucun temps mort.

La première chose qui sauta aux yeux d'Ophélie, une fois dissipé l'effet de surprise de ce ballet mécanique, était qu'Hélène ne ressemblait en rien aux statues qu'on voyait d'elle en ville, magnifiquement dressées à la droite de Pollux. Son nez et ses oreilles étaient éléphantesques, comme si le gigantisme qui l'avait frappée s'était acharné sur ces parties-là de son anatomie. De façon générale, rien ne semblait normalement proportionné chez cet esprit de famille. Sa tête était trop grosse par rapport à son corps, ses doigts trop longs par rapport à ses mains, sa poitrine trop ample par rapport à son buste. On aurait dit une immense caricature douée de vie.

Ophélie sentit son estomac remuer lorsque Hélène tamponna un papier, le rangea dans la pile du courrier traité, puis releva lentement les yeux vers elle : ils avaient complètement disparu derrière un système optique d'une folle complexité. Ses doigts effilés, pareils à des pattes d'araignée, ôtèrent deux lentilles amovibles parmi les dizaines qui étaient superposées sur son immense nez, comme si cela lui permettait de mieux voir la petite visiteuse qui se tenait de l'autre côté de son bureau.

L'étudiante qui escortait Ophélie referma la porte, puis tourna plusieurs fois la poignée en forme de volant ; on aurait cru qu'elle verrouillait un coffre-fort de l'intérieur. Les mille et un petits bruits qui animaient le conservatoire – percussions de pas, éclats de voix, claquements de portes – furent aussitôt étouffés sous une triple épaisseur de silence. À présent qu'Ophélie y prêtait attention, à la faveur des globes lumineux, il n'y avait aucune fenêtre dans le bureau : juste un curieux périscope qui descendait du plafond.

— Howard Harper.

La voix d'Hélène avait soudain résonné sur tous les marbres et les métaux de la pièce. C'était une voix si grinçante, si lente, si sépulcrale qu'Ophélie se demanda un instant si elle était en train d'essayer d'invoquer un esprit.

— C'était une époque où les sans-pouvoirs portaient encore des noms de famille, poursuivit Hélène en articulant méthodiquement chaque syllabe. Ils sont tous tombés dans l'oubli aujourd'hui. Tous sauf un : Harper. Même moi, qui suis dotée d'une très mauvaise mémoire, je connais ce nom-là. Et vous, jeune dame, le connaissez-vous ?

— Non, madame, répondit Ophélie, perplexe.

Où cette conversation était-elle en train de la mener ? Est-ce que c'était la procédure habituelle pour chaque candidat ?

— Howard Harper est l'homme qui a contribué à bâtir l'endroit où vous vous tenez en ce moment, dit Hélène en se renversant lourdement contre le dossier de son fauteuil. Avant lui, cette petite arche n'était qu'une jungle envahie de nuages et il n'existait qu'un seul conservatoire des virtuoses : celui de mon frère et de sa chère progéniture. Je n'ai, moi, jamais pu avoir d'enfants. De tous les esprits de famille, je suis la seule à être infertile… et ce n'est pas l'unique tare dont je suis affectée, ajouta-t-elle avec une ironie qui rendit sa voix plus grinçante encore. Howard Harper est celui qui m'a montré une autre voie. Il a été mon tout premier Filleul.

— Le trophée, murmura Ophélie.

Hélène la considéra à travers toutes ses superpositions de lentilles. L'éclat doré d'un regard, aussi infime qu'une étoile tant il semblait lointain, luisit de l'autre côté.

— Le trophée, oui. Avec un tant soit peu d'instruction, vous auriez immédiatement identifié son propriétaire. J'ai écouté d'ici votre prétendue expertise et je l'ai trouvée d'une incomplétude désolante. Méconnaissance historique, absence de datation, anecdotes dénuées de pertinence : votre pouvoir familial est intéressant, mais vous, jeune dame, vous êtes une ignare. Si vous étiez tombée dans le piège des examinateurs en *lisant* le stylographe, vous ne vous trouveriez même pas dans mon bureau.

Ophélie serra avec force les mains qu'elle avait croisées dans son dos. Elle avait reçu toutes sortes d'insultes au cours de sa vie, et de bien plus cruelles, mais celle-ci l'atteignit droit au cœur. *Lire* était le seul domaine où elle était douée. Être critiquée sur ses compétences réveilla en elle une susceptibilité dont elle ne soupçonnait même pas l'existence.

— Je ne suis pas d'ici, madame. Je ne pouvais pas savoir…

Hélène eut un geste agacé. Ses doigts étaient si gigantesques que l'appel d'air fit voler tous les papiers du bureau.

— Bien sûr que vous auriez dû savoir. C'est là toute la différence entre l'amateur et le professionnel. L'ignorance, quand on possède un pouvoir comme le vôtre, est une faute inacceptable. Ce sera donc mon rôle d'y remédier.

Ophélie, qui serrait ses mains de plus en plus fort, relâcha d'un coup leur étreinte.

— Vous m'acceptez comme virtuose ?

Un bras mécanique ouvrit un tiroir, en sortit un papier et le tendit à Ophélie. C'était un document officiel d'inscription au conservatoire. Les lèvres d'Hélène s'ourlèrent autour d'un sourire d'ogresse qui révéla une quantité effroyable de dents.

— Je ne vous souhaite pas la bienvenue à la Bonne Famille, jeune dame. Je le ferai dans trois semaines, si vous êtes encore parmi nous d'ici là. Vous allez avoir beaucoup, beaucoup de retard à rattraper avant de prétendre devenir une avant-coureuse.

La tradition

Ophélie était si pressée d'annoncer la bonne nouvelle à Ambroise qu'elle dérapa sur le perron du service administratif. La marée des nuages s'était transformée en averse et les marches d'escalier en cascade. L'odeur de la végétation, déjà puissante au soleil, était devenue étourdissante sous la pluie.

— Où vas-tu, apprentie ?

Elle leva ses lunettes barbouillées d'eau vers la silhouette qui se dressait en haut des marches du perron, sous la verrière de l'auvent. C'était l'étudiante qui l'avait accompagnée jusqu'au bureau d'Hélène. Les basques de sa redingote étaient agitées par les bourrasques comme des étendards brodés d'argent. Elle signala du doigt la galerie à arcades qui jouxtait l'édifice administratif.

— Nous allons par là. Toutes les dépendances du conservatoire sont reliées par des promenoirs. Nous y serons à l'abri.

— C'est que je dois retourner en ville, dit Ophélie dont la toge s'imbibait d'eau de seconde en seconde. Je ne voudrais pas manquer le dernier tramoiseaux.

— Tu viens avec moi. Tu vas être soumise à une première évaluation. C'est la tradition.

La pluie redoubla sur les pavés, étouffant la voix et la silhouette de l'étudiante. Ophélie dut se résoudre à remonter l'escalier à contre-courant des eaux.

— Maintenant ? Mais je viens à peine d'être acceptée.

— Tu commences ta période de probation. Tu ne dois pas quitter l'enceinte du conservatoire au cours des trois prochaines semaines, sauf permission exceptionnelle de Lady Hélène. Sans quoi, elle considérera que tu as renoncé et aucune seconde chance ne te sera accordée. Maintenant, si tu veux rentrer chez toi, dit l'étudiante en tournant les talons, personne ici ne te retiendra.

Ophélie la suivit le long de la galerie. Elle avait à peine eu le temps de se réjouir qu'elle se dégrisait déjà. Il lui faudrait rester trois semaines entières sur cette petite arche ? Ne pourrait-elle pas mener son enquête au Secretarium du Mémorial avant cette échéance ?

Et Ambroise ? réalisa-t-elle soudain en essorant les pans trempés de sa toge. N'allait-il pas s'inquiéter de ne pas la voir revenir ?

— C'est assez carcéral comme traitement.

— Hmm ? (L'étudiante se tourna à demi, comme étonnée de la trouver derrière elle.) Tu as signé un accord, apprentie. Lady Hélène t'offre un gîte, un couvert et un avenir. La tradition veut qu'en échange tu t'en remettes à ses directives sans poser de questions.

Ophélie songea qu'elle aurait dû lire plus attentivement cet accord avant de le signer. Elle essuya ses lunettes, puis observa le profil de l'étudiante qui affleurait de ses longs cheveux fauves. Teint livide, paupière mi-close, sourcil figé, nez effacé, bouche sans relief : son visage était comme sa voix, dénué d'expressivité. Cette impassibilité jurait avec le feu d'artifice de ses taches de rousseur. Elle était plutôt grande, très fine et sa redingote cintrée soulignait son absence de formes. Le parfait contraire d'Ophélie.

— Vous êtes apprentie, vous aussi ? Vous ne m'avez pas dit votre nom.

— Hmm ? fit l'étudiante en émergeant de sa rêverie. Je m'appelle Elizabeth. À compter de ce jour, nous sommes des rivales toi et moi. Autant dire des ennemies jurées.

Au cours du silence qui s'ensuivit, Ophélie eut tout le loisir d'entendre la pluie s'abattre sur les vitres des arcades.

— Je plaisante, finit par ajouter Elizabeth au bout de quelques pas. Je suis aspirante virtuose, ce qui me place hiérarchiquement au-dessus des apprentis. Nous ne serons ni rivales ni ennemies. Je suis responsable de la deuxième division des avant-coureurs. Si tu as des questions, c'est à moi que tu dois les adresser. Félicitations, au fait.

Elle parlait d'une voix lointaine, sans l'ombre d'un sourire. Même l'accent mélodieux de Babel tombait à plat sous sa langue.

— Et quel est votre pouvoir familial, Elizabeth, si ce n'est pas indiscret ?

— Hmm ? Je n'en ai pas.

Ophélie remua les sourcils.

— On m'a dit que les sans-pouvoirs étaient très rares ici.

— Je suis actuellement leur unique représentante au conservatoire. Je n'ai eu que deux prédécesseurs : Howard Harper et Lazarus.

— Lazarus comme le Lazarus des automates ? J'ignorais qu'il avait été virtuose.

Ou plutôt, rectifia-t-elle en son for intérieur, Ambroise avait omis de le lui dire. Ce qui soulevait une nouvelle question. Pourquoi avait-il essayé de la décourager d'intégrer la Bonne Famille si son propre père était passé par là ?

— Tout le monde devrait savoir cela. En particulier une avant-coureuse. Dépêchons-nous, apprentie.

Ophélie n'aurait pas demandé mieux, mais des deux c'était Elizabeth qui marchait le plus lentement. L'aspirante virtuose ralentissait sans cesse le pas pour sortir un calepin de sa redingote et y griffonner des notes, qu'elle finissait toujours par raturer en marmonnant entre ses dents. Cette jeune fille était décidément un drôle de spécimen.

Ophélie ne tarda pas à constater qu'Elizabeth n'avait rien d'un cas isolé. Une cohorte de Cyclopéens au crâne rasé faisaient la course sur le plafond des galeries en récitant à tue-tête des formules de physique. Une jeune Totémiste avançait droit devant elle, le nez dans un livre, enveloppée d'un essaim de moustiques qui lui bourdonnaient autour sans jamais l'attaquer. Il y avait même un vieil homme qui produisait des arcs électriques entre ses doigts en ricanant d'un air un peu sénile.

Chacune de ces personnes portait le même uniforme bleu nuit et argent. C'étaient donc tous des virtuoses en devenir ?

Elizabeth gravit une série d'escaliers qui menaient vers une résidence particulièrement imposante. Construite tout en verticalité, elle épousait le bord de l'arche, et ses remparts, déployés comme des ailes de pierre, servaient de frontière entre la terre et le ciel. De gigantesques têtes sculptées d'éléphant, incorporées dans la façade de l'édifice, affichaient des airs sévères qui n'inspiraient pas du tout l'envie de sourire.

— Voici le Foyer, commenta Elizabeth en griffonnant une nouvelle note dans son calepin. C'est là que tu dormiras, que tu te laveras, que tu prendras tes repas et que tu feras tes corvées. Ne t'attends pas à trouver des automates pour nettoyer à ta place ; ils en ont une collection entière chez les Fils de Pollux, mais Lady Hélène tient à ce qu'ici nous fassions tout par nous-mêmes.

Ophélie leva la tête à en attraper un torticolis. Le Foyer était conçu comme le Mémorial, dans des proportions plus modestes : il possédait un vaste atrium autour duquel les étages s'enroulaient comme des anneaux de planète. Les sols, les murs et les plafonds étaient tous aménagés en salles. Les apprentis d'en haut débattaient la tête à l'envers autour d'une question de rhétorique ; ceux d'en bas réclamaient le silence pour se concentrer sur leurs devoirs ; certains poussaient des chariots de blanchisserie le long des couloirs verticaux ; d'autres menaient d'incompréhensibles expériences dans des box réservés aux travaux pratiques. L'atmosphère entière bourdonnait comme une ruche, résonnant d'accents des quatre coins du monde.

La poitrine d'Ophélie se contracta. Même ici, même maintenant, elle ne pouvait s'empêcher de chercher le plus grand et le moins bavard d'entre tous. Et si Thorn avait emprunté très exactement le même chemin que le sien ? S'il s'était servi de la Bonne Famille pour infiltrer les coulisses du Mémorial ?

— Le conservatoire compte beaucoup de virtuoses ? demanda-t-elle à Elizabeth.

— Hmm ? Oui, plutôt. Il y a la compagnie des avant-coureurs, la compagnie des tabellions, la compagnie des scribes, la compagnie des gardiens et bien d'autres encore. Chaque compagnie est composée de deux divisions : les Filleuls d'Hélène ici et les Fils de Pollux à côté.

Elizabeth avait désigné, pour souligner ce dernier mot, un grand balcon qui permettait de deviner, à travers plusieurs épaisseurs de pluie, la falaise de l'arche voisine.

— Pourquoi vivre séparés si nous suivons le même apprentissage ?

— Parce que c'est la tradition.

Ophélie se demanda si les élèves du conservatoire recevaient un bonus chaque fois qu'ils citaient cet adage. Elizabeth mâchonnait la gomme de son crayon d'un air rêveur, les yeux perdus dans les notes de son calepin, ses longs cheveux suivant les ondulations de sa démarche. Dans les box d'expérimentation d'un salondenvers, il y eut une explosion de fumée et d'exclamations à laquelle elle ne prêta aucune attention. Elle ne semblait pas tellement encline à faire la conversation.

Tel n'était pas le cas d'Ophélie.

— C'est une affiche au Mémorial qui m'a attirée ici. J'ai appris qu'ils recherchaient des avant-coureurs pour leurs groupes de lecture. Je voudrais postuler. Je suis certaine que c'est dans mes cordes.

Elizabeth l'observa d'un air oblique. Elle avait cessé de marcher et de mordiller son crayon. De flou, son regard s'était fait perçant comme une flèche.

— Abandonne toutes tes certitudes. (Même sa voix avait changé, soudain vibrante, profondément concernée.) Qui crois-tu être, toi qui parles de notre cause avec autant de légèreté ? Ton talent n'est qu'une barre tordue qu'il va falloir redresser. Les groupes de lecture de Sir Henry réclament un savoir-faire que tes mains ne possèdent pas encore, qu'elles ne posséderont sans doute jamais.

Ophélie serra les poings à en faire grincer ses gants. C'était la deuxième fois aujourd'hui qu'on rabattait son orgueil professionnel, et elle n'en était décidément pas dépourvue. Elizabeth continuait de l'examiner sans hostilité ni amicalité par-dessus son calepin, au milieu du brouhaha universitaire, comme si elle attendait une réaction de révolte de sa part.

La jeune Animiste relâcha son souffle et desserra la pression de ses poings. Elle comprenait. Un bon citoyen, un virtuose à plus forte raison, ne se cramponnait pas à ce qui faisait de lui un individu. L'intérêt de la collectivité devait passer avant la fierté personnelle.

— Vous avez raison. Plus je découvre le monde autour de moi et plus je mesure à quel point je le connais mal.

Les paupières mi-closes d'Elizabeth s'abaissèrent davantage et Ophélie crut deviner une lueur de satisfaction dans l'entrebâillement de ses cils.

— Confidence pour confidence : moi aussi, j'ai de l'orgueil. J'aime la cité, j'aime le Mémorial et j'aime la Bonne Famille. J'ai tendance à attendre des autres qu'ils fassent preuve de la même dévotion. Et qu'ils respectent mon travail.

— Vous travaillez pour les groupes de lecture ?

Elizabeth colla son calepin contre les lunettes d'Ophélie. Il était noirci de chiffres et de lettres sans queue ni tête.

— Algorithmes, fonctions, structures itératives, structures conditionnelles, traduisit-elle. Ce sont les groupes de lecture qui travaillent pour moi. Je suis en charge du nouveau catalogue. Les lecteurs encodent la base de données que j'ai conçue à l'intention de Sir Henry. Les documents anciens du Mémorial ne sont pour la plupart ni datés ni authentifiés, il nous faut donc des expertises irréprochables. Je planche en ce moment sur un système de cartes perforées afin de permettre à Sir Henry de traiter efficacement ces milliers d'informations.

Ophélie baissa les yeux malgré elle. Les leçons d'humilité prenaient soudain tout leur sens. Elizabeth n'était peut-être pas loin d'avoir son âge, mais elle avait une longueur d'avance qui n'était pas quantifiable en années.

— Lady Septima a trois semaines pour te préparer, enchaîna Elizabeth. Si tu fais exactement ce qu'elle te dit, que tu lui obéis au doigt et à l'œil, alors tu auras peut-être une chance de rejoindre nos rangs.

— Lady Septima, répéta Ophélie en essayant de mémoriser ce nom. Je croyais que c'était Sir Henry, le responsable des groupes de lecture.

La bouche d'Elizabeth se tordit soudain en un sourire qui eut du mal à trouver sa place sur sa figure inexpressive.

— Il en serait bien incapable. Sir Henry est un automate. Il ne quitte jamais le Secretarium.

Ophélie allait devoir s'habituer à l'idée : sur Babel, les automates étaient des membres de la société à part entière et certains d'entre eux pouvaient être appelés *sir*. Alors qu'elle s'apprêtait à poser des questions sur le Secretarium, sur le moyen d'y entrer surtout, elle se ravisa. Montrer trop de curiosité finirait par lui attirer des soupçons, et elle avait suffisamment manqué de subtilité pour aujourd'hui.

— Merci, dit-elle à la place.

Elizabeth haussa les épaules, puis se dirigea vers un tableau d'affichage dressé au milieu de l'atrium. Un bras mécanique était en train d'y tracer des mots à la craie :

L'apprentie Eulalie est attendue à l'amphithéâtre interfamilial

— Nous ne nous sommes pas assez dépêchées, constata Elizabeth. Tu devrais déjà être en uniforme. Vite, hâtons-nous, ajouta-t-elle sans se presser le moins du monde.

Elle conduisit Ophélie au vestiaire du Foyer pour trouver un uniforme à sa taille et déplia un paravent mécanique. La chemise, la redingote, le pantalon et les bottes comptaient un tel nombre d'attaches qu'Ophélie n'en voyait pas le bout. Elle eut la respiration coupée au moment de boutonner sa redingote ; voilà un habit qui ne laissait pas beaucoup de place aux rondeurs.

Elizabeth lui montra l'ornement d'argent qu'elle portait sur sa manche bleu nuit.

— Prête bien attention aux galons. Un apprenti virtuose n'a qu'une seule bande à son uniforme. Un aspirant virtuose de premier degré, comme moi, a deux bandes. Un aspirant virtuose de second degré a trois bandes. Une bande pour chaque année au conservatoire.

Ophélie s'abstint de dire qu'elle n'avait pas l'intention de rester si longtemps. Dès qu'elle aurait accès au Secretarium du Mémorial ou dès qu'elle aurait retrouvé la trace de Thorn, idéalement les deux, elle tirerait sa révérence.

Elle s'attaqua aux interminables lacets de ses bottes. Celles d'Elizabeth étaient éperonnées de deux petites ailes d'argent au niveau des chevilles.

— C'est l'emblème des avant-coureurs. Tu auras tes ailes si tu termines tes trois semaines de probation.

Si, releva Ophélie en rangeant la montre de Thorn dans une poche de sa redingote. Pas *quand*.

— Cette évaluation que je dois passer, elle consiste en quoi ?

— Hmm ? Oh, on va te soumettre à toutes sortes de tests. C'est plutôt douloureux, beaucoup de candidats n'y résistent pas. Même si ça reste rare, certains en meurent. (Elizabeth eut un vague haussement de paupières en voyant les lunettes d'Ophélie jaunir sur son nez, puis elle ajouta d'une voix plate :) Je plaisante. Il n'y a jamais eu ni morts ni blessés. Vois-le plutôt comme un jeu.

Ophélie n'en était pas très sûre jusqu'à présent, mais elle fut cette fois convaincue : son rythme cardiaque n'appréciait pas du tout l'humour d'Elizabeth.

Elle boucla le fermoir de sa ceinture, enfin prête, et sa gorge se noua.

Tout au long de la journée, elle avait essayé de ne pas y penser, de rester concentrée sur toutes ces nouveautés qu'elle devait assimiler. À présent qu'elle sentait ce vêtement étranger sur elle, elle n'y parvenait plus. Elle prit une profonde inspiration, cherchant à ravaler l'émotion brutale qui lui remontait du fond du corps, mais elle ne pouvait s'empêcher de revoir la scène en boucle : le sac emporté par le tramway, et l'écharpe avec lui. Pourquoi le sort lui avait-il permis de retrouver l'un et pas l'autre ?

— Tu me suis, apprentie ? appela Elizabeth qui repliait le paravent mécanique. Je te conduis à ton évaluation.

— J'arrive.

Ophélie toussa pour s'éclaircir la voix. Se laisser aller était un luxe qu'elle ne pouvait pas se permettre. Il lui faudrait toute sa concentration pour réussir ses épreuves.

Elizabeth déposa Ophélie devant la porte de l'amphithéâtre interfamilial. C'était un hémicycle dont les gradins pouvaient facilement accueillir une centaine de personnes. Cela faisait beaucoup de places pour une seule apprentie. Un homme en toge la guida jusqu'au premier rang où l'attendait déjà un nécessaire à écrire.

— C'est la tradition, dit-il pour seule indication.

Ophélie sécha dès le premier énoncé : *Répertoriez les méthodes de datation relatives et absolues de votre connaissance.* Toutes les autres questions étaient à l'avenant, sur des notions et des méthodologies historiques de plus en plus pointues, et il y en avait des pages entières. « Vois-le plutôt comme un jeu. » Assurément, ça n'avait rien d'une partie de cartes. Elle commençait à ressentir les effets de sa précédente insomnie, et son estomac vide emplit bientôt l'amphithéâtre de borborygmes très embarrassants.

Quand enfin elle remit son devoir, engloutie par les abysses de sa propre ignorance, l'homme en toge lui demanda de le suivre. Ophélie fut introduite dans un élégant laboratoire où une vieille dame lui demanda de retirer son uniforme – alors qu'elle avait eu tant de difficultés à l'enfiler – et l'examina sévèrement de la tête aux pieds, langue incluse. Elle lui fit faire toute une série de mouvements, tantôt de la main droite, tantôt de la main gauche, auxquels Ophélie ne comprit rien.

— C'est la tradition, dit la vieillarde.

Elle lui remit alors une nouvelle tenue, plus sobre et plus ample que son uniforme, puis l'invita à se rendre au stadium, à l'extérieur, dès qu'elle serait prête.

Le soir était tombé. Il commençait à faire très

sombre et très humide quand Ophélie arriva sur place. Elle n'en crut pas ses oreilles quand un instructeur lui ordonna de courir quinze tours de piste.

— C'est la tradition.

Sur Anima, les seules disciplines sportives se résumaient à la baignade, la danse et l'alpinisme, et Ophélie n'en avait jamais pratiqué aucune. Au bout d'un seul tour, il lui sembla que ses poumons allaient éclater. Sa tunique et ses cheveux se collaient à elle comme si elle avait plongé tout habillée dans une baignoire. La pluie avait cessé, le stadium était devenu un gigantesque marais peuplé de grenouilles. Elle dut terminer sa course en boitillant, transpercée par un point de côté, sous le regard réprobateur de l'instructeur. Il ne fit toutefois aucun commentaire, lui rendit son uniforme et déclara simplement que l'évaluation était terminée.

Ophélie suivit le chemin des lampions suspendus aux arcades des promenoirs, sans prêter attention aux papillons de nuit qui se cognaient à ses lunettes. Elle aurait eu grand besoin d'un bain et d'un repas, mais, quand elle regagna le Foyer, un calme assourdissant régnait dans le vaste atrium. Tout le monde était couché depuis longtemps.

En empruntant un transcendium, elle bascula de la station verticale à la station horizontale. La fatigue lui donna réellement l'impression de lutter contre les forces de l'attraction terrestre, comme si elle risquait à tout instant de se décrocher du mur pour s'écraser sur le sol.

Après avoir erré dans les salondenvers, se demandant où elle était censée aller, elle se rendit au dernier étage, juste sous les étoiles de la coupole, où un unique couloir circulaire desservait plusieurs portes. Chacune était surplombée d'une enseigne en fer forgé qui portait le nom d'une compagnie.

Ophélie entra chez les avant-coureurs.

Il y régnait une obscurité si dense qu'elle se cogna à plusieurs lits, provoquant une réaction en chaîne de grognements ensommeillés, avant d'en trouver un vacant. Elle posa son uniforme sur ce qu'elle supposa être une chaise, puis délaça ses bottes dans le noir. Restait à espérer que les jérémiades de son estomac ne réveilleraient pas tout le Foyer.

À peine Ophélie s'allongea-t-elle qu'elle surprit des rires étouffés dans l'obscurité. Il n'y avait pas de matelas sur son lit.

« Évidemment, pensa-t-elle en serrant la montre de Thorn contre elle. La tradition. »

La rumeur

Ophélie bondissait de nuage en nuage au-dessus d'une version intacte de l'ancien monde. Elle n'avait aucun regard pour les villes, les forêts, les océans d'autrefois qui défilaient sous ses pieds. Elle ne cherchait qu'à atteindre le tramoiseaux qui volait à travers le ciel. Elle pouvait apercevoir l'écharpe coincée dans sa portière et une silhouette familière derrière l'une des vitres. La silhouette de Thorn. Ophélie était sur le point de rattraper le tramoiseaux quand, soudain, les nuages se mirent à gémir sous ses pieds.

Elle entrouvrit un œil à travers les lunettes tordues qu'elle avait oublié de retirer pour dormir. Ce n'étaient pas les nuages qui gémissaient, mais les ressorts de son sommier. Il lui fallut beaucoup de battements de paupières pour se rappeler où elle se trouvait et pourquoi. Il faisait une chaleur accablante. La fenêtre, toute claire de matin, déversait une lumière limpide sur le dortoir. C'était une pièce austère avec des poutres apparentes, une puissante odeur de pierre chaude, des meubles de fer forgé et un seul paravent comme garant d'intimité.

Paravent dont Ophélie n'allait pas avoir besoin : il n'y avait plus personne à part elle. Les autres lits auxquels elle s'était heurtée pendant la nuit avaient été remplacés par des pupitres d'étude.

Si une cloche avait sonné, elle ne l'avait pas entendue. En vérité, la seule cloche qu'elle entendait en ce moment même était celle qui carillonnait à l'intérieur de sa boîte crânienne. Il lui faudrait une casserole entière de café pour la faire taire.

Ophélie s'arracha des ressorts du sommier en entendant protester chacune de ses vertèbres. Elle se sentait comme un automate qui aurait été démonté boulon après boulon, puis remonté au petit bonheur la chance.

Ce fut sans réelle surprise qu'elle constata la disparition de son uniforme sur la chaise. C'était probablement l'œuvre des mêmes plaisantins qui avaient jugé spirituel d'escamoter son matelas.

« J'ai été le valet de Berenilde, le jouet de Farouk et la proie du baron Melchior, songea Ophélie avec un bâillement. Ce n'est pas une plaisanterie de mauvais goût qui va m'intimider. »

Elle garda sur elle sa tenue de stadium, encore toute crottée de boue séchée, puis tira sur un cordon qui pendait au mur. Dans un ronronnement de rouages, son lit mécanique se souleva jusqu'à s'encastrer parfaitement dans l'alcôve murale, tandis qu'un pupitre se dépliait à la place par un ingénieux procédé télescopique. C'était exactement comme ces livres où les images en volume se développent et se referment à mesure qu'on tourne les pages. Ophélie en aurait été émerveillée si ce lit ne lui avait pas fait endurer un calvaire.

Le reste du Foyer se révéla aussi désert que le dortoir des avant-coureurs. Ophélie ne croisa personne au réfectoire où elle se contenta d'un fond de céréales, ni au vestiaire où elle se chercha un nouvel uniforme, ni aux douches collectives où elle se savonna à la diable. Elle consulta le tableau d'affichage, mais le bras mécanique n'avait tracé aucune instruction à la craie. Elle était à peu près certaine qu'elle était supposée se trouver ailleurs, sauf qu'elle ignorait où.

Pour une spécialiste de l'information, voilà qui commençait bien.

Alors qu'elle vagabondait le long des promenoirs, à la recherche de quelqu'un pour la renseigner, Ophélie ne put réprimer une pensée pour Ambroise. Elle l'imaginait seul au milieu des automates de son père, attendant de ses nouvelles. Il devait vraiment penser qu'elle était la reine des ingrates, une profiteuse prête à quitter un bienfaiteur pour un plus offrant. Ophélie aurait bien improvisé un passage de miroir pour lui rendre une visite éclair – encore que la distance était probablement trop grande –, mais elle n'en avait pas encore trouvé un seul à la Bonne Famille. Hélène semblait très attentive à ne pas encourager la vanité chez ses élèves.

Au fond, ce n'était pas une si mauvaise chose. Si forte que fût la tentation, mieux valait ne pas révéler qu'elle était une passe-miroir. Elle avait déjà pris suffisamment de risques en dévoilant son talent de *liseuse*.

Ophélie finit par trouver d'autres apprentis virtuoses dans l'amphithéâtre où elle avait passé son évaluation la veille. Il y flottait un tel silence qu'elle avait d'abord cru les lieux déserts au moment de pousser la porte. Elle n'avisa aucun professeur sur la chaire, mais tous les étudiants étaient occupés à écrire. Ils portaient un casque sur les oreilles. Personne ne leva le nez de sa sténographie pendant qu'Ophélie se chercha, le moins maladroitement possible, une place en haut des gradins.

Une fois assise, elle comprit qu'un poste radiophonique était incorporé à l'intérieur de chaque casier. Elle enfila un casque, n'entendit rien, tourna quelques boutons, n'entendit toujours rien. Lorsqu'elle demanda à ses voisins comment se servir de son poste, ils lui firent signe de se taire. À force de persévérance, elle finit par repérer le modulateur de fréquence et réussit à capter des émissions. Des dizaines d'émissions, chacune sur une fréquence différente. C'étaient uniquement des conférences universitaires enregistrées en direct dans les académies de la cité ; comment savoir laquelle elle était censée suivre ?

Ophélie baissa le son et n'insista plus. Elle était venue à Babel pour enquêter, pas pour étudier.

Elle essuya le filet de sueur qui s'écoulait déjà dans son cou, luttant contre l'envie de se débarrasser de sa redingote trop étriquée. Elle observa tour à tour chacun des apprentis assis devant elle. Thorn n'était pas parmi eux, mais cela n'avait en soi rien de surprenant. S'il avait une longueur d'avance sur elle, comme elle le supposait, elle le trouverait plus probablement parmi les aspirants virtuoses ; à en juger par les galons des uniformes, il n'y en avait aucun dans cet amphithéâtre.

Ophélie avait d'abord cru le silence complet :

ce n'était pas exact. Par-dessus le bruissement des stylographes sur le papier, par-dessus le froufrou des voix dans les casques, par-dessus les stridulations des cigales au-dehors, elle perçut des chuchotis. Cela se passait un rang en dessous du sien. Des apprentis se penchaient les uns sur les autres, laissant entrevoir par instants des profils nerveux. Ophélie ne leur aurait pas prêté grande attention si le mot « Mémorial » ne lui était soudain parvenu. Elle coupa le son de son poste pour de bon et, sans retirer ses écouteurs, se pencha imperceptiblement sur sa table.

Ils s'exprimaient tous avec le même accent, très différent de celui de Babel quoique tout aussi musical :

— J'avais un mauvais pressentiment. N'est-ce pas que je vous l'ai dit, hier ?

— Tais-toi. On avait tous un mauvais pressentiment. Le problème, c'est qu'on aurait dû deviner quoi, où et qui, mais qu'on n'a pas réussi.

— Ce n'est quand même pas si grave, non ? C'est juste une rumeur. Elles exagèrent toujours, les rumeurs.

— Ah *sí* ? Et pourquoi les lectures d'aujourd'hui sont toutes annulées ?

— Moi, je ne m'en plains pas. Je ne peux plus voir un livre sans avoir la nausée.

— Tu oublies l'automate. (L'apprenti avait prononcé « aoutomaté », mais Ophélie, qui se penchait de plus en plus sur sa table, comprit aussitôt l'allusion à Sir Henry.) Il va nous donner le double d'heures pour rattraper le retard.

— Vous ne trouvez pas la coïncidence un peu

forte ? La petite nouvelle qui débarque et cet incident au Mémorial ?

— *Basta*. Elle nous observe.

Sur ces mots, tous les chuchoteurs remirent leurs écouteurs et reprirent leur sténographie. Tous sauf une jolie garçonne, qui se retourna, sans discrétion ni embarras, pour dévisager Ophélie d'un air franchement curieux. Des enluminures brillaient sur sa figure comme les incrustations d'un masque carnavalesque.

Une voix cuivrée traversa aussitôt l'amphithéâtre avec la puissance d'un roulement de tonnerre :

— Apprentie Mediana, regardez devant vous.

La garçonne se replongea nonchalamment dans ses cours et Ophélie fit semblant de l'imiter, non sans décocher un regard au pavillon de phonographe fixé au plafond. Elle ne l'avait pas remarqué, celui-là, pas plus qu'elle n'avait remarqué le périscope qui tournait son œil de cyclope tantôt à droite, tantôt à gauche. Elle avait interprété l'absence de professeur comme un gage de confiance, le signe que le conservatoire traitait ses élèves en jeunes gens responsables. Grossière erreur. Ils étaient tous sous surveillance.

Dès que la voix du pavillon annonça la fin des cours radiophoniques, beaucoup plus tard, Ophélie se hâta de rattraper les chuchoteurs dans l'escalier extérieur. À présent qu'elle les voyait debout, elle remarqua les ailes épinglées à leurs bottes. Comme elle s'en doutait en les écoutant, c'étaient tous des avant-coureurs.

— Je suis « la petite nouvelle », se présenta-t-elle avec une prononciation ironique. Excusez-moi de m'être invitée dans votre conciliabule, mais il me semble qu'il était question de m...

— Désolé pour tes lunettes, la coupa abruptement l'un d'eux.

— Pardon ?

La remarque déstabilisa si bien Ophélie qu'elle rata une marche et termina l'escalier de marbre sur le postérieur. Les avant-coureurs l'enjambèrent les uns après les autres sans un regard. Elle ne les voyait elle-même plus qu'à moitié ; elle avait perdu un verre de lunettes dans sa chute. Alors qu'elle tâtait les marches, le corps cuisant d'une douleur humiliante, une main enluminée lui tendit ce qu'elle cherchait.

— Mediana, de la deuxième division de la compagnie des avant-coureurs, se présenta officiellement la garçonne. Mais cela, tu le savais déjà, n'est-ce pas ? Les prédictions de mes cousins provoquent presque autant d'accidents qu'elles en préviennent. Méfie-toi, *signorina*, ils en profitent un peu.

Son accent lui faisait prononcer chaque mot avec un ronronnement de volupté. Ophélie récupéra son verre d'un geste prudent.

— Les avant-coureurs sont tous de votre famille ?

— Une bonne partie. Nous, les Devins de la Sérénissime, nous avons l'information dans le sang.

— Oh. Et vous voyez l'avenir aussi, Mediana ?

— Non, moi c'est plutôt le passé. Un peu comme toi, petite *liseuse*, mais notre art est différent.

D'accord, nota Ophélie en elle-même. Mediana savait déjà pour son pouvoir familial, en avant-coureuse digne de ce nom.

— De quoi étiez-vous en train de parler avec vos cousins ? Que s'est-il passé au Mémorial ?

Dans un mouvement plein de familiarité, Mediana posa un doigt sur la bouche d'Ophélie, l'incitant à patienter. Des apprentis continuaient de les contourner comme l'aurait fait le flot indifférent d'une rivière autour d'un rocher. Quand il n'y eut plus personne à part elles dans l'escalier, elle approcha son visage du sien, si près qu'Ophélie en vit chaque enluminure malgré son verre manquant. Mediana était d'une rare beauté où se mêlaient, de façon infiniment subtile, lignes courbes et formes angulaires, un charme capable de troubler aussi bien les femmes que les hommes.

— Je vais essayer de te faire gagner un temps précieux, petite *liseuse*. Lady Hélène n'aurait jamais dû accepter ta candidature. Mon pouvoir vaut certainement dix fois le tien et je maîtrise les langues anciennes à la perfection. Tu es condamnée à être prisonnière de mon ombre, comme le sont tous les autres avant-coureurs. Ne crois pas que mes cousins m'apprécient plus que toi. L'amitié n'existe pas à la Bonne Famille, parce que seuls les meilleurs restent.

— Je…

— Ne dis rien, susurra Mediana en imprimant son index sur les lèvres d'Ophélie. Écoute seulement, *signorina*. La violence, même sous sa forme la plus anodine, est sévèrement punie sur Babel. Tu ne subiras aucune maltraitance physique parmi nous. Mais crois-moi, ajouta-t-elle dans un souffle chaud sur sa peau, il existe toutes sortes de tourments. Rentre chez toi, oublie les virtuoses et oublie le Mémorial. C'est mon destin, pas le tien.

Ophélie fut moins choquée par ces paroles que par le ton sur lequel elles avaient été prononcées. Un ton sincèrement, profondément navré. À travers sa moitié de lunettes, elle regarda Mediana descendre l'escalier dans un mélange de puissance et de grâce, les enluminures de sa peau étincelant dans le soleil.

« J'ai été le valet de Berenilde, le jouet de Farouk et la proie du baron Melchior, se répéta-t-elle en s'efforçant de réintroduire son verre dans la monture de ses lunettes. Ce n'est pas une menace en l'air qui va m'intimider. »

Le bas du dos endolori par sa dégringolade d'escalier, Ophélie suivit les avant-coureurs à distance respectable. Qu'ils veuillent d'elle ou non, ils étaient désormais membres de la même compagnie : elle leur imposerait sa présence aussi longtemps qu'elle aurait besoin d'être l'une des leurs.

Ils franchirent ensemble le pont monumental qui reliait l'arche des virtuoses d'Hélène à l'arche des virtuoses de Pollux, puis ils se rendirent dans une dépendance du conservatoire. Deux étages plus tard, Ophélie découvrit un laboratoire qui était la quintessence de l'esthétisme avec ses hauts plafonds, ses cuivres et ses velours. La salle baignait dans la lumière arc-en-ciel d'une rosace et la brise bienfaisante des ventilateurs de plafond. Les tables de bois précieux déployaient ce qui se faisait de plus moderne en matière de panoplie expérimentale.

Quand Ophélie prit place devant l'établi, indécise, elle réalisa que le nombre des avant-coureurs autour d'elle avait doublé. La division des Filleuls d'Hélène avait rejoint celle des Fils de Pollux dans un remous d'uniformes et une envolée d'accents qui s'interrompirent dès qu'une femme referma la porte du laboratoire.

— La connaissance sert la paix, déclara-t-elle.

— La connaissance sert la paix, répétèrent tous les apprentis à l'unisson, poing sur la poitrine, en choquant les talons ailés de leurs bottes.

La femme acquiesça sans sourire. À en juger par sa peau de bronze, ses cheveux noirs et ses yeux flamboyants, c'était une Babélienne pure souche. Les dorures de son uniforme étaient aussi éblouissantes que le regard qu'elle arrêta sur Ophélie.

— Apprentie Eulalie, je suis Lady Septima et je serai votre prospère, c'est-à-dire votre professeur de spécialisation. On m'a communiqué les résultats de votre évaluation d'hier. Ils ne sont pas excellents. Je préfère toutefois juger par moi-même si vous êtes digne ou non de devenir une avant-coureuse. Être digne ne signifie pas *réussir*. (Cette fois, le regard de Lady Septima enveloppa tout le laboratoire, absorbant dans son feu le visage de chaque apprenti.) Vous êtes nombreux aujourd'hui, mais seuls deux d'entre vous, un Fils de Pollux et un Filleul d'Hélène, pourront finalement accéder au grade d'aspirants virtuoses.

Les yeux de Lady Septima s'étaient attardés, par un réflexe peut-être inconscient, sur un apprenti qui lui ressemblait trop pour ne pas être de sa famille. Ophélie, pour sa part, comprenait mieux certaines choses. *Seuls les meilleurs restent*. Ce conservatoire avait fait de la rivalité sa colonne vertébrale.

— Mon travail, reprit Lady Septima en revenant à Ophélie, consiste à faire de ce minéral brut qui vous sert de pouvoir familial le plus pur des diamants. Et ce n'est pas tout. La corporation des avant-coureurs, dont je suis la plus haute responsable, s'est vu confier l'honneur de refondre le catalogue du Mémorial. Ceux qui sont dignes d'intégrer les groupes de lecture, et uniquement eux, ont leur place au conservatoire. Vous avez trois semaines, apprentie Eulalie, pour me convaincre que je ne perds pas mon temps avec vous. Avez-vous des questions ?

Ophélie serra les dents avec force pour contenir toutes celles qui lui vinrent. « Comment obtenir le droit de pénétrer dans le Secretarium ? Possède-t-il réellement une chambre forte ? Recèle-t-il des vestiges de l'ancienne école ? Quelle est-elle donc, cette ultime vérité que votre glorieux Mémorial refuse de divulguer au public ? »

Il aurait été imprudent, pour ne pas dire dangereux, d'exposer ainsi l'objet véritable de sa venue.

— Pourquoi les groupes de lecture ont-ils été annulés aujourd'hui ? demanda-t-elle seulement.

Cette curiosité-là était légitime. Du moins Ophélie l'avait-elle cru avant de réaliser que tout le monde s'était figé autour d'elle, comme si les ventilateurs de plafond avaient soudain déversé une bise glaciale sur le laboratoire. Seule Mediana mordillait sa lèvre pour ne pas éclater de rire.

Lady Septima demeura imperturbable pour sa part. Elle se contenta d'atténuer, d'un simple mouvement de paupières, la flamboyance de son regard. Elle ne le destina pas à Ophélie en particulier, mais à chacun des apprentis.

— Je n'ai aucun commentaire à émettre sur l'affaire que vous avez tous à l'esprit. Ne prêtez pas attention à la rumeur qui circule. Le *Journal officiel* vous dira tout ce que vous avez besoin de savoir demain. Rappelez-vous que ce doit être pour vous, avant-coureurs, la seule source où puiser vos informations. À présent, que chacun d'entre vous examine l'échantillon devant lui en appliquant la procédure réglementaire, ajouta-t-elle d'un ton sans réplique. Vous devez avoir identifié l'objet auquel il a appartenu et rédigé un rapport complet d'ici à la fin du cours. Apprentie Eulalie, vous ne toucherez à rien aujourd'hui : observez simplement vos camarades pour voir comment ils s'y prennent.

Si Lady Septima avait voulu obtenir d'Ophélie la plus extrême concentration, ce fut un échec complet. Tandis que tous les apprentis manipulaient religieusement leurs échantillons avec les instruments du laboratoire, elle n'eut pas du tout la tête à les regarder faire.

Elle ne pensait plus qu'à cette rumeur. Que s'était-il passé au Mémorial, à la fin ? Y avait-il une possibilité, même infime, que cela eût un rapport avec Thorn ? Avait-il des ennuis pendant qu'elle restait là, les bras ballants ?

Ophélie sortit de ses pensées en sentant sur elle la brûlure d'un regard. Elle crut d'abord que c'était Mediana qui la dévisageait encore avec effronterie, mais la Devineresse était très appliquée sur son travail. Non, il s'agissait cette fois d'un autre apprenti : celui que Lady Septima avait silencieusement désigné pendant son discours.

Installé à l'autre versant de l'établi, il avait déjà fini de taper à la machine son rapport d'expertise. Il fixait ses yeux de Visionnaire sur elle, lui faisant l'effet d'être prise dans le faisceau de deux lampes à incandescence, comme si elle était un nouvel échantillon à expertiser. Une chaîne dorée reliait son arcade sourcilière à sa narine. Ophélie n'avait pas encore appris toutes les subtilités du code vestimentaire de Babel, mais Ambroise lui avait parlé de cette sorte de bijou : ce jeune homme appartenait à une famille très bien placée dans le lignage de Pollux. Aucun doute n'était plus permis, il s'agissait du propre fils de Lady Septima.

Ophélie répondit à son regard avec la même curiosité. Se rapprocher de lui aurait été une bonne stratégie pour ses plans, mais à peine cette pensée l'effleura-t-elle qu'elle y renonça. Cette fixité implacable avec laquelle le jeune homme la dévisageait, ce n'était pas seulement une marque d'intérêt. C'était de la défiance.

— Rangez vos instruments, laissez les échantillons sur l'établi et remettez-moi vos rapports avant de partir, déclara Lady Septima à la fin du cours. Les Fils de Pollux, vous vous rendez au gymnase pour votre entraînement sensoriel. Les Filleuls d'Hélène, vous retournez sur votre arche et vous vous tenez discrets. Plus de rumeurs pour aujourd'hui, compris ? Restez avec moi, apprentie Eulalie, ajouta-t-elle en retenant Ophélie par l'épaule. Je voudrais m'entretenir d'une ou deux choses avec vous.

Une fois son laboratoire évacué, Lady Septima referma la porte et se tourna vers elle avec une rigidité toute minéralogique.

— Apprentie Eulalie, vous ennuyez-vous parmi nous ?

Ophélie se tendit. Cette femme la mettait mal à l'aise. Elle était pourtant très calme et presque aussi petite qu'elle.

— Je ne comprends pas.

Lady Septima la regarda. Non, *regarder* était un verbe inapproprié pour de tels yeux. Elle la disséqua. Elle s'engouffra à travers le verre branlant de ses lunettes, calcula le degré de dilatation de sa pupille, pénétra à l'intérieur de ses veines, mesura le rythme de son débit sanguin, plongea dans la chimie intime de ses organes, examina une par une chaque molécule de son corps.

— Vous êtes restée oisive pendant toute la durée de mon cours.

— Parce que vous m'avez demandé de ne toucher à rien.

Ophélie sentit la moiteur envahir ses gants. Elle venait tout juste de remarquer, à présent qu'elles se tenaient proches l'une de l'autre, l'emblème que Lady Septima portait en guise de fibule pour sa cape. Un soleil avec le mot « LUX » gravé à l'intérieur.

Cette femme, de qui dépendrait désormais Ophélie, était une sentinelle de Dieu.

Lady Septima enfila un gant aussi doré que son uniforme. Elle s'empara délicatement, entre le pouce et l'index, du minuscule échantillon qui était resté à la place d'Ophélie sur l'établi. Ses yeux rouges le scrutèrent dans la lumière.

— Voyons... Ce métal est composé de plus de trois quarts d'étain, d'un peu moins d'un quart de plomb et d'une infime proportion de cuivre, commenta-t-elle dans un léger murmure. Cet alliage a été fondu il y a... *well*... trois siècles, peut-être même quatre. Une variante de bronze, mais avec un dosage tout à fait particulier. Celui qu'on réserve à la fabrication des tuyaux d'orgue.

Ophélie éprouva, bien malgré elle, une admiration comme elle en avait rarement ressenti. Les Fils et les Filles de Pollux étaient réputés pour leurs sens surdéveloppés, mais Lady Septima aurait fait pâlir le meilleur microscope d'Anima. Voilà donc de quoi étaient réellement capables les Visionnaires.

— Pourquoi, à votre avis, ai-je laissé ceci à votre portée ? demanda le professeur en reposant le fragment sur son support de velours.

C'était un test, réalisa Ophélie. Et elle avait échoué.

— Vous auriez pu essayer de m'impressionner, me montrer de quoi sont capables vos mains de *liseuse*, insista Lady Septima d'un ton mesuré. Vous n'en avez rien fait. Ou bien vous manquez d'audace, ou bien vous manquez de curiosité. Quelle est à votre avis la principale qualité d'un avant-coureur ?

Ophélie faillit lui rétorquer qu'elle ne pensait manquer ni d'audace ni de curiosité à sa manière, mais elle s'en abstint à la dernière seconde. *Devenez AVANT-COUREUR au service de la cité !* clamait l'affiche de recrutement. C'était maintenant que se jouait le véritable test.

— L'obéissance.

Lady Septima se fendit d'un très bref sourire

et acquiesça. Comment une femme dotée d'un tel feu dans les yeux pouvait-elle donner aussi froid dans le dos ?

— C'est la bonne réponse, en effet, mais j'aimerais m'assurer de sa sincérité. Prenez place là-dessus, demanda-t-elle en tirant un tabouret devant le vitrail.

Comme Ophélie s'y asseyait, Lady Septima fit un signe de dénégation.

— Pas ainsi, apprentie. Debout.

Avec des mouvements pleins de raideur, Ophélie se hissa maladroitement sur le tabouret.

— Parfait, dit Lady Septima d'un ton appréciateur. Vous resterez ainsi jusqu'à ce que vous receviez l'autorisation de partir.

— Et mon apprentissage ?

— Pendant votre période de probation, chacune de vos journées se décomposera en quatre périodes : la théorie, la pratique, l'entraînement et les corvées. La théorie et la pratique sont terminées pour aujourd'hui. Considérez donc ce petit exercice comme un entraînement.

Sur ces mots, Lady Septima tira les cordons des ventilateurs pour les arrêter et referma la porte derrière elle. Ophélie se retrouva seule au milieu des éprouvettes et des balances, dans la lumière éblouissante de la rosace. Sans ventilateurs, le laboratoire se changeait peu à peu en fournaise. Pour avoir déjà joué les domestiques, Ophélie savait qu'il était difficile de rester immobile pendant longtemps, mais c'était la première fois qu'elle en faisait l'expérience sur un tabouret : il lui était impossible de se dégourdir les jambes, impossible de changer de position, impossible de basculer le poids du corps d'un côté plutôt que de l'autre. Tous ses muscles s'évertuaient à la maintenir en équilibre, mais ils étaient endoloris à cause de la nuit sans matelas et de la chute d'escalier. L'engourdissement se propagea comme une lente pétrification de ses mollets jusqu'à ses hanches, du bas de son dos jusqu'à ses épaules. Ophélie se concentra sur les couleurs du vitrail qui glissaient sur les bois précieux du laboratoire, au fur et à mesure que le soleil se déplaçait dans le ciel. La sueur ruisselait sous son pantalon et elle éprouvait le besoin de plus en plus impérieux d'aller aux toilettes.

Elle tomba à la renverse sur le parquet. Le tabouret, gagné par l'exaspération de son animisme, s'était brusquement lancé dans un numéro de claquettes.

Alors qu'Ophélie cherchait le verre de ses lunettes, qui avait lâchement profité de l'occasion pour reprendre la fuite, la colère explosa dans son ventre. Une mioche ! Même loin de chez elle, même après toutes ces années, on la traitait encore et toujours comme une mioche.

Elle regarda le tabouret galoper à travers le laboratoire, repensant soudain au périscope dans l'amphithéâtre, aux mots qu'il était interdit de prononcer, à cette mémoire collective verrouillée à double tour dans le Secretarium. Ce n'était pas elle, la mioche. C'était l'humanité entière. Ils étaient tous, absolument tous maintenus dans un état d'infantilité par Dieu et ses Tuteurs.

« J'ai été le valet de Berenilde, le jouet de

Farouk et la proie du baron Melchior, se répéta-t-elle après avoir immobilisé le tabouret et s'y être remise debout. Je ne donnerai aucun prétexte à Lady Septima pour m'éloigner de mon objectif. »

Le soleil était en train de décliner dans le laboratoire lorsque la porte se rouvrit enfin. Ophélie battit des paupières pour faire tomber les gouttes de sueur qui emperlaient ses cils. Elizabeth se tenait juste devant elle, inexpressive sous la constellation de ses taches de rousseur.

— Alors, cette première journée ? Toujours décidée à rester parmi nous, apprentie Eulalie ?

— Toujours.

La voix d'Ophélie était desséchée par la soif.

— En tant que responsable de la deuxième division de la compagnie des avant-coureurs, je te libère de ce tabouret.

La formule était tellement sentencieuse qu'Ophélie crut qu'elle se moquait d'elle. Aussi fut-elle étonnée de la voir lui tendre une main pour l'aider à descendre, puis lui offrir un siphon d'eau apporté spécialement à son intention.

— Ça, c'était la bonne nouvelle, dit Elizabeth en la regardant boire et tousser en même temps. La mauvaise nouvelle, c'est que tu as reçu un blâme pour avoir égaré un matelas et un uniforme. Tu auras deux fois plus de corvées que les autres pour rembourser ta dette.

— On les a égarés pour moi.

Elizabeth se contenta de cligner lentement des yeux.

— C'est la tradition. Tu vas devoir être plus vigilante. Au fait, j'ai un télégramme pour toi.

Ophélie eut un soubresaut dans la poitrine. Elle déplia impatiemment le petit papier bleu qu'Elizabeth venait de lui remettre.

FÉLICITATIONS. AMBROISE.

Elle retourna le télégramme. C'était tout. Le volubile, l'intarissable Ambroise n'avait aucun autre message à lui transmettre. Ophélie sentit quelque chose se tordre en elle. Venait-elle de perdre le seul ami qu'elle s'était fait à Babel ?

— On dirait que j'enchaîne les bourdes.

La confidence s'était échappée presque malgré elle, alors qu'elle rangeait le tabouret à sa place. Elle craignit un instant de s'attirer tout un tas de questions indiscrètes, mais Elizabeth n'en posa aucune. Elle avait déjà ressorti son calepin pour le barbouiller de code.

— La seule véritable erreur est celle qu'on ne corrige pas.

Ophélie considéra longuement la figure cireuse d'Elizabeth, concentrée sur son calepin. C'était une personnalité difficile à cerner, mais ce qu'elle venait de lui dire était ce qu'elle avait entendu de plus réconfortant de toute la journée.

— Elizabeth ?

— Hmm ?

— Que s'est-il passé au Mémorial aujourd'hui ?

— Oh, ça ? fit Elizabeth en raturant un nouveau bloc de code. Miss Silence est décédée.

Les sourcils d'Ophélie bondirent. Miss Silence ? Ce nom lui disait quelque chose… N'était-ce pas celui de la mémorialiste aux oreilles délicates ? Cette femme tyrannique qui voulait fouiller son sac ?

— On a retrouvé son cadavre ce matin au

Mémorial, poursuivit Elizabeth. Quand je suis arrivée sur place, comme tous les matins, pour travailler sur ma base de données, on m'a aussitôt demandé de rentrer au conservatoire. Ils m'ont dit que c'était un malheureux accident, que cette pauvre Miss Silence était tombée d'une échelle de bibliothèque.

— Tombée d'une échelle, répéta Ophélie qui s'était attendue à quelque chose d'un peu plus scandaleux. Ce n'est vraiment pas de chance.

Elizabeth acquiesça d'un air distrait en mordillant le bout de son crayon.

— Oui, c'est ce que Miss Silence a dû penser juste avant de mourir. J'ai à peine eu le temps de voir son corps. Son visage, surtout. Je ne pensais pas qu'une chute pouvait vous laisser une expression pareille.

— Quelle expression ? murmura Ophélie.

Elizabeth souleva ses paupières en abat-jour, dévoilant un regard aussi indéchiffrable que les codes de son calepin.

— Une expression de terreur absolue.

Jusqu'à cet instant, Ophélie s'était persuadée que rien de ce qu'elle vivrait ici ne lui rappellerait le Pôle. Il lui apparaissait à présent clairement qu'elle avait sous-estimé Babel.

Voyage

Maman l'avait couchée encore plus tôt que d'habitude. Comme chaque soir, elle avait pris deux fois sa température, lui avait donné à boire après avoir goûté son eau, avait peigné ses longs cheveux blancs, puis l'avait bordée en lui demandant si elle n'avait pas froid. Comme chaque soir, elle l'avait regardée longtemps depuis le seuil de la chambre, à la fois hésitante et souriante, avant de se décider à pousser la porte et à s'éloigner dans un chuchotis de robe.

À présent, Victoire contemplait le plafond.

Maman n'avait pas refermé la porte – elle ne fermait jamais la porte, Maman, faufilant régulièrement son regard dans la chambre pour s'assurer que tout allait bien – et des voix lointaines montaient du grand salon. La maison était souvent pleine de silence, parfois de musique, presque jamais de voix.

Victoire n'avait aucune envie de dormir : elle voulait être avec les voix. Ses draps étaient tellement serrés qu'elle pouvait à peine remuer les orteils. Si elle avait été une petite fille ordinaire, elle se serait débattue avec rage, elle aurait appelé sa mère en hurlant et en pleurant, mais Victoire n'était pas ordinaire.

Victoire ne parlait pas. Jamais.

Victoire ne marchait pas. Jamais.

Du moins, l'Autre-Victoire. La véritable Victoire se leva du lit, posa les pieds par terre et alla jusqu'à l'entrebâillement de la porte.

Elle hésita et, comme Maman l'avait fait auparavant, elle se retourna vers le lit. Une petite fille y était couchée, les yeux ouverts sur le plafond. Son visage, ses lèvres, ses cheveux étaient aussi blancs que la taie d'oreiller. Victoire savait que c'était elle dans le lit et en dehors. Elle n'en éprouvait ni peur ni surprise. Elle se sentait plutôt en faute, un peu comme quand elle voulait descendre toute seule de sa chaise et que Maman se précipitait vers elle d'un air effrayé.

Victoire n'hésitait jamais très longtemps ; l'appel du *voyage* finissait toujours par être le plus fort.

Elle se glissa dans le couloir. Elle se sentait si légère, tellement plus légère que l'Autre-Victoire ! Aussi légère que dans l'eau tiède de la baignoire. Et comme quand elle plongeait la tête sous l'eau, arrachant des cris affolés à Maman, elle voyait les objets différemment : leurs formes étaient devenues incertaines, leurs couleurs fluctuantes. Victoire ne pouvait ni les saisir ni les déplacer. Elle observa un grand miroir mural qui ne renvoya pas son reflet : sa surface ressemblait à un tourbillon, exactement comme quand Maman tirait sur la bonde pour vider le bain.

Victoire rebondit sur chaque marche du grand

escalier, pareille à une bulle de savon, attirée par les voix du salon. Au moment de traverser le vestibule, elle entendit quelqu'un d'autre derrière la porte d'entrée qui était restée ouverte.

Elle jeta un coup d'œil dehors.

Elle ne vit d'abord que les arbres d'automne agités par le vent. Il pleuvait. Il pleuvait presque tous les jours, et même si cette pluie-là ne mouillait pas, Victoire préférait quand même le soleil. Elle suivit des yeux le vol d'un oiseau dans le ciel, mais elle savait que ce n'en était pas un vrai. Rien n'était vraiment vrai hors de la maison, Maman le lui avait dit. Victoire se demandait à quoi pouvaient ressembler une vraie pluie, de vrais arbres et de vrais oiseaux. Parrain ne l'avait pas emmenée les voir et elle n'avait jamais osé quitter la maison pendant ses *voyages*.

Victoire aperçut soudain un trou. Un énorme trou en plein milieu du paysage. À cet endroit, il n'y avait ni herbe, ni arbre, ni pluie. Il n'y avait rien qu'un vieux parquet poussiéreux.

Juste en face, un couple était assis sur le perron. La Dame-Aux-Drôles-D'yeux et le Grand-Bonhomme-Tout-Roux.

Les amis de Parrain.

Ni l'un ni l'autre ne remarquèrent Victoire quand elle s'approcha. Ils étaient en train de parler, mais elle eut beau venir le plus près possible, leurs voix restaient lointaines et déformées.

— Il en met un temps, ce traîne-savates ! gronda la Dame-Aux-Drôles-D'yeux. Arc-en-Terre ne se trouvera pas toute seule et ce manoir m'insupporte. Ça pullule d'illusions, je ne sais plus où regarder.

Elle souffla un crachat en direction du gros trou.

Victoire recula. Une fois, elle avait marché devant la Dame-Aux-Drôles-D'yeux pendant un *voyage* : ça l'avait aussitôt ramenée à la place de l'Autre-Victoire dans le lit. La Dame-Aux-Drôles-D'yeux ne pouvait peut-être pas la voir, elle était très spéciale.

Le Grand-Bonhomme-Tout-Roux posa ses coudes sur la marche d'escalier derrière son dos. Victoire lui trouva un sourire étrangement gourmand, comme s'il avait soudain envie de manger la Dame-Aux-Drôles-D'yeux.

— En ce qui me concerne, moi je sais exactement où regarder.

La Dame-Aux-Drôles-D'yeux pencha sa casquette et le trou disparut du parc en même temps que son visage.

— Je suis très sérieuse, Renard. Depuis que la Mère Hildegarde est morte, je ne me sens plus à ma place ici. Ni à la Citacielle, ni nulle part au Pôle. Que les nobliaux me détestent, je peux me faire à l'idée, je le leur rends bien. Mais de voir tous nos anciens camarades s'aplatir devant moi comme des crêpes, ça me file la nausée. Des pleutres ! Ça veut monter une grève, ça veut contester, ça veut revendiquer... et ça se fait dessus devant le premier aristo venu. Comment veux-tu qu'on renverse Dieu si on n'est pas fichus de faire la révolution à quelques marquis ? Il en dit quoi, monsieur le syndicaliste ? T'es conscient que le simple fait de t'afficher avec moi, ça te fait passer pour un traître ?

Le Grand-Bonhomme-Tout-Roux posa sa main sur la tête de la Dame-Aux-Drôles-D'yeux et l'attira jusqu'à lui.

— J'en dis que le premier qui a un mot contre ma patronne, un seul, je lui pète les dents. Et moi aussi, Gaëlle, je suis très sérieux.

La Dame-Aux-Drôles-D'yeux ne dit plus rien, mais Victoire surprit un sourire sous la visière de sa casquette. Elle n'avait jamais vu Père et Maman agir de la sorte, et cette pensée lui fit comme une douleur dans son autre corps, celui qui était resté dans le lit.

Elle se détourna et remarqua alors Andouille sur la rampe d'escalier. Il la fixait de ses grands yeux jaunes. Victoire n'avait jamais caressé Andouille – Maman jugeait les chats beaucoup trop dangereux – mais elle en avait toujours eu envie. Lorsqu'elle leva une main timide vers lui, Andouille cracha. Il détala si vite que le Grand-Bonhomme-Tout-Roux et la Dame-Aux-Drôles-D'yeux sursautèrent.

Victoire courut à l'intérieur de la maison avec la certitude d'avoir commis une bêtise impardonnable. Pendant un instant, elle fut tentée de redevenir l'Autre-Victoire dans le lit et de dormir comme Maman lui avait demandé de le faire, mais, dès qu'elle entendit la harpe, elle oublia sa frayeur.

À nouveau, l'appel du *voyage* était le plus fort.

Elle pénétra dans le grand salon. Elle ralentit en voyant Grand-Marraine collée à une fenêtre, bras croisés et sourcils froncés, les yeux levés vers les nuages. Victoire ne la connaissait pas encore bien. Ses airs sévères et sa peau jaune l'intimidaient.

Heureusement, Maman était là. Elle se tenait assise devant la harpe et ses belles mains tatouées volaient d'une corde à l'autre comme les faux oiseaux du parc. Victoire s'approcha d'elle pour la câliner, mais Maman ne la vit pas. Sa musique était aussi floue que son corps.

Au vif plaisir de Victoire, Parrain était là aussi, allongé en travers d'un fauteuil. Il passait en revue des enveloppes, comme s'il s'agissait d'un paquet de cartes à jouer.

— Encore et encore et encore des demandes en mariage ! Elle n'a pas trois ans et elle est déjà considérée comme le meilleur parti du Pôle. Nous les refuserons toutes, bien évidemment ?

Sa voix était déformée, elle aussi, et Victoire dut l'écouter de toutes ses forces pour bien l'entendre. Maman continua de jouer de la harpe sans lui répondre.

— Vous n'êtes jamais si bonne musicienne que lorsque vous êtes furieuse contre moi, ajouta Parrain avec un sourire large comme la fente de son chapeau. Je vous l'ai ramenée saine et sauve, non ? Elle est restée à l'intérieur des Roses des Vents. Je sais que la Citacielle ne vous inspire rien de bon, mais vous ne pourrez pas garder votre fille enfermée dans ce manoir pour l'éternité. Croyez-moi, j'ai appliqué cette méthode-là avec mes ex-sœurs et elles sont devenues plus scandaleuses en deux ans que je ne l'ai été toute ma vie durant.

Victoire ignorait de quoi Parrain parlait – cela faisait trop de mots compliqués à la fois –, mais elle s'en moquait. Il avait les cheveux en bataille, des joues toutes dorées de barbe et il se tenait extrêmement mal assis dans son fauteuil. Elle l'aimait à la folie.

— Allons, Berenilde, insista-t-il en agitant les enveloppes comme il l'aurait fait d'un éventail. Je vais bientôt reprendre mon voyage, ne nous quittons pas fâchés.

Maman éclata d'un rire aussi musical que sa harpe.

— Votre voyage ? Vagabonder de Rose des Vents en Rose des Vents à la recherche d'une arche que vous savez hors de votre portée ? Ce que vous nommez un voyage, je l'appelle, moi, une fuite.

Le sourire de Parrain s'élargit. Victoire escalada le fauteuil pour toucher sa peau mal rasée et s'y piquer les doigts mais, à sa grande déception, elle ne sentit rien du tout.

— Oh, je commence à comprendre. Ce n'est pas mon escapade avec votre fille que vous me reprochez, n'est-ce pas ? Ce que vous ne digérez pas, c'est que je sois revenu sans notre petite Mme Thorn.

Les mains de Maman volèrent de plus en plus vite sur les cordes, mais Victoire sentit que quelque chose n'allait pas. Maman lui avait dit une fois, en la bordant dans son lit, qu'elle possédait de grands ongles cachés dont elle n'hésiterait pas un instant à se servir si quelqu'un essayait de leur faire du mal. Il était arrivé à Victoire de presque les sentir, ces ongles, quand Maman était très contrariée.

Elle les voyait à présent.

Une ombre était en train de se former tout autour de Maman : une ombre hérissée de griffes, des griffes plus impressionnantes encore que celles de la fourrure d'ours suspendue au portemanteau de la bibliothèque. L'ombre était aussi effrayante que Maman était belle.

— Où est-elle ? demanda-t-elle tranquillement. Où est Ophélie ?

Grand-Marraine se détourna de la fenêtre et échangea un regard avec Parrain qui lui fit un clin d'œil.

— Vous pouvez poser et reposer la question, dit-il à Maman, ce sera toujours la même réponse. Elle nous a fait promettre de ne le révéler à personne. Pas même à vous. La spécialité de la Toile n'est-elle pas de protéger les secrets ?

— Votre clan vous a renié, Archi.

Maman avait prononcé ces mots d'une voix pleine de tendresse, mais Victoire vit l'ombre hérissée de griffes s'étendre davantage. Parrain éclata de rire. Il ne la voyait donc pas, lui, l'ombre terrible de Maman ?

— Touché ! dit-il en jetant le paquet d'enveloppes sur une table basse. Pourtant, que ça vous plaise ou non, chère amie, je garderai précieusement ce secret-là. Ophélie m'a chargé de vous transmettre un seul et unique message. Une promesse. Elle retrouvera Thorn.

L'ombre autour de Maman disparut comme un nuage de fumée. Elle posa ses deux mains sur les cordes de la harpe pour les faire taire. Ce silence fut presque aussi fort qu'un cri. Pourtant, Maman était calme comme à son habitude.

— Il fut une époque où je maîtrisais à merveille les règles du jeu, bien que la leçon pour les apprendre ait parfois été cruelle. Les règles ne sont plus les mêmes aujourd'hui. Les nouveaux clans nous imposent leurs réformes et les domestiques grondent dans le dos des maîtres. J'évite la cour comme une déchue, j'ai congédié tous ceux qui me servaient. Quant à notre seigneur… il essaie, vous comprenez ? Il essaie réellement et eux, ils profitent tous de lui. Il est continuellement harcelé par ses ministres. Je ne l'ai pas vu depuis des semaines et, pourtant, je reste ici et je lui écris chaque jour. Savez-vous pourquoi, Archi ? Parce qu'il en a besoin. Il a besoin de moi et, peut-être plus encore, il a besoin de sa fille. Mais la vérité est que je suis terrifiée, ajouta Maman d'une voix encore plus douce. Je suis terrifiée, car le monde que je croyais connaître n'est qu'un engrenage parmi des milliers d'autres, au sein d'une mécanique qui me dépasse. Cette mécanique m'a volé Thorn. Je refuse qu'elle s'en prenne à ma fille. L'univers hors de ces murs est devenu trop dangereux pour nous. Restez ici, s'il vous plaît. Ne nous laissez pas toutes seules, ma fille et moi.

Victoire sentit dans son autre corps, là-haut à l'étage, un sanglot lui remonter jusqu'à la gorge. Elle ne comprenait rien à cette conversation, mais une partie d'elle sentait confusément que Maman était malheureuse et que c'était, d'une certaine façon, à cause de Père.

Père était terrifiant. Bien plus terrifiant qu'Andouille. Bien plus terrifiant que l'ombre de Maman. Les rares fois où Victoire l'avait vu, il n'avait pas eu un seul mot, un seul geste, un seul regard pour elle.

Père ne l'aimait pas.

En deux pirouettes, Parrain bondit de son fauteuil et vida le fond d'une carafe dans un verre.

— En coupant mon fil, la Toile m'a condamné à la solitude éternelle. Honnêtement, vous avez beau y être habituée, je ne sais pas comment vous parvenez à supporter de rester ici jour après jour. L'immobilité m'est devenue intolérable !

Parrain s'esclaffa, comme s'il venait de dire quelque chose de très drôle, et Victoire pensa qu'il aurait fait, lui, le meilleur papa du monde.

Il but la moitié de son verre, puis offrit l'autre moitié à Maman.

— Je compte beaucoup de vices : l'ingratitude n'en fait pas partie. J'ai perdu toute ma famille, mais j'en ai gagné une autre en échange. Vous auriez pu légitimement choisir un nouveau tuteur pour votre enfant et vous m'avez gardé malgré tout. Croyez-le ou non, ce que je fais aujourd'hui, je le fais aussi pour vous, pour Victoire, pour Ophélie et, même si ça m'écorche la langue de le dire, pour Thorn. Pour vous aussi, madame Roseline.

Parrain fit un nouveau clin d'œil à Grand-Marraine qui roula des yeux, même si Victoire la trouva tout à coup beaucoup moins jaune et beaucoup plus rose. Il ôta alors son grand chapeau troué en murmurant « Mesdames ! » et quitta le grand salon d'un petit pas de danse.

Victoire eut soudain très envie de laisser son autre corps dans la chambre et de suivre Parrain au-delà de la maison, d'aller voir avec lui les vrais arbres et les vrais oiseaux.

— Il n'a pas complètement tort, dit brusquement Grand-Marraine avec son drôle d'accent. Vous n'êtes pas seule, Berenilde. Je viens de traverser la moitié des arches pour vous retrouver et j'ai la ferme intention de vous imposer ma compagnie. Mais regardez-moi un peu ce temps ! s'exaspéra-t-elle en claquant sa main sur la fenêtre. Il fait plus déprimant chez vous qu'à l'intérieur d'un bocal à cornichons. Il va falloir vous ressaisir, et commencer par un bon coup de balai. Que dirait M. Thorn s'il trouvait votre manoir enseveli sous la poussière ?

Maman laissa échapper un petit rire dont elle parut la première étonnée.

— Il refuserait catégoriquement d'y entrer.

Victoire redevint l'Autre-Victoire dans le lit. Elle bâilla et ferma les yeux, engourdie par ce corps trop lourd. Au-dehors, la pluie avait cessé. Si Grand-Marraine était capable de ramener le soleil, alors ça valait la peine de rester encore un peu à la maison.

Les gants

Un violent coup de vent secoua l'échelle. Ophélie laissa tomber l'ampoule usagée qu'elle venait de dévisser au sommet du réverbère. Elle se cramponna aux barreaux, attendant la fin de la rafale, avant d'en sortir une neuve de son havresac. Les ampoules d'Héliopolis renfermaient de la lumière à l'état pur. Elles ne nécessitaient aucune combustion de gaz, aucune alimentation en électricité et elles ne brûlaient pas les doigts quand on les manipulait ; on ne les vissait que pour les empêcher de se briser au premier coup de vent. La cité les avait adoptées avec le même enthousiasme qu'elle avait manifesté pour les transcendius de Cyclope. Les paupières serrées pour ne pas se laisser éblouir, Ophélie manipulait les ampoules en veillant à ne pas toutes les casser – elle n'avait aucune envie de s'endetter davantage auprès de la Bonne Famille. Chaque heure qu'elle perdait en corvées supplémentaires n'était pas consacrée à son apprentissage. Or, le temps lui était compté.

— Apprentie Eulalie, accélérez la cadence.

Ophélie se tourna vers le pavillon acoustique,

au sommet de la tour de guet. Il y avait toute une équipe de surveillants pour observer chaque recoin du conservatoire à travers le réseau des périscopes : ils étaient impitoyables.

Son échelle sous le bras, elle marcha le long de la muraille jusqu'au réverbère suivant, récitant à voix haute sa dernière leçon radiophonique. Phénoménologie, épistémologie, bibliothéconomie, synchronie, diachronie : chaque fois qu'elle se rendait à l'amphithéâtre et qu'elle enfilait ses écouteurs, elle avait l'impression d'introduire dans chaque oreille un entonnoir où se déversait un flot de mots imprononçables. Loin de se sentir de plus en plus savante, elle avait l'impression d'être toujours plus ignorante. Le musée d'Anima ne l'avait pas préparée à ça.

Et pourtant, ces cours-là étaient abordables lorsqu'on les mettait en balance avec ceux dispensés par Lady Septima. Ophélie enchaînait les *lectures* au laboratoire pour affiner ses expertises, des heures durant, à en avoir parfois la nausée, mais son professeur n'était jamais satisfait. « Vos mains manquent de précision. »

Elle vissa énergiquement l'ampoule éblouissante dans sa lanterne. Il lui restait trois jours pour leur prouver à tous qu'elle était apte à intégrer les groupes de Sir Henry. Elle s'entraînerait la nuit si nécessaire, mais elle parviendrait à ses fins !

Le vent apporta le son lointain du gong. L'aube, enfin.

— Apprentie Eulalie, votre corvée est terminée ! annonça la voix du pavillon. Veuillez réintégrer votre division.

Ophélie descendit de son échelle, pas fâchée d'en avoir fini. Elle ne put toutefois retenir un dernier regard vers la mer de nuages qui bordait la muraille. La haute tour du Mémorial, perchée au bord de sa toute petite arche, était à peine visible dans la transparence cristalline du matin.

Dix-huit jours déjà. Dix-huit jours que Miss Silence avait trouvé la mort là-bas et il n'y avait plus personne pour y faire allusion. Le *Journal officiel* de la cité avait conclu à un accident, les rumeurs avaient cessé et les groupes de lecture avaient repris. L'affaire était considérée comme close.

Mais pas pour Ophélie.

Une femme était décédée dans des circonstances troubles peu après son arrivée à Babel, à l'endroit central de sa quête : ce ne pouvait être une simple coïncidence. Si Ophélie n'avait pas été retenue au conservatoire par le règlement intérieur, elle se serait déjà rendue sur place. Un peu de patience encore. Elle finirait par accéder au Secretarium du Mémorial, et par la même occasion aux réponses qu'elle cherchait.

Ophélie longea les arcades des promenoirs, où des lambeaux de brouillard s'attardaient entre les colonnes, puis elle passa sous le portique du Foyer. Les apprentis débattaient déjà sur les murs et les plafonds de l'atrium. Il régnait ici une mésentente perpétuelle, où les uns étaient toujours en train de soupçonner les autres de voler leurs idées. Dès que les esprits s'échauffaient, le pavillon acoustique du Foyer réclamait le calme et tout le monde replongeait docilement dans son travail. Il semblait parfois à Ophélie que le conservatoire des virtuoses tenait davantage du dressage que de l'éducation.

Elle se rendit au vestiaire pour troquer sa combinaison contre son uniforme. Elle tomba nez à nez avec un clan de Totémistes en train de se déshabiller. Sa sœur Agathe, qui était abonnée à la *Gazette de la mode à travers les arches*, lui avait dit une fois, entre deux gloussements de malice, que les femmes et les hommes de Totem possédaient les plus beaux corps du monde. Sans être une spécialiste de la question, Ophélie ne put qu'approuver. Les Totémistes la saluèrent d'un sourire aussi lumineux que leur peau était obscure ; elle fit de son mieux pour le leur rendre sans paraître embarrassée. La Bonne Famille était un établissement mixte jusque dans les moindres détails de la vie quotidienne. Soit on mettait sa pudeur de côté, soit on cédait sa place à un autre.

Elle ouvrit le casier étiqueté à son nom, déplia son paravent et ôta sa combinaison de travail. Comme il lui tardait de remettre ses gants ! Elle n'en avait qu'une seule paire et, par économie, elle ne la portait pas pour ses corvées. Chaque contact avec les objets, si éphémère fût-il, recouvrait sa perception d'un brouhaha de visions. Même lorsqu'il s'agissait de ses effets personnels, elle replongeait inévitablement dans son propre passé, ses vieilles émotions, ses pensées obsolètes.

Alors qu'elle enfilait son uniforme, elle se raccrocha à l'instant présent et constata qu'elle avait de moins en moins de mal à attacher ses boutons. Cette redingote, qui lui comprimait le ventre à son arrivée, la laissait maintenant respirer à son aise – elle avait perdu du poids, et ce n'était pas seulement le fait des tours de stadium réglementaires ou de la cuisine végétarienne de la cantine. Il y avait autre chose, dans ce conservatoire, sur cette arche entière, qui lui creusait l'intérieur du corps et la mettait dans un état de tension permanente.

Ophélie vérifia d'un coup d'œil rapide s'il n'y avait plus personne à part elle dans le vestiaire. Les Totémistes étaient partis. Elle vida son casier de tous ses cahiers, véritables imbroglios de notes, puis elle délogea le double fond qui gardait l'entrée de sa cachette. À force de voir ses affaires disparaître, elle avait fini par prendre des mesures radicales.

Les gants n'étaient plus là.

Elle fouilla plus profondément, se cognant au passage. Il y avait ses faux papiers d'identité, la montre déréglée de Thorn, mais ses gants, qu'elle était absolument certaine d'avoir rangés ici avant de partir, s'étaient volatilisés.

« Il existe toutes sortes de tourments », l'avait avertie Mediana.

Ophélie referma la porte du casier. Cette fois, c'était trop.

— Cela ne nous concerne pas.

Tous les Devins avaient chantonné ces cinq mots en chœur à l'instant précis où Ophélie était entrée dans le dortoir, avant même de lui laisser poser sa question. Ils devançaient toujours ses réactions, et ce n'était pas la moins agaçante de leurs petites manies. Ils étaient en train de s'apprêter avec plus de soin encore que d'habitude, lustrant leurs barbiches de brillantine et astiquant les ailes de leurs bottes. Ophélie avait plus appris de la coquetterie en deux semaines auprès de ces garçons qu'en des années entourée de femmes.

— Où sont mes gants ? demanda-t-elle malgré tout.

— Est-ce un reproche que je perçois dans ta voix, *signorina* ?

Ophélie leva les yeux vers le plafond où Mediana enchaînait des exercices de gymnastique.

— Mon matelas, mon uniforme, mes bottes, mes cahiers, je mets ça sur le compte d'un humour douteux. Mes gants, c'est du vol. Si la concurrence vous fait peur, battez-vous à la loyale.

— Un ton plus bas, dit Mediana en déliant son long corps souple. Tu vas déconcentrer Zen.

Elle désigna une femme, délicate comme une poupée orientale, penchée sur son pupitre. Ses jolies mains de porcelaine exerçaient une pression autour d'une boîte à musique qui se miniaturisait à vue d'œil et dont la mélodie montait de plus en plus haut dans les aigus. Elle ne s'arrêta que lorsque la boîte à musique eut atteint la taille d'un dé à coudre et le bourdonnement d'un insecte. Puis, dans un mouvement inverse, elle écarta les mains comme si elle tirait précautionneusement sur un élastique invisible. La boîte se mit à pousser comme un champignon.

Zen était, avec Ophélie, la seule avant-coureuse de la division à ne pas appartenir à la famille de Mediana. C'était une Colosse de Titan et elle pouvait, à ce titre, modifier la masse et la taille des objets. Elle était spécialisée dans la fabrication des microdocuments, une aptitude très utile pour le stockage de l'information, et s'entraînait sans relâche pour miniaturiser des objets de plus en plus complexes. Zen aurait été la meilleure dans son domaine si elle n'avait pas été dotée d'une nature excessivement anxieuse : la moindre contrariété lui faisait perdre tous ses moyens.

— J'ai besoin de mes gants, insista Ophélie d'une voix dure. Ils ont été conçus dans un cuir très rare et très spécial, le seul qui soit capable de filtrer mon pouvoir.

Mediana se déplia comme un ressort afin de s'arracher à la gravité du plafond et atterrit devant Ophélie en un gracieux saut périlleux. Avec les mille et une enluminures qui sillonnaient sa peau, elle ressemblait à une acrobate prête pour le spectacle.

— Tu les as peut-être perdus. Veux-tu que je regarde dans ton passé ?

Ophélie se déroba quand Mediana voulut poser une main sur sa nuque. Ses cousins pouvaient deviner avec un coup d'avance tout ce dont ils s'apprêtaient à être témoins, mais son pouvoir à elle était plus indiscret encore. Elle entrait en résonance avec la mémoire, consciente ou refoulée, de toutes les personnes dont elle touchait l'épine dorsale. C'était l'avant-coureuse par excellence, celle à qui aucun secret ne résistait.

— Je ne les ai pas perdus, dit Ophélie d'un ton catégorique.

— Sur Babel, la malhonnêteté est sévèrement punie par la loi. Quand il s'agit d'accusation, apprentie Eulalie, mieux vaut y réfléchir à deux fois.

Ophélie contracta les mâchoires. Qu'essayait réellement de lui dire Mediana ? Qu'elle avait percé à jour sa fausse identité ? La garçonne l'emportait sur elle en taille et en musculature, mais il n'y avait aucune menace dans son ton. Elle avait l'art et la manière de maquiller chaque avertissement sous un vernis amical.

— Je veux juste récupérer mes gants, insista Ophélie. Si vous mettez de la bonne volonté, j'en mettrai aussi.

Mediana se détourna en haussant les épaules, et tout le monde à travers le dortoir se désintéressa définitivement de la question.

Ophélie sentit ses mains trembler. Il lui était arrivé une fois de devoir rester une journée entière peau nue, en attendant que le gantier d'Anima eût confectionné sa nouvelle paire. Elle avait failli devenir folle. Porter des gants ordinaires n'avait fait qu'empirer les choses, la forçant à *lire* en boucle ses propres états d'âme au fur et à mesure qu'ils s'imprégnaient dans le tissu.

Elle ne pourrait pas rester à Babel si elle ne trouvait pas vite une solution.

Elle sursauta en entendant les pavillons du Foyer :

— Examen de conscience ! Toutes les compagnies sont appelées au gymnase ! Examen de conscience !

Zen enfouit son visage de poupée orientale dans ses mains en gémissant. La boîte à musique, qu'elle venait de ramener à sa taille d'origine, émettait à présent une mélodie complètement désaccordée.

— Et voilà, se lamenta-t-elle, j'ai raté la décompression.

Les Devins du dortoir finirent tranquillement d'ajuster leurs uniformes, plus élégants que jamais. Bien sûr, ils avaient anticipé cette convocation surprise.

Ophélie était si désemparée par la perte de ses gants qu'elle suivit le mouvement des apprentis à travers les jardins sans se soucier de savoir en quoi consistait l'examen de conscience. Autour d'elle, chacun vérifiait que sa redingote était bien boutonnée, son col bien rabattu, son insigne de compagnie bien en place. Ophélie s'était déjà rendue à plusieurs reprises sur l'arche jumelle, dans le cadre des cours communs avec l'autre division des avant-coureurs, mais c'était la première fois qu'elle pénétrait à l'intérieur du gymnase. C'était un gigantesque palais de verre et d'acier sans comparaison possible avec le stadium boueux où elle faisait ses tours de piste quotidiens.

Les compagnies s'alignèrent en rangs serrés, virtuoses de Pollux à droite et virtuoses d'Hélène à gauche, dans une symétrie presque parfaite. Seule Ophélie brisait l'harmonie visuelle en cherchant à se repérer au milieu de ce dédale d'uniformes.

— Par ici, apprentie. Place-toi derrière moi.

C'était Elizabeth qui lui désignait une place dans la rangée des avant-coureurs. Ophélie se positionna en évitant de coller ses mains contre son pantalon et de se replonger dans une nouvelle *lecture* incontrôlable.

— Je dois vous parler de toute urgence, Elizabeth. On m'a pris mes gants de *liseuse*. Sans eux, je ne peux plus travailler dans de bonnes conditions...

— Je t'avais dit d'être vigilante, apprentie.

Le ton était sans appel. Ophélie contempla en silence les cheveux fauves qui enveloppaient la silhouette filiforme d'Elizabeth. Cette aspirante virtuose était peut-être responsable des avant-coureurs d'Hélène, elle ne se mêlait jamais de leurs différends.

Ophélie ne trouverait pas non plus en elle une alliée.

Alors qu'elle réfléchissait à toute vitesse, cherchant désespérément une solution à son problème, suffoquée par la moiteur du gymnase, elle perçut le rougeoiement d'un regard dans un coin de ses lunettes. Il provenait de la rangée des avant-coureurs de Pollux, juste à sa droite. Il ne lui était pas nécessaire de se tourner pour savoir à qui il appartenait. C'était encore et toujours Octavio, le fils de Lady Septima. Il n'avait pas adressé la parole une seule fois à Ophélie, en dépit de toutes les heures passées ensemble au laboratoire, mais il ne manquait jamais une occasion de la toiser de haut – une tâche d'autant moins aisée qu'il n'était pas très grand lui-même. Octavio possédait un sens de l'observation supérieur à celui de sa mère, ce qui n'était pas peu dire. Il était capable de dater n'importe quel échantillon soumis aux rayons de ses yeux et n'avait, paraît-il, jamais commis la moindre erreur d'expertise à ce jour.

Ophélie se serait volontiers passée de ses marques répétées d'attention, d'autant qu'elles n'avaient rien de flatteur. Octavio ne la regardait pas comme un jeune homme peut regarder une jeune femme. Il la surveillait. Si sa condition de Fils de Pollux ne l'avait pas obligé à vivre dans son propre dortoir, Ophélie était certaine qu'il aurait passé ses nuits assis à côté de son lit.

Elle avait parfois l'impression désagréable que c'était Dieu en personne qui l'espionnait à travers ces yeux-là.

Esquivant avec soin le regard insistant d'Octavio, Ophélie promena le sien autour d'elle. Sa taille l'obligeait à se hisser sur la pointe des bottes pour avoir une vue d'ensemble. La Bonne Famille était réunie au grand complet : apprentis de toutes les compagnies, aspirants de premier degré, aspirants de second degré, professeurs de spécialisation, personnel administratif. Étaient également présents des Lords de LUX, leurs étalages de dorures étincelant dans la lumière que laissaient passer les vitres, véritables soleils vivants. Lady Septima se tenait parmi eux, petite, silencieuse, calme. Inexplicablement imposante.

Parmi tous ces visages, Ophélie ne voyait que celui qui manquait. Elle avait fini par se faire une raison, même si ce constat l'avait beaucoup plus déçue qu'elle n'avait voulu l'admettre : Thorn ne se trouvait pas à la Bonne Famille.

Elle se sentit seule au milieu de cette foule d'uniformes. Si elle avait vécu des épreuves par le passé, elle avait toujours pu se reposer sur des appuis solides. Aujourd'hui, il n'y avait plus à ses côtés ni tante Roseline, ni grand-oncle, ni Berenilde, ni Renard, ni Gaëlle, ni Archibald, ni écharpe. Les apprentis avaient un droit de visite, mais qui aurait-elle pu inviter ? Elle avait bombardé Ambroise de télégrammes et son unique réponse avait été :

VOTRE SAC EST TOUJOURS CHEZ MOI. DOIS-JE VOUS LE RENVOYER ?

Soudain, tous les apprentis se mirent au garde-à-vous en portant le poing à la poitrine. Le claquement de leurs talons produisit une explosion sonore qui se répercuta sur toutes les vitres.

Cette fois, Ophélie n'eut pas besoin de se hisser pour voir qui venait de s'avancer sur l'estrade. La silhouette éléphantesque d'Hélène dominait de haut l'assemblée, son appareil optique passant en revue chaque visage. Les membres de son corps étaient tous si invraisemblablement proportionnés les uns par rapport aux autres que c'était à se demander comment elle faisait pour garder l'équilibre. Ophélie le comprit en entendant des crissements aigus sur le parquet du gymnase ; l'énorme robe d'Hélène était tendue autour d'une crinoline sur roulettes.

Un autre esprit de famille l'accompagnait. Il s'agissait de Pollux en personne. Les lignes de son corps et de son visage étaient aussi harmonieuses que celles de sa jumelle étaient chaotiques. Il n'avait besoin d'aucun appareil pour corriger la portée de sa vue et ses yeux flamboyaient comme des phares au milieu de sa peau sombre. Ce fut pourtant son sourire qui la frappa le plus : un sourire plein de bienveillance qu'elle n'avait jamais vu ni chez Hélène, ni chez Artémis, ni chez Farouk.

— Mes chers enfants, merci de vous être rassemblés ici.

La voix de Pollux était grave, chaude, musicale, pareille à la vibration profonde d'un violoncelle. Une voix de père. Il enveloppait de son regard l'assemblée entière des apprentis, comme s'ils étaient tous de sa descendance, sans distinction de peau ni de pouvoir.

« Vingt et un esprits de famille, songea Ophélie, mais chacun est unique. »

— Vous êtes la prunelle de nos yeux, à ma sœur comme à moi, poursuivit Pollux. Vous n'êtes pas tous destinés à devenir des virtuoses, mais vous n'en représentez pas moins l'avenir de la cité, chacun à votre façon, peu importe la place que vous y occuperez à votre sortie du conservatoire.

Ophélie fronça les sourcils. Lady Septima se tenait en retrait sur l'estrade, parmi les Lords de LUX, et ses lèvres remuaient en même temps que celles de Pollux. Elle l'épiait du coin de l'œil, comme un professeur le ferait d'un élève dont il attend une récitation parfaite.

La jeune Animiste observa les profils des apprentis autour d'elle. Ils buvaient ce discours avec une telle expression de ferveur qu'il était évident que, pour chacun d'eux, la seule place au monde qui valait la peine d'être occupée était celle de virtuose. Un seul parmi chaque division, pourtant, accéderait à cet honneur.

Sur l'estrade, le sourire de Pollux s'accentua.

— Je peux entendre vos battements de cœur. Ils réjouissent le mien. Grâce à vos parents et grâce aux parents de vos parents, nous vivons une ère de paix et de prospérité comme jamais l'ancien monde n'en a connu. Une paix et une prospérité dont vous vous apprêtez à votre tour à être les garants.

Pollux laissa tomber un long silence tel qu'Ophélie en avait rarement entendu dans une salle comble. Le genre de silence qui lui donnait toujours irrésistiblement envie de tousser. Elle luttait contre l'envie, plus forte encore, de lever la main et demander qu'il leur en parlât justement un peu plus, de cet ancien monde. On leur faisait apprendre par cœur l'histoire des technologies, les formations géologiques, les évolutions linguistiques et jusqu'aux moindres ramifications du grand arbre généalogique interfamilial, mais il n'était jamais question de ce qu'était l'humanité avant la Déchirure.

— À présent, mes chers enfants, je voudrais vous parler… vous parler de…

Pollux s'interrompit. Il avait oublié la suite de son discours. En une fraction de seconde, le charismatique père de famille parut aussi perdu qu'un enfant. Il échangea un regard avec Hélène qui se garda bien de lui venir en aide, son énorme bouche résolument pincée, ses lunettes télescopiques tournées ailleurs.

Ophélie remarqua la façon dont Lady Septima remua à nouveau les lèvres depuis le fond de l'estrade et celle dont Pollux se tourna instinctivement vers elle. Cet esprit de famille était un pantin. Un gigantesque et magnifique pantin.

— Ah oui, dit Pollux en redonnant toute son ampleur à son sourire. Ma sœur et moi-même tenons personnellement à remercier les mécènes de LUX qui subventionnent ce conservatoire. Ils s'emploient à instiller chez chacun de vous l'essence même de la citoyenneté. Une citoyenneté qui réprime d'elle-même ses instincts les moins nobles, les plus subversifs. Mes chers enfants, la parole vous revient : confessez-vous !

Ophélie fut prise au dépourvu. Qui devait confesser quoi ?

À l'extrémité du tout premier rang, un apprenti fit de lui-même un pas en avant et déclara d'une voix forte :

— Je jure solennellement n'avoir ni menti, ni triché, ni volé, ni contrevenu en aucune façon à la loi de la cité.

— Bien, répondit Pollux avec une infinie douceur. Si quelqu'un a une objection à émettre, qu'il s'exprime maintenant.

Personne n'émit d'objection. L'apprenti réintégra son rang, et son voisin s'avança à son tour pour faire la même déclaration. Il en alla ainsi pour chaque membre de chaque division de chaque compagnie. Parfois, l'un ou l'autre avouait publiquement une faute, comme celui qui avait gaspillé de la nourriture en ne terminant pas son assiette ou celle qui avait recopié en cachette les notes d'un camarade parce qu'elle avait été inattentive en cours. Le responsable de compagnie proposait alors une sanction et Pollux opinait du menton pour l'approuver.

Ophélie était abasourdie.

Elle comprit la raison qui poussait les coupables à se dénoncer d'eux-mêmes lorsqu'elle assista à la première contestation. Un apprenti tabellion venait de jurer avoir respecté la loi et une main s'était aussitôt levée dans l'assistance :

— Objection ! Je l'ai entendu prononcer un mot interdit par l'Index.

Des chuchotis se propagèrent à travers tout le gymnase et le sourire bienveillant de Pollux vacilla, comme s'il venait d'être personnellement atteint en plein cœur.

— Apprenti, qu'avez-vous à répondre à cette objection ?

C'était Hélène qui, pour la première fois depuis la convocation, venait de prendre la parole, sa voix sépulcrale mettant un terme aux murmures. Elle manipula les lentilles amovibles de son appareil optique de façon à voir correctement l'accusé. Il s'agissait de l'un de ses Filleuls.

— Je proteste, dit l'apprenti tabellion. Ce n'était pas vraiment…

— Soit c'est, soit ce n'est pas, le coupa Hélène. D'autres témoins ont-ils entendu prononcer le mot interdit ?

Plusieurs mains se levèrent. Ophélie put voir les oreilles de l'apprenti tabellion, deux rangées devant la sienne, devenir cramoisies. Elle-même n'en menait pas large. Cet examen de conscience tournait au procès public.

— Je vous présente toutes mes excuses, bredouilla l'apprenti tabellion. J'ai peut-être dit une fois, au cours d'un débat rhétorique, qu'il était inutile de batailler, mais c'était évidemment à prendre au sens fig…

— Vous vous êtes rendu trois fois coupable, intervint aussitôt Lady Septima. Pour avoir commis un péché, pour ne pas l'avoir avoué et pour l'avoir à nouveau commis. C'est à vous, Lady

Hélène, que revient le choix de la punition, mais je ne puis que vous suggérer la quarantaine.

— Qu'il en soit ainsi, approuva Hélène sans s'émouvoir. Apprenti, vous êtes placé en état de quarantaine à compter de cet instant. Durant quarante jours, vous ne serez autorisé à parler à personne et personne n'aura l'autorisation de vous parler. Vous êtes temporairement banni de toutes les activités collectives et privé de tous vos privilèges. Pas de permission. Pas de visite. Pas de courrier. Vous suivrez vos cours en silence et n'aurez le droit de prendre la parole que si un supérieur vous pose directement une question.

Ophélie vit les oreilles de l'apprenti tabellion passer du rouge écarlate à la pâleur extrême. Les siennes bourdonnaient comme des ruches. Elle s'était sentie seule tout à l'heure : elle n'osait même pas imaginer ce que serait sa solitude à lui. Punir quelqu'un aussi sévèrement pour avoir employé le verbe « batailler » ? C'était donc cela, œuvrer pour la paix ? Ophélie eut beau tourner ses lunettes dans tous les sens, il n'y avait personne parmi les rangs pour s'offusquer. Elle s'obligea à contenir son émotion dès qu'elle croisa le regard d'Octavio qui l'observait à travers sa longue frange noire.

L'examen de conscience reprit son cours et Pollux, qui avait déjà oublié l'incident, retrouva toute sa bonhomie paternelle.

Quand arriva finalement le tour d'Ophélie, son cœur tambourinait si fort qu'elle espérait que ni Hélène ni Pollux ne l'entendaient depuis l'estrade. Ses camarades de dortoir étaient passés avant elle et aucun d'eux n'avait avoué avoir volé ses gants.

Que se passerait-il si elle soulevait maintenant l'affaire en public ? Elle ne se sentait aucun droit de faire un scandale, pas avec des faux papiers dans son casier.

— Je jure solennellement n'avoir ni menti, ni triché, ni volé, ni contrevenu en aucune façon à la loi de la cité.

La petite voix d'Ophélie ne portait pas loin, mais elle fut soulagée lorsque Pollux lui sourit sans lui demander de répéter.

— Bien. Si quelqu'un a une objection à émettre, qu'il s'exprime maintenant.

Ophélie vit une main se lever à sa droite. Son sang prit feu dans toutes ses veines. C'était Octavio. Il avait braqué ses yeux rouges droit devant lui, la chaîne d'or chancelant le long de sa joue sous l'effet du mouvement.

Il savait.

Il savait et il allait la dénoncer.

— Ceci n'est pas une objection, mais une requête, annonça Octavio d'un ton mesuré. L'apprentie Eulalie a besoin de nouveaux gants. Ce sont des instruments de travail, ils lui sont indispensables pour poursuivre son apprentissage. Étant donné qu'elle est encore en période de probation, je demande pour elle une permission exceptionnelle afin qu'elle puisse se rendre en ville.

Sur l'estrade, Lady Septima considéra son fils d'un regard plus incandescent que d'habitude. Si elle était déconcertée, Ophélie était pour sa part absolument sidérée.

— Permission accordée, déclara simplement Hélène. Confession suivante.

Ophélie se grignota les lèvres en guettant la fin de l'examen de conscience. Dès que les apprentis furent autorisés à rompre les rangs, elle se dirigea vers Octavio avec la détermination d'un boulet de canon.

— Merci.

Le mot avait pris malgré elle une inflexion défiante. Il l'avait aidée. Elle voulait connaître maintenant la contrepartie.

Octavio arqua ses sourcils, si noirs et si bien dessinés qu'ils évoquaient deux accents circonflexes. Il était la parfaite réplique de sa mère : les nuances d'expression les plus infimes prenaient chez lui une tournure imposante. Il n'avait nul besoin d'une grande taille ou d'une puissante musculature. Son charisme suffisait.

— C'est l'intérêt du conservatoire que j'ai défendu, pas le tien. Si tu dois échouer à devenir virtuose, ce doit être à cause d'un manque de compétence, pas de matériel. (Et sans laisser le temps à Ophélie de réagir, il enchaîna d'une voix neutre :) Quand tu iras en ville, rends-toi au domicile du professeur Wolf. Il devrait être en mesure de t'aider.

— Le professeur Wolf ? répéta Ophélie, de plus en plus déconcertée. C'est un gantier ?

— Non, un Animiste. Pas un pure souche, mais un *liseur* comme toi. Tu n'auras pas de mal à le trouver. Quand il ne fait pas de recherches au Mémorial, il reste cloîtré chez lui.

Ophélie n'entendit plus rien après ça. Le vacarme dans sa poitrine avait pris le dessus sur le reste du monde.

Le *liseur*

Ophélie ne sentait pas le poids brûlant du soleil sur son corps. Elle n'entendait pas non plus le bourdonnement des mouches autour d'elle. Elle ne voyait pas davantage la mer de nuages que fendait lentement la gondole à voile où elle se tenait assise. Toute son attention tournait sur une seule boucle de pensée : elle allait rencontrer un autre *liseur* ; un *liseur* qui n'était pas né sur Anima ; un *liseur* qui effectuait des recherches au Mémorial.

« Ça ne peut pas être Thorn, se répétait-elle encore et encore. Mon animisme en a fait un passe-miroir, pas un *liseur*. »

Et pourtant, Ophélie ne pouvait s'empêcher de douter. N'avait-elle pas vu ses propres griffes se déclencher à retardement, des semaines après le mariage ?

Avec une gestuelle professionnelle, le Zéphyr qui dirigeait la gondole dévia délicatement le souffle du vent de façon à accoster le quai en douceur, puis il abaissa la passerelle mécanique. Ophélie descendit avec les autres passagers sans avoir à payer la traversée. La Bonne Famille lui avait octroyé pour la journée une carte perforée qu'il lui suffisait d'introduire dans l'horodateur de n'importe quel service public. Cette liberté-là était illusoire : le pointage permettait au conservatoire de vérifier que les élèves ne circulaient pas en dehors des horaires autorisés par leurs permissions. On avait accordé trois heures à Ophélie pour faire ce qu'elle avait à faire. Ni plus, ni moins.

Elle remonta ses lunettes sur son nez. L'île où elle venait de débarquer se tenait à la marge de l'archipel de Babel, dont les aqueducs et les rotondes esquissaient au loin des silhouettes déformées par l'air chaud de l'après-midi. La magnificence de la cité n'était pas parvenue jusqu'ici. Les maisons se tassaient les unes contre les autres comme un seul et même bloc de granit, sans jardin ni fontaine pour adoucir l'ensemble. Il n'y avait pas non plus de pavés sur les routes dont la poussière rouge, soulevée par le vent, crépitait comme de la braise. En revanche, il y avait toute une population de dodos qui se dandinaient dans la rue avec une démarche de pigeons obèses.

Jusque-là, Ophélie avait demandé son chemin à des guides publics de signalisation, mais elle ne trouva ici aucune statue-automate qui y ressemblât de près ou de loin.

— Le domicile du professeur Wolf, s'il vous plaît ?

Ophélie s'était adressée à un passant qui toisa son uniforme de haut en bas avant de lui indiquer la direction du doigt, sans lui adresser la parole. Elle s'aperçut bien vite que les habitants du quartier se retournaient sur son passage d'un air hostile. Ils portaient tous des toges et des turbans qui auraient été blancs si la poussière ambiante ne les avait empourprés. Des sans-pouvoirs. Elle fut frappée de voir beaucoup de jeunes gens parmi eux, maussades et désœuvrés, qui jouaient aux dés sur le pas des portes. Ils offraient un contraste saisissant avec la suractivité des automates du centre-ville.

Ophélie dut redemander son chemin jusqu'à parvenir enfin à un immeuble vétuste, englouti sous les lianes. Un toucan, perché sur la rampe du perron, poussa de grands cris à son approche et une vieille dame somnolente ouvrit la porte. L'uniforme d'Ophélie produisit sur elle l'effet d'un seau d'eau.

— *Miss ?* demanda-t-elle avec de grands yeux ronds.

— Je cherche le professeur Wolf.

Ophélie n'avait pu empêcher sa voix de trahir l'émotion qu'elle s'efforçait pourtant de refréner depuis sa conversation avec Octavio. Elle ne devait surtout pas se l'autoriser, cet espoir-là.

— Je suis sa logeuse, répondit la vieille dame avec, cette fois, une expression ennuyée. Il possède sa propre entrée à l'arrière, mais j'aime autant vous prévenir : ce pensionnaire-là, ce n'est pas un commode.

Ophélie ignora de son mieux la crampe qui venait de lui tordre l'estomac.

— Il est chez lui ?

— Ah ça oui, *miss*, il y est. Il l'y est même un peu trop, en fait. Il ne sort plus jamais depuis son accident. Quel dommage, un homme si intelligent !

Une nouvelle crampe traversa le ventre d'Ophélie.

— Son accident ?

— Ce n'est pas à moi de vous le dire, *miss*. Vous n'avez qu'à contourner l'immeuble et frapper à sa porte. Peut-être qu'il vous ouvrira. Peut-être pas.

Ophélie se rendit à l'arrière du bâtiment. Les lianes étaient plus abondantes encore ici que sur la façade principale, au point d'avoir entièrement recouvert les volets fermés du rez-de-chaussée. Une vraie prison végétale.

Une cachette, ne put s'empêcher de rectifier Ophélie, ravalant le peu de salive qu'il lui restait. Il n'y avait aucune plaque, aucune boîte aux lettres pour indiquer l'identité de l'occupant des lieux.

Elle sursauta. À peine s'était-elle approchée de la porte que le heurtoir en avait frappé le battant pour annoncer sa venue. Il s'était animé tout seul.

Un bruit infime, de l'autre côté de la porte, indiqua que quelqu'un avait soulevé le couvercle du judas optique. Ophélie se hissa aussi haut que possible pour être vue. Après un long silence, la porte s'entrouvrit à peine, retenue par une chaîne. L'homme ne se montra pas. Il ne dit rien non plus. Seule sa respiration – tendue, profonde – témoignait de sa présence.

Il attendait.

Incapable d'articuler un mot elle-même, tant sa gorge était nouée, Ophélie glissa l'attestation administrative de la Bonne Famille par l'entrebâillement. Elle vit de longs doigts gantés s'en emparer avant de disparaître dans la pénombre.

Un froissement de papier. Un nouveau, interminable silence.

L'homme claqua la porte, ôta la chaîne de sécurité, puis ouvrit à Ophélie.

À peine posa-t-elle le pied dans le vestibule que la porte se referma toute seule derrière elle. Les nombreux verrous se poussèrent aussitôt d'eux-mêmes dans une série de déclics sonores. Encore éblouies de soleil, Ophélie et ses lunettes ne s'accoutumaient pas vite à l'atmosphère nocturne qui régnait à l'intérieur. L'homme se résumait pour le moment à une ombre anonyme, aussi grand et aussi raide qu'un portemanteau. Le plancher grinçait sous son pas circonspect. Ses yeux, pareils à deux petites étincelles nerveuses dans un four, ne cessaient de rebondir du papier qu'il tenait à l'uniforme de sa visiteuse.

— Des gants, hum ? Voilà une requête peu commune.

Ophélie acquiesça en se forçant à sourire poliment. Le professeur Wolf se révélait progressivement à elle. Ses cheveux, ses sourcils et sa barbiche étaient aussi noirs que sa peau était pâle. Des rides avaient sillonné son front et les pourtours de sa bouche, lui conférant l'allure d'un quadragénaire prématurément vieilli.

Ce n'était pas Thorn.

Elle avait passé la journée à s'interdire d'espérer. Alors pourquoi avait-elle soudain envie de s'en aller en claquant la porte ?

— Vous êtes muette, en plus du reste ?

L'accent du professeur Wolf n'était ni tout à fait celui d'un Babélien, ni vraiment celui d'un

Animiste, mais un singulier mélange des deux. Peut-être parce qu'il ne sortait plus de chez lui, il ne respectait pas le code vestimentaire de la cité : son complet et ses gants, noirs eux aussi, ressemblaient à ceux que portaient les savants du grand observatoire d'Anima.

— Non, finit par marmonner Ophélie.

Elle ignorait à quoi se référait le « reste » et elle s'en moquait. Cet homme n'était pas Thorn, rien de ce qu'il pouvait penser d'elle ne l'intéressait.

— Si j'en crois votre papier, vous êtes vous-même une *liseuse*, reprit le professeur Wolf en retroussant les lèvres sur le dernier mot. Une *liseuse* qui se promène mains nues, de surcroît. Qu'avez-vous fait de vos gants ?

Ophélie se demanda en quoi cela le regardait, mais elle avait trop besoin de lui pour se montrer désagréable.

— Ils ont été malencontreusement égarés. Je suis ici pour que vous m'aidiez à m'en procurer une nouvelle paire. La Bonne Famille prendra tous les frais à sa charge.

« Et je lui rembourserai cette dette en corvées supplémentaires », s'abstint-elle de préciser.

Le professeur Wolf considéra les mains d'Ophélie avec un regard sceptique. Son extrême raideur était accentuée par une minerve de bois qui lui enclavait le cou et qui, conjuguée à son menton pointu, donnait à sa tête une forme de pioche. Était-ce la conséquence de cet accident dont avait parlé la logeuse ?

— Suivez-moi, lâcha-t-il à contrecœur.

Le professeur fit passer Ophélie du vestibule au

séjour, où régnait le même crépuscule. La lumière du jour scintillait faiblement à travers les interstices des volets. L'air était irrespirable. Le ventilateur de la pièce ne dispersait ni la fournaise ambiante ni l'odeur de renfermé. Les superpositions d'étagères laissaient deviner, derrière leurs vitrines poussiéreuses, des ossements et des fossiles qui lui donnèrent l'impression d'avoir pénétré dans un cabinet de curiosités particulièrement morbide. Elle fut déconcertée de voir les sièges, les tables et les coffres se reculer sur son passage comme des animaux farouches ; le professeur Wolf devait vraiment posséder un caractère méfiant pour que son animisme eût à ce point imprégné son mobilier.

La surprise d'Ophélie s'accrut en découvrant, parmi les trophées de fouilles archéologiques, une très impressionnante collection d'armes militaires.

— Vos recherches portent sur les guerres de l'ancien monde ?

Elle réalisa trop tard que le mot interdit lui avait échappé. Le professeur Wolf, occupé à fouiller un tiroir, lui décocha un regard noir.

— Et après ? Vous allez me dénoncer, peut-être ? La loi interdit la détention d'armes, pas d'artéfacts historiques. (Exaspéré par sa minerve, qui l'empêchait de se pencher à son aise, le professeur sortit le tiroir de son meuble et en vida le contenu sur une table.) La guerre, poursuivit-il en baissant la voix, est généralement associée à la notion de frontière. La Déchirure a fait voler les frontières en éclats, mais les guerres ont-elles cessé pour autant ? Pour votre gouverne, petite dame, la paix n'est qu'une vue de l'esprit. Il y a et il y aura toujours des conflits, quel que soit le visage qu'ils revêtent. Vous n'avez qu'à sortir là-dehors, vêtue de votre uniforme provocateur, pour le voir par vous-même.

Ophélie repensa aux sans-pouvoirs qui l'avaient dévisagée avec un mélange de mépris et de convoitise. Pour la première fois depuis longtemps, elle avait le sentiment d'avoir en face d'elle un interlocuteur doté de bon sens. La déception qu'elle avait ressentie en le rencontrant se dissipa.

— Je suis d'accord avec vous.

Alors qu'il extirpait un mètre ruban du fatras sur sa table, le professeur Wolf fronça ses épais sourcils noirs et esquissa un sourire sardonique.

— Voyez-vous ça. Un membre éloigné de ma famille, une *liseuse* qui plus est, débarque chez moi et partage ma vision du monde. C'est mon jour de chance, dirait-on !

— Vous ne me croyez pas, constata Ophélie. Depuis que j'ai franchi votre seuil, vous ne m'avez pas crue un seul instant. Pourquoi ?

Le professeur déroula le ruban gradué d'un geste vif, comme il l'aurait fait d'un fouet.

— Je vous l'ai dit, petite dame, c'est la guerre là-dehors. Un père animiste, une mère sans-pouvoirs : je n'ai jamais été accepté par aucune communauté. Mon existence entière est tissée de conflits, j'ai donc pour principe de considérer chaque être humain comme un adversaire potentiel. Votre main à hauteur de mes yeux, ordonna-t-il d'un ton sec.

Ophélie leva le bras pour lui permettre de

prendre ses mesures, mais ce ne fut pas une manipulation aisée : le mètre ruban, lui aussi contaminé par la méfiance de son propriétaire, se tortillait pour ne pas avoir à toucher une parfaite inconnue.

— Ainsi, l'ancien monde vous intrigue ? demanda le professeur Wolf sans se départir de son ton sarcastique. Peut-être que *lire* quelques-uns de mes fossiles vous intéresserait ?

Ophélie se mordit la langue. Le ruban lui contractait si fort la main qu'il lui meurtrissait la peau.

— Les fossiles ne sont pas *lisibles*, répondit-elle, pas plus que ne le sont les matières brutes et les organismes vivants. Je suis réellement ce que je prétends être. Si vraiment vous voulez me mettre à l'épreuve, tendez-moi un piège moins grossier.

Le professeur grigna dans un sourire moqueur, puis il reporta les mensurations sur un papier télégraphique. Le simple fait d'écrire était un vrai tour de force avec cette minerve qui lui interdisait d'incliner la tête. Ophélie eut la sensation, peut-être trompeuse, qu'elle venait de marquer un point.

— Je veux intégrer les groupes de lecture de Sir Henry au Mémorial. On m'a dit que vous faites vous-même des recherches là-bas ?

Le crayon du professeur ripa sur le papier. À la surprise d'Ophélie, sa main s'était mise à trembler.

— J'en faisais, corrigea-t-il entre ses dents.

— Pourquoi avoir arrêté ?

— Pour une raison qui ne concerne que moi.

— Vous devez tout de même bien connaître l'endroit.

— Suffisamment pour ne plus jamais y remettre les pieds.

Le professeur Wolf se renfrogna, comme s'il en avait trop dit. Il enroula son télégramme à l'intérieur d'un cylindre, glissa ce dernier dans le compartiment d'un tube et actionna un levier : le pneumatique fut aussitôt aspiré par le tuyau.

— Voilà. J'ai envoyé la commande de vos gants auprès de mon fournisseur personnel. Il se mettra directement en relation avec la Bonne Famille pour vous les livrer d'ici quelques jours. Satisfaite ?

Ophélie hésita. Les questions lui brûlaient la gorge, sur le Secretarium en particulier, mais insister reviendrait à rendre cet homme encore plus soupçonneux qu'il ne l'était déjà.

— Pourriez-vous me prêter une vieille paire dont vous n'avez plus l'usage ? Je *lis* tout ce que je touche depuis ce matin, je ne tiendrai pas plusieurs jours ainsi.

Le professeur Wolf pinça la bouche, comme s'il s'apprêtait à refuser net, mais il se ravisa avec un soupir excédé.

— Donnez-moi un instant. Surtout ne touchez à rien.

Il monta un escalier aussi grinçant que lui, laissant Ophélie seule au milieu des collections. Elle marcha le long des armes militaires, s'attardant devant la brise tiède du ventilateur. Elle eut un léger choc en tombant sur un miroir poussiéreux fixé au mur. Elle ne s'était pas regardée dans une glace depuis son entrée au conservatoire. Il lui fallut quelques secondes pour se familiariser avec cette petite femme en uniforme, aux joues comme des pêches et aux boucles en points d'interrogation. Sans ses longs cheveux envahissants, sa robe collet monté et sa vieille écharpe – son cœur se serra douloureusement à cette pensée –, elle se reconnaissait à peine. Se montrer au monde à visage découvert, c'était son meilleur déguisement. Un déguisement plus efficace encore que la livrée de Mime sous laquelle elle s'était longtemps cachée au Pôle.

Alors qu'Ophélie s'avançait vers une ancienne photographie qui montrait un chantier archéologique, elle effraya une corbeille qui fit un bond de côté pour l'éviter. Elle n'avait pas dû être vidée depuis longtemps, car elle débordait de boulettes de papier dont une partie se déversa par terre.

Ophélie se dépêcha de les remettre en place, mais l'une d'elles provoqua en elle une si violente émotion qu'elle en eut le souffle coupé.

De la peur. De la peur à l'état pur. La peur du professeur Wolf.

Ophélie considéra la lettre froissée qu'elle avait laissée tomber sur le parquet comme un charbon ardent. Si le professeur Wolf avait contaminé ce papier de sa peur, c'était qu'il ne portait pas de gants au moment de le toucher : aucun *liseur* expérimenté ne manipulerait une lettre à mains nues, à moins de vouloir s'assurer de l'honnêteté de son expéditeur.

En d'autres circonstances, jamais elle ne se serait autorisée à aller plus loin, mais sa curiosité fut cette fois plus forte que sa conscience. Avant de réaliser ce qu'elle faisait, elle défroissa la feuille dans la faible clarté des volets.

Cher confrère,

J'ai été chagriné d'apprendre votre accident. Cette chute d'escalier aurait pu complètement vous briser le cou ! C'est une chance, pour vous comme pour nous tous, que vous vous en soyez sorti indemne. J'espère avoir le plaisir de vous revoir bientôt au Mémorial et aux réunions académiques : vos recherches ne font peut-être pas l'unanimité, elles ne présentent pas moins un intérêt fondamental pour notre discipline.

À ce sujet, j'ai étudié l'échantillon que vous m'avez envoyé. Sa composition est fascinante ! La datation m'a donné du fil à retordre, mais mon expertise a fini par se ranger à la même conclusion que la vôtre. Puis-je vous demander de quel document est extrait votre échantillon ?

Je vous prie, cher confrère, de recevoir l'expression de ma sincère bienveillance.

Signé : votre dévoué ami et confrère

Les doigts d'Ophélie tremblaient de la terreur qu'avait ressentie le professeur Wolf à la lecture de ces lignes. Elle n'en comprenait pas la raison et elle n'eut pas le temps d'approfondir la question. Le pas de l'homme résonnait dans l'escalier.

Elle froissa le papier, puis le jeta à la corbeille, mais sa maladresse lui fit complètement rater sa cible.

— Tenez, dit le professeur Wolf, une fois en bas, en présentant des gants noirs. Inutile de me les rapporter, je ne les réutiliserai pas.

Ophélie les enfila en évitant de le regarder en

face. Elle se sentait si secouée par sa *lecture*, si coupable d'avoir trahi sa déontologie qu'elle ne put empêcher sa voix de chanceler :

— M-merci.

Le professeur Wolf avança la mâchoire, allongeant davantage son menton, tandis que ses yeux, redevenus méfiants, ricochaient aux quatre coins de la pièce. Ophélie avait espéré que sa minerve l'empêcherait de voir la boulette de papier sur le parquet, mais il finit par tomber dessus. La stupeur, la terreur et la fureur se mélangèrent aussitôt sur sa figure.

— Je suis désolée, dit impulsivement Ophélie. La lettre était tombée. Je voulais juste la ramasser. Je n'aurais pas dû...

Elle n'arriva pas jusqu'au bout de sa phrase. Le professeur Wolf lui avait empoigné le bras pour la projeter contre le miroir mural qui se brisa en mille morceaux.

— Sale petite espionne !

— Non ! affirma-t-elle en se redressant douloureusement, à moitié assommée. Je ne suis pas votre ennemie, je veux sincèrement comprendre ce qui vous est arrivé !

Hors de lui, le professeur la saisit par le col de sa redingote et la hissa à lui faire perdre pied. Pour quelqu'un qui avait le cou démantelé, il ne manquait pas de vigueur.

— L'humanité entière est mon ennemie, siffla-t-il entre ses dents. Intégrez donc les groupes de lecture de Sir Henry, petite fouineuse. Je vous souhaite bien du plaisir. Sortez de chez moi ! ordonna-t-il en la lâchant brutalement.

Ophélie se rua dans le vestibule. La porte tira d'elle-même ses verrous pour lui livrer le passage, puis se referma à toute volée dans son dos, l'expulsant des lieux avec la puissance d'une catapulte. Ophélie tomba à genoux dans la cour de l'immeuble, le cœur frappant ses côtes. Lorsqu'elle releva ses lunettes, encore bleues de frayeur, elle croisa le regard de la logeuse qui passait un coup de balai au soleil, son toucan sur l'épaule.

— Je vous l'avais dit, *miss*. Ce pensionnaire-là, ce n'est pas un commode.

Le porte-malheur

Ophélie palpa un par un les bouts des gants du professeur Wolf, trop longs pour ses doigts. Elle était venue chez cet homme en quête de réponses et elle en était repartie avec plus de questions encore – ainsi qu'une jolie collection d'égratignures. Qu'est-ce qui l'avait donc dissuadé de poursuivre ses recherches au Mémorial ? Quel était cet échantillon qu'il avait fait expertiser ? Pourquoi la réponse de son confrère l'avait-elle à ce point terrorisé ? Cette peur-là avait-elle un quelconque rapport avec celle qui avait saisi Miss Silence au moment de mourir ?

Une averse épaisse s'abattit sur toutes les vitres du tramoiseaux. Ophélie ferma les paupières, refoulant l'émotion qui lui montait à la gorge. La vision de l'écharpe, errant dans les rues de Babel comme un chien abandonné, l'obsédait jour après jour.

Non. Ne pas penser à cela. Aller de l'avant.

Elle rouvrit les yeux en sentant le tramoiseaux manœuvrer à l'approche d'un belvédère. C'était la cinquième académie qu'il desservait, ce serait bientôt le conservatoire. Des étudiants sortirent sous la pluie en rabattant leurs capuches ; d'autres montèrent en ébrouant leurs gabardines. Comme à chaque station, Ophélie vérifia s'il n'y avait pas parmi eux un garçon en fauteuil roulant. Ambroise lui manquait. Son amitié, sa bienveillance, sa loquacité lui manquaient. Elle ne comprenait pas pourquoi il avait soudain pris ses distances, répondant à peine à ses télégrammes, ne lui rendant jamais visite, mais elle s'en inquiétait.

Non. Ne pas penser à cela non plus.

Ophélie observa, à travers le cheminement sinueux des gouttes sur la vitre, la tour du Mémorial dans le lointain. Quelque part entre ces murs, il y avait le Secretarium. Et dans ce Secretarium, une chambre forte. Et dans cette chambre forte, « l'ultime vérité ». Et si c'était cette vérité-là qu'avaient approchée de trop près Miss Silence et le professeur Wolf ? Et si Thorn s'était mis lui-même en danger pour la découvrir ? Il était frustrant de savoir qu'elle devrait descendre à la prochaine station sans pouvoir poursuivre le voyage jusque là-bas. Ses trois heures de permission touchaient à leur terme. La lenteur des gondoles lui avait fait perdre un temps précieux, elle avait d'ailleurs failli ne pas avoir son tramoiseaux. Se faire renvoyer de la Bonne Famille à cause d'une correspondance manquée, à deux jours de la fin de sa période de probation, cela aurait été un comble.

Ophélie se remit à palper le tissu lâche des gants au bout de ses doigts. Un soupir lui monta du fond du ventre, mais ce fut son voisin de banquette qui le poussa à sa place. Elle tourna les yeux vers lui, interrogative. Il contemplait lui aussi la vitre éclaboussée de pluie, mais avec une expression coupable, comme s'il était personnellement responsable du mauvais temps. Son profil, aux cheveux poivre hirsutes et au long nez pointu, évoquait un museau de hérisson. Il inspira à Ophélie un sentiment de familiarité dont elle comprit la cause en voyant la plaque « commis » épinglée à l'uniforme.

— L'homme au chariot..., murmura-t-elle.

Après une hésitation, le commis détacha son regard de la vitre.

— *Sorry, miss ?* C'est à moi que vous vous adressez ?

Ophélie se composa un sourire poli. Ça ne lui avait pas tellement réussi avec le professeur Wolf, mais ce commis n'allait pas la jeter hors d'un tramoiseaux en plein vol, non ?

— Nous nous sommes déjà rencontrés, monsieur. Au département jeunesse du Mémorial. J'avais renversé les livres de votre chariot et vous... eh bien, vous avez reçu un blâme par ma faute.

— Ah, ces livres ! bredouilla le commis. Ça me paraît bien loin.

Il se prit d'un intense intérêt pour ses mains, nouées sur ses genoux, la tête engoncée dans les épaules, et n'ajouta rien. Il semblait désespérément seul. Aussi seul qu'Ambroise au milieu des automates de son père. Aussi seul que le professeur Wolf enfermé à triple tour dans son appartement.

« Aussi seul que moi », ne put s'empêcher de songer Ophélie.

— Eulalie, se présenta-t-elle.

— *What* ? s'étonna le commis. Oh, euh... moi, c'est Blasius. (Il frotta sa nuque d'un geste malaisé, comme quelqu'un qui n'a pas l'habitude des civilités.) Je... Votre uniforme... Apprentie virtuose ?

Ophélie sentit un sourire, un vrai cette fois, lui pousser sur les lèvres. Ce n'était pas tous les jours qu'elle tombait sur quelqu'un d'encore plus gauche qu'elle.

— Avant-coureuse.

— Je suis impressionné.

Blasius paraissait sincère. Il avait arrondi les yeux, des prunelles noires et humides de hérisson, comme si on venait de lui apprendre qu'il était assis à côté d'un Lord de LUX.

Au-dehors, la pluie redoubla d'intensité sur les vitres, poussée par un vent d'ouest. La foudre déchira le silence, projetant une lumière vive sur les visages des étudiants, mais pas un seul d'entre eux ne releva le nez de son manuel de cours. Il régnait toujours dans les transports publics de Babel un calme exagéré, et pour cause : le chef de bord infligeait une amende au moindre chahut.

Ophélie ne put retenir un regard inquiet vers le plafond, avec une pensée pour les chimères qui tractaient les wagons sous l'orage.

— À l'essai, se sentit-elle obligée de préciser. J'aimerais beaucoup travailler au Mémorial comme vous.

— Comme moi ? Je ne vous le souhaite pas, dit Blasius en désignant sa plaque de commis. Cela fait des années que je range ce qu'on me demande de ranger, ça n'a rien de prestigieux.

— Les collections du Mémorial sont très imposantes. Elles doivent quand même représenter une formidable masse de travail, non ? Surtout si on inclut le Secretarium, ajouta Ophélie le plus innocemment possible.

— Je n'y ai jamais mis les pieds, soupira Blasius à sa grande déception. C'est un département bien trop important et bien trop confidentiel pour quelqu'un comme moi.

— Et vous ne participez pas non plus aux groupes de lecture ?

Blasius laissa échapper un rire incrédule qu'il étouffa contre sa paume en croisant le regard sourcilleux du chef de bord.

— Les groupes de l'automa... *sorry*, de Sir Henry ? reprit-il à voix très basse. Il faudrait qu'ils soient fous pour m'y accepter.

Ophélie ne comprit pas le fondement de cette remarque, mais elle préféra ne pas s'obstiner dans cette voie. Elle avait enfin trouvé un interlocuteur conciliant, elle devait mettre chaque minute du trajet à profit.

— J'ai appris pour Miss Silence, chuchota-t-elle en guettant la réaction de Blasius du coin de l'œil. Ça a dû être un terrible choc.

À l'instant précis où elle prononça ce dernier mot, elle fut brutalement secouée sur son siège. Une rafale de vent, plus violente que les autres, avait bousculé le wagon entier, provoquant cette fois des exclamations de surprise à travers toutes les banquettes.

— Gardez votre calme, citoyens ! s'exclama le chef de bord. Ceci n'est qu'une légère turbulence.

Notre Totémiste a le parfait contrôle de son attelage.

Ophélie remonta ses lunettes que la secousse avait projetées tout au bout de son nez ; elle vit autour d'elle plusieurs étudiants ramasser le manuel qu'ils avaient fait tomber. En ce qui la concernait, elle n'était plus rassurée du tout. Elle s'était instinctivement cramponnée au bras de Blasius qui contemplait cette main avec une expression éberluée, à croire que c'était la première fois qu'il en voyait une à un endroit aussi improbable. Il finit par la tapoter du bout des doigts, maladroitement, avec un sourire d'excuse à la commissure des lèvres.

— Ce genre de chose arrive souvent avec moi. Les gants que vous portez, enchaîna-t-il avant qu'Ophélie ne pût s'interroger sur le sens de sa phrase, ce sont ceux de Wolf, n'est-ce pas ?

— Comment savez-vous qu'ils… Vous connaissez le professeur Wolf ? balbutia Ophélie, de plus en plus surprise.

Blasius frotta son grand nez pointu d'un geste embarrassé.

— J'ai reconnu son odeur sur vous. Je suis un Olfactif, voyez-vous ? Wolf est un régulier du Mémorial. Il l'était du moins, ajouta-t-il, la gorge serrée par l'émotion. Avant son accident.

Ophélie nota qu'il nommait Wolf sans son titre. Ils étaient certainement un peu plus que de simples connaissances. Alors qu'elle se faisait cette réflexion, Blasius vérifia d'un coup d'œil nerveux que le chef de bord ne s'intéressait pas à eux.

— Puis-je vous faire un aveu, *miss* ?

— Euh… oui ?

Blasius se pencha timidement et, par-dessus le fracas de la pluie, il souffla tout bas :

— C'est moi qui ai tué Miss Silence.

Ophélie sentit son estomac se soulever, et ce n'était plus à cause des oscillations du wagon. Elle articula « Pourquoi ? » sans être capable d'émettre le moindre son. Blasius reprit ses distances et s'affaissa sur la banquette, plongeant les doigts dans ses cheveux déjà ébouriffés, les traits de sa figure tiraillés par la culpabilité.

— Là n'est pas la question, *miss*. Demandez-vous plutôt *comment*. (Il adressa un regard inquiet à Ophélie, comme s'il craignait de la voir soudain briser la vitre et sauter dans le vide pour lui échapper.) Je… je porte malchance.

— Ah.

Ophélie ne trouva rien de mieux à répondre. C'était l'une des déclarations les plus inattendues qu'on lui avait jamais faites.

— Je suis sérieux, insista Blasius en écarquillant de grands yeux tourmentés. Le chariot à livres, l'accident de Wolf, la chute de Miss Silence, cette pluie diluvienne : c'est vraiment moi, vous comprenez ? Il en a été ainsi depuis le jour de ma naissance. Je défie toutes les statistiques. Des personnes *very* compétentes se sont penchées sur mon cas.

Les mots de Blasius atteignirent Ophélie droit au cœur. Ils faisaient écho à ceux de Thorn, prononcés deux années et demie plus tôt. « Vous avez une prédisposition surnaturelle aux catastrophes. »

Elle ouvrit la bouche, mais un rugissement lui coupa la parole :

— Honte à vous, les agneaux !

Ophélie et Blasius se retournèrent. Autour d'eux, les étudiants échangeaient des regards interdits. Quant au chef de bord, il avait déjà empoigné son carnet d'amendes et cherchait, de banquette en banquette, celui qui avait osé enfreindre le règlement. Il ne le trouva pas.

La voix s'éleva à nouveau, de nulle part et partout à la fois, plus puissante que le tonnerre au-dehors :

— Oui, parfaitement, des agneaux ! Regardez-vous avec vos jolis uniformes ! Regardez-vous avec vos vertueux manuels ! Regardez-vous avec votre langage bien comme il faut ! Et vous osez vous prétendre la jeunesse de Babel ?

Ophélie se boucha les oreilles pour ne pas devenir sourde. Elle avait déjà entendu cette voix de ténor. C'était celle du Sans-Peur-Et-Presque-Sans-Reproche, le jour où elle avait visité le Mémorial.

— Je vais vous dire, moi, ce que vous êtes, poursuivit la voix. Des complices ! Des conspirateurs du silence ! Des dictateurs de la bien-pensance ! S'il vous reste un semblant d'amour-propre, citoyens, répétez après moi : à bas l'Index et mort aux censeurs ! À bas l'Index et mort aux censeurs ! À bas l'Index et m…

La voix se transforma en un grésillement suraigu qui transperça les tympans d'Ophélie. Le chef de bord avait fini par trouver, sous un siège de banquette, un poste radiophonique poussé à plein volume et l'avait éventré à coups de talon. Le silence retomba, lourd de pluie, de vent et d'orage.

— L'incident est clos, citoyens, déclara le chef de bord d'un ton sans réplique. Prochain arrêt, la Bonne Famille !

Les oreilles encore sifflantes, Ophélie considéra Blasius qui s'était levé de la banquette pour lui permettre de quitter sa place. Il haussa les épaules avec fatalisme.

— Je vous l'avais bien dit, Miss Eulalie. Je porte malheur.

Ophélie se mit debout, cherchant son équilibre au milieu du roulis. Elle regarda les débris du poste radiophonique que ramassait le chef de bord à l'autre bout du wagon. La voix résonnait encore en elle. « Mort aux censeurs ! »

— Miss Silence était bien maître censeur, n'est-ce pas ?

Blasius souleva les sourcils, poivre et hirsutes comme ses cheveux.

— Hein ? Oui, mais… *well*… vous ne pensez quand même pas…

— Je ne sais pas encore ce que je pense, chuchota Ophélie aussi bas et aussi vite que possible. La seule chose dont je suis à peu près certaine, monsieur Blasius, c'est que vous n'êtes pas responsable de ce qui est arrivé à Miss Silence et au professeur Wolf. Je crois même que vous avoir rencontré ici, dans ce tramoiseaux, a été pour moi une véritable chance.

Blasius écarquilla les yeux. Il y eut un frémissement aux coins de sa bouche, comme une flamme vacillante de bougie.

— C'est la première fois de ma vie que j'entends quelqu'un me dire ça.

— La Bonne Famille ! annonça le chef de bord.

Ophélie serra la main que Blasius lui avait poliment tendue, malgré l'inconfort de ses gants trop larges.

— J'ai la ferme intention d'intégrer les groupes de lecture, lui déclara-t-elle. Nous nous reverrons bientôt au Mémorial. D'ici là, soyez prudent et demandez-vous ce qui a réellement tué Miss Silence.

Une fois sur le débarcadère, Ophélie suivit des yeux la silhouette du train ailé qui poursuivait sa course à travers le ciel. La pluie avait cessé dès l'instant où il s'était éloigné de l'arche.

« Je ne dois pas, songea-t-elle de toutes ses forces. Donner mon amitié à un mémorialiste serait déraisonnable. Dangereux, même. »

Elle fut forcée de reconnaître, en réalisant qu'elle se sentait soudain moins seule, que c'était déjà trop tard.

La bienvenue

Les bras articulés s'activaient comme des tentacules autour du fauteuil directorial. Ils triaient sans fin les papiers de la Bonne Famille, et leurs mouvements perpétuels rendaient plus frappante encore l'immobilité d'Hélène derrière l'imposant bureau de marbre. La géante fixait le dossier qu'elle tenait entre ses longs doigts arachnéens.

Ophélie avait l'impression d'attendre son verdict depuis une éternité. Elle reporta son attention sur la lampe de bureau qui diffusait une lumière hésitante. Elle avait vissé et dévissé tellement d'ampoules pendant la corvée prématinale qu'elle devait lutter contre le réflexe de changer celle-ci.

La voix caverneuse d'Hélène la fit tressaillir :

— À en croire le rapport de Lady Septima, vous avez consenti à faire quelques efforts durant vos trois semaines de probation.

Ophélie retint les mots qui lui montaient à la bouche. Elle n'aurait pas qualifié de « quelques efforts » deux cents heures de leçons radiophoniques et de *lectures* appliquées, sans même parler des corvées, mais soit.

— J'ai fait de mon mieux, madame.

Hélène leva son nez éléphantesque de son dossier. Au milieu du ballet mécanique de son fauteuil, elle évoquait l'une de ces antiques déesses à plusieurs bras, moitié femme, moitié monstre, dont on retrouvait encore des sculptures sur les murs les plus anciens de Babel.

— Faire de votre mieux suffit-il ? Lady Septima n'est pas bouleversée non plus par vos expertises. Vous vous égarez dans la subjectivité qui imprègne les objets, mais l'histoire est une science qui exige de la rigueur. Nous ne pratiquons pas le flou artistique ici, il nous faut du *contexte*. Vous avez montré des signes de progrès, je l'ai lu dans votre dossier. Toutefois, un virtuose ne doit pas être bon dans son domaine : il doit être excellent. (La bouche d'Hélène se fendit d'une grimace, aussi large et aussi dentue que celle d'un poisson des abysses.) Calmez-vous, jeune dame, vos pulsations cardiaques me heurtent les oreilles.

— Je deviendrai excellente, promit Ophélie qui était tout à fait incapable de se calmer.

— J'ai deux questions pour vous, apprentie. Voici la première : qu'avez-vous appris durant ces trois semaines de probation ?

Ophélie dut admettre qu'elle s'était attendue à quelque chose d'un peu plus concret. Elle construisit dans sa tête toutes sortes de jolies phrases, à la recherche de celle qui plairait le mieux, mais Hélène l'interrompit d'un ton abrupt :

— Ne réfléchissez pas. Répondez-moi maintenant, en toute sincérité, avec le moins de mots possibles. Qu'avez-vous appris ?

— Que je ne sais rien.

La déclaration avait presque jailli des poumons d'Ophélie. Ce n'était pas précisément ce qu'elle avait prévu, mais Hélène ne lui laissa pas le loisir de développer sa pensée et enchaîna avec sa seconde question :

— Pourquoi voulez-vous devenir avant-coureuse ?

— Je… En fait, j'ai pensé…

— Pourquoi ?

La voix d'Hélène s'était faite plus sépulcrale que jamais.

— Pour mettre mes mains au service de la vérité.

— Au service de la vérité, répéta Hélène. N'aurait-il pas été de bon ton de dire « au service de la cité » ?

Ophélie s'accorda un instant de réflexion, comprenant qu'une chance lui était laissée de revenir sur ses mots, puis elle décida d'écouter son instinct. Hélène n'était pas Pollux. Hélène n'était pas le pantin de Lady Septima et des Lords de LUX. Hélène réfléchissait par elle-même et prenait ses propres décisions.

— Vous avez demandé une réponse sincère.

Hélène dirigea alors son appareil optique sur Elizabeth, au garde-à-vous près de la porte, si silencieuse qu'Ophélie avait oublié sa présence.

— Rappelez-moi qui vous êtes.

— La… la responsable de la première division des avant-coureurs, *milady*. Je coordonne les groupes de lecture.

Ophélie ne put retenir un coup d'œil étonné vers Elizabeth. Depuis trois semaines qu'elle la côtoyait, c'était la première fois qu'elle surprenait une perturbation dans sa voix. En apparence, c'était pourtant toujours la même figure inexpressive, maladivement pâle sous les taches de rousseur, avec des paupières lourdes de somnambule.

— Cela, je le sais déjà, fit observer Hélène. Pourquoi assisteriez-vous à cet entretien, sinon ? Ce que je veux connaître, c'est votre nom.

— Elizabeth.

Ces quatre syllabes, articulées avec raideur, confortèrent Ophélie dans son impression. C'était presque un appel de détresse.

Hélène tapa sur les touches à piston d'un clavier. Un bras mécanique se déploya aussitôt dans un mouvement télescopique pour ouvrir l'abattant d'un secrétaire au fond de la pièce. Ophélie eut la surprise d'y découvrir un gigantesque livre avec des pages épaisses comme de la peau.

Non, pas un livre. Un *Livre,* avec une majuscule. Le Livre d'Hélène.

Le bras mécanique ne s'intéressa pas à lui. Il ouvrit l'un des nombreux casiers du secrétaire et en sortit un registre qu'il posa sur le bureau.

— Une bonne organisation pour une mauvaise mémoire, commenta Hélène non sans ironie, tandis qu'elle feuilletait le registre. Elizabeth, Elizabeth, Elizabeth... Ah, oui, vous êtes la sans-pouvoirs. Votre virtuosité, ce sont les bases de données. Tiens ? C'est à vous que je dois mon système de consultation personnel ? Oui, il me semble que je me rappelle à présent, déclara-t-elle en refermant le registre. Je pense pouvoir me fier à votre jugement. Pensez-vous que l'apprentie ici présente soit digne d'intérêt pour les groupes de lecture ?

Le silence qui s'ensuivit mit Ophélie mal à l'aise. Si son acceptation à la Bonne Famille dépendait de l'opinion d'Elizabeth, cela s'annonçait mal. La responsable de division ne levait pas assez souvent le nez de ses algorithmes pour connaître les apprentis dont elle avait la charge. Sa dévotion pour la cité et le Mémorial la rendait aveugle au reste du monde.

Du moins, c'était ainsi qu'Ophélie la percevait ; aussi fut-elle très étonnée de l'entendre répondre :

— Je la pense digne d'intérêt tout court, *milady*.

Hélène tapota pensivement le marbre du bureau de son ongle. Une fois, rien qu'une fois, Ophélie aurait voulu croiser son regard, mais elle savait cela impossible : sans son appareil de correction, cet esprit de famille ne voyait des gens qu'une galaxie d'atomes. De la même façon que la porte à air comprimé de la pièce l'empêchait d'entendre les murmures, les éternuements, les gargouillis des élèves de son conservatoire.

Dans un retentissant craquement de cuir, Hélène se pencha sur son fauteuil, et son énorme poitrine suivit le mouvement. Ses doigts à la longueur disproportionnée déposèrent un écrin devant Ophélie.

— Bienvenue à la Bonne Famille. Fermez bien la porte en partant, vous deux. Vos battements de cœur sont étourdissants.

L'instant d'après, Ophélie descendait l'escalier du service administratif à la suite d'Elizabeth, son écrin serré contre elle. Elle était partagée entre le soulagement et l'incrédulité.

— Ce que vous avez dit à Lady Hélène, vous le pensiez vraiment ?

Elizabeth s'immobilisa au milieu des marches, la main mollement appuyée sur la rampe.

— Bien sûr que non. Tu as désormais une dette envers moi et je compte bien en profiter.

Le temps d'un silence inconfortable, seuls se firent entendre les dactylographes des services administratifs, aussi rapides et aussi bruyants que des machines à coudre.

Elizabeth y mit un terme en levant vers Ophélie ses yeux mi-clos.

— Je plaisante. Évidemment que je le pensais. Tu n'entendras personne te le dire ici, mais tu es plutôt douée avec tes mains. En tant que *liseuse,* du moins.

De fait, Ophélie avait malencontreusement fait tomber son écrin, qui dégringola les marches de marbre. Elizabeth le ramassa, l'ouvrit et en sortit deux petites ailes d'argent. Sans un mot, elle s'agenouilla aux pieds d'Ophélie pour les épingler à ses bottes. Sa figure avait conservé son impassibilité, mais ses gestes s'étaient faits attentionnés. Presque maternels.

— Tu es des nôtres, apprentie Eulalie.

Ophélie se sentit plus touchée par ces mots qu'elle ne se serait attendue à l'être.

— Elizabeth… Lady Hélène ne voulait pas vous blesser. Sa mémoire…

Ophélie retint de justesse la fin de sa phrase. « Sa mémoire lui a été arrachée par Dieu, en même temps qu'une page de son Livre. » Elle ne pouvait raisonnablement pas révéler une telle information à une avant-coureuse. Cela aurait été dangereux pour l'une comme pour l'autre.

— Elle n'a pas délibérément oublié votre nom, dit-elle à la place.

— Je le sais.

Elizabeth avait soupiré ces mots. Assise au milieu de l'escalier, elle enroula ses bras autour de ses genoux. Son visage ne laissait transparaître aucune émotion, mais son corps affaissé, dont l'absence de relief était soulignée par la lumière des vitrages, trahissait la mélancolie dont elle était emplie.

— Je le sais, répéta-t-elle à voix basse, comme pour elle-même. Ainsi sont faits les esprits de famille. La vérité est qu'avant d'arriver ici j'étais complètement perdue. Une fillette sans pouvoirs et sans objectif. Lady Hélène m'a offert un toit, une famille, un avenir. Elle signifie tellement pour moi, alors que moi je ne signifie rien pour elle… Ce n'est pas sa faute, elle est condamnée à tout oublier tout le temps. C'est pour cette raison que le Mémorial est si important.

Le gong du soir sonna et, comme mues par des ressorts d'horlogerie, les jambes d'Elizabeth se déplièrent pour la remettre debout.

— Je dois me rendre sans tarder au Secretarium du Mémorial. Sir Henry m'y attend et, pour lui, l'heure c'est l'heure.

— Je le rencontrerai bientôt ? En tant que nouvel élément des groupes de lecture, j'aimerais me présenter à lui en bonne et due forme.

Ce qu'Ophélie voulait surtout, c'était un prétexte pour entrer dans le Secretarium, mais Elizabeth secoua lentement la tête.

— Te présenter à l'automate ? Crois-moi, il n'a rien d'une attraction touristique et il se contrefiche de savoir qui travaille pour lui. Malgré tout le respect que je lui dois, c'est seulement un assemblage de calculs, d'analyses et d'acier. Il faut cependant reconnaître qu'il a révolutionné le catalogue du Mémorial. Nous vivons dans le meilleur des mondes, déclara-t-elle soudain en se mettant solennellement au garde-à-vous. Veillons ensemble à le rendre meilleur encore, apprentie Eulalie.

Elizabeth serra brièvement la main d'Ophélie et s'en fut sans lui laisser le temps de réagir. Ce n'était pas plus mal, au fond. Elle n'aurait probablement pas beaucoup apprécié son opinion.

Ce fut une fois seule dans l'escalier qu'Ophélie réalisa soudain qu'elle avait réussi. Elle était devenue apprentie virtuose.

Elle quitta le bâtiment administratif et s'élança entre les colonnes du promenoir, poussée en avant par le vent brûlant du soir. Son allure était si déterminée que les singes détalèrent sur son passage. Les ailes d'argent fixées à ses bottes produisaient une sonorité métallique qui rythmait ses foulées. Chaque pas en avant était un pas vers Dieu. Un pas vers Thorn.

— Bravo.

La voix hautaine amena Ophélie à ralentir, puis à reculer. Elle était passée devant Octavio sans le remarquer. Adossé contre une colonne, au milieu des lianes, il se mélangeait aux ombres que soufflait le soleil couchant à travers la galerie. Seuls ses yeux rougeoyants indiquaient sa présence.

— Merci, dit prudemment Ophélie.

Il était inhabituel de le voir seul. Il y avait toujours un essaim d'apprentis dans son sillage, prêts à applaudir chacune de ses performances, comme si les rivalités estudiantines ne le concernaient en rien ; c'était évidemment Lady Septima qu'on flattait à travers lui. Même les pavillons acoustiques de la galerie se taisaient en sa présence. S'il avait été quelqu'un d'autre, la voix d'un surveillant l'aurait vite invité à regagner les quartiers des Fils de Pollux.

— Ces gants sont-ils à ta convenance ? demanda-t-il.

Ophélie ouvrit et referma plusieurs fois ses mains, assouplissant le cuir neuf qui les enveloppait.

— Ils m'ont été livrés aujourd'hui. Je vais pouvoir poursuivre mon apprentissage dans de bonnes conditions. Je t'en suis redevable.

Elle avait délibérément appuyé sur le tutoiement. Le temps des « vous » était révolu. Elle se considérait désormais comme l'égale des autres apprentis de sa compagnie : que celui-ci fût le fils de Lady Septima ne faisait aucune différence pour elle.

Octavio s'arracha à l'ombre de la colonne. Les rayons obliques du soleil illuminèrent le bronze de sa peau, l'argent de son uniforme et l'or de sa chaîne sourcilière, tandis qu'il s'avançait à travers la galerie. Cette lumière-là était pourtant bien pâle en comparaison de l'incandescence de son regard.

— Plus que tu ne le crois, apprentie Eulalie. Ta visite chez le professeur Wolf a-t-elle été édifiante ?

La question fit l'effet d'une flèche empoisonnée à Ophélie. Quelle naïve elle avait été ! Ce n'était pas pour une simple histoire de gants qu'Octavio avait provoqué cette rencontre.

— Bien joué, murmura-t-elle. J'ai réellement cru que tu m'avais aidée par souci d'équité.

— Oh, mais je l'ai fait. Ce qui est arrivé au professeur pourrait arriver à d'autres. J'ai estimé équitable que tu en sois informée.

Ophélie se contracta davantage. Depuis le début, il planait entre eux une méfiance réciproque, aussi informe et aussi silencieuse qu'un brouillard. À cet instant plus que jamais, elle se demanda dans quelle mesure Octavio n'était pas plus complice de Dieu que ne l'était sa mère.

— Ce qui lui est arrivé ? feignit-elle de s'étonner. Tu fais allusion à son accident ?

Elle savait que la cause du traumatisme du professeur Wolf n'avait rien d'accidentel, mais l'admettre reviendrait à avouer qu'elle avait fouiné dans sa vie privée et c'était précisément le piège dans lequel il ne fallait pas tomber.

Octavio la scruta avec une attention à la fois soutenue et distante, de la même façon qu'il soumettait les échantillons du laboratoire à l'épreuve de son regard.

— La dilatation des pupilles, la durée des contacts visuels, la fréquence des battements de cils, chuchota-t-il. Nos yeux en disent plus long sur nous que n'importe quel discours. Et les tiens, apprentie Eulalie, me disent que tu mens. Tu mens tout le temps et à tout le monde. Même ce geste, ajouta Octavio en voyant Ophélie redresser nerveusement ses lunettes, m'apporte beaucoup d'informations sur ton compte. Ma mère ne voit en toi qu'une bleue maladroite qui finira tôt ou tard par se décourager. Je sais, moi, que rien ne t'arrêtera, parce que tu es ici pour une raison précise. Une raison personnelle, sans aucun rapport avec l'intérêt de la cité.

L'espace d'un long silence, la galerie fut envahie par la clameur crépusculaire des oiseaux. Ophélie sentit un insecte se poser sur sa joue, mais elle n'esquissa pas un geste pour le chasser, de peur de se trahir davantage.

— Pourquoi m'avoir permis de rester à la Bonne Famille si tu m'estimes indigne d'y être ?

La peau d'Octavio se creusa aux commissures de ses lèvres.

— Pour mieux te garder à l'œil.

Il tourna les talons, ses ailes d'avant-coureur accrochant le dernier rayon de soleil au moment où celui-ci disparaissait derrière la jungle. Le soir tomba brutalement, épais et moite.

« Il ne sait rien, se répéta Ophélie en voyant l'ombre du garçon se perdre dans l'obscurité du promenoir. Il ne connaît ni mon véritable nom ni mes véritables motivations. Il a des soupçons, mais il ne sait rien. »

— Apprentie Eulalie, veuillez réintégrer votre division ! ordonnèrent les pavillons de la galerie.

Elle se tourna vers l'une des tours de guet qui jalonnaient les jardins. Des jumelles y scintillaient, pareilles à des prunelles de chat dans le noir. À présent qu'Octavio était parti, le surveillant de garde avait miraculeusement retrouvé sa vue et sa voix.

Ophélie reprit sa marche d'un pas décidé. Elle ne laisserait personne gâcher sa victoire.

Elle trouva un dortoir vide à son retour au Foyer. Ses camarades n'étaient pas encore rentrés. Les groupes de lecture se faisaient en alternance dans la journée entre les avant-coureurs de Pollux et les avant-coureurs d'Hélène ; les horaires des sessions pouvant varier de six heures du matin à onze heures du soir, ils disposaient de leur propre dirigeable.

Ophélie déplia son lit mécanique et se laissa tomber dessus tout habillée.

« Demain, songea-t-elle en contemplant le Mémorial qui brillait comme un phare derrière la moustiquaire de la fenêtre. Demain, ce sera moi là-bas. »

Sans doute s'endormit-elle sans s'en apercevoir car, quand elle rouvrit les yeux, ses camarades de division étaient là. Autour de son lit. Ils n'avaient pas allumé les lampes et se tenaient tous à son chevet, recueillis et silencieux, comme s'ils assistaient à une veillée funéraire.

Elle voulut aussitôt se lever, mais des dizaines de mains l'immobilisèrent sur le sommier et lui bâillonnèrent la bouche. Aucune ne lui fit mal. Les gestes étaient méthodiques, implacables.

— Mes cousins ont une devinette pour toi, *signorina*, murmura la voix suave de Mediana dans l'obscurité. Qu'arrive-t-il ici à tous ceux qui reçoivent leurs ailes ?

Ses lunettes de travers, Ophélie devinait plus qu'elle ne voyait son visage. Incapable de bouger et de parler, elle était trop étonnée pour avoir peur.

— Tu prêteras allégeance à Mediana, prédirent tous les Devins dans un seul et même murmure.

— J'aimerais te montrer quelque chose, *signorina*.

Mediana venait d'allumer une lampe-torche qui illumina toutes les pierres précieuses incrustées dans sa peau. Elle adressa un signe à Zen, qui était restée en retrait jusqu'à présent. Son visage de poupée orientale était déformé par l'anxiété et, pourtant, elle obéit sans hésitation à l'ordre silencieux. Elle ouvrit le tiroir de la table de chevet jusqu'à l'extraire du meuble.

— Regarde, petite *liseuse*, ordonna doucement Mediana.

Les mains des Devins redressèrent aussitôt Ophélie sur le lit, sans violence aucune, de façon à faire pencher sa tête sur le côté. Elle avait l'impression d'être une marionnette. Au début, elle ne vit rien d'autre qu'un fond de tiroir dont elle ne s'était jamais servie.

Soudain, elle les remarqua : des ombres minuscules, soufflées par la lumière de la lampe.

— Ton matelas, ton uniforme et tes gants, énuméra Mediana avec un sourire un peu navré. Ce n'est pas du vol, tu vois. Ils ont toujours été là, dans ton tiroir.

Ophélie leva les yeux vers Zen, qui détourna aussitôt les siens, honteuse.

— Oui, dit Mediana, c'est elle qui les a miniaturisés. Oh, elle n'y a pris aucun plaisir, crois-le bien. Pas plus que mes cousins ne prennent de plaisir à poser les mains sur toi en ce moment. Sais-tu pourquoi ils le font malgré tout ? Parce que je le leur ai demandé. Toutes les personnes ici présentes me détestent, et vois comme elles m'obéissent ! (Le faisceau de la lampe accentua les lignes mi-masculines mi-féminines de sa figure éclairée, faisant d'elle à la fois une reine et un roi.) Te rappelles-tu ce que je t'ai dit, lors de notre première rencontre ? Il y a mille façons de tourmenter quelqu'un sans lui infliger la moindre souffrance physique. Tu as fait le choix de rester parmi nous, *signorina*, je vais donc t'expliquer ce qui va très exactement se passer.

L'accent musical de Mediana s'était fait hypnotique. Ophélie devait admettre qu'elle avait obtenu d'elle la plus totale attention. Les dortoirs faisaient partie des rares endroits à l'abri des périscopes de surveillance et Elizabeth dormait dans une chambre individuelle, à l'autre bout du Foyer. Il ne faudrait compter sur aucune aide.

— Un seul apprenti dans cette chambre deviendra aspirant virtuose et ce sera moi, reprit Mediana dans un chuchotis. Je rêve d'être une avant-coureuse depuis que j'ai l'âge de prononcer ce mot. Je mourrai les ailes aux pieds. À compter de cette nuit, tu mettras tes petites mains en veilleuse. Interdiction formelle de faire des étincelles devant Lady Septima. Tu feras profil bas, tu resteras dans ton coin et tu ne chercheras à plaire qu'à un seul maître : moi. Si tu me laisses la première place, je ne serai pas ingrate, dit-elle en faisant sensuellement rouler chaque « r » de sa phrase.

Le moment venu, lorsque je serai haut placée, je ferai de toi mon assistante.

— Mais… je croyais… c'était censé être moi, bredouilla Zen, qui replaçait le tiroir.

Mediana sourit sans même lui jeter un coup d'œil, son attention entièrement concentrée sur Ophélie.

— Le favoritisme n'est pas bien considéré à Babel. J'ai déjà promis des postes à chacun de mes cousins, je ne vais quand même pas engager deux assistantes.

L'un des Devins libéra enfin la bouche d'Ophélie pour lui laisser l'occasion de donner sa réponse.

Elle ne se fit pas prier :

— Garde Zen comme assistante. Je ne suis pas intéressée.

Mediana dirigea la lumière de sa lampe-torche droit dans ses lunettes. Ophélie était trop éblouie pour voir son expression, mais un froissement d'uniforme lui indiqua qu'elle était en train de bouger. Une botte ailée s'appuya en plein sur sa main, au bord du lit. C'était une pression infime, absolument indolore, mais Ophélie ne pouvait pas s'y soustraire, contrainte à l'immobilité. Un geste de domination à l'état pur.

— Tu n'as pas écouté mes cousins, *signorina* ? Tu me prêteras allégeance. Répète après moi : « Je ferai tout ce que tu me demanderas. »

Ophélie se tut. Cette Devineresse devait vraiment penser qu'elle était capable de lui faire de l'ombre pour en arriver là. En un sens, c'était plutôt flatteur. Toutefois, quand la lumière de la torche cessa de l'aveugler pour révéler le regard de Mediana, brillant de convoitise, elle commença à se sentir franchement inquiète.

— Retournez-la.

Agissant comme un seul homme, les Devins la firent basculer sur le ventre. Ce fut fait sans brutalité, sans insulte, sans obscénité et pourtant, la tête plongée de force dans l'oreiller, Ophélie avait rarement vécu quelque chose d'aussi violent. Elle eut beau se débattre, elle ne put opposer aucune résistance à ces bras qui faisaient d'elle tout ce qu'ils voulaient. Pourquoi ses griffes ne se déclenchaient-elles pas pour les repousser ?

— Du calme, susurra un souffle contre son oreille. Je ne serai pas longue.

L'inquiétude se transforma en panique dans le ventre d'Ophélie. Mediana l'avait souvent taquinée avec son pouvoir familial, mais c'était toujours resté des mots en l'air. De même que les *liseurs* n'avaient pas le droit de toucher des objets sans l'autorisation de leur propriétaire, les Devins ne pouvaient pénétrer le passé et l'avenir de quelqu'un sans son consentement. C'était bien plus qu'une règle de savoir-vivre : c'était un tabou familial, de ceux qu'on ne transgressait pas à la légère.

Ce fut avec un exaspérant sentiment d'impuissance qu'Ophélie sentit une main se glisser sous son col et lui caresser la nuque. Une sensation glacée lui dévala le dos, là où s'étendaient les ramifications de la moelle épinière. Une fois, par le passé, une Chroniqueuse lui avait fait subir une fouille mémorielle : Ophélie s'était sentie pareille à un livre ennuyeux dont on survole rapidement les pages.

Ce que lui fit endurer Mediana fut incomparable. Ophélie était envahie de l'intérieur par une présence intruse, brûlante de curiosité, désireuse d'absorber ce qu'elle possédait de plus intime. Sa vie se mit aussitôt à défiler en marche arrière, sous forme d'images kaléidoscopiques, comme si un projecteur de diapositives s'était enclenché dans sa tête. Les yeux rouges d'Octavio. Elizabeth épinglant les ailes à ses bottes. Le fauteuil d'Ambroise coincé entre les pavés. Les cheveux coupés dans l'abri de jardin. Archibald en train de lui remettre ses faux papiers d'identité. La fuite spectaculaire par les toilettes publiques.

Ce n'étaient pas seulement des images. C'était chaque pensée qu'elle avait conçue, chaque émotion qu'elle avait éprouvée. Ophélie mordit l'oreiller, refoulant l'invasion mémorielle de toutes ses forces, mais elle ne put empêcher l'inéluctable. Thorn finit par jaillir au détour d'un souvenir. Il lui apparut aussi clairement que si c'était hier, au milieu de sa cellule de prison, étriqué dans sa chemise trop courte, peinant à tenir debout à cause de sa jambe brisée.

Face à Dieu.

Ophélie revint à l'instant présent dès que Mediana relâcha sa nuque. Elle chercha péniblement son souffle contre l'oreiller. Ses lunettes lui entraient dans la chair. Sa chemise était trempée de sueur.

— *Bene, bene, bene !* Je savais que tu étais une petite cachottière, mais alors ça ! Ça ! (La voix de Mediana était affaiblie, comme si ce voyage dans le temps l'avait physiquement éprouvée, mais elle exultait.) Ne t'inquiète pas, *signorina*. Ton secret…

Tous tes secrets resteront les miens aussi longtemps que tu seras une gentille fille obéissante. Personne ne saura, pas même mes cousins, ce qui t'a amenée à Babel et qui tu es réellement. Tu n'as que quelques mots à prononcer.

Ophélie déglutit. Elle avait la nausée. Elle aurait voulu passer le restant de ses jours enfouie dans cet oreiller, mais les Devins la retournèrent vers Mediana dès que celle-ci claqua des doigts.

— Je t'écoute.

Ophélie s'entendit répondre d'une voix minuscule, comme si elle écoutait une autre personne :

— Je ferai tout ce que tu me demanderas.

Mediana lui sourit et déposa un baiser sur son front.

— *Grazie*. Bienvenue à la Bonne Famille.

Surprise

— Enfourner une tourte, tout de même, ce n'est pas la soupière à boire !

— Regardez attentivement ces mains, ma chère. Sont-ce là, à votre avis, des attributs de roturière ?

— Ne prenez pas vos grands airs. Je vis avec vous depuis suffisamment longtemps pour savoir que vous êtes constituée comme le commun des mortels, de haut en bas, devant et derrière.

— Je vous prierais de ne pas vous montrer vulgaire devant ma fille.

— Votre fille, elle a faim.

— J'ai reçu une éducation de dame de cour. Je sers l'un des meilleurs thés de toute la Citacielle.

— Eh bien, si c'est avec du thé que vous pensez subvenir à ses nécessités, elle n'est pas près de marcher normalement. Par toutes les poivrières, Berenilde ! je suis votre amie, pas votre bonne. Je ne vais pas porter moi-même ce manoir à bout de manches !

Comprimée dans la chaise haute de bébé, devenue trop étroite pour son âge, Victoire suivait des yeux Maman et Grand-Marraine qui couraient de fenêtre en fenêtre pour évacuer la fumée. Sur la table de la salle à manger, un plat recouvert d'une croûte noire dégageait une odeur très gênante.

La maison avait changé depuis l'arrivée de Grand-Marraine.

Avec son air sévère, elle découpa la croûte du plat pour examiner ce qu'il y avait dessous.

— Carbonisé. Et notre garde-manger se vide. Vous devriez écrire à M. Farouk.

Victoire toussa, incommodée par la fumée. Maman se précipita aussitôt vers elle pour agiter son éventail devant son visage.

— Je lui écris chaque jour, madame Roseline, mais je le fais pour le soutenir, pas pour le solliciter. Je ne m'abaisserai jamais à mendier.

— Qui vous parle de mendier notre nourriture ?

Grand-Marraine posa ses poings sur les hanches. Elle avait toujours l'air fâché, Grand-Marraine, mais elle ne se mettait jamais vraiment en colère. Victoire ne se sentait plus du tout intimidée par elle. En revanche, Père l'effrayait et, même si elle ne comprenait pas bien la conversation, elle espérait qu'il n'était pas question de le faire venir à la maison.

Père ne l'aimait pas.

— Je vous parle, moi, de *mériter* notre nourriture, reprit Grand-Marraine. Sortons d'ici, proposons nos services, montrons-leur ce qu'on a dans le plastron !

Entre deux battements d'éventail, Victoire aperçut une fossette se creuser sur la peau en porcelaine de Maman, juste au coin des lèvres. C'était un sourire différent de ceux d'autrefois. Un sourire qui était apparu du jour au lendemain, en même temps que Grand-Marraine. Un sourire qui donnait à Victoire l'envie de sourire aussi.

Ce n'était pas la maison qui avait changé : c'était Maman.

— Que voilà une brillante idée, madame Roseline ! Je suis certaine que tous les nobles seraient prêts à vous couvrir de diamants pour que vous répariez leurs petits papiers.

Grand-Marraine fronça les sourcils, mais un coup de cloche résonna dans la maison dès qu'elle desserra les dents.

— Vous attendiez de la visite ?

— Non. Allons voir de qui il s'agit.

Victoire ne fut pas mécontente de voir Maman l'arracher de cette chaise trop étroite et la prendre dans ses bras. La fossette était toujours là, au coin de ses lèvres, mais elle tremblotait comme les perles de sa boucle d'oreille.

Elles se rendirent au pavillon de musique et Grand-Marraine se dirigea droit vers une armoire que Victoire savait être la porte d'entrée de la maison. Il y en avait une autre, tout au fond du faux parc, mais personne ne l'empruntait à part Parrain.

— C'est Mme Cunégonde, dit Grand-Marraine en collant son œil au judas de l'armoire. Fichtre ! elle a pris un fameux coup de vieux.

— Est-elle venue seule ? demanda Maman.

— Pour ce que j'en vois, oui.

Maman, qui serrait Victoire avec une telle force qu'elle lui coupait le souffle, relâcha ses mains de soulagement. Même si elle n'en parlait pas souvent, tout ce qui se passait à l'extérieur de la maison l'inquiétait. Victoire aurait pourtant tellement voulu se promener là-dehors ! Son aventure avec Parrain remontait à loin, maintenant. Les journées lui paraissaient longues et ses petits *voyages* la satisfaisaient de moins en moins. Elle avait exploré ici tout ce qui était explorable.

— Vous pouvez la laisser entrer, finit par décider Maman.

— Vraiment ? s'étonna Grand-Marraine. La propre sœur du baron Melchior ? Je vous ai vue repousser chaque visiteur, refuser chaque colis, mais ouvrir votre porte à une Mirage dont le frère a été tué par votre neveu, ça, ça ne vous paraît pas imprudent ?

— Nous avons toujours été solidaires, elle et moi. Les temps sont devenus difficiles pour les Mirages. Les illusions ne sont plus bien perçues, l'époque des frivolités est révolue. Depuis qu'elle a fait faillite, dame Cunégonde vit seule je ne sais où, mais surtout pas un mot de cela devant elle : sauver les apparences est tout ce qu'il lui reste. Ouvrez-lui, madame Roseline.

Grand-Marraine fit tourner la clef de l'armoire. Un carillon de bijoux et une odeur de parfum, plus puissante encore que celle de la tourte brûlée, envahirent aussitôt le pavillon de musique.

— Bonjour, mesdames.

Victoire sentit son cœur palpiter d'excitation. La Dame-D'or ! C'était, chaque fois qu'elle venait à la maison, une véritable fête. Elle appelait Victoire « ma petite colombe » et lui réservait toujours des surprises : des pluies de cerises filantes, des oursons acrobatiques, des poupées danseuses et bien d'autres illusions encore.

Aussi Victoire fut-elle très déçue que la Dame-

D'or ne lui accorde pas un seul regard. Elle n'eut d'yeux que pour Grand-Marraine, sa large bouche rouge s'étirant des deux côtés.

— Vous ici ! La rumeur était donc vraie ?

— Quelle rumeur ? marmonna Grand-Marraine.

— Celle qui annonçait le départ ou, devrais-je dire, le retour de notre petite *liseuse* !

La Dame-D'or se tourna dans tous les sens, faisant tinter les pendeloques dorées de son voile, comme si elle cherchait quelqu'un d'autre dans le pavillon. Victoire, le prenant pour elle, espérait qu'elle la remarquerait enfin dans les bras de Maman, l'appellerait « ma petite colombe » et lui soufflerait des confettis dans les cheveux.

— Ne cherchez pas Ophélie, très chère amie, soupira Maman. La rumeur se trompe, j'ignore moi-même où elle est.

— Quel dommage !

La Dame-D'or souriait, mais Victoire crut voir ses longs, longs ongles rouges se contracter.

— Puis-je vous proposer un thé ? dit Maman de sa voix la plus douce. Je prendrai en échange toutes les nouvelles de la cour que vous voudrez bien me donner !

— Je ne reste pas, dit la Dame-D'or. En fait, j'espérais trouver notre ex-ambassadeur chez moi. Ou plutôt chez vous.

Victoire leva la tête vers Maman en sentant ses bras mollir. Elle paraissait déçue, elle aussi.

— C'est que, voyez-vous, Archibald n'est pas davantage ici que ne l'est Ophélie.

— Pourquoi le cherchez-vous ? demanda Grand-Marraine.

— Il se cherche ou, devrais-je dire, il se trouve qu'il m'a passé commande d'une illusion et qu'il n'est jamais venu s'en porter acquéreur. Si vous pouviez au plus m'indiquer où le joindre, il est tellement insaisissable !

La Dame-D'or avait toujours été un peu étrange, mais elle l'était encore plus aujourd'hui et cela intriguait énormément Victoire. C'était peut-être à cause de sa bouche. Elle prononçait chaque phrase avec hésitation, comme si elle avait abusé de ce que Maman appelait des « illusions pour grandes personnes ».

— Je suis navrée, ma chère Cunégonde, vous me voyez aussi ignorante que vous, dit Maman. Archibald doit encore musarder dans je ne sais quelle Rose des Vents ! Il reviendra. Il revient toujours.

La Dame-D'or avait écouté Maman avec la plus grande attention. Ses épaisses paupières tatouées s'étaient écarquillées en même temps que son sourire.

— Dans ce cas, je reviendrai aussi.

Sur ces mots, la Dame-D'or repartit par l'armoire comme elle était arrivée.

Victoire la suivit sans même réfléchir. La surprise tant attendue n'était pas venue à elle ; ce serait donc elle qui viendrait à la surprise. Elle laissa son corps lourd et stupide dans les bras de Maman pour s'élancer dehors avec la légèreté d'une pensée.

Elle sautilla derrière la Dame-D'or qui tordait ses chevilles sur les pavés de la chaussée sans se douter qu'on lui tenait compagnie. Victoire était déjà allée quelquefois dans la rue, mais jamais en *voyageant*. C'était tout à fait différent. Les sons que produisaient les talons et les pendeloques de la Dame-D'or étaient devenus flous. Les troncs des lampadaires ondulaient comme s'ils s'étaient transformés en caoutchouc et leur lumière formait une grosse tache blanche sur l'obscurité. Victoire vit le même fiacre passer, puis repasser dans la rue à quelques secondes d'intervalle : quand elle *voyageait*, il lui arrivait parfois de voir ou d'entendre les choses en double, aussi ne s'en étonna-t-elle pas.

Il n'y avait pas davantage de vrai ciel ici qu'il n'y en avait à la maison. Maman avait dit à Victoire qu'il fallait prendre beaucoup de routes et beaucoup d'escaliers pour le voir, mais qu'il était si froid, ce ciel-là, qu'il changerait instantanément ses doigts en glace.

Victoire n'avait ni vraiment froid ni vraiment chaud quand elle *voyageait*, mais elle irait voir le ciel un autre jour. La Dame-D'or venait de s'engouffrer dans un ascenseur au bout de la rue et Victoire dut se dépêcher d'y monter aussi. Blottie dans un coin de la cabine, elle l'observa avec une curiosité grandissante. La Dame-D'or ne souriait plus, mais sa façon de se tenir était très comique : elle penchait parfois exagérément la tête sur un côté ou se grattait la hanche en faisant passer son bras derrière son dos.

En baissant le regard, Victoire remarqua soudain son ombre. Ou plutôt ses ombres. La Dame-D'or semblait en avoir plein qui grouillaient à ses pieds comme des créatures vivantes. Est-ce que c'était une de ses illusions surprises ? Victoire ne les avait pas remarquées tout à l'heure, ces ombres, avec les yeux de son autre corps.

Elle suivit la Dame-D'or hors de l'ascenseur et dut marcher derrière elle encore un moment – heureusement, Victoire ne se fatiguait pas en *voyage* – avant d'entrer avec elle dans une minuscule maisonnette. Cet endroit ressemblait au petit atelier dans lequel Maman avait l'habitude de se retirer deux heures par jour pour broder. Il y avait des bustes de mannequins, un grand tableau noir rempli de notes à la craie et un comptoir deux fois haut comme Victoire.

Mais aucune illusion nulle part.

La Dame-D'or referma la porte derrière elle, puis elle décrocha le combiné d'un appareil téléphonique sur le comptoir. Victoire espérait qu'il se passerait bientôt quelque chose de plus intéressant : elle commençait à s'ennuyer.

— Changement de plan, dit la Dame-D'or dans le combiné du téléphone. Notre petite fugueuse n'est pas ici non plus, mais je vais mare dater encore un peu. M'attarder. Non, mon enfant, je préfère rester discrète. Cette Mme Cunégonde n'est pas encore fable – confortable –, mais elle m'ouvrira peut-être plus de portes que prévu. Dis à tous mes chers enfants de rester vigilants. Chaque jour compte.

Victoire ne comprenait rien à ce que la Dame-D'or racontait ; ses paroles lui parvenaient comme à travers de l'eau, et pourtant elle commençait à éprouver un léger malaise. Sa bouche n'était plus du tout hésitante. Elle l'avait suivie jusqu'ici parce que ça paraissait être une aventure follement amusante, mais en fait elle ne s'amusait pas tellement. Elle devinait, dans l'oreille de l'Autre-Victoire, la voix minuscule de Maman qui s'inquiétait – « la petite chérie se perd de plus en plus souvent dans ses rêveries ! » – et elle pouvait sentir, tel un frôlement infime, sa main tiède qui lui caressait les cheveux.

Elle était sur le point de retrouver la peau tiède de Maman contre la sienne, lorsque la Dame-D'or poussa une tenture derrière le comptoir pour se rendre dans une arrière-salle.

Victoire ne résista pas à la curiosité de la suivre. L'appel du *voyage* fut, cette fois encore, le plus fort.

Elle se figea en voyant la Dame-D'or penchée sur une Deuxième-Dame-D'or. Ce n'était pas une vision en double comme avec le fiacre dans la rue. Cette Deuxième-Dame-D'or était allongée sur un grand tapis blanc, les yeux écarquillés, un sourire de joie pure sur les lèvres, son voile à pendeloques étendu autour d'elle comme une belle flaque dorée.

Une eau rouge lui sortait par le nez et les oreilles.

Elle regardait, sans paraître les voir, des corps aussi transparents qu'une fumée de narguilé, entièrement nus, moitié femme et moitié homme, qui murmuraient contre ses lèvres des mots qu'elle seule pouvait entendre.

Victoire ne comprenait rien à ce qui se déroulait sous ses yeux.

La Première-Dame-D'or dissipa d'un geste les corps nus qui flottaient autour de la Deuxième-Dame-D'or.

— Cette illusion était peut-être un peu trop forte pour toi, lui dit-elle. Vous, mes pauvres enfants, êtes des créatures tellement fragiles ! (De sa main aux immenses ongles rouges, elle ferma les paupières tatouées de la Deuxième-Dame-D'or.) Repose en paix, ma fille, ta mort n'a pas été vaine. Grâce à ton visage, je réussirai peut-être à sonder le mauve. Sauver le monde.

Sur ces mots, la Première-Dame-D'or releva lentement la tête vers Victoire. Elle ne semblait pas la voir, mais elle plissait les yeux et fixait le coin de la pièce où elle se tenait, comme si elle pouvait sentir sa présence. Toutes ses ombres se mirent aussitôt à se tordre et à ramper sous ses pieds comme si elles voulaient se jeter sur Victoire.

— Et toi, mon enfant ? Veux-tu aussi m'aider à sauver le monde ?

L'instant d'après, tout avait disparu : les deux Dames-D'or, le tapis blanc, l'arrière-salle. Victoire avait repris la place de l'Autre-Victoire dans la maison. Elle était à nouveau harnachée sur la chaise de bébé trop étroite. Maman lui tendait en souriant une cuillerée de confiture.

Victoire ouvrit la bouche pour hurler. Aucun son ne sortit.

L'esclave

Ophélie ôta ses lunettes et frotta longuement ses yeux brûlants. À force de fixer du texte, elle avait des mots imprimés jusque sous les paupières. Alors qu'elle s'étirait sur sa chaise, elle leva la tête vers le plafond. Ou plutôt vers le sol. Des visiteurs y marchaient à l'envers, évoluant en silence entre les rayonnages des bibliothèques. Cela lui faisait toujours un drôle d'effet de penser que c'était elle qui se trouvait en haut et eux en bas.

Elle referma son livre, puis vérifia une dernière fois la notice catalographique qu'elle venait de rédiger. Pas de date d'impression, pas de mention éditoriale et un illustre inconnu en guise d'auteur : expertiser cette monographie avait été un vrai casse-tête, l'obligeant à alterner sans cesse entre lecture oculaire et *lecture* manuelle. Elle ouvrit l'habitacle du fantopneumatique et constata avec soulagement qu'il n'y avait pas de nouvel arrivage. Elle n'aurait pas supporté un livre de plus.

Elle jeta un coup d'œil furtif à travers les cloisons en treillis qui séparaient son box de lecture de ceux de ses voisins. Les silhouettes des Devins étaient penchées sur leurs ouvrages, dans le halo des lampes. De Zen, dissimulée derrière ses piles d'archives ministérielles, on ne voyait qu'un front de porcelaine où perlait la transpiration.

Seule Mediana restait les bras croisés dans son box. Elle l'observait avec une curiosité amusée.

— Tu as fini ton quota, *signorina* ? Moi aussi. Allons faire nos trous ensemble.

Ophélie rassembla ses notices. Comme si elle avait le choix…

Elles déposèrent les livres catalographiés au comptoir des Fantômes qui, en vérité, n'avaient pas grand-chose d'ectoplasmique. Dotés d'un bel embonpoint et d'un teint de brique, ils devaient ce nom à leur pouvoir familial qui leur permettait de faire passer n'importe quel objet de l'état solide à l'état gazeux, et inversement. Une fois fantomatisés, les documents les plus volumineux pouvaient circuler par tube pneumatique : il était ainsi possible d'acheminer l'intégralité d'une collection encyclopédique d'un bout à l'autre du Mémorial en un clin d'œil.

Ophélie bascula du plafond au mur, puis du mur au sol avant d'emprunter l'un des huit transcendius qui desservaient l'atrium. Elle ne vérifia pas si Mediana la suivait : elle entendait le cliquetis de ses bottes derrière elle. C'était une sonorité ironique qui l'accompagnait en permanence, où qu'elle allât, la poursuivant jusque dans ses cauchemars.

Depuis que la Devineresse lui avait mis la main dessus, elle avait cessé de s'appartenir.

Le soleil qui se déversait par la rotonde s'éteignit dès qu'Ophélie pénétra dans l'ombre du Secretarium.

Le gigantesque globe de l'ancien monde flottait en apesanteur au-dessus du hall, aussi proche et aussi inaccessible qu'il l'était dans ses rêves.

Elle avait beau passer et repasser sous ce globe, elle ne lui voyait aucune faille. Il n'y avait qu'un seul accès possible : une passerelle qui se déployait depuis le transcendium septentrional jusqu'à une porte, si bien fondue dans les dessins de la sphère qu'elle était invisible depuis le sol. La passerelle était sous la garde d'une sentinelle qui était relevée toutes les trois heures ; elle s'actionnait à l'aide d'une clef spéciale dont très peu de personnes au Mémorial possédaient une réplique. Lady Septima ne confiait la sienne qu'à son fils et, en de plus rares occasions, à Mediana et à Elizabeth lorsque Sir Henry requérait leurs services.

Ophélie aurait beaucoup aimé savoir ce qu'il fallait faire pour entrer dans les bonnes grâces de cet automate qui dirigeait les groupes de lecture sans jamais quitter son Secretarium. Elle ne l'avait pas encore rencontré, mais il lui était arrivé une ou deux fois de surprendre la résonance de son pas mécanique dans les étages inférieurs du globe, lorsque la base de données – dont les cartes perforées étaient toutes stockées au Secretarium – tombait en panne. Sir Henry engloutissait des références bibliographiques comme un goinfre des pâtisseries. Le rythme de catalographie qu'il leur imposait était intenable et les notices jamais assez détaillées à son goût. Ophélie ne comptait pas les fois où il lui avait fallu reprendre un travail à zéro après qu'il lui eut été renvoyé avec, en gros caractères rouges, le coup de tampon « incomplet ».

Lazarus avait créé ses automates pour mettre fin à la domestication de l'homme par l'homme. Ophélie aurait eu deux mots à lui dire.

Elle plissa les yeux. Un nuage en forme de serpent vola à travers les airs, décrivit une longue spirale et pénétra dans le globe terrestre par le haut. On ne pouvait voir les tubes en verre des fantopneumatiques que dans la lumière du soleil. Ils permettaient d'expédier des documents jusqu'au Secretarium. L'espace d'une folle seconde, Ophélie se demanda si ce n'était pas là le meilleur moyen pour elle de s'y introduire. Le règlement intérieur interdisait formellement la fantomisation d'êtres humains – seuls les Fantômes les plus expérimentés étaient capables de se transformer eux-mêmes en vapeur sans risquer d'y laisser la vie –, mais elle était désespérée.

— Moi vivante, tu n'iras jamais là-haut, lui susurra Mediana en pinçant son menton pour détourner son regard du globe. Faisons un détour, ma *vescica* ne tiendra pas une seconde de plus.

Ophélie la suivit sous le péristyle et attendit devant l'entrée des toilettes, comme l'aurait fait un chien docile. Jamais elle ne s'était sentie aussi humiliée. La colère qu'elle éprouvait contre Mediana était toutefois sans commune mesure avec celle qu'elle ressentait envers elle-même. Elle échangea un regard sévère avec celui de son reflet, sur l'un des miroirs qu'elle apercevait par l'entrebâillement de la porte des toilettes. Elle avait compromis Thorn, ni plus ni moins.

— Je n'irai pas par quatre chemins. Vous n'êtes pas rentable.

En entendant la voix de Lady Septima s'élever

à travers les arcades du péristyle, Ophélie se mit au garde-à-vous. Dans sa hâte, elle répandit toutes ses notices à ses pieds. Ne pas saluer un professeur, a fortiori un Lord de LUX, entraînait une sanction immédiate : cette leçon-là, elle l'avait apprise à coups de corvées et de retenues.

Ce n'était toutefois pas à elle que Lady Septima venait de s'adresser, mais au vieux balayeur du Mémorial qui dépoussiérait méthodiquement chaque dalle au sol.

— Ce sont les subventions généreusement octroyées par LUX qui entretiennent ce bâtiment. Nos mémorialistes ont tout investi dans des commandes d'automates. Faites-vous une raison, leur rendement est cent fois supérieur au vôtre.

Ophélie haussa les sourcils, tandis qu'elle ramassait les notices qu'elle avait fait tomber. Lady Septima brandissait un porte-formulaire sous le nez du balayeur, aussi petite et musculeuse qu'il était grand et maigre.

— Nous vous savons gré de vos loyaux et fidèles services, vieil homme, mais il est temps de céder la place à l'avenir. Signez ce papier.

Lady Septima était l'incarnation de l'autorité avec ses yeux et ses dorures qui la faisaient flamboyer comme un soleil. Néanmoins, le balayeur fit simplement non de la tête.

Ophélie ressentit aussitôt pour lui une irrésistible sympathie. À l'intérieur de sa poche d'uniforme, la montre de Thorn ouvrit et referma son couvercle dans un tac-tac retentissant.

Le bruit impertinent fit pivoter Lady Septima sur ses talons.

— Apprentie Eulalie, vous n'avez pas de travail ?

Si Ophélie n'avait pas déjà eu les mains occupées à ramasser ses notices, elle aurait serré fort la montre pour l'empêcher de récidiver. Elle s'animait de plus en plus souvent, claquant du couvercle à tort et à travers. Pour une pauvre mécanique détraquée, elle ne manquait pas de repartie.

— Si, madame.

— Vous n'en avez pas l'air. Je m'étais flattée de vos légers progrès à la fin de votre période de probation. Vous vous êtes lamentablement relâchée depuis. Ne vous reposez pas sur vos ailes, elles peuvent vous être retirées à tout instant.

Ophélie soutint le regard perçant de Lady Septima à travers les rectangles sombres de ses lunettes. Si cette femme s'était avérée aussi observatrice que son pouvoir familial la prédisposait à l'être, elle aurait subodoré ce qui se passait au sein de la division des avant-coureurs d'Hélène.

Peut-être le savait-elle.

— Je veillerai à ce que Sir Henry augmente les quotas de votre groupe de lecture, décida Lady Septima en s'éloignant d'un pas militaire. Vos camarades vous en seront très reconnaissants, apprentie Eulalie.

Une sanction collective, Ophélie avait vraiment besoin de ça. Pourtant, elle ne put retenir un bref sourire à l'intention du balayeur qui tourna imperceptiblement sa grosse barbe vers elle sans interrompre son dépoussiérage méticuleux.

— Je vais finir par croire que tu aimes être punie, *signorina*.

Tous les muscles d'Ophélie se crispèrent à l'unisson. À peine sortie des toilettes, Mediana s'était appuyée sur son dos de tout son poids, de façon à la maintenir agenouillée au milieu des notices répandues par terre. Ophélie ne pouvait pas voir son sourire, mais elle le devinait dans le ronronnement félin de sa voix.

— Attention, lui souffla celle-ci à l'oreille. Porte-poisse à douze heures.

Ophélie releva les yeux, mortifiée. Blasius avait lâché son chariot de rangement au beau milieu de l'atrium pour se diriger droit vers elle. Mediana recula à son approche. La malchance du commis était proverbiale : où qu'il fût, quoi qu'il fît, il y avait toujours un effondrement de bibliothèque ou une explosion de lampe sur son passage.

Blasius s'accroupit pour aider Ophélie à ramasser ses notices ; dans son empressement, il choqua son front contre le sien.

— Miss Eulalie, la salua-t-il avec un sourire hésitant. J'ai tant essayé... Vous n'étiez jamais... *Anyway*, je suis content de vous parler enfin.

C'était en effet la première fois qu'ils s'adressaient la parole depuis leur rencontre dans le tramoiseaux. Et pour cause : Ophélie avait scrupuleusement évité de le croiser au Mémorial. Elle s'absorbait dans sa catalographie quand elle entendait son pas timide près des box de lecture ; elle rebroussait chemin dès qu'elle surprenait son chariot au détour d'un corridor. Il semblait si désireux d'engager la conversation, lui dont chacun fuyait la compagnie, qu'elle se méprisait un peu plus à chaque dérobade.

— Désolée, murmura-t-elle sans oser le regarder en face. Mon apprentissage me prend tout mon temps.

Elle l'implora en silence de ne pas insister et de s'en tenir là. Comment lui faire comprendre qu'il ne devait plus se confier à elle ? De sentir sur eux deux la curiosité jubilatoire de Mediana, dans l'angle de ses lunettes, était insupportable.

Blasius se pencha davantage, ses yeux humides de hérisson cherchant obstinément les siens.

— Miss Eulalie, si vous acceptiez de m'accorder ne serait-ce qu'un moment…

Ophélie lui prit ses notices des mains avec une telle brusquerie que Blasius n'aurait pas paru plus choqué si elle lui avait arraché le cœur de la poitrine.

— Désolée, répéta-t-elle.

Elle ne pouvait pas être plus sincère.

Il haussa ses sourcils hirsutes, interdit, puis un éclair de compréhension passa dans ses yeux. Une douloureuse compréhension.

— Non, dit-il en se reculant d'un pas lent. C'est moi qui suis désolé.

Il repartit avec son chariot, le dos voûté, non sans avoir accidentellement roulé sur le pied d'un visiteur qui se trouvait au mauvais endroit au mauvais moment. À cet instant, Ophélie aurait voulu retrouver ses longs cheveux d'autrefois ; l'inconvénient, avec des boucles courtes, c'est qu'on ne peut pas se cacher derrière.

— Oh, oh, aurais-je manqué une amourette parmi tes innombrables secrets ? lui chuchota Mediana en se penchant sur son épaule. Ton pauvre mari, s'il savait…

Ophélie ne put refréner plus longtemps la décharge d'antipathie. Ses griffes s'étaient révélées impuissantes face à une dizaine d'assaillants, mais elles repoussèrent Mediana sans aucune difficulté. La garçonne se rétablit sur une pirouette et éclata de rire, comme si elle venait d'essuyer une simple rebuffade amoureuse.

— Ah oui, j'oubliais. Un peu dragonne, notre Animiste.

— Un mot de plus, articula Ophélie entre ses dents, et je mettrai moi-même un terme à ce chantage.

Le sourire de Mediana se tordit en une moue sincèrement peinée. Il en allait toujours ainsi avec elle. Tantôt masculine et effrontée, tantôt douce et féminine, comme si elle portait tour à tour deux masques de carnaval.

— Je crois qu'il est temps que nous ayons une petite discussion, *noi due*. Allons faire nos trous.

Dans le jargon des mémorialistes, « faire les trous » consistait à transformer les notices manuscrites en cartes perforées pour la base de données de Sir Henry. Les perforatrices étant plus bruyantes que des machines à écrire, une salle insonorisée leur était spécialement dédiée dans les sous-sols, afin de ne pas perturber le calme des lecteurs.

L'endroit idéal pour parler à l'abri des oreilles indiscrètes.

— Vérifions d'abord ton travail.

Mediana avait prononcé ces mots sitôt après avoir tourné le volant de la porte à air comprimé et s'être assurée qu'il n'y avait personne d'autre dans la salle des perforatrices.

Juchée sur un tabouret, elle éplucha les fiches d'Ophélie une par une.

— Tu t'es améliorée, constata-t-elle avec un sifflement appréciateur. Tes contextualisations sont de plus en plus précises, *bravissima !* (Elle dévissa le bouchon d'un stylographe et se mit à raturer chacune des notices qu'Ophélie avait passé des heures à catalographier.) Voilà qui devrait rendre tes résultats un peu moins satisfaisants.

— Sir Henry me fera encore tout reprendre.

Les yeux de Mediana se mirent à briller avec le même éclat que les pierres précieuses de sa peau. Plus les lunettes d'Ophélie s'assombrissaient, plus son visage à elle s'illuminait.

— C'est amusant, tu parles de lui comme si tu craignais de le fâcher.

— Je ne crois pas qu'un automate puisse se fâcher, rétorqua Ophélie d'une voix sourde. Il n'en va pas de même pour moi. Seuls les meilleurs accèdent au Secretarium : en m'empêchant de me distinguer, tu me fais perdre mon temps. Je ne suis pas venue jusqu'à Babel pour être l'esclave de tes caprices.

— Oui, je sens que tu vis assez mal la situation, soupira Mediana. Je vais donc te révéler pourquoi je tiens tant à devenir avant-coureuse.

Elle rendit ses notices à Ophélie et posa les siennes sur le pupitre d'une perforatrice. Cette machine ressemblait à un véritable piano avec son tabouret à vis et son beau clavier d'ivoire. Le bruit qu'elle produisait à chaque frappe, en revanche, n'était pas particulièrement musical.

— Parce que les avant-coureurs savent tout sur

tout le monde, chantonna Mediana par-dessus le vacarme des perforations. Et il se trouve que j'ai développé une véritable addiction pour les secrets !

Installée à sa propre machine, Ophélie ne put s'empêcher d'admirer la dextérité avec laquelle les doigts de Mediana dansaient sur les touches, sans la moindre hésitation. En ce qui la concernait, elle était encore loin de maîtriser les bases du code inventé par Elizabeth ; sa maladresse n'aidant pas, elle était souvent obligée de tout recommencer à cause d'une faute de frappe.

— Il y a peu de domaines où tu n'excelles pas, reconnut Ophélie à contrecœur. Tu as déjà une longueur d'avance sur nous tous, alors pourquoi fausser nos résultats ?

Mediana eut un sourire attendri, tandis qu'elle enfilait une autre carte vierge dans sa perforatrice.

— Crois-tu honnêtement que je serais là où j'en suis grâce à mon seul talent ? Mon pouvoir familial me permet non seulement d'absorber les souvenirs de ceux que je touche, mais aussi leurs connaissances. Sais-tu pour quelle raison j'ai réussi à pénétrer dans le Secretarium ? Parce que Sir Henry et Lady Septima avaient impérativement besoin d'un traducteur de langues anciennes. Et sais-tu pourquoi je suis soudainement devenue excellente en langues anciennes ? Parce que j'ai posé les mains sur beaucoup, beaucoup de spécialistes. Et que je leur ai permis, en retour, de poser les mains sur moi.

Mediana avait ajouté cette dernière phrase d'un ton si léger, en pianotant sur son clavier d'un geste si enjoué, qu'Ophélie ne s'y trompa pas une seconde. Ce que cette jolie garçonne avait sacrifié pour satisfaire son appétit de savoir lui avait coûté plus cher qu'elle ne voulait le laisser entendre.

— Et cela en valait la peine ?

— Tous les secrets en valent la peine. Si ça ne tenait qu'à moi, je passerais ma vie dans les galeries du Secretarium pour en arracher chaque mystère. Tu as déjà entendu parler de « l'ultime vérité », n'est-ce pas ? J'ai la ferme intention de découvrir un jour ce que c'est. Cela étant, tes secrets à toi ne sont pas mal non plus, *signorina*.

Mediana suspendit sa perforation et darda sur Ophélie un regard extrêmement sérieux cette fois.

— Je vais être franche, certains de tes souvenirs sont très difficiles à interpréter. Je n'ai rien compris à ce gars capable de changer de tête. Je sais au moins une chose : vous avez mis Babel dans une position délicatissime, ton mari et toi. La cité a conclu des traités commerciaux avec toutes les arches, Anima et le Pôle en font partie. Ce n'est pas une terre d'asile pour les fugueuses et les fugitifs dans votre genre. Si LUX apprend qui tu es et qui tu cherches, tu risques gros. Et ce n'est rien comparé à ce qui arrivera à ton mari une fois attrapé. Babel prône la non-violence, mais, crois-moi, vous ne voudrez pas savoir ce qui se passe dans leurs centres de redressement.

Les doigts d'Ophélie dérapèrent sur son clavier. Elle en fut quitte pour jeter sa carte en cours de perforation et la remplacer par une vierge.

— Alors quoi ? dit-elle. Tu vas me dénoncer ?

— Non, *signorina*, mais j'aimerais que tu comprennes que tu n'es pas en position de te plaindre. Mon chantage te déplaît ? Fais avec.

— Et si moi je *lisais* tes effets personnels sans ta permission ? Si je te faisais chanter à partir de tes propres secrets ?

— Je te mets au défi d'en trouver un seul qui soit plus embarrassant que le tien, dit Mediana avec un sourire empreint de bienveillance. Soyons sérieuses : de toi ou de moi, à qui Lady Septima accordera le plus de crédit ?

Ophélie fixa ses notices raturées sur le pupitre, inspirant et expirant profondément pour disperser la grisaille qui envahissait ses lunettes comme de la fumée, au point de l'aveugler. Elle se sentait prise au piège. Était-elle donc condamnée à perforer, semaine après semaine, des cartes incomplètes ? Devait-elle renoncer à chercher Thorn pour le protéger ?

Mediana reprit son poinçonnage avec la gestuelle gracieuse d'une concertiste.

— Tu me détestes. Vous me détestez tous. Et le plus navrant, c'est que vous ne me détestez pas à cause de ce que j'ai découvert sur vous. Vous me détestez parce que vous sentez, au fond de vous-mêmes, que je suis la personne qui vous comprend le plus au monde. Je m'en suis tenue à tes souvenirs récents, *signorina*, mais si j'étais remontée jusqu'à ta naissance, je te connaîtrais mieux que toi-même.

— Tu ne me connais pas.

Ophélie n'avait pu empêcher sa voix, en prononçant ces mots, de prendre les inflexions d'un avertissement. L'insolence de Mediana, l'aplomb avec lequel elle avait pris le gouvernail de sa vie lui mettaient chaque nerf à vif.

— Oh que si, je te connais, insista doucement Mediana. Cet absent qui te hante, je sais combien tu as peur de ne jamais le retrouver. Et je sais, ajouta-t-elle après un silence éloquent, combien tu as tout aussi peur d'y parvenir. Tu détestes être infantilisée, mais face à un homme tu restes une *bambina* sans expérience.

Les doigts d'Ophélie se mirent à trembler si fort qu'elle dut les enfoncer dans ses genoux. La vision fugace de Mediana en train de perforer des trous dans sa propre langue la traversa. Le reste de leur séance d'encodage se poursuivit dans un mutisme absolu, l'une et l'autre concentrées sur leur clavier.

Mediana acheva rapidement son travail pendant qu'Ophélie peinait toujours sur le sien, complètement obsédée par ce qui venait de se dire.

— Cadeau.

Elle contempla sans comprendre les deux billets de café-théâtre que Mediana venait de poser sur son pupitre.

— Je ne suis pas aussi cruelle que tu le penses. J'étais sincère, tu sais, quand je te disais que j'aimerais un jour t'avoir pour assistante. Il est dans mon intérêt de prendre soin de toi et tu es à cran. Demain, c'est dimanche. Prends ta perm, va en ville et rends-toi là-bas.

L'idée d'échapper quelques heures à la promixité de Mediana était séduisante, mais Ophélie n'aimait décidément pas cette manie qu'elle avait de prendre le contrôle de son emploi du temps.

— Sans façon, déclina-t-elle sèchement.

— Ce n'était pas une suggestion. Tu n'as pas idée du nombre de personnes que j'ai dû faire chanter pour obtenir cette adresse. Tu y vas, *punto e basta*.

— Pourquoi ?

Mediana rangea ses cartes perforées dans le monte-charge. Son expression s'était faite énigmatique sous ses enluminures. À cet instant plus que jamais, elle paraissait porter un masque carnavalesque.

— Disons, pour faire simple, que ce n'est pas un endroit respectable. J'ai eu jusqu'à présent un parcours irréprochable, tu comprends ? Je ne tiens pas trop à m'afficher là-bas, mais on raconte qu'il s'y passe des choses. Des choses compromettantes. Vas-y sans ton uniforme, accompagnée de préférence, tu attireras moins l'attention. Récolte-moi des informations et je ne serai pas ingrate.

— Tu me libéreras ?

— Non, mais nous procéderons à un échange de renseignements.

— Quels renseignements pourrais-tu bien avoir à me proposer ?

Ophélie se raidit quand Mediana se pencha lentement, sensuellement sur elle, manquant de la déséquilibrer sur son tabouret.

— Ce grand énergumène qui te fait office de mari, chuchota-t-elle tout contre son oreille. Je l'ai déjà croisé. Ici, au Mémorial.

D'un geste voluptueux, elle cueillit les deux billets sur le pupitre et en tapota les lunettes d'Ophélie, qui blêmirent jusqu'à la transparence.

— Rends-toi là-bas pour moi, *signorina*, et je t'en dirai davantage.

Les interdits

L'entrée du grand bazar populaire ressemblait au fronton d'un temple de verre et d'acier. Depuis l'ombre d'une statue de sphinx, Ophélie observait la foule, mosaïque mouvante et colorée d'hommes, d'animaux et d'automates. Les odeurs contrastées qui s'en dégageaient rendaient l'air brûlant plus irrespirable encore.

C'était parfaitement vain, mais elle ne pouvait s'empêcher de chercher Thorn des yeux. Voilà des mois qu'elle ne cessait d'échafauder des constructions hypothétiques, qu'elle raisonnait à coups de « si » et de « peut-être ». Et l'idée qu'elle marchait bel et bien sur ses pas, dans l'éventualité où Mediana ne lui avait pas menti, lui faisait battre la poitrine. C'était une pulsation chaotique, exaspérée d'espoir et d'impatience, qui faisait résonner son gouffre intérieur.

Et cependant, même si cela lui coûtait de l'admettre, Mediana était dans le vrai : elle avait peur aussi. Si elle pensait continuellement à ses retrouvailles avec Thorn, elle n'imaginait pas ce qu'il adviendrait *après*.

Soudain, elle le vit. Pas Thorn, évidemment, mais l'autre homme qu'elle attendait.

Blasius trébuchait au milieu de la foule, à peine reconnaissable dans son habit civil. Ses grandes babouches, son pantalon bouffant et les manches très amples de sa tunique constituaient autant de prétextes pour s'empêtrer à chaque mouvement. Il s'était couvert le visage de la main, son odorat d'Olfactif jugeant certainement très incommodants les effluves mélangés du bazar. Il plissait les paupières, aveuglé par le soleil, mais dès qu'il entra dans l'ombre du sphinx, il fut soulagé d'y trouver Ophélie comme convenu.

— Biss Eulalie ! s'exclama-t-il sans cesser de se pincer le nez. Je dois adbettre que je n'y croyais pas, bêbe après avoir reçu votre bessage. Ce rendez-vous était si inattendu ! Je... *In fact*, je vous croyais fâchée contre boi.

— Avant d'aller plus loin, il faut que je vous prévienne, lui dit Ophélie d'un ton précipité. Je sais que vous vouliez me parler, mais, s'il vous plaît, ne me confiez rien qui implique votre vie privée. La mienne a cessé de m'appartenir et je ne peux pas vous promettre de protéger la vôtre. Et je veux que vous sachiez également ceci, ajouta-t-elle en lui montrant ses billets de café-théâtre. Si vous me suivez, je vous exposerai probablement à des ennuis.

Blasius fut si déconcerté par cette déclaration qu'il en déboucha son nez. Il rajusta son turban, comme débattant en lui-même, puis il ébaucha un sourire timide.

— *Well*, voilà qui a le mérite de me changer. D'habitude, c'est plutôt moi qui expose les autres aux ennuis. Où allons-nous ?

Ophélie fut envahie par une telle gratitude qu'elle chercha les mots pour l'exprimer. Elle ne les trouva pas. Chaque fois qu'elle était émue, ils se dérobaient traîtreusement à elle.

— En fait, j'espérais que vous pourriez me le dire. J'ai interrogé plusieurs guides publics de signalisation et aucun ne connaît l'adresse de ce café-théâtre. Tout ce que je sais, c'est que ça se passe par ici, dans le quartier.

Ophélie remit les billets à Blasius qui fronça presque aussitôt les sourcils.

— Vous êtes certaine que l'adresse indiquée n'est pas une erreur ?

— Pourquoi ?

— Parce que c'est celle des bains antiques et qu'ils sont fermés depuis un millénaire. Les marchands installent leurs échoppes dans ces ruines. Si... *well*... si vous voulez bien me suivre, je me ferai un plaisir de vous montrer.

La peau de Blasius s'était faite plus colorée encore qu'elle ne l'était au naturel, mais Ophélie fut trop préoccupée pour le remarquer. Et si ces billets de café-théâtre étaient une mauvaise farce ?

Pénétrer dans le bazar populaire fut comme entrer dans un feu d'artifice d'étoffes et d'épices. La halle centrale était si encombrée qu'elle était presque impraticable. Blasius balbutiait des excuses autour de lui chaque fois qu'une poterie se brisait, qu'un étal s'effondrait, qu'un automate se grippait, qu'une bicyclette déraillait ou qu'un zébu s'emballait, à croire qu'il était vraiment responsable de tous les incidents du marché.

— Que vouliez-vous me dire hier ? lui demanda Ophélie. Si ce n'est pas trop personnel, j'entends.

— *What ?* Ah oui, c'était à propos de la mort de Miss Silence, murmura Blasius en se penchant sur elle. J'ai suivi votre conseil et j'ai mené mon enquête. Je voulais vérifier si… si, oui ou non, j'étais coupable.

— Vous avez découvert quelque chose ?

Blasius hocha nerveusement la tête, déséquilibrant de nouveau son turban.

— D'après le médecin légiste, la chute de l'échelle n'est pas la cause du décès. Miss Silence serait morte avant de tomber. De… d'une crise cardiaque foudroyante.

Ophélie sentit son propre cœur cogner contre ses côtes. Elle se rappela le baisemain du baron Melchior, l'illusion perfide qu'il avait insufflée dans son corps, l'intolérable douleur qui lui avait déchiré la poitrine.

Non. Il était mort. Ce qui avait tué les disparus du Clairdelune et ce qui avait tué Miss Silence constituaient deux affaires distinctes.

— Je provoque beaucoup d'accidents, reprit Blasius sans percevoir son trouble, mais je n'ai jamais rendu les gens malades. Je… je commence à croire que vous aviez raison, que je ne suis peut-être pas en cause. D'autant que j'ai découvert autre chose.

Il semblait partagé entre le soulagement et l'inquiétude, deux émotions paradoxales qui déformaient les traits déjà tourmentés de son visage.

— Autre chose ? s'étonna Ophélie.

— Miss Silence était maître censeur, lui rappela Blasius. Parmi toutes les œuvres du Mémorial, un maître censeur décrète lesquelles sont conformes à l'esprit de la cité et lesquelles ne le sont pas. Si l'une d'elles pose question, il peut décider de la transférer à la réserve ou... *well*... procéder à sa destruction pure et simple.

Ophélie eut une pensée amère pour son musée d'Anima.

— Et quel genre de maître censeur était Miss Silence ?

— Le genre radical, chuchota soudain Blasius à voix très basse, à croire que les oreilles redoutables de sa supérieure pouvaient l'entendre depuis l'outre-tombe. Elle traquait sans relâche tous les documents qu'elle jugeait nocifs. Au premier propos ambigu, le livre allait *directly* dans l'incinérateur. Nous avons perdu des éditions uniques à la suite de cette purge. Les Lords de LUX ont adressé plusieurs avertissements à Miss Silence, ce qui peut se concevoir : ils subventionnent le Mémorial pour en développer les collections, pas pour les jeter au feu. Rien n'y faisait, elle finissait toujours par retomber dans les excès ! Jusqu'à la refonte du catalogue, du moins.

D'un mouvement habitué, Blasius fit faire un pas de côté à Ophélie ; ils évitèrent ainsi un lampion qui s'était invraisemblablement décroché d'un auvent de boutique au moment précis où ils passaient dessous.

— L'arrivée des groupes de lecture de Sir Henry a changé la donne, poursuivit-il comme si de rien n'était. Miss Silence a reçu l'interdiction formelle de détruire de nouveaux ouvrages. Cela l'a prodigieusement contrariée et, croyez-moi, j'ai souvent fait les frais de sa mauvaise humeur.

— Je vous crois. Je ne l'ai rencontrée qu'une seule fois et j'en garde un souvenir pénible.

— C'est justement à cette fois-là que je voulais en venir, murmura Blasius. Le jour où j'ai... où vous avez... *anyway*, le jour où le chariot à livres s'est renversé.

— Oui ? l'encouragea Ophélie.

— Ces... ces livres, Miss Silence les a détruits. Malgré l'interdit. Juste avant de mourir. Quand elle m'a donné l'ordre de les évacuer, je vous jure que j'ignorais le sort qu'elle leur réservait, balbutia Blasius comme s'il craignait d'être déconsidéré. J'étais juste censé les transporter jusqu'à son service pour qu'elle les examine.

Il sembla à Ophélie que la joyeuse cohue du bazar, ses senteurs orientales, son extravagante bimbeloterie s'étaient soudain faites lointaines. Elle sut avec une absolue certitude que poursuivre cette discussion reviendrait à s'aventurer sur une route isolée et dangereuse, une route que n'empruntaient pas les braves citoyens.

— Continuez, dit-elle néanmoins. Pourquoi a-t-elle détruit ces livres ? Qu'avaient-ils de si particulier ?

Blasius frotta son grand nez pointu, gêné par les fumées d'un marchand d'encens devant lequel ils étaient en train de passer.

— De simples contes pour enfants ! Ils ont été publiés après la Déchirure et décrivaient les débuts du nouveau monde. C'étaient de très belles éditions mais, *honestly*, elles commençaient à prendre la poussière. Nos jeunes lecteurs ne les empruntaient jamais.

— À vous écouter, ces contes n'étaient pas très subversifs.

— Oh, ils faisaient quelques allusions aux « hum-hum » de l'ancien monde, toussota Blasius pour ne pas prononcer le mot « guerres », mais dans une volonté métaphorique et pacifique. Un peu naïve, même, du peu que je m'en souviens. Je ne comprends vraiment pas quelle mouche a piqué Miss Silence de s'en prendre à eux en dépit des consignes.

— À cause de leur auteur, peut-être ? suggéra Ophélie.

— Mort il y a longtemps et tombé dans l'oubli, dit Blasius avec un haussement d'épaules. Un certain « E. D. ».

— Hidi ?

— « E. D. », répéta Blasius en essayant d'atténuer son accent. Juste les initiales. Autant dire un anonyme. J'ai fait des recherches à son sujet, mais on ne lui connaît aucune autre œuvre que ces contes. Ils avaient été imprimés en très peu d'exemplaires, nous possédions peut-être les derniers au Mémorial. De si beaux livres ! soupira-t-il. Perdus à jamais !

— Donc, la dernière chose que Miss Silence a faite avant sa mort, ça a été de brûler les contes d'un inconnu, récapitula Ophélie. C'est plutôt incongru.

— *In fact*, j'ai gardé le plus incongru pour la

fin. L'endroit où le cadavre de Miss Silence a été retrouvé… Cette échelle de bibliothèque de laquelle elle est tombée… (Blasius porta soudain une main à son nez, comme si une odeur du passé, plus puissante encore que toutes celles du bazar, venait de lui retourner l'estomac.) Oh, Miss Eulalie ! Si vous l'aviez sentie, cette horrible puanteur… Le relent de la peur absolue. Son cadavre, dit-il après avoir pris une profonde inspiration, a été retrouvé à l'endroit exact où étaient rangés les livres de notre mystérieux E. D. Je veux dire avant leur transfert. Ce n'étaient plus que des rayonnages vides et il a fallu qu'elle aille quand même les inspecter au beau milieu de la nuit, en dépit du bon sens !

— Cet acharnement en dit long, admit Ophélie. Mais cela n'explique pas la terreur qui l'a saisie au moment de mourir. Est-ce que vous pensez… Croyez-vous qu'il puisse y avoir un lien quelconque avec le Secretarium ?

— Le Secretarium ? s'étonna Blasius. Je ne vois pas tellement le rapport. Miss Silence n'y avait pas plus accès que moi. Je sais qu'il circule des rumeurs sur cet endroit, mais ce n'est rien de plus. Voici vos bains antiques, Miss Eulalie !

Il venait de passer sous une arcade qui menait à une rue transversale. L'acier et le verre de la halle cédèrent la place à la pierre et à l'eau. Des vestiges de colonnes formaient une galerie circulaire, ouverte sur le ciel, autour d'un bassin à la propreté douteuse. Les marchands de fruits qui s'étaient installés là ne cessaient de chasser les guêpes à coups de raquette mécanique.

Ophélie comprenait à présent mieux la réaction

de Blasius à la vue de ses billets. Cet endroit n'avait absolument rien d'un café-théâtre. L'idée que Mediana s'était moquée d'elle lui inspira une colère comme elle en avait rarement ressenti.

Et puis, elle la remarqua. De l'autre côté du bassin, une enseigne ronde, battue par les vents, se balançait au-dessus d'un vieux portail rouillé. Ophélie dut se cogner à de nombreux étalages et déraper sur beaucoup de fruits pourris pour parvenir jusqu'à elle.

— Vous bensez que c'est ici, biss ? s'étonna Blasius qui, n'y tenant plus, s'était rebouché le nez.

Elle ne répondit pas. Elle observait. L'enseigne avait perdu sa peinture, délavée par le soleil et la pluie, mais sa forme était sans aucun doute celle d'une orange. Bien sûr, ça pouvait être une coïncidence, mais l'instinct d'Ophélie lui souffla que ce n'en était pas une. Elle donna un coup de heurtoir au portail, écrasant ses doigts par la même occasion.

Un judas s'ouvrit presque aussitôt.

— Que puis-je pour votre service ? s'enquit une petite voix.

Ophélie montra ses billets et, après un déclic de serrure, le portail s'ouvrit sur un enfant. Il ne portait qu'un simple pagne qui faisait la part belle à sa peau chocolatée ; ses pieds nus sur les pavés bouillants de soleil ne semblaient pas l'incommoder. Il leur fit courtoisement signe d'entrer avant de refermer à clef derrière eux. De l'autre côté du portail s'étendait une petite cour à ciel ouvert, mal dallée, qui avait peut-être été autrefois l'un des vestiaires des bains antiques.

Sans un mot, l'enfant alluma une lampe à gaz parmi toutes celles qui étaient suspendues à l'entrée. Il la tendit à Blasius qui s'en empara avec des gestes catastrophés, comme s'il venait de lui confier un bâton de dynamite.

— Suivez les flèches, dit l'enfant en désignant une entrée de l'autre côté de la cour. Je vous souhaite, *ladies and gentlemen*, une bonne impertinence !

Ophélie et Blasius s'engagèrent dans les ténèbres d'un escalier qui s'enfonçait profondément dans le sol. La température tropicale du monde extérieur se mit à dégringoler. Cent trente marches plus tard, elle était devenue glaciale quand ils arrivèrent à l'entrée d'un vaste couloir souterrain. Ophélie frissonna de toute sa peau. Elle portait sur elle la toge et les sandales légères qu'Ambroise lui avait offertes le jour de son arrivée à Babel ; ce n'était pas précisément une tenue adaptée pour voyager dans des caves.

— *Good lords*…, murmura Blasius.

La lumière de sa lampe venait de faire apparaître, à peine visible parmi les graffitis, une flèche tracée à la craie sur un mur. Sauf que ce n'était pas un mur ; c'étaient des ossements humains. Des dizaines, des centaines, des milliers de tibias et de crânes superposés les uns aux autres comme des briques.

Des catacombes.

— Surtout ne restez pas près de moi, avertit Blasius. Je vais probablement déclencher un éboulement d'un moment à l'autre.

Leurs pas explosèrent comme des détonations

à travers le silence de l'ossuaire alors qu'ils s'enfonçaient dans le tunnel.

— Le pouvoir familial des Animistes n'a d'effet que sur les objets, souffla Ophélie. Ce principe fondamental voudrait, en toute logique, que je sois incapable de *lire* de la matière organique. Quand j'étais adolescente, j'ai eu l'occasion d'avoir entre les mains un collier préhistorique. Il était constitué de dents humaines, monsieur Blasius, et pourtant je l'ai *lu* comme j'aurais *lu* n'importe quel collier. Je ne me suis pas tellement posé de questions à l'époque.

Le timbre de sa voix était déformé par la réverbération des lieux, comme celui d'une étrangère. Elle frictionna ses bras gelés et considéra Blasius qui marchait maladroitement devant.

— À quel moment ? lui demanda-t-elle. À quel moment cessons-nous d'être des humains et devenons-nous des objets ?

Blasius continua d'avancer en silence, portant la lampe à bout de bras pour projeter sa lumière le plus loin possible. Quand enfin il répondit, ce fut d'une voix différente de d'habitude, plus grave, plus calme et dépourvue du moindre bégaiement :

— Certains humains sont des objets de leur vivant, Miss Eulalie.

Ophélie fut frappée par cette confidence, mais Blasius n'eut pas l'occasion de s'expliquer. L'ossuaire venait de déboucher sur une grande salle voûtée.

Elle était pleine de monde.

Des hommes et des femmes se déhanchaient extatiquement sous des lampions en forme d'orange.

Ceux qui ne dansaient pas avaient pris d'assaut les comptoirs et les guéridons, assis les uns contre les autres. Les uns sur les autres, pour certains. Ils trinquaient, fumaient, gesticulaient, se parlaient, s'enlaçaient, se battaient… sans émettre le moindre son.

Ophélie avait l'impression d'assister à un rassemblement de mimes.

— Une telle insonorisation ne peut être l'œuvre que d'un excellent Acoustique, commenta Blasius, impressionné.

Il éteignit la lanterne, puis contempla le spectacle silencieux qui se déroulait devant eux, de la même manière qu'il aurait essayé d'analyser une peinture douée de vie. Il ôta alors son turban. Avec des gestes gauches, il le posa sur la tête bouclée d'Ophélie et en déroula le foulard de façon à lui couvrir la moitié du visage.

— J'ignore ce qui vous a amenée ici, *miss*, lui chuchota-t-il, mais cet endroit n'est pas la place d'une apprentie virtuose. Si Lady Hélène apprend où vous avez été aujourd'hui, elle n'aura d'autre choix que de vous renvoyer de son conservatoire.

— Mais… et vous ? bredouilla Ophélie sous le tissu, en essayant de repositionner ses lunettes.

Blasius se fendit d'un sourire dénué de joie et appuya sur la pointe élancée de son nez.

— Vous me voyez porter un voile avec un profil pareil ? *Don't worry !* Je ne suis qu'un commis, je n'ai aucune réputation à défendre.

À peine s'avancèrent-ils dans la salle souterraine que le silence vola en éclats. Ophélie fut bousculée par un tourbillon de danseurs, de musiciens, de fumeurs, de lutteurs, d'artistes et de joueurs sans qu'aucun d'entre eux fît attention à elle.

Blasius leur trouva miraculeusement une table où ils ne se feraient pas piétiner. Il se répandit en excuses lorsque la chaise qu'il présenta à Ophélie céda sous son poids, puis lui posa une question qu'elle n'entendit pas à cause du brouhaha ambiant.

— Cherchez-vous quelque chose de spécifique ? répéta-t-il en haussant la voix.

La tête emmitouflée dans son turban, Ophélie regarda autour d'elle. Ses yeux étaient assaillis de mouvement, ses narines d'absinthe, ses oreilles de jazz. Mediana l'avait envoyée pour recueillir des informations compromettantes. Il y avait l'embarras du choix. Alcool, tabac, duels : Ophélie fréquentait Babel depuis assez de temps pour savoir que toutes les activités et les consommations de ce café-théâtre étaient illégales. Le jeu de fléchettes à lui seul aurait valu la prison à tous ceux qui étaient en train de s'en servir. C'était comme si toutes les tensions accumulées à la surface de la ville – la bien-pensance, les tabous, les innombrables règles de bonne conduite – se déchargeaient dans les sous-sols. Rarement Ophélie s'était sentie aussi intruse : elle était ici pour les espionner, mais, au fond, elle aurait voulu être l'une des leurs.

Et puis, il y avait les oranges. Elles étaient partout, forgées sur chaque ferronnerie de table, imprimées sur chaque abat-jour de lampe. Une fois encore Ophélie ne put s'empêcher de penser que ce n'était pas le fruit d'une coïncidence.

Elle sursauta quand un homme s'approcha

d'elle en ouvrant un pan de son manteau. Une impressionnante collection de livres débordait de chaque poche : romans policiers, illustrés érotiques et manifestes révolutionnaires. Que des livres interdits. Elle secoua la tête le plus respectueusement possible pour décliner. De toute façon, elle aurait été bien en peine de le payer. En tant qu'apprentie virtuose, elle recevait chaque semaine une maigre solde sous forme d'une carte perforée, mais celle-ci ne lui donnait accès qu'à une liste précise de services publics. Le marché noir n'en faisait certainement pas partie.

Son regard croisa celui de Blasius. Ils étaient l'un et l'autre si guindés sur leurs chaises, au milieu de toutes ces réjouissances interdites, qu'ils finirent par éclater de rire. Ce fut un rire comme Ophélie n'en avait pas eu depuis une éternité, mais elle redevint sérieuse en s'apercevant que Blasius l'observait maintenant avec attention. Il se tenait les mains croisées sur la table, ses pouces tournoyant nerveusement l'un autour de l'autre, comme s'il hésitait. Sans son turban, ses cheveux poivre jaillissaient dans tous les sens. Ses yeux noirs brillaient d'un éclat timide, un peu inquiet.

Il se décida enfin à articuler deux syllabes qui, si elles étaient recouvertes par la musique, pouvaient facilement se deviner sur ses lèvres :

— Merci.

Ophélie fut alors saisie d'un doute affreux. En donnant rendez-vous à un célibataire, n'était-elle pas en train de l'induire en erreur sur ses intentions ? Elle s'était rapidement sentie proche de Blasius et elle avait su que la réciproque était vraie, mais à aucun moment elle n'avait envisagé la possibilité d'un malentendu sur la nature de cette proximité-là.

— Il y a... euh... quelque chose que je dois vous avouer.

Blasius enveloppa son oreille de la main pour faire comprendre à Ophélie qu'il ne l'entendait pas. Elle ramassa une carte à jouer parmi toutes celles qui tapissaient le sol et écrivit sur la bordure, là où il n'y avait aucun motif imprimé, un message qui lui empourpra les lunettes. Il était rageant de mesurer à quel point Mediana avait raison.

IL Y A UN HOMME DANS MA VIE.

Blasius déchiffra l'écriture en pattes de mouche dans la lumière orangée de la lampe de table. Ses sourcils ébouriffés se haussèrent jusqu'à transformer son front en accordéon. Il demeura un long moment ainsi, la carte à jouer entre ses mains, sans parvenir à en détourner les yeux, mettant Ophélie au supplice.

Puis il écrivit une réponse sur la bordure opposée.

DANS LA MIENNE AUSSI.

Ophélie dut relire plusieurs fois ces quatre mots pour être certaine de ne pas se méprendre. Quand elle releva les lunettes vers Blasius, il malaxait la peau caoutchouteuse de sa figure et semblait guetter sa réaction avec appréhension, comme si le restant de ses jours en dépendait. Ophélie n'était pas encline aux grands élans démonstratifs, mais elle ne put retenir le bond de sa main vers la sienne. Pour la première fois, les traits tourmentés de Blasius se détendirent. Elle le trouva beau. Leurs doigts s'étreignirent maladroitement, fermement. Une amitié scellée.

— Que l'impertinence soit avec vous, citoyens !

Les danseurs s'immobilisèrent, les rires s'éteignirent et les musiciens firent taire leurs instruments. Tout le monde se tourna vers la scène, d'où la voix avait jailli, pareille à un rugissement de lion. Une voix qu'Ophélie avait reconnue sans la moindre hésitation : celle du Sans-Peur-Et-Presque-Sans-Reproche. C'était la première fois qu'elle le voyait en chair et en os, lui, l'insaisissable insoumis, et elle n'en croyait pas ses lunettes. Cet individu qui se dressait derrière les feux de la rampe était si chétif, si dégarni, si ordinaire qu'elle aurait pu le croiser à cent reprises sans jamais le remarquer. C'était à se demander d'où lui venait cette voix de tonnerre.

Il pointa le doigt vers le haut plafond voûté.

— Au-dessus de nos têtes vivent les agneaux ! s'exclama-t-il. Un grand troupeau docile qui bêle tout ce que ces hypocrites de LUX lui demandent de bêler. Un troupeau dont la liberté est amputée à chaque nouvelle loi, chaque nouveau code, et qui bêle encore !

Une anarchie d'applaudissements et de sifflements s'éleva de la salle et s'interrompit dès que le Sans-Peur-Et-Presque-Sans-Reproche reprit la parole :

— Ici-bas, citoyens, nous redevenons des voix libres. Nous disons tout ce que nous pensons tel que nous le pensons. Nous ne sommes pas de petits écoliers modèles : nous sommes les sales gosses de Babel !

Une explosion de joie embrasa la salle.

— À bas l'Index ! conclut le Sans-Peur. Mort aux censeurs !

— À bas l'Index ! répéta la foule. Mort aux censeurs !

Ophélie n'en finissait plus de se ratatiner sur sa chaise. Ce café-théâtre était le repaire de l'ennemi public de la cité et de tous ses partisans. Que feraient-ils s'ils apprenaient que deux représentants de l'institution qu'ils haïssaient le plus étaient attablés parmi eux ?

— Partons, articula-t-elle à l'intention de Blasius en se levant discrètement de sa chaise.

Sur le moment, elle ne comprit pas pourquoi il s'obstinait à rester assis, figé comme une statue. Il lui fallut un instant pour s'apercevoir que l'enfant qui leur avait ouvert le portail s'était joint à leur table. Et qu'il pointait un pistolet sur eux.

— Faites-nous l'honneur de rester encore, *ladies and gentlemen*, dit-il avec une extrême politesse. Mon papa va vous recevoir dans sa loge, si vous voulez bien me suivre.

Le fauve

Ophélie avait déjà eu l'occasion de visiter une loge de diva à l'Opéra familial du Pôle. Celle où elle fut conduite de force avec Blasius ne lui ressemblait en rien. On ne trouvait ici ni velours, ni tapis, ni miroir, ni garde-robe. En revanche, il y avait un impressionnant équipement de radiocommunication et, épinglés aux murs, des plans détaillés de chacune des arches mineures composant la cité de Babel.

D'un mouvement de pistolet, l'enfant désigna tranquillement une banquette où Blasius et Ophélie s'assirent sans se faire prier. Pour un petit garçon aux pieds sales, il avait des manières persuasives.

— Mon papa sera à vous quand il aura terminé son discours. Ça peut prendre du temps, il a du mal à s'arrêter une fois lancé. Je vous mets la radio pour patienter.

L'enfant tourna le bouton d'un poste qui diffusa aussitôt la musique pompeuse d'une marche symphonique. Il sifflota en chœur et agita son pistolet à la façon d'une baguette d'orchestre.

— Je suis *so sorry*, chuchota Blasius en louchant sur l'arme à feu comme quelqu'un qui en aurait vu une pour la première fois. Ma malchance a encore frappé.

— En fait, dit Ophélie, je crois que nous avons été plus imprudents que malchanceux. C'est moi qui vous présente mes excuses pour vous avoir entraîné dans cette histoire.

Elle se mit à réfléchir intensément. Comment les sortir indemnes de ce traquenard ? Ils se trouvaient quelque part dans des sous-sols labyrinthiques et ils étaient tenus en joue par un enfant. Une tentative de fuite s'annonçait compliquée.

Ophélie observa la loge avec une attention redoublée. L'équipement de radiocommunication et les plans aux murs semblaient avoir été agencés ici à la hâte : ce n'était pas un endroit occupé depuis longtemps. Elle remarqua des photographies sépia posées sur le tableau de bord de radiocommunication. Sur la plus vieille et la plus pâle d'entre toutes, un couple de jeunes femmes s'enlaçaient, cigare en bouche et verre à la main. Ophélie repoussa le foulard de son turban pour être certaine qu'elle voyait bien. L'une des deux portait une robe à pois au mauvais goût absolument inimitable.

La Mère Hildegarde !

C'était incroyable de la retrouver ici, à Babel, dans une version spectaculairement rajeunie et embellie. Et ça confirmait l'intuition qui avait saisi Ophélie en voyant l'enseigne en forme d'orange du café-théâtre.

— Ah, dit soudain l'enfant en cessant de siffler. Voici mon papa et son garde du corps.

La porte de la loge venait effectivement de s'ouvrir sur le Sans-Peur-Et-Presque-Sans-Reproche. Il épongeait son visage ruisselant, comme si son passage sur scène l'avait épuisé.

Le gigantisme du tigre à dents de sabre qui l'accompagnait était celui d'une Bête. C'était à se demander par quel miracle un tel animal parvint à passer le cadre de la porte. Avec un garde du corps pareil, cet homme pouvait en effet se permettre de n'avoir peur de rien ni de personne.

Le Sans-Peur fit signe à son fauve de s'asseoir et à son fils de quitter les lieux. Il se pencha ensuite sur le poste qui diffusait encore sa marche symphonique. Ophélie crut qu'il allait l'éteindre afin qu'ils pussent parler, mais au lieu de cela il augmenta le volume et prit place sur le poste comme s'il s'agissait d'un siège. Il posa un index sur sa bouche pour intimer à chacun de se taire et de se concentrer sur la musique.

Ophélie avait vécu des situations peu banales au cours de sa vie. Écouter la radio dans la même pièce qu'un tigre à dents de sabre y figurerait désormais en bonne place.

Un long moment s'écoula ainsi, surnaturel, quand soudain le poste de radio eut un raté et répéta deux fois le même passage musical. Le Sans-Peur tourna aussitôt le bouton pour couper le son, à croire que c'était cela qu'il attendait depuis le début.

— Les échos sont des phénomènes *reaaaally* fascinants, dit-il avec un accent babélien très prononcé. Nos scientifiques sont capables d'illuminer des villes et d'envoyer des hommes dans le ciel, et il n'y en a pas un seul – pas un seul, vous m'entendez ? – qui ait jamais été fichu d'expliquer cette fantaisie-là de la nature. Depuis que je me suis lancé dans l'art délicat de la radiopiraterie, j'en ai connu des retours d'onde comme celui que vous venez d'entendre. Au début, je trouvais cela *reaaaally* pénible, mais j'ai fini par me passionner pour la question.

La voix du Sans-Peur était d'une telle ampleur que, même sans hausser le ton, on aurait dit qu'il rugissait à chaque phrase. Ophélie se demanda, non sans appréhension, où il voulait en venir.

— J'ai mené tout un tas d'expériences sur les échos, poursuivit-il imperturbablement. Avez-vous déjà observé des images dédoublées sur une photographie ? Avez-vous déjà entendu vos propres paroles revenir en boucle dans un combiné téléphonique ? Moi oui. Un nombre incalculable de fois. Et je n'ai pourtant jamais été en mesure de comprendre ce qu'était un écho et quelles conditions le provoquaient. J'ai cependant fait une découverte *reaaaally* intéressante.

Il avait pris le ton de la confidence, mais sa voix impropre aux chuchotements se propageait absolument partout.

— Depuis quelques années, la fréquence de ces phénomènes a augmenté de façon exponentielle. Il y a de plus en plus d'échos, de plus en plus souvent, dans de plus en plus d'endroits. Cela vous intéresserait-il de connaître ma conclusion à ce sujet ?

Ophélie hocha la tête avec raideur. En vérité, elle avait toutes les peines du monde à suivre le discours du Sans-Peur : la banquette était agitée par les tremblements de Blasius qui ne parvenait pas à détourner les yeux du tigre à dents de sabre. Si elle avait peur, lui était terrorisé.

— J'en ai déduit que c'était l'Univers entier qui essayait de nous faire passer un message, déclara le Sans-Peur avec emphase. Un message vital. Un message urgent. (Il se tapota alors la tempe d'un geste théâtral et prit une voix terrible.) « Pense par toi-même, petit homme stupide, au lieu de répéter bêtement ce que tu entends ! »

Sa gorge libéra alors un rire qui se répercuta à travers toutes les catacombes environnantes. Ophélie était subjuguée. Comment un corps aussi chétif pouvait-il produire une telle explosion sonore ?

L'instant suivant, le Sans-Peur avait retrouvé son sérieux et scrutait ses deux invités sans la moindre amicalité.

— Eulalie, Animiste au huitième degré, récemment admise au conservatoire de la Bonne Famille en tant qu'apprentie avant-coureuse, articula-t-il du bout des lèvres. Blasius, Olfactif de troisième classe, commis au Mémorial de Babel, enchaîna-t-il. Ne me demandez pas comment je le sais. La seule question qui mérite d'être posée, ici et maintenant, est : que font donc deux agneaux tels que vous dans l'antre des fauves ?

Joignant le geste à la parole, le Sans-Peur appuya une main sur l'énorme tête du tigre. Le puissant ronronnement qui s'ensuivit fit prendre aux joues de Blasius la même coloration poivre que ses cheveux.

Ophélie n'en menait pas large non plus. Le

fauve était d'une envergure si peu adaptée aux dimensions de la loge qu'elle se voyait contrainte de replier ses pieds sous la banquette pour ne pas lui écraser la queue. Elle passa en revue toutes les réponses possibles qui s'offraient à elle, mais aucune ne lui parut judicieuse.

— J'ai moi aussi connu la Mère Hildegarde.

Le Sans-Peur sourcilla à peine.

— *Reaaaally* ? Ce nom est supposé m'évoquer quelque chose ?

Ophélie eut un regard pour les photographies qui s'alignaient sur la console de radiocommunication. Avait-elle fait fausse route ? Les oranges et la robe à pois étaient-elles de simples coïncidences ?

Un battement de paupières plus tard, elle comprit en quoi consistait son erreur.

— Peut-être pas celui-ci, mais c'est ainsi qu'elle se faisait appeler là où je l'ai rencontrée. Meredith Hildegarde. Son véritable nom devait avoir une sonorité plus arcadienne. Elle avait trois marottes : l'architecture, les cigares et les oranges.

— Doña Mercedes Imelda. Une femme remarquable.

Le Sans-Peur avait prononcé ces mots sans état d'âme, mais sans hésitation non plus. Il tendit le bras vers son tableau de bord et attrapa l'un des cadres.

— Cette jeune *lady* à côté de doña Imelda, dit-il en posant son doigt sur l'autre femme, c'est mon arrière-grand-mère. Je l'ai trop peu connue à mon goût, mais elle a marqué mon enfance. Elle était, comme doña Imelda, un esprit libre tel qu'on n'en voit plus. Il faut admettre qu'on savait encore rire en ce temps-là ! Il y avait déjà des rabat-joie pour vous apprendre à causer correct et à marcher droit, mais pas comme aujourd'hui. Pas comme aujourd'hui. (Il remit le cadre à sa place, puis il enfonça son regard pénétrant dans les lunettes d'Ophélie.) Mon arrière-grand-mère nous a quittés il y a un demi-siècle. À un âge *reaaaally* avancé. Je me permets donc de douter que tu aies connu doña Imelda en personne, petite agnelle.

Ophélie serra les poings.

— Je vous concède que je suis petite, mais je ne suis certainement pas une agnelle. Écoutez, insista-t-elle en voyant le Sans-Peur se fendre d'un sourire ironique. La Mère Hildegarde était sans doute une très vieille dame, mais elle avait une santé de fer et un mental d'acier. Elle serait même encore en vie si… si elle n'avait pas…

Ophélie ne réussit pas à le dire. Ce corps aspiré par le fond de sa poche, la dislocation des membres, le craquement des vertèbres… Il lui était impossible d'évoquer ce souvenir-là sans se nouer. Ce fut son émotion, plus encore que ses paroles, qui parut décider le Sans-Peur à ravaler sa lippe sceptique.

— Sais-tu pourquoi l'orange est un fruit *reaaaally* important ?

Elle ne s'était pas attendue à cette question-là.

— Euh… il guérit du scorbut ?

— C'est une très ancienne légende, dit le Sans-Peur en croisant les jambes sur son poste radiophonique. Je la tiens de mon arrière-grand-mère qui la tenait elle-même de ses lointains ancêtres. Cette histoire raconte que les anges vivaient dans les jardins de la Connaissance pendant que les humains se terraient dans les grottes obscures de l'Ignorance. Il en a été ainsi des millénaires durant. Un jour cependant, un homme – ou une femme, selon la version de l'histoire – s'est introduit par accident dans les jardins de la Connaissance. Un pauvre rustre égaré et affamé. Il a vu des pommes d'or. Il en a cueilli une. À peine a-t-il croqué dedans que son esprit s'est ouvert. Il a soudain pris conscience de son ignorance, de l'ignorance dans laquelle étaient maintenus tous ses semblables. Il a volé d'autres pommes d'or, les a distribuées aux hommes et, ensemble, ils sont sortis des grottes de l'Ignorance pour découvrir le monde. Les « pommes d'or », reprit le Sans-Peur après avoir observé une longue pause dramatique, c'est le nom que donnaient nos ancêtres aux oranges. Voilà pourquoi c'est un fruit *reaaaally* important. Voilà pourquoi des gens comme doña Imelda et moi-même en avons fait notre signe de ralliement. C'est le symbole de tous ceux qui veulent s'affranchir de l'ignorance où on nous maintient de force. De toi à moi, *miss*, je ne vois aucune différence entre les anges de la légende et les Lords de LUX.

Il avait craché ce dernier mot avec une telle aversion que son tigre retroussa les babines et poussa un feulement qui fit tomber Blasius de la banquette.

Ophélie se demanda dans quelle mesure le Sans-Peur était au courant de l'existence de Dieu comme l'avait été la Mère Hildegarde. La question faillit lui échapper lorsqu'elle se rappela soudain pourquoi elle était là. Il n'y avait rien, absolument rien de ce qui se disait en ce moment même, dans cette loge, qu'elle ne pourrait cacher à Mediana si celle-ci décidait de fouiller sa mémoire.

D'un geste décidé, elle débobina le turban qui lui dissimulait le visage et regarda le Sans-Peur bien en face.

— Vous vouliez connaître la raison de notre présence dans votre café-théâtre. La vérité est qu'on m'a demandé d'y traîner les yeux et les oreilles. Je vous donne ma parole que M. Blasius n'a rien à voir là-dedans. Je vous propose donc d'arrêter là les confidences et de repartir chacun de notre côté. En fait, ajouta Ophélie après réflexion, vous devriez chercher une nouvelle adresse pour votre café-théâtre.

Le Sans-Peur la considéra un long moment en silence, assis à califourchon sur le poste de radio, puis il renversa la tête en arrière et poussa un hurlement de rire. Tous les verres des cadres éclatèrent en morceaux.

— Il ne t'est pas venu à l'esprit qu'il serait *reaaaally* plus simple de lâcher mon tigre sur vous ? Je suis le Sans-Peur-Et-Presque-Sans-Reproche ! D'où vient le « presque », à ton avis ?

— Mais je croyais... La Mère Hildegarde... doña Imelda, balbutia Ophélie.

— Sérieusement, tu t'attendais à quoi ? Que je t'ouvre les bras en m'exclamant « les amis de mes amis sont mes amis » ? Grandis un peu, petite.

Le Sans-Peur avait perdu toute sa bonhomie. Il toisait Ophélie avec un mépris qu'il ne cherchait pas à dissimuler. À cet instant, il n'était plus le grand agitateur de foule à la voix de ténor. Il n'était pas non plus un petit homme dégarni à l'apparence insignifiante. Il était un troisième individu, complètement différent.

Un fauve qui avait fait de la peur son alliée.

Il tira, d'une poche intérieure de sa tunique, des billets de son café-théâtre.

— Vous êtes venus jusqu'à moi parce que je l'ai bien voulu. J'espérais quelqu'un d'autre, à dire vrai. Ta charmante camarade, par exemple. Miss Mediana. En voilà une qui est incapable de se mêler de ses petites affaires, pas vrai ? Elle a la prédation dans le sang ! Si elle devait un jour intégrer les rangs de LUX, elle ferait pour moi une adversaire redoutable.

Le Sans-Peur observa un silence durant lequel Ophélie eut tout le loisir d'entendre son cœur, et celui de Blasius, battre la chamade.

— Dans une heure, reprit-il, tout aura disparu : l'enseigne, les tables, la scène, le matériel de ma loge. Pas parce que tu me l'as conseillé, petite, mais parce que c'est mon mode de vie. Les sous-sols de Babel offrent des possibilités infinies et c'est moi, seulement moi, qui décide où je vais et qui vient me voir.

Le Sans-Peur se mit debout et son tigre l'imita dans un musculeux remous de fourrure.

— Je ne vous tuerai pas. Je ne m'attaque pas aux agneaux, seuls les fauves m'intéressent. Contentez-vous de transmettre le message suivant à Miss Mediana. (Il baissa la voix jusqu'à la réduire à la sonorité d'un orage lointain.) « Qui sème le vent récolte la tempête. »

La boussole

— Avez-vous… l'habitude de ça ?

Ce furent les premiers mots que réussit à prononcer Blasius une fois de retour à la surface. Il s'était appuyé contre l'une des colonnes en ruine des bains antiques, inspirant profondément par le nez, sous les regards sourcilleux des marchands de fruits. Son pantalon, trempé de transpiration, avait perdu tout son bouffant.

Ophélie se rendit à la fontaine la plus proche pour lui chercher de l'eau potable. L'atmosphère brûlante du bazar, bourdonnante de monde et d'insectes, offrait un contraste saisissant avec les catacombes.

— Je suis désolée, dit-elle en tendant un gobelet à Blasius. Vraiment désolée.

C'était tout ce qu'elle pouvait répéter, encore et encore. Ce qu'elle avait vécu au Pôle – les oubliettes du Clairdelune, le chevalier et ses huskies, les caprices de Farouk, les innombrables tentatives d'assassinat, sans même mentionner sa rencontre avec Dieu – l'avait rodée aux intimidations. Mais cela, c'était une part de sa vie à elle, pas de celle d'Eulalie.

Blasius la considéra avec des yeux exorbités.

— Encore un peu et mon cœur cédait. *Good lords !* C'est lui, n'est-ce pas ? C'est lui qui a tué Miss Silence ?

— Je l'ignore.

Et ce n'était pas sans exaspérer Ophélie. Le Sans-Peur aurait eu beaucoup à lui apprendre si elle l'avait rencontré dans d'autres circonstances.

— Ça va aller ? s'inquiéta-t-elle.

Blasius acquiesça, mais ce simple hochement de tête lui fit régurgiter toute l'eau qu'il venait d'avaler.

— Vous… vous devez me trouver très émotif, Miss Eulalie, dit-il en s'essuyant la bouche d'un geste humilié. La vérité est que j'ai la phobie des chats. Celui-là était… particulièrement gros.

— Je suis vraiment, vraiment désolée, murmura Ophélie alors que les gongs du bazar retentissaient. Ma permission touche à son terme. Je dois rentrer à la Bonne Famille, délivrer mon message et… et…

« Et réclamer ma contrepartie », acheva-t-elle en pensée. Si fort que fût son désir de rester auprès de Blasius, le besoin de savoir ce que Mediana avait à lui apprendre sur Thorn était, lui, impérieux.

— Il nous faudra remettre ça, s'efforça-t-elle de plaisanter. Sans tigre à dents de sabre.

Alors qu'elle lui rendait son turban, aussi débobiné qu'une pelote de laine, Blasius tordit les lèvres en une grimace qui se voulait probablement un sourire.

— *Well*, une prochaine fois peut-être ?

— Encore désolée.

Ophélie aurait voulu ajouter quelque chose de plus intelligent, mais une fois encore les mots se dérobèrent à elle. Elle traversa le bazar au pas de course, trébuchant sur les tapis et bousculant les badauds. Elle était convaincue que ce premier rendez-vous avec Blasius serait aussi le dernier. Elle était tout aussi convaincue que c'était préférable ainsi.

Alors pourquoi ne supportait-elle pas cette idée ?

À chaque foulée, la colère lui enflammait le sang. Mediana l'avait délibérément mise en danger. Elle n'avait pas hésité à se servir de son secret le plus intime, à jouer avec son espoir le plus fragile pour satisfaire sa propre curiosité. À présent qu'Ophélie avait rempli sa part du marché, elle avait un très mauvais pressentiment.

Qui sème le vent récolte la tempête.

« Si Mediana m'a menti, songea-t-elle en serrant les mâchoires, si elle a tout inventé au sujet de Thorn, je ferai en sorte de devenir moi-même cette tempête. »

Comme s'il reflétait son état intérieur, le ciel devenait de plus en plus lourd. Des miasmes de nuages bouillonnaient au-dessus de Babel, mais c'était un orage sans éclairs, sans vent et sans pluie. Ophélie reprit péniblement son souffle en remontant la rampe, bordée de pins parasols, qui menait au belvédère ; les tours quotidiens de stadium n'avaient pas encore fait d'elle une athlète.

Elle soupira de soulagement en constatant qu'elle arrivait juste à temps. Les wagons du tramoiseaux étaient en train d'atterrir sur les rails du quai, portés par les puissants battements d'ailes des chimères. Il en sortit bientôt un flot de passagers. Ophélie monta à bord, inséra sa carte dans l'horodateur et se chercha une place. Ce ne fut pas simple : les étudiants de toutes les académies passaient leur dimanche en ville et ils attendaient toujours le dernier tramoiseaux pour rentrer aux pensionnats.

À peine fut-elle assise qu'Ophélie entendit, de l'autre côté de la vitre, un cliquetis mécanique qui la fit bondir. Un fauteuil roulant, manœuvré par un adolescent à la peau sombre et aux habits blancs, s'éloignait sur le quai, au milieu des voyageurs qui venaient de débarquer. Ophélie se précipita vers la portière la plus proche, puis se pencha par-dessus le marchepied.

— Ambroise ?

Il l'avait entendue. Ophélie le sut à la façon dont ses épaules avaient tressailli à son nom. Il l'avait entendue, mais il poursuivit sa route sans se retourner.

Ophélie ne criait jamais. Pourtant, elle ne put retenir l'appel implorant qui lui jaillit des poumons :

— Ambroise !

Elle vit les mains inversées se cramponner aux leviers du fauteuil roulant, comme si elles luttaient contre l'envie de l'arrêter sans pouvoir s'y résoudre. Ophélie voulut courir jusqu'à lui, le regarder dans les yeux, lui demander ce qu'elle avait fait pour le fâcher, le supplier de ne pas la laisser affronter seule tout ce qu'il lui fallait encore affronter.

Cette seconde d'hésitation lui fit passer sa chance. La responsable de bord referma la portière du wagon. Elle jaugea la toge et les sandales d'Ophélie qui avaient perdu toute leur blancheur dans la poussière des catacombes.

— On ne se donne pas en spectacle sur la voie publique, sans-pouvoirs. Faites-vous encore remarquer et je vous colle un procès-verbal.

Tandis que le tramoiseaux s'élançait sur les rails et reprenait lourdement son envol, Ophélie se rassit à sa place. Avec des gestes las, elle ôta ses lunettes, appuya son front contre la fenêtre et contempla les nuages flous qui tourbillonnaient dans le vide.

Elle se sentait démoralisée.

Son mauvais pressentiment était devenu une certitude. Mediana ne lui dirait rien du tout. Blasius ne voudrait plus avoir affaire à elle. Il lui retirerait son amitié comme Ambroise l'avait fait avant lui. Ophélie n'accéderait pas au Secretarium, ne connaîtrait pas le passé de Dieu, ne retrouverait pas Thorn. Elle serait à jamais l'esclave d'un chantage et passerait le restant de ses jours à faire des petits trous dans des cartes.

Ce fut la voix de la responsable de bord, à travers les pavillons du tramoiseaux, qui la sortit de sa torpeur :

— L'apprentie virtuose Eulalie, membre de la deuxième division de la compagnie des avant-coureurs, est priée de se présenter en tête de train.

Ophélie remit ses lunettes et se leva sous les regards curieux des étudiants. Elle était tout aussi surprise qu'eux. Elle joua des coudes pour traverser l'enfilade des wagons et atteindre le compartiment des contrôleurs. La responsable de bord, qui était en train de répéter son annonce dans le cornet vocal, s'interrompit en la voyant arriver.

— Qu'est-ce que vous voulez, sans-pouvoirs ?

— Vous m'avez appelée. Je suis Eulalie.

— Vous êtes une apprentie virtuose ? Vous êtes une apprentie virtuose, redit-elle, sur le ton du constat cette fois, en avisant la carte estampillée de la Bonne Famille que lui remit Ophélie. Je vous imaginais plus… moins… bref, c'est une bonne nouvelle de vous avoir enfin trouvée, Miss Eulalie. Je passe cette annonce en boucle depuis deux heures.

— Deux heures ? Pourquoi ? Que se passe-t-il ?

La responsable de bord ôta sa casquette et passa un mouchoir sur l'ovale rose de son crâne, rasé selon la tradition cyclopéenne. L'air était plus étouffant encore à l'intérieur du train qu'à l'extérieur.

— J'ai pour seule consigne de vous conduire au Mémorial. Lady Septima – gloire à LUX ! – vous y a convoquée de toute urgence. Je ne sais pas ce que vous avez fait, mais l'affaire semble sérieuse.

Ophélie sentit ses jambes vaciller, frappée de plein fouet par l'évidence. Mediana ne l'avait pas envoyée au café-théâtre pour se servir d'elle, mais pour s'en débarrasser. Elle l'avait dénoncée à Lady Septima, ni plus ni moins !

Ophélie risquait l'exclusion. Pire, la prison.

Elle refoula la bouffée de panique et de fureur qui montait en elle et raisonna à pleine vapeur. Si

Lady Septima voulait la voir au Mémorial, et non au conservatoire, c'était pour éviter de passer par Hélène. Peut-être Ophélie aurait-elle une chance en plaidant sa cause auprès de la directrice.

— Je dois descendre d'abord à la Bonne Famille, dit-elle avec tout l'aplomb dont elle était capable. Je suis en civil, je ne peux pas me présenter à Lady Septima sans l'uniforme réglementaire.

La responsable de bord parut réfléchir à la question, puis elle empoigna son cornet vocal :

— Votre attention s'il vous plaît. De façon exceptionnelle, ce train sera sans arrêt jusqu'au Mémorial. Nous vous demandons de bien vouloir patienter, nous desservirons chaque académie sur le voyage du retour. La compagnie des tramoiseaux fournira une attestation de retard à tous ceux qui en feront la demande. Vous, Miss Eulalie, vous restez bien sagement ici, ordonna la responsable de bord après avoir raccroché son cornet. Si vous avez la conscience propre comme tous les honnêtes citoyens, vous n'avez rien à craindre.

Ophélie s'assit sur le strapontin qui lui fut assigné. Le piège était refermé. Elle croisa les mains sur ses cuisses pour tenter de dissimuler leur tremblement.

Elle chercha des yeux une échappatoire tout en sachant pertinemment qu'elle n'en trouverait pas. Toutes les portes du train débouchaient sur le vide. Il n'y avait pas de miroirs à bord, et quand bien même il y en aurait eu, serait-elle encore capable de les traverser ? Depuis son arrivée à Babel, il ne s'était pas écoulé un jour sans qu'elle eût menti à quelqu'un, sur son identité ou sur ses intentions. Cette imposture était plus conséquente que toutes les comédies qu'elle avait pu jouer par le passé. Ce n'était pas seulement un déguisement, comme l'avait été la livrée de Mime : c'était une autre peau qui, jour après jour, était devenue une seconde nature. À force de se prendre pour Eulalie, pouvait-elle toujours prétendre être Ophélie ?

Le trajet jusqu'au Mémorial lui parut atrocement long et abominablement court. Ses pires craintes furent confirmées quand elle vit une patrouille de vigiles la guetter sur le débarcadère. Ils n'étaient pas armés – ce seul mot constituait un délit –, mais ils n'avaient pas besoin de l'être. C'étaient tous des Nécromanciens, les maîtres de la température, capables de pétrifier de froid d'un seul regard. Ils étaient aussi d'excellents fabricants de congélateurs.

Ils escortèrent Ophélie sans lui adresser la parole. Au moment de passer devant la statue du soldat sans tête, elle se sentit pareille à une criminelle conduite en cour martiale. Une fois franchies les grandes portes vitrées du Mémorial, elle fut écrasée par le silence qui régnait à l'intérieur. Ce calme-là n'avait rien à voir avec le chuchotis coutumier des lecteurs ; c'était une absence absolue de bruit. Les grandes galeries circulaires des étages étaient toutes désertes, conférant aux lieux l'allure d'un temple abandonné. La chape de nuages qui pesait sur la rotonde répandait son ombre dans chaque recoin. Le globe suspendu du Secretarium, dont le métal scintillait habituellement au soleil, évoquait aujourd'hui une planète morte.

Les Nécromanciens firent emprunter à Ophélie le transcendium septentrional. Elle se crispa en apercevant, au milieu de l'immense couloir vertical, une petite silhouette aux yeux rougeoyants. Quand Ophélie se fut suffisamment approchée, elle eut la surprise de voir qu'il ne s'agissait pas de Lady Septima, comme elle l'avait d'abord supposé, mais de son fils, Octavio. Il l'observait à travers les longues mèches noires de sa frange et sa chaîne sourcilière. Il se dégageait de lui une telle méfiance qu'Ophélie se sentit condamnée avant même d'avoir été jugée.

— Tu fais attendre tout le monde, apprentie Eulalie.

Elle ne répondit pas. Elle savait qu'à compter de maintenant, chaque parole serait susceptible de se retourner contre elle. Elle ne dirait rien tant qu'elle ne saurait pas de quoi, exactement, elle était accusée.

Elle pensait qu'Octavio allait la mener au salon privé où Lady Septima et les Lords de LUX tenaient leurs quartiers, au dernier étage du Mémorial, mais au lieu de cela il sortit une clef de son uniforme. Ophélie n'en crut pas ses lunettes lorsqu'il l'introduisit dans la serrure d'une borne qui déploya une passerelle métallique jusqu'au Secretarium.

Cette *terra incognita* qu'on lui avait interdite quand elle jouait les élèves modèles, elle y était conviée maintenant qu'elle avait démérité ? C'était formidablement ironique.

Elle suivit Octavio sur l'hélice d'escalier qui permettait de basculer de la station horizontale du transcendium à la station verticale de la passerelle. À peine Ophélie s'engagea-t-elle sur cette dernière que ses mains se cramponnèrent à la double rampe. Elle avait beau ne pas être sujette au vertige, ils se trouvaient à plus de trente mètres au-dessus du sol ; l'idée de marcher sur un appontement qui pouvait être rappelé d'un simple tour de clef n'aidait pas tellement à se sentir à l'aise. Elle eut un bref regard en arrière pour les Nécromanciens qui, restés sur le transcendium, se tenaient perpendiculairement à eux.

Plus Ophélie se rapprochait du globe en apesanteur, plus elle en mesurait le gigantisme. Le revêtement en or rouge de la croûte terrestre se creusait à l'emplacement des océans et dessinait en relief les contours des continents. La porte blindée qu'Octavio ouvrit, quelque part dans une mer australe, était d'une dimension très respectable ; elle faisait pourtant l'effet d'un minuscule trou de serrure.

Ophélie passa de l'autre côté.

Tout ce que son imagination avait pu concevoir sur ce sanctuaire inaccessible vola aussitôt en éclats. L'intérieur du Secretarium était une copie conforme de l'intérieur du Mémorial. Des galeries, desservies par des transcendius, s'étageaient en anneaux autour d'un puits de lumière naturelle. Il y avait même, en suspension entre son atrium et sa coupole, un globe terrestre qui était l'exacte réplique de celui qui le contenait. Les architectes avaient pensé le site entier comme une poupée gigogne !

Dans les galeries de droite, des milliers d'antiquités étincelaient le long de bibliothèques vitrées, éclairées par les ampoules froides d'Héliopolis.

Dans les galeries de gauche, des rangées entières de cylindres tournaient sur leur axe dans un ronronnement permanent. Ophélie savait qu'autour de chaque cylindre était enroulée une carte perforée et que chaque carte perforée décrivait un document ; l'ensemble formait un enchevêtrement de rouages et d'engrenages qui ressemblait aux entrailles d'un orgue de Barbarie.

— Il est vrai que tu viens ici pour la première fois, commenta Octavio qui épiait chacune de ses réactions. Le Secretarium est, comme le Mémorial, divisé en deux parties jumelles : les collections rares sont entreposées dans l'hémisphère oriental et la base de données dans l'hémisphère occidental.

— Et ceci ? demanda-t-elle en montrant du doigt le globe qui flottait au-dessus d'eux. Un deuxième Secretarium ?

Ophélie avait rompu, malgré elle, le mutisme qu'elle s'était imposé.

— Un simple globe décoratif, répondit Octavio. Ah, voici ta responsable de division.

Elle eut un sursaut d'espoir en voyant qu'en effet Elizabeth traversait l'atrium pour se diriger vers eux. Elle lui parut plus solennelle que jamais. Ses cheveux fauves se soulevaient comme une cape à chaque pas et sa figure était moins expressive encore qu'à l'accoutumée.

— Du nouveau ?

Elizabeth avait adressé sa question à Octavio uniquement.

— Rien à signaler. Personne n'est entré dans le Mémorial ou n'en est sorti, exception faite de l'apprentie Eulalie.

— Très bien. Allons-y.

Ophélie les suivit en luttant contre le vertige qui la saisissait. Peut-être était-ce la lourdeur des nuages au-delà des coupoles, mais elle commençait à manquer d'air. Ce n'était pas sa descente dans les catacombes qui était l'enjeu de cette convocation. Il y avait autre chose, de bien plus grave encore.

La montre de Thorn, contaminée par sa nervosité, fit claquer son couvercle dans une poche de sa toge. La question n'était plus de savoir si Mediana l'avait trahie, mais jusqu'à quel point.

Ils s'arrêtèrent devant une porte à air comprimé.

— Nous n'avons pas l'autorisation d'entrer avec toi, expliqua Elizabeth après l'avoir ouverte. Tout ce qui se passe là-dedans est hautement confidentiel. Bonne chance.

— La chance n'existe pas, intervint Octavio d'un ton froid. Nous sommes les seuls auteurs de nos destinées. Mais cela, ajouta-t-il à mi-voix, l'apprentie Eulalie le sait déjà.

Ophélie ne savait rien du tout, et c'était bien cela le problème. Elle entra à pas incertains dans une salle austère, apparemment destinée à la consultation des documents. Elle possédait pour seul et unique mobilier un grand pupitre de bois précieux sur lequel était penchée Lady Septima.

— La porte, ordonna celle-ci.

Ophélie fit pivoter le volant de la poignée jusqu'au déclic de verrouillage. Il régnait un tel froid à l'intérieur qu'elle avait l'impression de s'enfermer dans une chambre frigorifique. Ses pieds nus dans ses sandales furent parcourus de picotements douloureux.

— Avancez.

Lady Septima avait prononcé cette injonction sans état d'âme. Calme et distante, comme à son habitude. Elle tourna lentement vers Ophélie des yeux qui flamboyèrent comme deux phares dans la pièce peu éclairée.

— Aimez-vous les puzzles ?

Ophélie battit des paupières. Ce n'était pas l'interrogatoire auquel elle s'était préparée. Elle s'approcha prudemment du manuscrit que lui désigna Lady Septima sur le pupitre. Il était ancien, à en juger par son état de délabrement. Les caractères pâles qui couraient à travers les pages étaient écrits, aux rares endroits lisibles, dans une langue inconnue.

Ce furent les feuilles de notes posées sur l'autre versant du pupitre qui retinrent surtout son attention.

— La traduction de Mediana, réalisa-t-elle. Pourquoi me demandez-vous ça à moi plutôt qu'à elle ?

Lady Septima ne répondit pas. Ophélie sentit alors tous les muscles de son corps, qu'elle n'avait cessé de contracter depuis son trajet en tramoiseaux, se relâcher au point de la faire chanceler. La rage qu'elle avait accumulée contre Mediana s'évapora en un instant.

— Que lui est-il arrivé ?

Lady Septima réprima le rictus qui avait étiré sa bouche, chassant de son visage toute trace d'émotion personnelle.

— Une division presque entièrement composée de Devins et pas un seul parmi eux n'a été capable de voir l'avenir de leur propre cousine. Ils couvrent de honte tous les avant-coureurs. Bref, se ressaisit-elle en levant le menton, Sir Henry exige qu'on lui fournisse un remplaçant au pied levé. Même si j'émets de sérieuses réserves à votre encontre, force est d'admettre que vous êtes la candidate la plus habilitée pour ce travail. La moins incapable, en tout cas. Il faudra vous rendre digne de l'honneur que LUX vous accorde, apprentie Eulalie. Je vais prévenir Sir Henry de votre arrivée, ajouta-t-elle en s'éloignant d'un pas martial. Vous pouvez jeter un regard sur le manuscrit, mais n'y touchez sous aucun prétexte. Manipuler un document de cette valeur se fait selon un protocole que vous ne maîtrisez pas encore.

Lady Septima entra dans une cabine d'ascenseur au fond de la salle ; il s'éleva dans un bruit de rouages dès qu'elle en actionna le levier.

Une fois seule, Ophélie s'appuya des deux mains au pupitre et fixa longuement le manuscrit sans le voir. Des vagues d'émotions contradictoires s'entrechoquaient en elle, faisant passer ses lunettes par toutes les couleurs.

Soulagement. Incrédulité. Exultation. Détresse.

Détresse ?

Après tout ce que Mediana lui avait fait endurer, était-il réellement possible qu'Ophélie se sentît concernée par son sort ? Elle était devenue avant-coureuse pour se trouver à l'endroit exact où elle se tenait maintenant ; ses vraies recherches allaient enfin pouvoir commencer. Elle aurait dû se réjouir, alors pourquoi était-elle terrifiée ?

Ce fut un tac-tac impérieux dans sa toge qui la tira de son flot tumultueux de pensées. Ophélie tira sur la chaîne de sa montre pour l'examiner. Le couvercle ne cessait plus de s'ouvrir et se refermer, comme en proie à une crise d'épilepsie. Tac tac ! Tac tac ! Tac tac !

— D'accord, on se calme, murmura Ophélie autant pour la montre que pour elle.

Elle bloqua le couvercle de son pouce, mais les aiguilles prirent aussitôt la relève, tournoyant en une valse endiablée. À intervalles réguliers, elles s'arrêtaient toutes en même temps, pointant encore et encore la même heure.

Six heures trente minutes et trente secondes.

Ophélie se tourna vers l'ascenseur dont les rouages s'étaient à nouveau actionnés. Sir Henry avait beau être un automate, ce ne serait pas lui faire bonne impression que de se débattre devant lui avec une montre à gousset détraquée.

Elle sourcilla. Les aiguilles avaient brusquement changé d'heure, pointant toutes à présent obstinément midi pile.

Non.

Les aiguilles n'indiquaient pas l'heure.

Elles indiquaient une direction.

La montre de Thorn n'était pas, n'avait jamais été détraquée. Elle s'était tout simplement transformée en boussole. Une boussole dont les trois flèches, à cette seconde, signalaient l'ascenseur qui arrivait.

La porte de la cabine s'ouvrit sur Lady Septima et Sir Henry.

Sauf que Sir Henry n'était pas un automate.

Sir Henry était Thorn.

L'épouvantail

Le retrouvé

Thorn se tenait dans un coin de l'ascenseur, si exagérément grand que sa tête touchait le plafond de la cabine. Son regard d'acier, sabré par la longue balafre faciale, était absorbé par un document qu'il feuilletait d'un geste affairé. Il n'accorda pas la moindre attention à Lady Septima alors qu'elle lui désignait Ophélie, figée au milieu de la chambre froide.

— Notre dernière recrue, *sir*. Je veillerai personnellement à ce qu'elle se montre à la hauteur de la situation.

Le règlement imposait à Ophélie, sous peine de sanction sévère, de se mettre au garde-à-vous, de réciter la formule de salut consacrée – « la connaissance sert la paix ! » – et de décliner son identité.

Cela lui fut impossible.

Dès l'instant où Thorn était apparu, elle s'était vidée de toutes ses pensées. Elle se cramponnait des deux mains à sa montre-boussole : c'était solide, c'était tangible, c'était réel.

Lady Septima pinça les lèvres, interprétant son mutisme comme une crise de timidité malvenue.

— L'apprentie Eulalie a intégré la deuxième division de la compagnie des avant-coureurs il y a cinquante jours. Pas grand-chose dans la tête, mais ses mains ont du potentiel.

Ophélie ne l'écoutait pas. Lady Septima n'existait plus. Il n'y avait que Thorn, toujours au fond de l'ascenseur, sourcils froncés, plongé dans sa contemplation d'un graphique. Ses cheveux blond argenté étaient scrupuleusement peignés vers l'arrière ; sa figure, longue et anguleuse, parfaitement rasée. Il portait une chemise à la blancheur impeccable qui se prolongeait, sur chaque avant-bras, en gantelets de travail où étaient encastrés des cadrans, des jauges et divers instruments de mesure. Ce fut l'emblème épinglé sur sa poitrine, à hauteur de son cœur, qui retint toute son attention. Un soleil.

Tout ce temps, elle avait cherché un fugitif. Elle venait de trouver un Lord de LUX.

Un pas derrière l'autre, Ophélie s'enfonça dans le recoin le moins éclairé de la chambre froide. Même si le fracas de son sang l'empêchait de réfléchir, une évidence s'imposait à elle. Ce qui se produirait, quand les yeux de Thorn croiseraient enfin les siens, aurait des conséquences irréversibles.

— Nous prenons trop de retard sur le calendrier prévisionnel. Les Généalogistes vont finir par réclamer des explications.

Thorn avait articulé ces mots avec l'accent de Babel, dépouillé de toute intonation nordique, comme l'aurait fait un natif de la cité. Pourtant, Ophélie aurait reconnu sa voix entre mille. Une vibration de contrebasse, grave et maussade, qui résonna à travers son vide intérieur, lui remua les entrailles, remonta dans sa gorge, la fit suffoquer.

La voix de Thorn après presque trois ans de silence.

Ophélie tressaillit quand il referma son document d'un claquement sec.

— Par ailleurs, j'aurai besoin des Nécromanciens ici de toute urgence. La température et le taux d'humidité deviennent trop élevés dans l'hémisphère oriental du Secretarium. Nous perdons du personnel, évitons de perdre aussi des collections.

L'attention de Thorn était directement passée de ses graphiques au vieux manuscrit sur le pupitre de consultation. Lorsqu'il traversa la chambre froide, un grincement sinistre accompagna chacun de ses pas. Ophélie ne l'avait pas remarquée jusqu'à cet instant, mais cela lui crevait les yeux, à présent : une armature en fer, articulée comme un squelette, encageait l'une de ses bottes de la cheville jusqu'au genou. La jambe qui avait été brisée pendant son séjour en prison.

L'automate.

Rarement Ophélie s'était sentie aussi stupide. Elle avait pris au sens littéral ce qui n'avait toujours été qu'un sobriquet de mauvais goût. De mauvais goût et néanmoins parfaitement trouvé. Thorn se pencha avec raideur sur le pupitre, puis il tourna méthodiquement, entre les doigts métalliques de son gantelet, une page du manuscrit.

— Votre recrue connaît-elle les langues anciennes ?

Il s'était adressé à Lady Septima comme si la

principale intéressée ne se trouvait pas dans la pièce. Cette vilaine habitude, qui exaspérait tellement Ophélie du temps de leurs fiançailles, lui parut plus que bienvenue aujourd'hui.

— Elle ne les connaît pas, *sir*. Je pense qu'elle est cependant en mesure de prendre la relève de l'apprentie Mediana. C'est une Animiste. Une *liseuse*.

« Voilà, songea Ophélie dont les lunettes bleuissaient à vue d'œil. Il va se tourner vers moi. Il va me reconnaître. »

Thorn n'en fit rien. Il se contenta d'examiner la page qu'il tenait du bout des doigts, grignotée par le temps comme de la vieille dentelle.

— Saurait-elle restaurer le texte manquant ?

— Non, *sir*, décréta Lady Septima avec l'assurance du professeur qui connaît son élève mieux que lui-même. En revanche, elle pourrait en reconstituer la substance en pénétrant dans la perception de ceux qui l'ont lu. Idéalement de celui qui l'a écrit.

Ophélie fut frappée par la manière dont ses yeux de feu fixaient la jambière de Thorn, comme s'ils essayaient d'en faire fondre le métal. Lady Septima le traitait en apparence avec le respect qu'un membre de LUX doit à l'un de ses pairs, mais elle ne le considérait pas comme son égal.

Cela ne lui disait rien qui vaille.

Si Lady Septima surprenait le moindre trouble entre Sir Henry et elle – un mouvement de surprise, fût-il infime –, elle se méfierait d'instinct et leurs fausses identités éclateraient en morceaux, pensa Ophélie.

Elle s'obligea à inspirer lentement. Calmer le vacarme de son cœur. Ramener ses lunettes à la transparence. Relâcher les muscles de son visage. Redresser les épaules. Elle ne pouvait empêcher le tremblement de son corps, mais tant pis. Elle se trouvait dans une chambre froide, en toge et en sandales : grelotter était une réaction physiologique normale.

Restait à espérer que Thorn ne s'étranglerait pas en la voyant.

— Où se trouve actuellement l'apprentie Mediana ?

Il avait demandé cela du bout des lèvres, tandis qu'il feuilletait les notes de traduction. La lampe du pupitre projetait une lumière froide sur son profil, faisant luire la pente escarpée du nez, le sillon de la longue cicatrice et, dans l'entrebâillement étroit de la paupière, un œil fixe.

— Elle a été transférée, *sir*.

— Reprendra-t-elle un jour du service ?

— Se prononcer sur ce point serait prématuré.

« Mediana est vivante » fut la seule pensée cohérente qu'Ophélie put former à ce stade de la conversation.

— Et que vous inspire le cas de Miss Silence, à présent ?

— Je ne comprends pas votre question, *sir*.

Thorn se détourna du pupitre de consultation.

— Une crise d'apoplexie dans nos rangs est ce que j'appelle un regrettable incident. Comment en qualifieriez-vous une deuxième ?

— Une regrettable coïncidence, *sir*.

Ils étaient l'un et l'autre impénétrables, mais

Ophélie perçut une tension qui s'accroissait au fur et à mesure. Si l'expression de Thorn demeurait indéchiffrable, celle de Lady Septima trahissait du dégoût. À aucun moment elle n'avait daigné lever les yeux jusqu'à lui, s'obstinant à fixer sa jambe infirme. Savait-elle seulement que l'homme devant elle était doté d'une mémoire phénoménale et de griffes redoutables ? Il la dominait de deux têtes, mais elle le voyait comme un blanc-bec qui lui serait à jamais inférieur et ce n'était pas seulement à cause de leur différence d'âge. Ophélie réalisa qu'elle agissait de même avec le vieux balayeur, les avant-coureurs d'Hélène et même avec Mediana. Tous ceux qui n'appartenaient pas à la descendance de Pollux n'étaient pour Lady Septima que des pièces nécessaires au bon fonctionnement d'un mécanisme et qu'il convenait de remplacer lorsqu'elles devenaient déficientes.

— Il va nous falloir augmenter la cadence des groupes de lecture, finit par déclarer Thorn. Les Généalogistes s'impatientent et ni vous ni moi ne souhaitons une inspection surprise de leur part. En particulier en ce moment, avec ce genre de… coïncidences.

C'était la seconde fois qu'il était question des Généalogistes ; si Ophélie ignorait de qui il s'agissait, elle comprit au moins qu'ils se trouvaient au sommet de la hiérarchie de LUX. Et que Thorn ne voulait pas avoir affaire à eux.

— Toutes les permissions seront suspendues jusqu'à nouvel ordre, dit Lady Septima en entrechoquant ses talons. Les lectures débuteront plus tôt et se termineront plus tard.

— Que cela ne se fasse pas au détriment du détail. Vos élèves commettent encore trop d'imprécisions, et je ne parle pas des erreurs d'encodage.

Lady Septima acquiesça, mais son visage s'était durci. Ophélie était au supplice. Thorn n'avait évidemment pas conscience qu'offenser cette représentante de Dieu, ici et maintenant, était la dernière chose à faire dans leur position. Comme de juste, Lady Septima se chercha une cible sur laquelle reporter sa contrariété.

Elle fut toute désignée.

— Apprentie Eulalie, allez-vous rester indéfiniment les bras ballants ? Arrêtez donc de me mettre dans l'embarras et prouvez à Sir Henry que vous serez digne de ses attentes.

Ophélie eut l'impression que son sang avait brusquement cessé de circuler à travers son corps.

Thorn s'était enfin tourné vers elle.

Il s'était tourné vers elle et son regard n'exprimait rien. Ni surprise, ni perplexité. Le regard neutre qu'un inconnu adresserait à n'importe quel autre inconnu.

— Je ne vous décevrai pas, déclara-t-elle.

Ophélie fut soulagée de ne pas entendre sa voix faillir. Elle se surprit même à soutenir, sans trop trembler, l'attention dont elle était l'objet, comme si elle n'était plus vraiment elle-même. Parce qu'elle n'était plus vraiment elle-même.

« Je suis Eulalie, se répétait-elle, et l'homme qui me fait face est Sir Henry. »

C'était aussi simple que ça.

Le long bras de Thorn s'empara des notes de

Mediana sur le pupitre, puis se déploya pour les remettre à Ophélie, couvrant la distance qui les séparait sans avoir à amorcer un pas dans sa direction.

L'automate.

— Vous avez trois jours pour apprendre cette traduction par cœur et vous former à la manipulation de documents anciens. Après quoi vous vous rendrez ici même chaque soir après les groupes de lecture. Trois jours : me suis-je bien fait comprendre, apprentie ?

Les mots de Thorn tombèrent sur elle comme de la grêle. Il n'aurait pas été plus convaincant s'ils ne s'étaient jamais rencontrés. Il l'était tellement, en fait, qu'elle fut saisie d'un doute vertigineux, tandis qu'elle serrait les feuillets de notes entre ses mains.

L'avait-il seulement reconnue ?

La suspicion

— Je n'ai rien… à te dire.

— C'était… notre camarade. J'ai le droit… de savoir.

— Tu me… déconcentres.

Ophélie courait péniblement dans la poussière du stadium. Il était six heures du matin, la période la moins chaude et la moins moite de la journée, mais ses poumons avaient déjà pris feu. C'était pour elle une piètre consolation de voir qu'Elizabeth, pourtant rodée aux tours de terrain quotidiens, éprouvait les pires difficultés à mettre un pied devant l'autre. L'aspirante portait sur la tête un invraisemblable chapeau-radio qui crachouillait la rediffusion d'une émission scientifique : il était censé l'aider à garder le rythme, mais son poids la ralentissait plus qu'autre chose.

— Où est Mediana ? insista Ophélie. Où l'ont-ils… emmenée ?

— C'est confidentiel. Je n'ai pas… à divulguer… cette information… à une apprentie.

N'y tenant plus, Elizabeth s'arrêta au milieu de la piste. Elle s'était pliée en deux, haletante, une main empêchant son chapeau-radio de tomber, l'autre comprimant un point de côté. Son teint, habituellement blafard, était devenu si écarlate qu'il se confondait avec ses taches de rousseur. À force de passer ses journées assise sur une chaise, le nez dans son code, elle avait développé la constitution physique d'une vieille dame.

Ophélie l'avait traquée sur le stadium pour obtenir des réponses. Cela faisait trois jours qu'elle se heurtait à un mur de silence au sein de son dortoir, trois jours qu'on lui décochait des coups d'œil de loin, sans un mot d'explication. Elle commençait à atteindre les limites de sa patience et Elizabeth était la seule, de toute la compagnie des avant-coureurs, à ne pas être en mesure de la semer.

— Pouvez-vous au moins me dire ce qui s'est passé ?

Elizabeth déplia son corps comme s'il s'agissait d'une planche à repasser récalcitrante. La bouche béante, elle chercha son souffle la tête en haut, faute d'avoir réussi à le trouver la tête en bas.

— Je te l'ai dit... et je te le répète. L'apprentie Mediana... nous a quittés... pour des raisons de santé.

— Ça n'a pas de sens. Elle était la mieux portante de nous tous.

— Écoute, apprentie.

Ophélie était tout ouïe, mais elle dut attendre qu'Elizabeth fût en mesure de prendre la parole sans s'asphyxier.

— C'est moi qui l'ai trouvée et je peux t'assurer qu'elle n'était pas bien portante du tout. Je suis allée au Mémorial par l'entrée de service, comme chaque dimanche. Des cartes catalographiques à améliorer. J'ai perforé toute la matinée. Quand je me suis rendue aux lavabos, je l'ai trouvée étendue sur le carrelage. Je ne sais pas depuis combien de temps elle était là, mais ce n'était pas beau à voir. (Elizabeth passa un coup de manche sous son menton qui ruisselait de sueur.) Muscles tétanisés, convulsions, yeux révulsés, énuméra-t-elle. J'ai averti la sécurité. Lady Septima t'a convoquée en urgence, tu connais la suite mieux que moi.

Ophélie contempla Elizabeth dans la pâleur du petit matin. Le portrait qu'elle venait de lui peindre ressemblait si peu à la superbe, à l'indomptable Mediana que son impassibilité lui paraissait déplacée. Elle maniait l'antenne de son chapeau pour atténuer le sifflement de l'émission radiophonique, comme si de rien n'était.

— Comment faites-vous pour ne pas avoir peur ?

— Hmm ? Pourquoi aurais-je peur ? Les attaques cérébrales sont rares à notre âge. Statistiquement, il y a peu de chances pour que cela se reproduise avec moi… ou avec toi. Tu le saurais si tu avais lu le *Journal officiel*. Ce doit être pour nous, avant-coureurs, la seule source où puiser nos informations, récita Elizabeth comme une leçon bien apprise.

— Je ne m'y connais pas beaucoup en statistiques, admit Ophélie, mais n'oubliez pas Miss Silence. Une attaque cardiaque et une attaque cérébrale au même endroit, à cinquante jours d'intervalle, ça me paraît improbable.

Ce fut au tour d'Elizabeth de la considérer avec

incompréhension, depuis l'ombre de ses paupières mi-closes.

— J'ignore d'où tu viens ni ce que tu as vécu, mais chez nous, à Babel, les maladies et les accidents sont les seules causes de mortalité. Si Lady Septima nous dit que c'est une coïncidence, alors c'est une coïncidence.

Ophélie fut tentée de lui rétorquer que cette femme qu'elle mettait sur un piédestal ne faisait pas grand cas des sans-pouvoirs comme elle. Et qu'elle ne leur disait probablement pas l'entière vérité. Les Lords de LUX avaient fait doubler les effectifs du service de sécurité au Mémorial ; il n'était plus possible d'y entrer et d'en sortir sans se faire contrôler.

Et puis, il y avait le professeur Wolf, son mystérieux accident, ses recherches interrompues du jour au lendemain. Lui aussi était un régulier du Mémorial et lui aussi avait subi un puissant choc traumatique.

Non, ce n'était définitivement pas une coïncidence. C'était un crime. Trois crimes. Et que ce mot fût réprouvé par l'Index n'y changeait rien. Cette hypothèse admise, Ophélie ne pouvait plus faire abstraction du message que le Sans-Peur destinait à Mediana. « Qui sème le vent récolte la tempête. » Était-ce lui qui avait attenté à sa vie, ainsi qu'à celles du professeur Wolf et de Miss Silence ? Si oui, avec quels moyens et surtout pourquoi ? Qu'avaient en commun un spécialiste des guerres, un maître censeur et une apprentie avant-coureuse, hormis le fait qu'ils travaillaient tous les trois au Mémorial ?

— Aspirante Elizabeth, apprentie Eulalie, veuillez terminer vos tours de piste réglementaires !

Ophélie tourna ses lunettes vers le mirador du stadium d'où s'était échappé le commandement, puis elle les ramena sur Elizabeth qui n'avait toujours pas retrouvé son souffle.

— Le meilleur des mondes possibles, n'est-ce pas ?

Elles reprirent leur course à pied, côte à côte. Leurs corps offraient une parfaite dissymétrie, celui d'Elizabeth étant aussi long et plat que celui d'Ophélie était petit et charnu.

— Tu sais... je ne t'aimais pas... à notre première rencontre.

Elizabeth avait expiré négligemment cette remarque entre deux foulées, sa longue natte fauve lui battant le dos.

Ophélie acquiesça.

— Je ne crois pas vous avoir beaucoup appréciée non plus.

— Et maintenant ?

Elles s'interrogèrent du regard, puis Ophélie finit par distancer Elizabeth sur la piste du stadium. La vérité était qu'elles auraient pu devenir amies, dans le cas où Eulalie aurait réellement existé. Ophélie ne se faisait toutefois aucune illusion : si l'aspirante découvrait qu'elle mentait sur son identité, elle la dénoncerait à Hélène et à Lady Septima sans la moindre hésitation.

Quand elle eut fini ses tours réglementaires, Ophélie se rendit au vestiaire. Elle se heurta à Zen qui en sortait au même moment, embaumant l'huile de camélia. Elles balbutièrent des excuses.

Elles avaient beau partager le même dortoir et suivre les mêmes cours, elles n'avaient jamais échangé deux phrases d'affilée. Zen était la plus âgée de toute la compagnie, mais elle tenait davantage de la poupée que de la femme, toujours prête à cacher ses yeux en amande derrière son épaisse frange noire. Il semblait toutefois à Ophélie que cette habitude que Zen avait de l'éviter relevait d'autre chose que de la timidité.

De la crainte ?

Une fois seule, Ophélie récupéra l'uniforme et les bottes qu'elle avait déposés la veille à la buanderie. Elle se rendit ensuite aux douches collectives et là, après avoir posé ses habits, ses gants et ses lunettes sur une chaise, elle demeura immobile un long moment. Elle attendit que son cœur, éprouvé par la course, eût retrouvé un rythme normal. Mais cela n'arriva pas. Sa chair entière semblait n'émettre qu'une seule et même pulsation chaotique.

Ce soir, elle reverrait Thorn.

Elle avait passé ces derniers temps à s'interdire d'y penser, à rester concentrée sur tout ce qui n'était pas lui. Elle n'avait pratiquement ni dormi ni mangé. Ses émotions formaient un tel sac de nœuds qu'il lui était impossible de les démêler. Elle voulait être auprès de Thorn, là, maintenant. Elle l'avait voulu chaque seconde de chaque minute de chaque heure depuis presque trois ans. Et lui, il n'avait rien inventé de mieux que de lui imposer trois jours supplémentaires ! Apprendre par cœur la traduction de Mediana ? Ce n'était rien qu'un texte décousu, incomplet et abstrus qui ne lui avait apporté aucun éclairage sur les arrière-pensées de Thorn. Comment était-il devenu Sir Henry ? Pourquoi avait-il rejoint LUX ? Que cherchait-il au travers des groupes de lecture ? Qu'est-ce qui, tout ce temps, l'avait empêché de donner signe de vie ? Ophélie avait cédé à la tentation de *lire* les notes autrement qu'avec ses yeux – après tout, elle en était devenue la propriétaire officielle –, mais ces gantelets métalliques que Thorn portait au moment de les manipuler l'avaient empêché de déteindre sur le papier.

La *lecture* des notes ne lui avait rien appris sur Mediana non plus, certainement aussi à cause de l'usage de gants de travail. La Devineresse s'était bien jouée d'elle. Tout ce temps, elle avait su que Sir Henry était l'homme que cherchait Ophélie. Aurait-elle fini par le lui révéler ?

Ophélie déplia le paravent d'une douche, y jeta sa tenue de stadium et tira sur le cordon du jet. Elle garda ses yeux ouverts en grand malgré le jaillissement de l'eau brûlante. Dès qu'elle fermait les paupières, même un court instant, elle revoyait l'expression de Thorn en surimpression sur ses prunelles. Son absence d'expression, en fait. Comme si vraiment, indépendamment de toute comédie, Ophélie n'était rien pour lui.

Tandis qu'elle se lavait les cheveux, elle tira sur ses boucles. Elle les raccourcissait elle-même, à coups de ciseaux hésitants, sans jamais pouvoir s'aider d'un miroir. Elle n'avait quand même pas changé à ce point-là, non ? Elle loucha sur sa peau, brunie par le soleil. Tout à coup, elle se sentit nue comme jamais, de toute sa vie, elle ne s'était sentie nue. Cette brutale prise de conscience, si ridicule fût-elle, lui inspira une appréhension dont elle ne comprenait pas bien la nature.

« Tu détestes être infantilisée, persifla la voix de Mediana dans sa mémoire, mais face à un homme tu restes une *bambina* sans expérience. »

Des cliquetis familiers retentirent à travers le bruit de la douche. Ophélie relâcha le cordon du jet et essuya l'eau qui lui embrouillait les cils. Toute myope qu'elle était, elle distingua sous le paravent des ombres où étincelaient des éclats d'argent.

Les bottes ailées des avant-coureurs.

— Tu nous écouteras.

— Tu ne crieras pas.

— Tu ne diras rien.

Lorsque les Devins s'exprimaient au futur, la suite des événements leur donnait généralement raison. Ophélie se tint donc silencieuse et attendit d'entendre ce qu'ils avaient à lui annoncer.

La réponse arriva sous forme d'un seau qui déversa un déluge cristallin par-dessus le paravent. Ophélie eut à peine le temps de se protéger le visage de ses bras. Des centaines de griffures lui égratignèrent tout le corps en un instant. Une fois la stupeur passée, elle contempla les débris de verre parsemés sur sa peau humide et, quelques secondes plus tard, le sang qui y dessina un vaste entrelacs d'affluents.

— Ça, *signorina*, c'est pour notre cousine.

Cette phrase, plus encore que la douleur, fit un choc à Ophélie. L'attitude craintive de Zen et les sous-entendus d'Octavio lui apparurent soudain sous un éclairage accablant.

Ses camarades n'adhéraient pas non plus à la théorie de la coïncidence : ils pensaient que c'était *elle* la coupable.

Ophélie ouvrit la bouche, mais les voix sifflantes des Devins ne lui laissèrent pas le temps de se justifier :

— D'abord la Signora Silence et maintenant Mediana ?

— C'est qu'elle brûle *presto* les étapes, la nouvelle !

— Tu n'es plus la *benvenuta* à la Bonne Famille.

Il y eut un silence durant lequel Ophélie n'entendit rien d'autre que le goutte-à-goutte du pommeau de la douche et le crissement du verre contre ses pieds ensanglantés. Elle tremblait. Les bottes ailées étaient toujours là, sous le panneau du paravent.

— Ce soir, *signorina*, tu iras au Secretarium.

— Ce soir, *signorina*, tu retrouveras l'automate.

— Ce soir, *signorina*, tu lui rendras tes ailes.

Ce n'était pas une prophétie. Le pouvoir des Devins ne leur permettait pas de voir l'avenir au-delà de trois heures. Ophélie prit toutefois l'avertissement très au sérieux. Lorsque les bottes furent reparties dans un tintement d'argent, elle resta debout au milieu du verre, son sang mêlé à l'eau de la douche.

L'automate

Ophélie avançait sur la passerelle d'une démarche raide. Elle espérait que les bandages sous son uniforme empêcheraient le sang de refaire surface, au moins jusqu'à ce qu'elle en eût fini avec ce qui l'attendait. Chaque mouvement tiraillait les coupures dans sa chair. Elles n'étaient pas profondes, mais elles se rouvraient au premier prétexte.

En vérité, elle ne ressentait aucune douleur. Elle n'avait à cet instant conscience que d'une seule chose : le globe du Secretarium, face à elle, n'en finissait plus de grandir au fur et à mesure qu'elle approchait. Même le vide qui s'étendait sous ses pieds lui semblait abstrait.

Elle allait revoir Thorn.

Lorsqu'elle atteignit la porte blindée du globe, Ophélie eut un bref regard par-dessus son épaule, vers le transcendium à l'autre bout de la passerelle, où Lady Septima avait entré sa clef pour lui ouvrir l'accès.

Elle allait revoir Thorn, seule à seul.

Ophélie entra dans le Secretarium. Ce fut, comme

lors de sa première venue, la même curieuse sensation de pénétrer à l'intérieur d'une réplique miniature du Mémorial. Un atrium à l'identique, une coupole à l'identique, des galeries à l'identique et, flottant en apesanteur dans les airs, un globe terrestre en tout point semblable à celui qui le contenait. Ophélie avait beau savoir ce globe décoratif, elle ne pouvait s'empêcher d'imaginer l'existence d'un autre globe à l'intérieur, qui en renfermait encore un autre, et ainsi de suite jusqu'à l'infiniment petit.

Elle marcha dans la lumière froide des ampoules. La chambre frigorifique réservée à la consultation des documents fragiles se trouvait droit devant. Ophélie était-elle censée s'y rendre directement pour étudier le manuscrit ? Elle serait incapable de se concentrer sur quoi que ce fût tant qu'elle n'aurait pas enfin eu une vraie conversation avec Thorn.

Elle promena son regard le long des galeries en étages qui enroulaient leurs anneaux autour de l'atrium. Dans l'hémisphère oriental, les vitrines des collections anciennes étincelaient entre les colonnes. De l'hémisphère occidental du Secretarium s'élevait un concert de cliquetis : c'étaient les milliers de cylindres de la base de données qui tournoyaient sur leur axe, passant en revue les cartes perforées des notices bibliographiques.

Alors qu'elle cherchait Thorn, Ophélie sursauta en entendant sa voix juste derrière elle :

— Salle de l'Ordonnateur. Dernière galerie à gauche.

L'instruction était venue d'un tuyau acoustique.

Ophélie remonta la paroi verticale d'un transcendium. Les ailes de ses bottes sonnaient comme des éperons à chacun de ses pas ; des ailes qu'elle était supposée remettre à Sir Henry en même temps que sa démission si elle ne voulait pas subir les représailles de sa division, mais c'était à cet instant le cadet de ses soucis.

Elle allait revoir Thorn, pour de bon cette fois.

Elle avait beau savoir que la température des lieux était scrupuleusement maintenue à dix-huit degrés, Ophélie se sentait comme s'il en faisait quinze de plus. Jamais de sa vie elle n'avait été coquette et, pourtant, elle passa une main nerveuse dans ses cheveux afin d'y mettre bon ordre. Elle récolta quelques éclats de verre dont elle se débarrassa à la hâte.

Une fois au dernier étage, elle longea les hautes rangées de cylindres ; leur vacarme mécanique lui écorchait les oreilles. Elle finit par repérer une porte dont les boulons et les joints étanches évoquaient l'entrée d'une cabine de sous-marin. En fait de cabine, Ophélie découvrit un vaste bureau tout de bois et de cuivre et, au fond de ce bureau, un dos.

Le dos de Thorn.

Il se tenait assis sur un tabouret pivotant, un casque radiophonique sur les oreilles, face à une immense console criblée de trous. C'était l'Ordonnateur, la seule machine au monde capable d'interroger une base de données. Thorn ne cessait de déconnecter et de reconnecter un enchevêtrement de câbles, abaissant un commutateur ici, en relevant un autre là, tel un instrumentiste qui exécuterait la plus alambiquée des partitions.

Ophélie toqua à la porte pour annoncer sa présence, mais Thorn ne parut pas l'entendre. Elle avait peur de le déconcentrer. Elle avait peur tout court. Peur de ce qui se passerait ici quand, enfin, ils pourraient l'un et l'autre laisser libre cours à leurs véritables émotions.

Elle avait peur, oui, mais elle n'aurait voulu être nulle part ailleurs.

Reportant son attention autour d'elle, Ophélie remarqua que la salle de l'Ordonnateur était à peine plus accueillante que les galeries industrielles du Secretarium. Il n'y avait aucun siège où s'asseoir à part le tabouret de la machine, rien d'attrayant à regarder hormis des étagères surchargées de documents, de papier perforé et d'une collection de cadrans horaires. Cette fusion parfaite de l'austérité et de l'organisation n'était vraiment pas sans rappeler l'intendance du Pôle.

Thorn fit soudain pivoter son tabouret, consulta le ruban jaune qu'une machine mécanographique venait de perforer et actionna le poussoir d'un microphone.

— La référence demandée est « note n° 8.174, fonds des travaux publics, 1S067 ». À vous.

Alors qu'une voix minuscule répondait dans son casque, il remarqua la présence d'Ophélie et lui signala d'un geste la porte étanche qu'elle s'empressa aussitôt de verrouiller. À chaque tour de manivelle, le ronronnement assourdissant de la base de données au-dehors se fit de plus en plus lointain, jusqu'à devenir inaudible. Le silence fut bientôt absolu dans la pièce.

— L'apprentie virtuose vient d'arriver, annonça

alors Thorn. J'ai des directives à lui donner. Je reprendrai le traitement des requêtes bibliographiques dès que ce sera fait. Terminé.

Il coupa le microphone, ôta le casque, puis retourna enfin son tabouret. Son immobilité fut si soudaine et si prolongée qu'Ophélie se demanda s'il attendait d'elle une quelconque initiative, quand elle réalisa qu'il était en train de la détailler méticuleusement de la tête aux pieds. Il s'attarda sur le galon de son uniforme et les ailes épinglées à ses bottes. Ce regard acéré lui donnait l'impression que ses coupures se rouvraient l'une après l'autre sous les bandages, au fil de son examen.

— Pourquoi êtes-vous à Babel ?

Un « r » croqué comme de la glace, des consonnes dures comme de la pierre, Thorn avait retrouvé l'accent du Nord. Il avait posé sa question avec une articulation lente et méthodique.

Quand Ophélie réalisa que c'était bien à elle, et non à Eulalie, qu'il s'adressait, elle perdit tous ses moyens.

— Je ne supportais plus de rester chez mes parents.

Pour une réponse idiote, c'était une réponse idiote.

Thorn demeura de marbre sur son tabouret, dans l'expectative. La gorge d'Ophélie tambourinait si fort qu'il lui semblait que son cœur s'était logé dedans. Elle se sentait pareille à un entonnoir. Si violentes que fussent les émotions qui lui mettaient le corps en ébullition, quand arrivait le moment de les exprimer il n'en ressortait toujours qu'un pitoyable goutte-à-goutte.

— J'ai été étonné de trouver en vous la remplaçante de l'apprentie Mediana, reprit alors Thorn. Un peu plus que cela, même.

Ophélie eut vraiment du mal à le croire. Son visage fermé ne laissait rien filtrer.

— Dans ce cas, nous sommes deux. Si j'avais su que vous étiez le fameux Sir Henry, j'aurais…

— Vous pourriez être Dieu, la coupa Thorn.

Elle fut complètement prise au dépourvu par cette remarque. Ses mains, devenues molles, laissèrent tomber les notes de Mediana qu'elle avait apportées avec elle et qui se répandirent à ses pieds dans une avalanche de papier.

— Vous croyez que moi… que je suis…

— Vous auriez pu l'être. Je l'aurais pu également. Dieu connaît nos visages.

C'était d'une telle élémentarité qu'Ophélie eut honte de ne pas y avoir pensé par elle-même.

— Vous dites vrai. Heureusement pour nous, Dieu est un piètre imitateur. Si vous m'aviez accueillie avec le sourire, je vous assure que je me serais méfiée.

Thorn n'émit aucun commentaire. Ophélie avait espéré détendre l'atmosphère avec sa boutade, mais ce fut un échec complet. Ces retrouvailles étaient un échec complet. Ce n'était pas du tout censé se passer ainsi, elle devait absolument dire quelque chose de plus intelligent. Trouver enfin les bons mots. *Maintenant*.

Tac-tac !

C'était la montre à gousset. Ophélie se fit pincer les doigts en essayant de l'extirper de sa poche.

— Voici un témoin au-dessus de tout soupçon

qui devrait vous convaincre que je ne suis pas Dieu.

Ophélie eut honte de sa voix vacillante. Depuis l'instant où elle était entrée dans cette pièce, elle se comportait comme une fillette effarouchée. À l'époque où elle ne connaissait pas Thorn et où elle avait toutes les raisons de le redouter, elle n'avait pas éprouvé la moitié de l'appréhension qui la nouait en ce moment. Cet homme avait ouvert en elle une brèche qui la rendait insupportablement vulnérable.

Et il ne faisait rien pour la mettre à l'aise.

Il se mit debout. Ce mouvement osseux déroula son interminable colonne vertébrale et arracha un grincement d'acier à sa jambe. Ophélie le préférait encore assis. Elle était suffisamment intimidée comme ça, elle n'avait vraiment pas besoin de se sentir écrasée par sa taille.

Thorn récupéra sa montre sans ébaucher un seul pas vers elle, de loin et du bout des doigts.

— Elle n'est pas à l'heure, s'excusa Ophélie. Elle a passé tout son temps à vous chercher. Je ne suis pas une experte en psychologie horlogère, mais elle reprendra certainement ses esprits maintenant qu'elle vous a trouvé.

La montre fit claquer son couvercle, encore et encore. Thorn la considéra d'un air sceptique, comme s'il doutait d'avoir jamais eu un quelconque lien d'appartenance avec un objet aussi tapageur.

Si Ophélie avait espéré l'émouvoir avec ça, c'était raté.

— Comment se porte ma tante ?

— Oh… en fait, je n'ai pas revu Berenilde depuis que les Doyennes m'ont rapatriée sur Anima. Mais j'ai eu quelques nouvelles. Vous pouvez compter sur elle pour faire face. Et pour attendre votre retour, crut-elle bon de préciser avec un sourire maladroit.

Ophélie s'abstint de toute allusion à l'épisode de la Rose des Vents. Il aurait fallu pour cela mentionner Archibald, et la dernière chose qu'elle souhaitait, c'était mettre Thorn de mauvaise humeur. On ne pouvait pas dire qu'il débordait d'enthousiasme pour le moment.

— Mon retour ? répéta-t-il.

— Les choses ont changé au Pôle. Farouk a changé. Je suis sûre que vous pourrez un jour rentrer chez vous la tête haute et enfin plaider votre cause.

Ophélie avait affirmé cela avec conviction, dans l'espoir que ces mots-là au moins atteindraient le cœur de Thorn. Il se contenta de fermer son poing autour de sa montre pour en faire taire les tac-tac incessants.

— Êtes-vous venue seule à Babel ?

— Euh… oui.

Ophélie s'efforça de ne surtout pas penser à l'écharpe à ce moment.

— N'y a-t-il aucun risque que les Doyennes découvrent votre présence ici ?

— Je crois.

— La couverture de l'« apprentie Eulalie » est-elle solide ?

— J'ai des papiers.

Sa réponse fut recouverte par un épouvantable

crissement d'acier. Thorn avait voulu changer de position, mais la mécanique qui servait d'exosquelette à sa jambe s'était bloquée en plein mouvement. Il s'agrippa de justesse à la console de l'Ordonnateur pour ne pas perdre l'équilibre.

— Je peux me débrouiller seul, dit-il en voyant Ophélie amorcer un geste.

Le ton était sans appel. Alors qu'il se penchait pour dégripper le mécanisme à l'arrière du genou, Ophélie en profita pour l'observer plus attentivement. Elle prit soudain note d'un étalage de détails qu'elle aurait relevés plus tôt si elle n'avait pas été à ce point obnubilée par sa propre nervosité. Thorn avait changé, lui aussi. Le pli incrusté entre ses sourcils s'était creusé davantage. Ses cheveux avaient perdu du terrain, rendant son front plus vaste encore qu'il ne l'était auparavant. Sa figure était si pâle que ses balafres s'en détachaient à peine. Et il y avait cette forte odeur d'alcool pharmaceutique qui se dégageait de lui, à croire qu'il désinfectait consciencieusement chaque centimètre de peau, de vêtement et de métal.

Et pourtant, son corps entier semblait électrifié par une puissante énergie, une détermination d'une telle intensité qu'elle en était presque palpable.

Thorn débloqua le mécanisme de sa jambière dans un crissement effroyable, puis il se redressa de toute sa hauteur.

— C'est à votre tour si vous avez des questions. Sans rapport avec ma jambe, de préférence.

Ophélie se contracta. Bien sûr qu'elle en avait ! Elle en avait même tellement qu'elle ne savait par où commencer. Elle ne put retenir un regard vers l'emblème solaire épinglé à la chemise de Thorn.

— Je me sers de LUX autant que LUX se sert de moi, la devança-t-il. J'ai été incapable de me mesurer à Dieu en m'attaquant à lui de l'extérieur. J'ai revu toute ma stratégie en conséquence.

— En devenant Lord vous-même ? Ce sont donc tous des complices de Dieu ?

— Comme le sont vos Doyennes sur Anima et comme l'a été le clan de ma mère au Pôle. Un peu plus que cela, même. LUX possède une influence et des moyens considérables. Ces Lords sont les Tuteurs par excellence : ils tiennent leur esprit de famille en laisse et ils ont fait de la cité de Babel le modèle que Dieu voudrait appliquer à chaque arche.

Ophélie déglutit. Un monde où il faudrait continuellement surveiller ce que l'on dit et ce que l'on fait n'était pas un endroit pour les maladroites de son espèce.

— Cela a dû être un tour de force d'intégrer leurs rangs, murmura-t-elle. Comme tout ce que vous avez accompli depuis votre évasion, en fait.

Thorn jeta un coup d'œil à sa montre et, constatant que toutes les aiguilles pointaient vers lui, il se tourna vers les innombrables pendules de la salle, comme s'il cherchait à chronométrer leur temps de parole.

— C'est une longue histoire. Sachez au moins ceci : je suis venu à Babel en raison des indices que vous m'avez fournis en prison et je suis devenu Sir Henry grâce aux Généalogistes.

— Les Généalogistes ? s'étonna Ophélie. Vous

en parliez la dernière fois avec Lady Septima et vous n'aviez pas particulièrement envie d'avoir affaire à eux.

Un frémissement parcourut la mâchoire de Thorn. Ce fut le premier signe d'émotion qu'il manifestait depuis le début de leur conversation. Ce signe-là, Ophélie savait l'interpréter. Elle l'avait si souvent surpris par le passé, chaque fois que Thorn s'efforçait de la protéger de ses propres secrets, qu'elle fut soulagée de le voir à nouveau. Cet homme allait redevenir l'ours bourru qu'elle avait appris à connaître. Il lui ordonnerait de rentrer sur Anima, de ne plus se mêler de ses affaires, de le laisser affronter seul le danger.

Et elle, elle avait la ferme intention de s'imposer à lui.

— Thorn, je resterai à Babel que vous le vouliez ou non. Quoi qu'en dise Lady Septima, il se trame des choses ici… des choses vraiment troublantes. Je ne saisis pas encore ce que vous manigancez, mais, avant que vous ne vous opposiez à ma décision, sachez que j'ai…

— Je ne m'y opposerai pas.

La réponse avait été si immédiate qu'Ophélie avala sa salive de travers et son beau discours dégénéra en quinte de toux.

— Je suis d'accord avec vous, surenchérit Thorn. Il se trame des choses ici. J'ai besoin d'un regard à l'extérieur du Secretarium et, vous, d'un regard à l'intérieur. Nous aurions tous les deux à gagner d'une collaboration. Cela vous convient-il ?

Ophélie hocha la tête avec raideur. Elle aurait

dû se réjouir, mais le détachement de Thorn, cette façon qu'il avait de purger leur conversation de tout sentimentalisme la faisaient se sentir de plus en plus creuse.

Sur la console de l'Ordonnateur, le casque radiophonique émit un chuchotement, indiquant que quelqu'un essayait de rétablir une communication. C'était la voix de Lady Septima.

— Le microphone est coupé, dit Thorn en voyant Ophélie reculer. Elle ne peut pas nous entendre.

— Est-ce qu'elle sait qui vous êtes vraiment ?

— Personne ne le sait à part les Généalogistes. J'ignore si Lady Septima connaît l'existence même de Dieu, mais elle est convaincue de servir une belle et noble cause. Seuls les Généalogistes sont initiés à toute la vérité. Ce sont les Lords les plus puissants de LUX. Tellement puissants, en fait, qu'ils ne tolèrent plus l'idée de devoir rendre des comptes à Dieu. C'est le seul dénominateur commun que je partage avec eux, ajouta-t-il avec un dégoût qu'il ne parvint pas à dissimuler, mais il m'a permis de m'infiltrer dans leurs rangs. Ils m'ont cousu de toutes pièces une nouvelle identité, faisant de moi un respectable citoyen de Babel, puis ils m'ont placé à la tête du Secretarium. Dieu ignore bien sûr ma présence ici. Nous devrons, vous et moi, nous montrer vigilants et ne jamais trahir notre passé devant les autres. Ce qui inclut les Généalogistes. Ils s'allient avec moi uniquement parce que je peux leur être utile. Ils ne verraient pas d'un bon œil votre intrusion dans leurs petites affaires.

— Mais pourquoi vous ont-ils confié le Secretarium ? insista Ophélie. Qu'est-ce que la base de données du catalogue et les groupes de lecture ont à voir avec « leurs petites affaires » ?

— Ils ont tout à voir. Les Généalogistes m'ont chargé de retrouver un document bien particulier.

— Le manuscrit que traduisait Mediana ?

— Ça, ce sera à vous de me le confirmer. Je ne vous en dis pas plus afin de ne pas biaiser votre jugement. Il me faut un regard neuf.

La voix de Lady Septima se fit plus forte dans le casque, à coups de « allô ! » insistants. Thorn reprit place sur son tabouret avec une rigidité mécanique, mais il n'enclencha pas encore le microphone. Il ouvrit un tiroir et en débobina un ruban de papier perforé qui cascada jusqu'au sol.

— Ne perdons pas davantage de temps, dit-il en le tendant à Ophélie d'un geste énergique. Voici une liste de références bibliographiques. Je vous invite à consulter tous ces livres sans exception dans les plus brefs délais. Ils vous seront utiles pour votre expertise.

Puis, ignorant le visage décomposé d'Ophélie, Thorn remit de l'ordre dans l'imbroglio de câbles de l'Ordonnateur avec un sens maniaque de la méthode. S'il semblait peu à l'aise sur ses jambes, ses mains avaient, elles, une précision de flèches.

— Vous devriez vous rendre sans plus tarder dans la chambre froide, recommanda-t-il. Le manuscrit vous attend et Lady Septima jugerait inadmissible que vous n'ayez pas déjà commencé votre travail. Préparez-vous à ce qu'elle soit sur votre dos. Nous envisagerons de nous voir seuls quand sa vigilance se sera relâchée. À ce moment-là, et à ce moment-là uniquement, je vous donnerai de plus amples informations.

Thorn s'était exprimé avec un débit de machine à écrire sans remarquer l'effet que ses paroles produisaient sur Ophélie. Sur ses lunettes, en particulier. Elles avaient complètement jauni.

— C'est-à-dire… J'envisageais de quitter la Bonne Famille.

Thorn fit alors lentement pivoter son tabouret vers elle. Rien dans sa physionomie n'exprimait de la désapprobation et, pourtant, Ophélie se sentit soudain glacée jusqu'à l'os.

— Il me sera plus facile de vous seconder ainsi, assura-t-elle en entortillant le ruban perforé. Le conservatoire est très contraignant et me laisse peu de liberté d'action. C'était surtout un prétexte pour accéder au Secretarium, mais puisque vous êtes là, vous pourrez… me faire entrer en cachette. Non ?

Le regard de Thorn, aussi fixe et perçant que celui d'un aigle, fit perdre à Ophélie ce qu'il lui restait de contenance.

— Non. Votre position est beaucoup plus intéressante au sein de la compagnie des avant-coureurs. Et elle le sera davantage encore lorsque vous deviendrez aspirante virtuose.

Ophélie était estomaquée. Il parlait de cela comme s'il s'agissait d'une simple formalité ! Elle fut tentée un instant de mentionner les menaces, les chantages et les bris de verre, mais elle y renonça. Elle ne voulait pas paraître faible face à

Thorn. Pour une raison qu'elle ne comprenait pas encore, un fossé s'était creusé entre eux ; elle ne lui permettrait pas de s'agrandir davantage.

— C'est entendu, dit-elle en rangeant le ruban dans sa poche d'uniforme. Je poursuivrai mon apprentissage au conservatoire et j'expertiserai ce manuscrit.

À son grand dépit, Thorn ne laissa transparaître aucune marque de satisfaction.

— Vous me remettrez un rapport écrit de vos avancées, comme l'apprentie Mediana le faisait avant vous. N'oubliez pas de ramasser ceci avant de partir.

Il signala les notes de traduction qui étaient restées éparpillées sur le parquet, puis il reprit ses connexions et ses déconnexions de câbles comme si la conversation était close.

— C'est tout ? murmura Ophélie. Vous n'avez rien d'autre à me dire ?

— Si, marmonna Thorn sans s'interrompre dans ses branchements. D'ici à ce que l'on découvre ce qui est réellement arrivé à Miss Silence et à l'apprentie Mediana, évitez de vous isoler. Restez toujours auprès de vos condisciples : leur entourage sera votre meilleure protection.

Ophélie réprima un rire nerveux. Elle s'agenouilla, ignorant de son mieux la douleur que chaque geste ravivait sous ses bandages. Quand elle eut fini de rassembler les feuilles, elle s'aperçut que Thorn ne bougeait plus. Voûté sur son tabouret, il tenait son casque radiophonique sans se décider à l'enfiler. Ses gantelets de métal luisaient sous les ampoules de l'Ordonnateur.

— Et vous ? finit-il par demander à son tour. Vous n'avez rien d'autre à me dire ?

Des choses à lui dire, Ophélie en aurait eu des milliers. Aucune ne franchit ses lèvres. Parler au dos de Thorn était encore plus difficile que lui parler en face.

Comme elle ne répondait pas, il mit son casque sur ses oreilles.

— Vous refermerez derrière vous.

Une fois sortie de la salle de l'Ordonnateur, Ophélie s'immobilisa au milieu du tintamarre des cylindres. Elle mordit son gant de toutes ses forces, étouffant le sanglot qui menaçait d'exploser entre ses côtes.

« Au fait : je vous aime. »

Où étaient-ils passés, ces cinq mots maladroits que Thorn lui avait soufflés à l'oreille juste avant de disparaître de sa vie ? L'absence avait-elle suffi à les effacer comme de la craie ?

Ophélie s'essuya résolument les yeux. Non. Le plus important, c'était de l'avoir retrouvé. Le reste serait une affaire de temps, pour lui comme pour elle.

— Au travail ! murmura-t-elle en prenant la direction de la chambre froide.

Le concierge

Les averses bouillantes cédèrent la place aux vents poussiéreux. L'été babélien touchait à sa fin, mais l'air était à peine moins chaud.

Ophélie ne remarqua pas le changement de saison. Il lui aurait fallu pour cela avoir le temps de lever les lunettes vers le ciel. Elle se réveillait avant l'aube pour les corvées prématinales, faisait ses tours de stadium réglementaires, courait de l'amphithéâtre au laboratoire, avalait son bol de riz tout en révisant ses notes sur un coin de table et il lui était interdit de se coucher avant d'avoir terminé ses corvées du soir. Le moindre retard se répercutait sur toute la semaine. En plus du reste, Lady Septima avait presque doublé les horaires des groupes de lecture au Mémorial. Elle avait instauré un impitoyable système de classement basé sur la productivité individuelle : plus l'apprenti se positionnait haut, plus grandes étaient ses chances d'obtenir la place d'aspirant.

La cérémonie de remise des grades était imminente.

Chaque minute comptait dans cette cadence

infernale et cela, les Devins l'avaient très bien compris. Puisque Ophélie avait refusé de se retirer de la compétition, ils s'en prirent à ce qu'elle possédait de plus précieux au conservatoire. Son temps. Ils glissèrent des somnifères dans sa carafe de chevet, bouchèrent les toilettes pendant son tour de corvée, cousirent l'une à l'autre ses jambes de pantalon, bloquèrent le mécanisme de son lit : tous les stratagèmes étaient bons pour la ralentir.

Les premiers jours, Ophélie vit son positionnement dégringoler dans le classement. Remplacer Mediana tenait du cadeau empoisonné, et pas seulement parce qu'elle s'était attiré la rancœur de ses camarades. Les heures supplémentaires qu'Ophélie passait dans la chambre froide du Secretarium venaient s'ajouter à un emploi du temps plein à craquer.

Et il fallait dire ce qui était : le manuscrit qu'elle devait expertiser pour Thorn lui donnait du fil à retordre.

Il s'agissait d'un épais registre de conciergerie tenu au cours de la dernière décennie avant la Déchirure. Il était rédigé dans un ancien dialecte régional de Babel, avec un alphabet inutilisé depuis des siècles : un véritable charabia aux yeux d'Ophélie. Le début de traduction de Mediana n'avait mis au jour que des relevés de marchandises, des inventaires d'équipements, des états des lieux, des consignes de sécurité et de salubrité. Rien qui fût apparemment digne d'intérêt.

Ophélie s'était procuré les livres que lui avait recommandés Thorn, mais ils étaient si savants qu'elle fut incapable de les exploiter.

Elle ne pouvait se fier qu'à ses mains.

Hélas, les extrémités des pages du registre avaient été rongées par le temps et c'étaient les parties les plus susceptibles d'être manipulées par des doigts. En d'autres termes, elle était privée du terrain le plus propice à une *lecture*. Il lui fallait de surcroît suivre le protocole expérimental imposé par Lady Septima. Cette méthodologie était plus exigeante que tout ce qu'elle avait jamais eu à faire dans son petit musée : passer d'une page à la suivante réclamait un temps formidable. Ophélie examinait minutieusement chaque millimètre de papier et, quand elle était enfin traversée par une vision, elle se précipitait pour la consigner dans son rapport.

Petit à petit, elle dressa une première ébauche du profil de l'auteur. Le concierge était de sexe masculin. Il souffrait de troubles nerveux sévères, mais il ne manquait pas de sang-froid pour autant. Malgré la méfiance dont il avait fortement imprégné le registre, il avait eu à cœur de faire consciencieusement son travail. Beaucoup de rigueur, un grand sens de la discipline, des séquelles traumatiques : un soldat retourné à la vie civile. Ophélie ressentait une forte gêne à la mâchoire chaque fois qu'elle tombait sur une empreinte. Le concierge était probablement un grand mutilé de guerre.

Formuler tout cela par écrit exigeait d'extrêmes précautions. L'Index interdisant d'utiliser les mots « soldat » et « guerre », Ophélie devait recourir à d'interminables périphrases comme « individu ayant servi dans une grande unité de préservation de la nation » ou encore « situation conflictuelle entre plusieurs pays recourant à des équipements de haut degré de nocivité ».

Ophélie espérait et redoutait à la fois le moment de retrouver Thorn pour lui remettre son rapport. Comme il l'avait prévu, ils n'eurent plus une seule occasion de se voir en tête à tête : Lady Septima s'arrangeait pour assister à chaque entretien, de façon à pouvoir juger par elle-même de la prestation de son élève. Elizabeth était elle aussi souvent présente, allant et venant entre les box de lecture et le Secretarium, faisant le point sur l'encodage ou apportant d'incessantes améliorations à l'Ordonnateur.

Ophélie devait donc toujours rester au garde-à-vous, appeler Thorn *sir* et maintenir les yeux baissés.

C'était une douleur quotidienne de le savoir si près et si inaccessible. Ophélie avait l'impression de ne pas l'avoir réellement retrouvé. Elle avait si peur de décevoir ses attentes qu'elle prenait très à cœur la mission qu'il lui avait confiée, si peur d'aggraver la distance entre eux qu'elle observait scrupuleusement la discrétion qu'il avait exigée d'elle. Chaque fois qu'elle osait lui jeter un regard à la dérobée, elle était frappée par cette froide détermination qui l'animait. Thorn s'était déjà fixé pour objectif de contrecarrer Dieu à l'époque où il cherchait à *lire* le Livre de Farouk, mais il avait accepté dès le début l'éventualité d'un échec. Ophélie l'avait vu s'épuiser à petit feu, se voûter au fil des semaines, écrasé par le poids d'un fardeau trop lourd pour lui.

Plus aujourd'hui.

Son infatigabilité était celle d'un homme résolu

à réussir. D'un automate, plutôt. Thorn n'avait jamais une impatience, jamais un geste de satisfaction, jamais un mouvement d'humeur, comme si les émotions humaines étaient toutes des freins à sa productivité. Il exploitait méthodiquement chaque nouveau détail, si insignifiant fût-il, qu'Ophélie mettait au jour dans son expertise. C'est ainsi qu'elle vit les piles de documentation s'accumuler soir après soir dans toute la salle de l'Ordonnateur. C'était à se demander où Thorn trouvait l'énergie de lire ça en plus de son travail sur la base de données ! Ophélie comprenait mieux pourquoi il ne quittait jamais le Secretarium.

En attendant, les semaines passaient et elle ne savait toujours pas ce qu'il cherchait exactement dans ce registre de conciergerie ni en quoi consistait réellement son alliance avec les Généalogistes.

— Vous ne les avez jamais vus encore ? s'étonna Blasius quand Ophélie l'interrogea à leur sujet. Ce sont de vraies célébrités à Babel. Chacune de leurs apparitions publiques est *extremely* remarquée.

Il était juché sur une échelle pour remettre en ordre un rayonnage du Mémorial. Deux mètres plus bas, Ophélie faisait mine de consulter un dictionnaire ; elle avait prétexté une recherche lexicale pour obtenir l'autorisation de quitter un instant son box de lecture. Ils se parlaient à voix basse, presque sans remuer les lèvres ni se regarder, chacun donnant l'illusion d'être concentré sur sa tâche.

— Je n'ai pas très souvent l'opportunité de sortir, dit-elle en tournant une page du dictionnaire. Ils ont autant de pouvoir qu'on le raconte, ces Généalogistes ?

— *Good lords*, oui. Ils tiennent un club prestigieux qui leur permet de récolter des informations personnelles sur chaque habitant de l'arche. Dans l'intérêt général, assurent-ils. Ils savent pratiquement tout sur quasiment tout le monde. Vous aurez tôt ou tard l'opportunité de les voir au Mémorial. Évitez d'attirer leur attention, *miss*, chuchota Blasius en tournant son grand nez dans tous les sens. Ils… Ce ne sont pas des gens aussi désintéressés qu'il n'y paraît.

L'inquiétude qui perçait dans sa voix la toucha au cœur. Cela avait été pour elle un vrai soulagement de voir que Blasius ne lui avait pas tenu rigueur de leur mésaventure souterraine. Même s'ils n'y avaient plus fait allusion en public, ce secret était devenu le noyau dur de leur complicité. Ophélie n'avait pas souvent le temps de parler avec le commis, mais chaque sourire échangé au détour d'un couloir lui donnait du courage.

Cette fois-ci, cependant, Blasius ne souriait pas. Il descendit de son échelle, ses yeux agrandis par la crainte.

— Puis-je me permettre un conseil d'ami, *miss* ? Je sais que les avant-coureurs comme vous ont l'information dans le sang, mais… peut-être devriez-vous refréner votre curiosité. Après ce qui est arrivé à votre camarade… *well*… je ne voudrais pas que vous la rejoigniez là-bas.

Ophélie se coinça les doigts en reposant le dictionnaire sur son étagère.

— Là-bas ? Vous savez où ils ont emmené Mediana ?

Blasius passa une main embarrassée dans sa

tignasse de hérisson, comme s'il regrettait d'en avoir trop dit. Ce fut la dernière vision d'Ophélie. La nuit tomba sur elle en même temps qu'un formidable bruit d'éclaboussure. Elle mit quelques secondes à réaliser qu'elle était couverte d'encre. Le liquide sombre et épais lui ruisselait dans les cheveux, sur le visage, le long du cou.

— *Damned !* s'exclama Blasius. Je suis confus, ma malchance a encore frappé !

Elle ôta ses lunettes barbouillées et leva les yeux. Juste au-dessus d'elle, des silhouettes floues s'éloignaient furtivement la tête en bas. Ce n'était pas de la malchance, ça. C'était un ballon lancé avec suffisamment de force pour s'arracher à la gravité du plafond et tomber droit sur sa cible.

— Ne me touchez pas, recommanda-t-elle alors que le commis lui tendait précipitamment un mouchoir. Vous risquez de vous salir à votre tour. Vérifiez que les livres n'ont rien, je vais me nettoyer.

Ophélie passa un temps considérable dans les toilettes du Mémorial. Elle dut se rincer plusieurs fois le visage, les lunettes et les cheveux, puis elle laissa tremper sa redingote dans le lavabo. Cette troupe de Devins commençait sérieusement à l'agacer. Demander un nouvel uniforme impliquerait des corvées supplémentaires et elle n'avait franchement pas besoin de ça. Pendant que le tissu dégorgeait son encre, Ophélie considéra son reflet dans la glace. Ses cheveux courts s'étaient collés à ses joues sous forme de spirales sombres. Elle n'avait jamais l'occasion de se regarder à la Bonne Famille, où les miroirs étaient absents.

Elle était différente.

Elle le voyait au fond de ses yeux, aux commissures de ses lèvres, jusque dans les frémissements de son corps sous le tricot de peau : un trouble qui n'existait pas avant.

— Je suis Eulalie, murmura-t-elle.

« Je suis Ophélie », pensa-t-elle.

Mais pour Thorn, qui était-elle vraiment ?

D'un coup de lunettes furtif, elle vérifia qu'il n'y avait personne d'autre dans les toilettes. Elle prit une ample inspiration pour se calmer, puis elle posa sa paume sur son reflet. Au bout d'un moment, la surface du miroir finit par s'amollir et la main s'y enfonça pour émerger à travers la glace du lavabo voisin. Puis, dans un lent mouvement inverse, Ophélie la ressortit.

Elle tremblait.

Le miroir avait pris une consistance de boue, comme s'il avait essayé de résister à cette intrusion. La double vie qu'Ophélie menait à Babel allait-elle finir par lui faire perdre son pouvoir ? Ou bien était-ce une crise d'identité plus profonde ?

Elle se ressaisit en entendant le grincement de la porte et la résonance d'un pas sur le carrelage.

— Ma mère te cherche, apprentie Eulalie.

Ophélie reconnut la voix d'Octavio. Elle soutint son regard par miroir interposé, aussi longtemps qu'il l'observa entre les coulées noires de sa frange. Avec l'augmentation de la cadence des groupes de lecture, les sessions des deux divisions se faisaient désormais en commun. Cela n'arrangeait rien. Octavio se méfiait autant d'elle qu'elle se méfiait de lui.

— Elle trouve ta recherche lexicale un peu longue, ajouta-t-il, non sans une pointe de sarcasme.

Ophélie aurait voulu le chasser, mais il avait le droit d'être ici. Tous les lieux collectifs étaient mixtes à Babel, y compris les toilettes. Elle retira la bonde du lavabo et, alors que l'eau se vidait dans un gargouillement sonore, elle essora sa redingote. Heureusement, la couleur bleu nuit de l'étoffe ne permettait pas de trop remarquer les dégâts causés par l'encre.

— Tu n'as pas peur de rester seul avec moi ? persifla-t-elle. C'est ici que Mediana a été retrouvée en état de choc.

Les sourcils circonflexes d'Octavio se haussèrent. Ce léger sursaut se propagea le long de la chaîne d'or qui reliait son arcade à sa narine.

— Je n'ai jamais prétendu que tu l'avais agressée.

— Non, juste que je me suis précipitée pour prendre sa place.

— C'est rare de te voir aussi acerbe.

Elle préféra ne pas relever. Derrière elle, aussi impassible qu'un sphinx, Octavio l'étudiait avec une sorte d'intérêt scientifique.

— Qu'est-il arrivé à ton uniforme ? Et à tes bras ?

Ophélie se hâta d'enfiler sa redingote, bien qu'elle fût encore trempée. La plupart de ses coupures s'étaient résorbées, mais quelques-unes avaient laissé des marques dont il était facile de deviner (en particulier pour un Visionnaire) qu'elles étaient récentes.

— Il leur arrive que je n'ai pas ma mère au conservatoire pour protéger mes arrières.

Les yeux d'Octavio s'agrandirent et leur flamme

s'attisa d'un coup. Elle avait touché un point sensible. Ce jeune homme n'était pas un volcan aussi éteint qu'il voulait le faire croire. Le provoquer n'était peut-être pas une bonne idée.

— Je retourne à mon box, déclara Ophélie. Je ne voudrais pas faire attendre davantage Lady Septima.

Octavio la retint par le poignet au moment où elle s'apprêtait à sortir.

— Pour ta gouverne, je n'ai reçu aucun traitement de faveur venant de ma mère. Je ne dois mes bons résultats qu'à mon seul mérite. Je veux simplement m'assurer qu'il en va de même pour chaque futur virtuose. Toi incluse.

Sur ces mots, il lâcha Ophélie et détourna le visage, comme s'il avait soudain honte de son geste. Les relations entre les hommes et les femmes étaient, comme toute chose à Babel, extrêmement codifiées. Les contacts rapprochés ne pouvaient se faire sans l'aval d'une autorité supérieure. Au conservatoire de la Bonne Famille, ils étaient purement et simplement interdits.

Pour la première fois, les yeux d'Octavio évitèrent les siens.

— Je suis quelqu'un de bien, lâcha-t-il du bout des lèvres. Je te le prouverai.

Quand Ophélie repassa devant les rayons où le ballon d'encre avait explosé, Blasius ne s'y trouvait plus. À la place, un automate finissait de nettoyer les dégâts en répétant en boucle « LES PETITS CADEAUX ENTRETIENNENT L'AMITIÉ ».

Pensive, elle se demanda ce qu'Octavio avait voulu lui dire.

Ce soir-là, dans la chambre froide du Secretarium, Ophélie eut toutes les peines du monde à se concentrer sur le manuscrit. Ses paupières étaient en feu. Les journées ne lui laissaient aucun répit et partager l'intimité de quinze hommes hostiles n'aidait pas à bien dormir la nuit. Elle avait beau faire glisser ses doigts sur le vieux registre, là où le papier était à peine intact, le concierge ne lui parlait plus. La pensée de se présenter à Thorn bredouille lui était intolérable, mais rien n'y faisait, ce n'était que du texte troué à perte de vue et il n'y avait plus Mediana pour achever sa traduction.

Après une longue obstination, Ophélie laissa ses mains retomber le long du corps. Elle s'assoupit sans même s'en apercevoir, debout, devant le pupitre de consultation. Cela ne dura qu'une fraction de seconde, un fugace instant durant lequel elle se vit flotter en apesanteur au-dessus de l'ancien monde, si haut qu'elle pouvait voir l'horizon prendre la forme de la courbure planétaire.

Un battement de cils plus tard, elle lisait :

« Bientôt cette foutue saison des pluies et ce foutu dôme qui va encore fuiter de partout et cette foutue jungle qui va m'envahir toutes les chambres et ces foutus gosses qui ne reviennent pas. À quoi ça sert de les avoir envoyés dans cette foutue ville ? Qu'est-ce qu'ils vont y apprendre à part que notre foutu monde il est pourri ? Et s'ils se faisaient lyncher là-bas malgré leurs foutus pouvoirs ? Bordel, qu'est-ce qu'elle fait vide sans eux cette foutue école. »

Ophélie ne ressentit aucune surprise sur le moment. Plongée dans un état second, elle trouva soudain tout naturel de comprendre ce qui était écrit dans le registre. Elle se mit à en tourner les pages, dans un sens, puis dans l'autre, sans plus respecter la procédure, ne suivant que son instinct. En marge des inventaires, à côté des colonnes de comptes, il y avait les commentaires du concierge. C'étaient eux, la vraie teneur du manuscrit.

« L. m'enquiquine avec ses foutues lumières au milieu de la nuit. Couvre-feu, c'est couvre-feu ! »

« Ces foutus gosses se sont disputés toute la journée. La guerre c'était de la pisse de chat comparée au bordel qu'ils m'ont laissé. École de la paix, hein ? Je souhaite bien du foutu plaisir à leurs futurs rejetons. »

« Et merde, J. a disparu. Pour de vrai cette fois. Avec son foutu pouvoir, ça devait arriver. Et merde. »

« Fausse alerte, on a retrouvé J. Sur une autre foutue île. En parfaite santé. Ils sont increvables, ces foutus gosses. »

« La petite A. est venue me taper la causette aujourd'hui. J'ai pas pigé un foutu mot de ce qu'elle m'a dit. Elle m'a fait un dessin. Je crois qu'elle veut un télescope. Je sais pas si ces gamins seront un jour les rois du monde, mais apprendre la langue d'ici serait un foutu bon début. »

« Et merde. On a encore perdu J. »

Ophélie tournait les pages sans pouvoir s'arrêter. Elle était en transe. Il lui semblait presque entendre la voix du concierge lui grommeler à l'oreille et elle pouvait sentir, derrière l'âpreté des mots, une incommensurable tendresse. Il les avait aimés, ces « foutus gosses ». Sincèrement aimés.

Le registre s'achevait brutalement sur un dernier commentaire :

« Il m'épie. Cette foutue façon qu'il a de me regarder me flanque la trouille. Comme si j'étais un foutu intrus dans leur foutue école. Il est pas comme ces foutus gosses, celui-là. Je dois en causer au chef. »

Ophélie écarquilla les yeux derrière ses lunettes, tout à fait réveillée cette fois. Le texte retrouva aussitôt son opacité. Ce n'était à nouveau qu'un enchaînement de caractères sans queue ni tête. Une langue qui lui était totalement étrangère.

— Apprentie Eulalie, votre séance est terminée, déclara la voix de Lady Septima à travers le tuyau acoustique.

Ophélie se tourna vers sa feuille de rapport encore vierge, posée sur un coin de pupitre. Elle n'eut pas la moindre hésitation.

Elle devait trouver un moyen de parler à Thorn seule à seul.

Le non-dit

Quand Ophélie quitta l'ascenseur de la chambre froide, Lady Septima l'attendait.

— Vous avez traîné. Dépêchons-nous, apprentie.

Comme chaque fois, elles traversèrent ensemble les galeries circulaires du Secretarium. Ophélie s'efforçait de ne pas trahir l'excitation qui lui donnait envie de courir jusqu'à Thorn. Elle ne put retenir un regard vers le globe décoratif qui flottait en apesanteur au milieu de l'atrium. Ce soir, l'ancien monde lui avait révélé une infime partie de ses secrets.

Lady Septima entra dans la salle de l'Ordonnateur et remit l'expertise à Thorn sans se soucier de l'interrompre au milieu de ses branchements. En temps normal, Ophélie se contentait de baisser les yeux. Pas cette fois-ci. Elle le fixa obstinément tandis qu'il décachetait l'enveloppe, dépliait son rapport et en prenait connaissance avec une impassibilité mécanique. Son regard rencontra brièvement celui d'Ophélie, puis il se tourna vers Lady Septima.

— Laissez-nous seuls.

— *Why* ? Si mon élève a commis une erreur, je dois être mise au courant et prendre les mesures qui s'imposent.

Elle tendit une main autoritaire vers le rapport d'expertise, mais Thorn le rangea dans un tiroir de l'Ordonnateur. Bien à l'abri des regards, si puissants fussent-ils.

— Si vous permettez, *sir*, j'aimerais y jeter un coup d'œil, insista Lady Septima. Je me suis engagée à vous procurer une traductrice ; ma responsabilité...

— ... n'est pas en cause, la coupa Thorn, puisqu'il n'y a pas de faute. Il se trouve que vous n'avez tout simplement pas à connaître la teneur de ce rapport.

— Je vous demande pardon ?

Ophélie serra les orteils au fond de ses bottes. Il était curieux de constater comment quatre mots pouvaient prendre une signification opposée selon la façon dont ils étaient prononcés. Lady Septima était mortellement offensée. Au fond, Octavio brûlait du même feu intérieur que sa mère : derrière leur abnégation, ils se consumaient d'orgueil.

Thorn, lui, était un iceberg. Immobile sur son tabouret, il n'affichait rien d'autre qu'une froide indifférence. L'embout métallique de ses doigts pianotait sur la console en bois de l'Ordonnateur. Il avait fallu du temps à Ophélie pour comprendre que ces gantelets qu'il portait en permanence étaient forgés dans un alliage alchimiste qui empêchait les électrocutions. Connecter et déconnecter des câbles à longueur de jour n'était pas une occupation dépourvue de risque.

— L'expertise de ce manuscrit a été commanditée par les Généalogistes, dit Thorn. J'ai reçu des instructions ; vous aussi. Vous deviez trouver un interprète et vous vous êtes acquittée de cette tâche bien au-delà de votre devoir. Tout ce qui va se dire dans cette pièce aujourd'hui relèvera de la plus haute confidentialité.

Lady Septima pointa du doigt le galon d'épaule d'Ophélie.

— Cette apprentie inexpérimentée, dont on ne sait même pas si elle deviendra un jour avant-coureuse, serait mieux informée que moi ?

Thorn se mit debout. Lady Septima, qui avait pour habitude de toiser le monde de haut, parut soudain minuscule.

— Si vous y voyez un inconvénient, je vous recommande de vous adresser directement aux Généalogistes.

Cet argument acheva de convaincre Lady Septima de ravaler sa fierté. Elle claqua des talons, prit la direction de la sortie, puis pivota une dernière fois vers Ophélie. Son teint avait pâli et ses yeux de braise étaient, à l'inverse, devenus incandescents. Elle semblait se servir de son pouvoir familial pour fouiller les atomes de cette élève qui osait savoir une chose qu'elle-même ignorait. Ophélie soutint ce regard intrusif de son mieux, mais elle fut soulagée quand Lady Septima sortit enfin et referma la porte derrière elle.

Thorn tourna la manivelle jusqu'à ce que l'insonorisation fût complète dans la salle de l'Ordonnateur.

— Une feuille blanche ? commenta-t-il.

Ophélie se mordit l'intérieur de la joue. Il n'y avait pas de reproche dans sa voix, mais cela ne signifiait rien. Que son accent fût celui de Babel ou celui du Nord, le ton de Thorn était en toute circonstance si monocorde qu'il était impossible de deviner ce qu'il avait à l'esprit.

— Je suis désolée. Vous m'aviez demandé de ne pas attirer l'attention de Lady Septima sur nous et je viens de faire l'exact contraire.

Thorn ne lui répondit pas. Il demeura debout et l'observa à distance. Il attendait ses explications.

— L'auteur de votre manuscrit, se lança Ophélie. Il a vécu ici même, au Mémorial, à l'époque où c'était encore une école. Il a… Je suis certaine qu'il a connu les esprits de famille. Je veux dire lorsqu'ils étaient enfants. Et j'ai toutes les raisons de penser, ajouta-t-elle après avoir avalé sa salive, qu'il a connu Dieu aussi.

Elle guetta un changement dans l'attitude de Thorn. Il ne défronça pas un sourcil.

— Qu'avez-vous appris d'autre ?

Certes, Ophélie ne s'était pas attendue à ce qu'il la fît tournoyer dans les airs, mais elle aurait apprécié un signe de contentement, fût-il minime.

Le parquet craqua sous ses pieds quand elle s'approcha des étagères vitrées derrière lesquelles défilaient dossiers et cadrans. Elle n'eut pas un regard pour eux. Elle ne voyait que son reflet incertain et loin, loin derrière elle, la silhouette d'épouvantail de Thorn.

— Que je ne suis plus vraiment moi-même. Je ne sais pas depuis quand ça a commencé. Est-ce que c'est d'avoir *lu* le Livre de Farouk ? Est-ce que c'est d'avoir absorbé une partie de votre pouvoir familial ? Est-ce que c'est d'avoir libéré cet Autre lors de mon tout premier passage de miroir ? J'ai parfois l'impression d'être habitée par une deuxième mémoire.

Rattrapée par une vieille habitude, elle grignota la couture de ses gants et ce qu'elle vit alors, dans la vitre des étagères, ne lui plut pas. Une petite femme qui, tout au fond d'elle, avait peur. Une moitié de femme.

« Une *bambina* », lui souffla la voix ironique de Mediana.

Ophélie se détourna de son reflet et chercha le regard de Thorn.

— J'ai lu le manuscrit. Pas seulement avec mes mains : avec mes yeux aussi. Pendant un instant, j'ai compris ce que ce concierge a écrit. Comme si une part de moi s'était soudain rappelé comment faire.

Elle raconta alors à Thorn tout ce qu'elle avait retenu de sa lecture. L'école de la paix, les séances d'entraînement, le départ pour la ville, les lumières de L., le télescope de A., les disparitions de J. et surtout, surtout, les derniers mots du concierge : « Il est pas comme ces foutus gosses, celui-là. Je dois en causer au chef. »

— Alors ? demanda-t-elle. C'était ça que les Généalogistes vous ont chargé de trouver ?

— Y a-t-il autre chose dans ce registre qui aurait pu vous échapper ?

Fidèle à lui-même, Thorn avait posé sa question sur un ton méthodique. Il ne semblait pas remarquer que chacun de ses mots renforçait l'impression désagréable qu'elle avait de n'avoir pas répondu à ses attentes.

— Ma transe n'a pas été longue, mais je pense avoir pris connaissance de l'essentiel.

— Pourriez-vous renouveler l'expérience ?

— Je ne crois pas. Je n'ai aucun contrôle sur ces visions, il me faut un déclic. Je... j'essaierai encore, ne put-elle s'empêcher de promettre face au regard fixe de Thorn.

Elle prit soudain conscience qu'il n'y avait pas grand-chose qu'elle lui aurait refusé s'il le lui avait demandé. Il était ironique de voir à quel point les rôles s'étaient inversés. L'avait-il aussi ressenti autrefois, cet état d'instabilité permanente ?

Il y eut un grincement d'acier quand Thorn rompit soudain son immobilité.

— Ce ne sera pas nécessaire, dit-il.

Il se dirigea au fond de la salle et ouvrit une porte : elle disparaissait si bien dans les lambris du mur qu'Ophélie ne l'avait jamais remarquée. Thorn ne lui avait pas demandé de le suivre, mais comme il tardait à revenir, elle finit par le rejoindre.

La porte donnait sur un logement de fonction qui était fait du même bois et des mêmes cuivres que la salle de l'Ordonnateur. Les lieux s'avéraient tout aussi austères : une armoire, une table, une lampe et un lit. Ophélie remarqua deux habitacles de fantopneumatique. L'un était un vide-ordures qui permettait d'évacuer les déchets hors du Secretarium. L'autre renfermait un plat qui contenait lui-même une bouillie informe. On fantomisait la nourriture de Thorn ?

Il n'y avait pas un pli sur les draps, pas une particule de poussière sur les meubles, pas une chaussette oubliée sur le parquet. En revanche, des bouteilles pharmaceutiques étaient alignées en rangs serrés sur toutes les étagères, comme dans un cabinet d'apothicaire.

Thorn avait plié son corps sur une chaise, face à l'armoire dont les portes étaient grandes ouvertes. Un coude piqué dans chaque genou, le menton perché sur ses mains entrecroisées, son attention semblait entièrement concentrée vers l'intérieur du meuble. Ophélie haussa les sourcils en voyant qu'il avait repoussé de chaque côté les chemises pendues aux cintres. Elle les haussa davantage quand elle découvrit une quantité invraisemblable de rubans perforés, épinglés comme une collection de papillons. C'étaient des références de livres générées par l'Ordonnateur. Chacune d'elles était barrée d'une croix noire.

— C'est quoi, cette bibliographie cachée ? demanda Ophélie.

Thorn se leva à son approche, si brusquement qu'il faillit coincer le mécanisme de sa jambe. Peut-être était-ce pour lui permettre de regarder à son aise, mais elle croyait plutôt qu'il veillait à maintenir une distance entre eux.

— Les Généalogistes ne connaissent ni le titre ni l'auteur de l'ouvrage qu'ils m'ont demandé de chercher, répondit-il. À mon arrivée, j'ai compris qu'il me serait statistiquement impossible de le localiser à partir de l'ancien catalogue. Il me fallait une base de données digne de ce nom. Plus les groupes de lecture enrichissent le nouveau catalogue, plus les requêtes de l'Ordonnateur gagnent en précision et plus fortes sont les probabilités de remplir ma mission. Vous avez sous les yeux la sélection que j'avais constituée. Comme vous pouvez le constater, dit-il en désignant un ruban où l'encre de la croix n'avait pas encore séché, le registre de conciergerie était mon dernier candidat.

Ophélie fit glisser les rubans entre ses doigts. Elle connaissait désormais par cœur le langage des perforations et pouvait déchiffrer, presque sans difficulté, les références qui y figuraient. À l'exception des dates d'édition, toutes plutôt anciennes, il y avait là des documents de natures différentes : mémoires, essais, manuels, brevets, etc.

— C'est irréalisable, souffla-t-elle. Vous ne pouvez pas trouver un livre parmi des centaines de milliers sans aucune directive.

— En fait, j'en ai une.

Sous l'effet de la surprise, Ophélie arracha un ruban bibliographique de son épingle, endommageant la trame des perforations. Elle s'empressa de le remettre à sa place, mais Thorn ne s'était aperçu de rien. Il détachait l'un après l'autre les fermoirs de ses gantelets.

— Ce document que cherchent les Généalogistes ne traite pas de n'importe quel sujet. Il détiendrait une information bien spécifique. Une information, dit-il en faisant sauter le dernier fermoir, qui permettrait à celui qui la connaît de devenir l'égal de Dieu.

Ophélie considéra longuement Thorn sans ciller, sans parler, sans respirer.

— Inutile de préciser, poursuivit-il, que vous

ne devez répéter cela à personne. En particulier à Lady Septima. Elle croit que mes recherches servent uniquement la cause du catalogue et ça doit rester ainsi.

Prise d'un vertige, Ophélie s'assit sur le lit.

— Qu'entendez-vous par « devenir l'égal de Dieu » ?

— Je l'ignore. Pour le moment, du moins.

— Et vous dites qu'une telle information existerait ici, au Mémorial, à la vue et à la portée de tous, sans que personne le sache ?

Thorn posa ses gantelets et dévissa une bouteille d'alcool pharmaceutique. L'odeur étourdissante se répandit aussitôt dans la chambre.

— Presque personne. Si les Généalogistes connaissent l'existence de ce document, c'est que quelqu'un a dû leur en parler.

Ophélie fronça les sourcils. Était-ce là « l'ultime vérité » mentionnée par Ambroise, le jour où il lui avait fait visiter pour la première fois le Mémorial ? Elle n'avait trouvé aucune chambre forte au Secretarium, et ce n'était pas faute de l'avoir cherchée, aussi avait-elle fini par admettre que tout cela relevait de la légende.

— Les Généalogistes ne m'ont rien dit d'autre, conclut Thorn. Si je veux en apprendre plus, il me faudra d'abord faire mes preuves.

— Et vous supposiez qu'un tel secret se trouvait dans le registre de conciergerie.

Ophélie comprenait mieux pourquoi il n'avait pas bondi de joie quand elle lui avait fait part de sa découverte. Au final, elle lui avait appris ce qu'il savait déjà plus ou moins.

— J'en étais convaincu. Vous m'avez détrompé. Il faudra que j'en informe les Généalogistes.

Sur ces mots, Thorn se désinfecta scrupuleusement les mains au-dessus d'une bassine. Ophélie remarqua que chaque fois qu'il mentionnait les Généalogistes, ou qu'il s'apprêtait à le faire, ses sourcils se contractaient davantage, amoncelant des ombres au milieu de sa figure. Il ne les appréciait vraiment pas.

— Qui veut devenir l'égal de Dieu ? lui demanda-t-elle. Eux... ou vous ?

— Je ne détrônerai pas un dieu pour un autre. Je ne vise qu'un seul but depuis mon évasion : trouver le point faible de ce lâche qui dissimule au monde son véritable visage.

Les ombres, entre les sourcils de Thorn, s'étaient faites plus denses encore.

— Je doute que les Généalogistes partagent votre vision des choses.

Ophélie ne savait pas quelle perspective était la plus effrayante. Un monde gouverné par Dieu ou un monde gouverné par des hommes se prenant pour Dieu.

— En effet, dit Thorn entre ses dents. Ils ne la partagent pas.

Un silence tomba, durant lequel Ophélie contint la question égoïste qui lui démangeait les lèvres. Et elle dans tout ça ? Cette mission que Thorn s'était fixée, quelle place lui avait-elle laissée ?

— Ce pensionnaire dont parlait le concierge, dit-elle, celui qu'il considérait comme différent des esprits de famille. Et si c'était lui, l'Autre ? Peut-être était-il devenu trop dangereux ? Peut-être est-ce pour cette raison que Dieu l'a enfermé dans un miroir ? Vous n'avez aucune glace ici, constata-t-elle soudain en promenant son regard sur la chambre.

Thorn fit non de la tête. Il avait retroussé les manches de sa chemise pour frotter ses avant-bras à l'alcool, comme s'il voulait en effacer toutes les cicatrices.

— Mais vous n'en êtes pas devenu un ?

— Un quoi ? grommela-t-il.

— Un passe-miroir.

— Ce n'est pas parce que votre pouvoir m'a permis de m'échapper de prison que j'en ai fait une habitude. Vous devriez d'ailleurs vous tenir loin des miroirs, vous aussi, ajouta Thorn en reposant le flacon d'alcool.

— Pourquoi ? Vous pensez qu'il y a encore un « Autre » que je pourrais libérer par accident ?

— Non. Je ne croirai en l'existence de cet Autre que lorsque je l'aurai rencontré. D'ici là, Dieu sera pour moi le seul responsable de l'état de délabrement de notre monde. Le fait est qu'il a pris votre apparence : il a probablement absorbé votre pouvoir familial et nous ignorons l'usage qu'il peut en faire. En ce qui me concerne, j'aime autant ne pas le voir débarquer dans ma salle de bains.

Ophélie prit la peine d'y réfléchir. Traverser les miroirs réclamait une grande honnêteté intellectuelle et, pour ce qu'elle avait vu de lui, ce n'était pas une qualité qu'elle aurait prêtée à Dieu.

Cette pensée en amena une autre :

— Cette nuit où il nous a rendu visite en prison, j'ai remarqué quelque chose de singulier. Dieu n'a pas de reflet. Il possède des milliers de visages différents, mais face à un miroir, il… (Ophélie chercha ses mots, hésitante.) Je ne sais pas. C'est comme s'il n'existait pas vraiment. Devenir l'égal de Dieu a peut-être un prix.

Les gestes de Thorn se suspendirent au-dessus de la bassine.

— C'est singulier, en effet.

Ce disant, il reprit ses frictions énergiques. Ophélie avait beau apprécier le silence, celui qui s'installait entre eux à chaque pause la mettait au supplice. Elle ne comprenait pas. Pourquoi se sentait-elle plus seule maintenant qu'elle ne l'avait été durant ces trois dernières années ? Pourquoi son vide intérieur continuait-il de se creuser en présence de Thorn ?

— Et *lire* des objets ? demanda-t-elle. Ça vous est déjà arrivé ? Parce que si vous avez besoin de conseils…

— Inutile. Ça ne m'est jamais arrivé.

— C'est peut-être à cause de votre mémoire. Mon oncle m'a toujours répété qu'un bon *liseur* devait s'oublier lui-même.

— Ça règle la question, décréta Thorn. Je n'oublie jamais rien. De toute façon, Sir Henry n'est pas supposé être un Animiste.

Un nouveau silence s'installa. Ophélie dut se rendre à l'évidence : elle n'avait aucune aptitude à faire la conversation. Thorn partageait avec elle toutes les informations relatives à son enquête, mais il se renfermait sur lui-même dès que ça devenait personnel.

Quand il se saisit de sa bouteille d'alcool pharmaceutique, elle crut qu'il allait enfin la reboucher et la ranger. Au lieu de cela, il désinfecta ses mains une seconde fois, à croire vraiment qu'elles étaient répugnantes.

Elles ne l'étaient pas aux yeux d'Ophélie. Elle contempla de loin l'entrelacs des veines sur la peau, les longs doigts arqués, l'os qui affleurait à chaque poignet et, soudain, ça lui fit comme une douleur au creux du ventre. Elle n'avait pas la moindre idée de ce qui lui arrivait, mais regarder ces mains lui donnait envie de hurler.

Elle se détourna lorsque le regard de Thorn, jusque-là absorbé par sa désinfection, rencontra le sien.

— Je vous ai dit tout ce que je sais. Vous devriez rejoindre votre compagnie, à présent. Chaque minute que vous passez ici avec moi est un combustible pour les commérages. Je préfère employer ce temps à explorer de nouvelles pistes.

Il y avait de la raideur dans sa voix. Ophélie eut le sentiment que c'était plutôt à lui que sa présence posait problème. Elle se remit debout, se heurtant au passage à la table de chevet et renversant la lampe qui y était posée. À son grand étonnement, la lampe se redressa d'elle-même, la table de chevet reprit sa place au millimètre près et le drap du lit se défroissa jusqu'à ne plus laisser aucune ride. Sir Henry n'était peut-être pas supposé être un Animiste, ça n'empêchait pas son mobilier personnel de reproduire ses manies… C'était une étrange chose pour Ophélie de songer qu'en dépit de leur éloignement une petite partie d'elle au moins avait déteint sur Thorn. Elle eut une pensée pour la montre à gousset. Depuis qu'elle la lui avait rendue, elle ne l'avait jamais vu s'en servir. S'en était-il débarrassé à cause de son dysfonctionnement ? Ophélie espérait que non. Perdre l'écharpe avait été suffisamment douloureux.

— Qu'attendez-vous de moi à présent ? demanda-t-elle en désignant les rubans perforés épinglés au fond de l'armoire. Dois-je expertiser de nouveaux documents jusqu'à trouver lequel détient le secret de Dieu ? Je n'ai moi-même plus beaucoup de temps. D'ici quelques jours, soit je deviendrai aspirante, soit je rendrai mes ailes. Je sais que vous comptez beaucoup sur mon passage en grade, mais… disons que l'avenir est incertain.

Thorn remit ses gantelets de métal.

— Je vous en informerai demain, je dois réfléchir encore. D'ici là, faites profil bas devant Lady Septima. Ce que je vous ai révélé aujourd'hui vous expose au danger. Ne vous isolez pas, surveillez vos arrières et, si vous remarquez quoi que ce soit d'inhabituel, rapportez-le-moi en priorité.

Ophélie fut tentée, l'espace d'une seconde, de lui parler des problèmes qu'elle rencontrait avec les autres membres de sa division.

Elle décida de se taire.

Thorn ne la traitait plus comme une petite môme fragile qu'il faut cacher dans l'ombre. Il lui confiait des responsabilités. Il lui parlait comme à une égale. Elle avait perdu tout le reste, elle refusait de renoncer à cela aussi.

— Entendu.

Ophélie n'avait aucune envie de s'en aller. Si rester auprès de Thorn constituait une source de frustration permanente, partir était pire encore. Elle trouvait très irritant de devoir inventer des stratagèmes pour le voir en privé et chronométrer chacune de leurs rencontres.

Alors qu'elle posait la main sur la poignée de la porte, un mot la retint :

— Ophélie.

C'était si surprenant de s'entendre appeler par son vrai nom, après avoir porté celui d'une autre pendant des mois, qu'elle sentit son estomac sursauter. Thorn allait-il enfin les prononcer, ces paroles qu'elle avait tellement besoin d'entendre ?

Il fit peser sur elle tout le poids de son regard, s'appuyant des deux poings à la table.

— Êtes-vous bien certaine que vous n'avez rien à me dire ?

Prise au dépourvu, Ophélie demeura cramponnée à la poignée de la porte.

Une étincelle fulgura alors au fond des yeux de Thorn.

— Vous savez où me trouver, dit-il en lui faisant signe de sortir.

La réminiscence

Ophélie passa la nuit à se retourner dans son lit, au milieu des ronflements du dortoir et du fredonnement des moustiques. Elle ne comprenait plus du tout Thorn. À quoi rimait cette question qu'il lui avait posée ? Pensait-il qu'elle lui dissimulait des informations ? Elle s'était enfuie de chez elle pour le chercher, elle avait changé d'identité sur une arche où le mensonge était un délit, elle avait préféré subir le chantage de Mediana plutôt que le trahir, elle était restée à la Bonne Famille parce qu'il le lui avait demandé et jamais, à aucun moment, elle ne s'était plainte.

N'était-ce pas plutôt à Thorn de lui dire en quoi, exactement, elle était si décevante ?

Exaspérée de chaleur, Ophélie repoussa ses draps. Elle aurait dû être furieuse contre lui, mais c'était d'elle qu'elle était le plus mécontente. Trois ans auparavant, elle avait échoué à aider Thorn quand il avait vraiment eu besoin d'elle. Et le passé se répétait : maintenant plus que jamais, elle se sentait inutile.

Peut-être que les seuls mots qu'il attendait d'elle, au fond, étaient des excuses.

Ophélie s'assoupit enfin. Elle survola l'ancien monde, perdue quelque part entre le passé et l'avenir, le rêve et le réel. Sous les nuages, elle aperçut une ville en ruine qui portait les cicatrices des bombardements, puis ce fut la mer à perte de vue. Non, c'était bien plus qu'une mer : un océan. Il était étrange de penser qu'un jour toute cette eau serait entièrement engloutie par le vide. En se concentrant, Ophélie réussit à distinguer les sinuosités sous-marines d'une barrière de corail et, quelque part au cœur d'un lagon, une minuscule pointe de verdure.

Une île, au large des côtes.

— C'est mon foutu chez-moi.

Ophélie remarqua alors un homme qui se tenait assis à côté d'elle, tout au bord d'un nuage. Elle le reconnut aussitôt. C'était le concierge dont elle avait lu le registre. Le voile de son turban dissimulait à peine son visage défiguré. Sa bouche évoquait une plaie mal cicatrisée. Pourtant, Ophélie le comprit parfaitement lorsqu'il leva vers elle ses petites bésicles rondes et qu'il lui parla dans une langue qu'elle n'avait jamais entendue :

— Fais gaffe à l'autre. L'est pas comme ces foutus gosses, celui-là.

— Quel autre ? demanda Ophélie.

Pour toute réponse, le concierge replongea dans la contemplation de son île et tordit ce qui lui restait de bouche.

— Si tu cherches E. D., l'autre te trouvera.

Ophélie se réveilla en sursaut. L'aube ne s'était pas encore levée, mais elle n'avait plus du tout sommeil. Dans le lit voisin, emmitouflée sous son drap, Zen l'épiait à travers la pénombre d'un œil inquiet, comme elle aurait regardé une folle furieuse prête à lui bondir dessus.

Après avoir attrapé ses lunettes, Ophélie enfila son uniforme et ses bottes derrière le paravent, puis descendit au pas de course le transcendium. Le cliquetis de ses ailes emplissait le silence du Foyer. Elle passa sa carte d'apprentie dans le tourniquet du local télégraphique. C'était dommage de gaspiller des points durement gagnés pour envoyer un simple message, mais elle ne se sentait pas la patience d'attendre.

— À l'attention de M. Blasius, Mémorial de Babel, service… euh… de classement des collections, dicta Ophélie dans le cornet acoustique. J'aurais besoin de vous voir tout à l'heure pour… euh… pour un conseil. C'est au sujet des livres… euh… dont vous m'aviez parlé au bazar. De la part d'Eulalie… euh… de la deuxième division de la compagnie des avant-coureurs.

Après quelques secondes, le bras mécanique du guichet pivota sur un socle. Son doigt de cuivre pianota des impulsions, tantôt brèves, tantôt longues, sur un appareil télégraphique. Ophélie espérait qu'il ne reproduirait pas tous ses « euh ».

Comment avait-elle pu oublier les livres de E. D. ? Miss Silence les avait détruits sans autorisation, juste avant de mourir d'un arrêt cardiaque, et pas un instant il n'avait traversé l'esprit d'Ophélie d'en parler à Thorn. Il lui fallait réparer cette erreur au plus tôt.

Elle passa le restant de la journée à compter les minutes. L'atmosphère à la Bonne Famille était devenue irrespirable. Des vents torrides faisaient trépider toutes les vitres des bâtiments et projetaient du sable jusque dans les atriums. Chaque fois qu'Ophélie s'approchait d'une fenêtre, elle cherchait des yeux le Mémorial, dressé sur sa petite arche lointaine, à travers les tourbillons de poussière. Pourvu que le vol ne fût pas annulé aujourd'hui ! Elle resta cloîtrée l'après-midi avec ses camarades dans le laboratoire d'expertise, au milieu d'un silence bouillant. Les Devins la tinrent à l'écart de toutes les activités de groupe et Zen changea de place pour ne pas avoir à se retrouver à côté d'elle. Octavio, qui d'habitude ne la quittait pas des yeux, évitait son regard depuis leur aparté aux toilettes. Quant à Lady Septima, elle ne lui fit pas l'honneur d'un seul commentaire durant les travaux pratiques : elle évaluait, conseillait, critiquait tout le monde sauf elle.

Une mise en quarantaine. Spontanée et unanime. À seulement quelques jours de la cérémonie de remise des grades.

Ce fut un vrai soulagement pour Ophélie de voir les vents faiblir avec le déclin du soleil. Le dirigeable réservé à la compagnie des avant-coureurs décolla au crépuscule, dans un ciel brûlant et sulfureux. Ophélie chercha un siège où elle ne s'attirerait pas une toux de désapprobation. Si étrange que cela pût paraître, il y avait des moments où Mediana lui manquait presque. En disparaissant, la Devineresse avait laissé un grand vide qui n'en finissait plus de s'étendre tout autour d'Ophélie.

Elle se retrouva au fond du dirigeable, à côté d'Elizabeth qui prenait tranquillement des notes dans son calepin, sans paraître remarquer ni l'animosité qui régnait à bord ni le désarroi de sa voisine.

— Comment êtes-vous parvenue à devenir aspirante virtuose ?

— Hmm ? Grâce à beaucoup, beaucoup de café.

— S'il vous plaît, soupira Ophélie. J'ai commencé mon apprentissage plus tard que les autres et je me suis mis Lady Septima à dos. Il me reste peu de temps pour faire bonne impression. Un conseil serait bienvenu.

Elizabeth continua de faire courir son crayon sur le papier, alignant une suite de nombres, de lettres et de symboles qui avaient apparemment du sens pour elle.

— Reste neutre, finit-elle par déclarer d'un ton placide. Observe sans juger. Obéis sans discuter. Apprends sans prendre position. Intéresse-toi sans t'attacher. Remplis ton devoir sans rien attendre en retour. C'est la seule façon de ne pas souffrir, conclut-elle en raturant un bloc d'instructions. Moins on souffre, plus on est efficace. Plus on est efficace, mieux on sert la cité.

Ophélie contempla les mains d'Elizabeth, constellées de taches de rousseur. Elles écrivaient, rayaient, reprenaient à zéro sans se décourager.

— Vous ne vous sentez jamais seule ?

— Nous sommes toujours seuls.

Quand le dirigeable arriva au Mémorial, Ophélie en descendit plus désabusée qu'elle n'y était montée.

La séance de catalographie lui parut interminable. Elle devait remplir son quota au plus vite si elle voulait se dégager suffisamment de temps avant son rendez-vous au Secretarium avec Thorn. Sa tête bourdonnait de tant de questions qu'il lui était cependant difficile de se concentrer. Pourquoi Miss Silence avait-elle détruit en cachette l'œuvre complète de E. D. ? Était-ce lié aux recherches de Thorn ? Pourquoi un auteur de vieux livres pour enfants détiendrait-il une information permettant de devenir « l'égal de Dieu » ? Ce qui était arrivé à Mediana et au professeur Wolf avait-il aussi un rapport avec ce secret ?

Si tu cherches E. D., l'autre te trouvera.

Bien sûr, ce n'était qu'un rêve, mais Ophélie avait tendance à prendre au sérieux tout ce qui remontait à la surface de son inconscient. Cette mémoire qu'elle partageait avec Dieu semblait en savoir beaucoup plus qu'elle.

Qui donc était cet *autre* dont le concierge avait eu si peur ? Est-ce que c'était le même que celui qu'Ophélie avait libéré du miroir ? Et là encore, quel était le rapport avec E. D. ?

Il lui fallait absolument parler à quelqu'un.

Elle jeta un coup d'œil par-dessus la claire-voie de son box, dans l'espoir d'apercevoir Blasius, mais elle ne croisa que le regard des Devins dans les box voisins. Il flottait, sous leurs moustaches enduites de brillantine, un sourire qui la mit mal à l'aise. Lorsqu'elle eut fini de catalographier et qu'elle se leva de sa chaise, leurs voix fredonnèrent à l'unisson :

— Météo du soir : avis de canicule.

Ophélie les ignora. Elle se hâta de déposer ses livres au comptoir des Fantômes, puis de perforer ses cartes au sous-sol. Quand elle consulta la montre de la statue mécanique du hall, qui accueillait les visiteurs à profondes révérences, elle libéra un soupir. Elle avait juste ce qu'il fallait de temps pour trouver Blasius.

Ce ne fut pas aussi simple que prévu. Le Mémorial fermait toujours ses portes plus tard le samedi, en général pour les expositions temporaires, mais il y avait ce soir davantage de visiteurs qu'à l'accoutumée. Dans le grand atrium, des automates étaient en train de manœuvrer une grue pour installer un gong aux proportions monumentales. Ces préparatifs se faisaient en vue de la cérémonie d'inauguration du nouveau catalogue qui se tiendrait le même jour que la collation des grades. Ophélie marcha sur un nombre considérable de pieds pendant qu'elle arpentait les transcendius et les salondenvers. Elle se retournait chaque fois qu'elle croisait l'uniforme d'un mémorialiste, mais ce n'était jamais Blasius. Elle aurait trouvé excessivement frustrant d'avoir battu pour rien son record de vitesse en catalographie.

Au détour d'une bibliothèque, elle tomba sur la dernière personne qu'elle cherchait. Un homme aux longs cheveux argentés se tenait assis dans un canapé en cuir. Il portait une redingote blanche et des lunettes roses.

L'inventeur des automates-domestiques. Le célèbre arches-trotteur. Le père d'Ambroise. Lazarus !

Ophélie prit le plus grand ouvrage à sa portée et fit semblant de se plonger dedans. Cet homme lui avait serré la main au Pôle : il savait qui elle était… et qui elle n'était pas. Heureusement, Lazarus ne l'avait pas vue. Il était en grande conversation avec le vieux balayeur du Mémorial qui passait le plumeau sur des étagères de livres, centimètre après centimètre.

— … et c'est pourquoi il faut préparer l'avenir, *old friend* ! s'exclama Lazarus avec enthousiasme. Vous devriez lâcher vos balais, indignes de vous, et profiter d'une retraite bien méritée ! Pourquoi pas un grand voyage ? Le monde au-delà de ces murs est *absolutely fabulous* et, croyez-moi, je sais de quoi je parle !

Walter, son inséparable majordome mécanique, était penché sur le canapé pour passer le peigne dans les longs cheveux de son maître. Il soulignait chaque mot du discours en hochant sa tête sans visage.

Le vieux balayeur répondit par un haussement d'épaules, puis il reprit son dépoussiérage. Ophélie ne distinguait pas son expression sous sa triple couche de barbe, de frange et de sourcils, mais elle se sentait excédée pour lui. Ne pouvait-on donc pas le laisser travailler ici si ça lui faisait plaisir ? Elle observa Lazarus sur le canapé, les jambes nonchalamment croisées, en train d'agiter son haut-de-forme comme un prestidigitateur, faisant l'éloge de l'avenir et de la modernité à grandes phrases emphatiques. Lors de leur première rencontre, elle l'avait trouvé irrésistiblement sympathique. Elle prit conscience qu'à présent elle se méfiait de lui, et pas seulement parce qu'il pouvait la démasquer. Il s'était trouvé au Pôle presque au même moment que Dieu et, comme Dieu, il avait manifesté un intérêt insistant pour le pouvoir familial de la Mère Hildegarde.

— Psst ! Miss Eulalie ! Par ici !

C'était Blasius qui, avec son manque d'à-propos habituel, venait d'apparaître entre les travées de bibliothèques, à l'autre bout de la galerie. Il adressait à Ophélie des signes qu'il croyait probablement discrets. Elle n'eut d'autre choix que de le rejoindre, le visage toujours plongé dans son livre, sentant sur elle le regard intrigué du vieil explorateur.

— N'était-ce pas Mr Lazarus à côté de vous ? lui chuchota Blasius. Voici des mois qu'il est rentré à Babel, mais je ne l'avais pas encore croisé.

Ophélie fronça les sourcils. Des mois ? Ambroise s'était-il mis à l'éviter à cause du retour de son père ?

— Vous n'avez pas l'air très heureux de le voir ici, constata-t-elle tandis qu'ils s'éloignaient.

Blasius s'était mis à pousser son chariot d'un pas lourd, les épaules voûtées, comme s'il faisait soudain rouler un cercueil.

— Oh, détrompez-vous, soupira-t-il. J'ai beaucoup d'admiration pour Mr Lazarus. De la gratitude, aussi. Il était autrefois enseignant au collège où j'ai fait mes classes et il s'est montré plus bienveillant envers moi que n'importe quel adulte. Ma malchance, ma gaucherie, mes… *well*… mes inclinations, rien de tout ça n'a jamais semblé le répugner. Il me trouvait intéressant. J'avais presque l'impression d'être *special* quand je parlais avec lui, murmura Blasius en tordant un faible sourire. De vous à moi, ce sont ses automates que je n'aime pas. Ils ont remplacé la quasi-totalité du service d'entretien : si Mr Lazarus est ici aujourd'hui, c'est qu'il a peut-être de nouveaux modèles à proposer au Mémorial. Des modèles non seulement capables de nettoyer, mais aussi de... de ranger des livres et renseigner les visiteurs.

Blasius frotta la plaque « commis » épinglée à son uniforme d'un geste si anxieux qu'Ophélie contracta les mâchoires. Non, décidément, Lazarus ne lui inspirait plus la moindre sympathie.

— Vous avez reçu mon télégramme ? demanda-t-elle doucement.

Blasius cligna plusieurs fois de ses grands yeux humides.

— *What ?* Ah, oui, oui, je l'ai eu. Je vous mentirais si je vous disais que votre requête ne m'a pas surpris. Et inquiété aussi. Après ce qui est arrivé à Miss Silence... Bref, j'espère que vous n'allez pas vous mettre dans de nouveaux ennuis. Que vouliez-vous savoir ?

Ophélie s'assura d'un coup d'œil qu'ils n'étaient pas à portée des oreilles indiscrètes. Hormis les statues majestueuses qui servaient de piliers aux bibliothèques, il n'y avait personne dans cette galerie. Ni au sol, ni au plafond.

— Pourriez-vous m'indiquer l'endroit exact où étaient rangés les livres de E. D. avant leur retrait ?

— *Of course !* Suivez-moi.

Chemin faisant, le chariot perdit une roulette et quand Blasius se pencha pour la remettre en place, la couture de son pantalon craqua. Ophélie devait admettre qu'il n'avait vraiment pas de chance. Au département jeunesse, elle reconnut l'endroit où ils s'étaient rencontrés la toute première fois. Elle se revoyait en train de ramasser les livres de E. D. qu'elle avait fait tomber. Dire qu'elle les avait tenus entre ses mains, ce jour-là, quelques heures à peine avant leur destruction...

— Miss Silence m'avait pratiquement accusée de vol, se rappela-t-elle à mi-voix. Elle avait même voulu fouiller mon sac.

Tirant sur ses basques pour dissimuler la déchirure de son pantalon, Blasius désigna du menton la dernière étagère où s'alignaient des reliures de toutes les couleurs.

— La collection complète de E. D. était là-haut. Et c'est de là-haut que Miss Silence est tombée, ajouta-t-il en plissant le nez avec une grimace écœurée. Je peux encore sentir l'odeur de sa peur.

Ophélie remarqua une élégante échelle sur rail. Un panneau indiquait : « Les enfants n'ont pas la permission de prendre eux-mêmes les livres en hauteur ».

— C'est l'échelle dont Miss Silence s'était servie ?

— Non, celle-ci est neuve, répondit Blasius. Nous nous sommes débarrassés de l'ancienne après l'accident. Le matériel ne présentait aucune anomalie, mais dans le doute...

Voilà qui n'arrangeait pas Ophélie. *Lire* un objet associé à une mort violente était éprouvant, mais il s'agissait peut-être du seul témoin de la scène.

— Et vous m'aviez dit que Miss Silence était revenue ici après avoir détruit les livres ?

Perplexe, Blasius frotta ses cheveux hérissés.

— *Indeed*, au beau milieu de la nuit. Je ne m'explique toujours pas pourquoi. Il n'y avait rien de particulier quand nous l'avons trouvée ici au matin.

Ophélie fit glisser l'échelle sur son rail et monta les barreaux pour accéder aux plus hauts rayonnages. Ce n'étaient que des éditions récentes d'abécédaires.

— Il n'y avait *plus* rien, corrigea-t-elle. Peut-être que ce que Miss Silence était venue chercher a déjà été pris par quelqu'un d'autre. (À l'instant où Ophélie prononça cette phrase, elle fut traversée par une intuition.) Le Mémorial garde-t-il une trace écrite des livres détruits par les maîtres censeurs ?

Blasius tendit une main secourable à Ophélie pour l'aider à descendre, mais il trébucha contre un défaut du parquet et faillit la déséquilibrer.

— Oh, *sorry* ! Pour répondre à votre question : oui, aux archives du service de censure. Miss Silence a dû tout consigner là-bas. Elle prenait sans doute trop d'initiatives, mais elle a toujours respecté la procédure.

— Pouvez-vous m'y conduire ?

Blasius consulta l'horloge de la galerie.

— Je peux vous ouvrir, mais je ne m'attarderai pas. J'ai terminé mon service et mes parents m'ont exceptionnellement invité pour le souper. Je ne dois pas les faire attendre, dit-il en cachant la déchirure à l'arrière de son pantalon. Ils ont tellement honte de moi qu'ils attendent le premier prétexte pour me renier.

La traîtrise

Ophélie ne s'était encore jamais rendue au service de censure. Il se situait dans l'autre hémisphère du Mémorial, celui qui avait été entièrement reconstruit après la Déchirure : on ne pouvait marcher ici sans songer au vide sous les tonnes de pierre. L'endroit était désert et tenait davantage du local industriel que du bureau administratif. Des ampoules sans abat-jour projetaient un éclairage cru sur les piles de cartons entreposées jusqu'au plafond. Il régnait à l'intérieur une chaleur étourdissante.

— C'est l'incinérateur, expliqua Blasius en montrant le hublot enfumé d'une porte pressurisée. J'ai… j'ai l'interdiction formelle de m'en approcher.

— Il fonctionne en ce moment ? s'étonna Ophélie. Je croyais qu'aucun document ne devait être détruit tant que le nouveau catalogue n'était pas achevé.

— Les livres, oui, mais pas les déchets. Le Mémorial accueille tous les jours des centaines de visiteurs, sans même mentionner le personnel. Vous seriez étonnée du nombre de poubelles que nous jetons là-dedans chaque soir. Les archives sont par ici, *miss* !

Blasius ouvrit une autre porte dont la poignée lui resta dans la main. La salle des archives ne différait en rien du reste du service : ce n'étaient partout que des cartons. Si l'ancien catalogue était à l'image de cette organisation, Ophélie comprenait mieux pourquoi Thorn l'avait repris à zéro.

— Je vais vous laisser, dit Blasius. Je ne dois pas manquer mon tramoiseaux. Je vous fais confiance pour éteindre et refermer derrière vous quand vous aurez fini.

— Comptez sur moi.

Ophélie était elle-même en retard, elle n'avait plus de temps à perdre. Elle retroussa les manches de sa redingote, passa en revue les étiquettes des cartons et constata soudain que Blasius se tenait toujours dans l'encadrement de la porte.

Son visage était tiraillé par une expression tourmentée.

— Avez-vous envisagé que le Sans-Peur soit derrière… tout ça ?

— Je l'ai envisagé, oui.

Le Sans-Peur haïssait les censeurs : Miss Silence était morte en plein exercice de ses fonctions. Le Sans-Peur avait vu une ennemie en Mediana : elle avait cessé d'être une avant-coureuse du jour au lendemain. C'était un homme beaucoup moins inoffensif qu'il n'y paraissait, extrêmement bien renseigné et terriblement ambitieux. Ophélie n'aurait pas été surprise qu'il fût lui aussi à la recherche de ce livre qui permettait de devenir l'égal de Dieu.

— Soyez prudente, d'accord ? Ne finissez pas comme votre camarade. *Please.*

La voix de Blasius s'était faite si implorante qu'Ophélie en fut toute retournée. Elle ne sut pas quoi dire. Elle ne savait jamais quoi dire dans ces moments-là.

— L'observatoire des Déviations, déclara alors Blasius avec gravité. C'est là-bas qu'elle a été transférée. *Good bye, miss.*

— Je... Merci.

Les mots avaient jailli trop tard ; Blasius était parti.

Ophélie s'obligea à se ressaisir. Une chose à la fois : d'abord, les cartons. Elle en repéra un dont la date correspondait au décès de Miss Silence, puis elle feuilleta les répertoires qu'il contenait.

— Là, souffla-t-elle.

Sur l'un des répertoires, il y avait une colonne entière de « E. D. » à la rubrique « auteur ». Ophélie parcourut les titres : *Voyage autour du nouveau monde*, *Les Aventures des petits prodiges*, *Une belle et merveilleuse famille* et ainsi de suite. Ces livres sentaient la bien-pensance à plein nez, ce qui rendait plus incompréhensible encore leur destruction.

Sous la rubrique « motif de la censure », Miss Silence avait simplement noté : « Vocabulaire réprouvé par l'Index et manque de pédagogie ».

Les livres de E. D. ne portaient pas de mention de publication, ce qui était courant dans les vieilles éditions, mais d'après le répertoire leur date d'impression était estimée au premier siècle après la Déchirure. C'était une époque où l'humanité était encore en reconstruction et au beau milieu d'un renouveau ; les littératures dites optimistes étaient alors très répandues.

De plus en plus déconcertée, Ophélie remonta ses lunettes sur son nez. Il n'y avait là vraiment rien de renversant. Peut-être qu'en fin de compte la collection de E. D. était une fausse piste. Et si le livre qu'elle cherchait était en fait un Livre avec la majuscule ? Et si Dieu avait été créé comme il avait lui-même créé les esprits de famille ? S'il existait un Livre qui conférait le pouvoir de reproduire tous les pouvoirs ?

En *lisant* le répertoire avec ses mains et en pénétrant l'état d'esprit de Miss Silence, Ophélie aurait pu être fixée, mais il lui fallait pour cela l'aval du service de censure. La dernière fois qu'elle s'était servie de son pouvoir sans permission, elle avait violé la vie privée du professeur Wolf : cet écart de conduite lui pesait encore sur la conscience.

Ophélie remarqua soudain une anomalie à l'intérieur du répertoire. Tous les titres figurant dans la liste des livres de E. D. portaient le coup de tampon « détruit ».

Tous, sauf un : *L'Ère des miracles*.

Un exemplaire avait réchappé à l'incinération ? C'était donc lui que Miss Silence était revenue chercher en pleine nuit ! Et c'était la mort qu'elle avait trouvée à la place. Mais le livre, lui, qu'était-il devenu ?

— Il sera une fois, dans pas si longtemps, un monde qui vivra enfin en paix.

À peine Ophélie eut-elle prononcé cette phrase

qu'elle se demanda pourquoi elle avait dit ça. C'étaient les mêmes mots qui lui étaient venus à l'esprit lorsqu'elle avait *lu* la statue du soldat sans tête. Elle avait l'impression de les avoir déjà vus quelque part. De les avoir appris par cœur, puis oubliés.

Ophélie releva brusquement le nez de son répertoire.

Elle ne vit que des cartons d'archives autour d'elle et pourtant, pendant un bref instant, elle avait perçu un mouvement au coin de son regard. Comme une ombre en train de se pencher par-dessus son épaule. Elle se rendit alors compte qu'elle était trempée de sueur, et ce n'était pas seulement à cause de la chaleur ambiante. Son cœur battait à toute vitesse. Ses lunettes avaient bleui d'un coup.

Ophélie avait la sensation de s'être réveillée d'un cauchemar dont elle ne se souvenait même pas.

Quand elle vit l'heure à l'horloge de la salle, elle bondit sur ses pieds. Il était beaucoup plus tard qu'elle ne pensait ! Tout le monde, à commencer par Thorn, devait se demander où elle était passée. Elle rangea son carton en toute hâte et éteignit la lumière, mais, au moment de fermer le local, elle eut un regard hésitant pour la porte de l'incinérateur. Le hublot rougeoyait comme une plaque de cuisinière. C'était là que Miss Silence avait détruit les livres de E. D. à l'exception d'un seul. Et si *L'Ère des miracles* était accidentellement resté à l'intérieur ?

Une puissante vague de chaleur assaillit Ophélie dès qu'elle entrouvrit la porte pressurisée. Un four occupait presque toute la pièce. Il dégageait une telle température que le seul fait de s'attarder devant lui donna l'impression qu'elle allait tomber en cendres. Il lui aurait fallu enfiler une combinaison de protection avant d'entrer ici, mais elle n'avait plus le temps d'en chercher une. Elle jeta un coup d'œil rapide dans chaque recoin de la pièce, sous les bennes d'ordures, derrière la soute à charbon, partout où un livre aurait pu glisser et rester inaperçu.

Rien.

La seule chose qu'elle trouva, quand elle décida qu'il faisait trop chaud pour rester une seconde de plus, fut une porte close. De l'autre côté du hublot, les Devins s'éloignaient en courant.

Ophélie s'acharna sur la poignée, si bouillante qu'elle lui brûla les doigts en dépit des gants. Rien n'y fit. Ils avaient enclenché le verrouillage de sécurité.

« Météo du soir : avis de canicule. »

Ils savaient ! Les Devins avaient anticipé cet instant depuis le début. Et ils s'étaient faits, comme toujours, les propres acteurs de leur prophétie. Ophélie eut beau frapper la porte en les appelant à l'aide, personne ne vint. Et il ne fallait évidemment pas compter sur son animisme pour désamorcer la serrure.

La chaleur du four était insupportable. Ophélie chercha une autre issue, mais elle était bel et bien prise au piège. La transpiration ruisselait en gouttes épaisses sur son menton. Ses pieds se consumaient au fond des bottes. Elle plaqua son visage contre la grille murale de ventilation. Elle ne pouvait pas s'échapper par là – elle aurait à peine pu y passer un bras –, mais c'était l'endroit le moins surchauffé de la pièce. Le temps s'écoula, et avec lui toute l'eau de son corps.

Elle n'arrivait pas à y croire. Les Devins étaient-ils conscients qu'ils la mettaient en danger ? À part eux, seul Blasius savait où elle se trouvait et son tramoiseaux avait décollé depuis longtemps.

Ophélie se cramponna à son col. La panique, plus encore que la chaleur, la faisait suffoquer.

Elle essuya la sueur qui lui brûlait les yeux : une ombre s'approchait du hublot de la porte. Un déclic. La poignée pivota sur elle-même ; l'air s'engouffra dans la pièce.

Ophélie se précipita dehors. Elle toussa à s'en faire mal aux poumons. La tête lui tournait si fort qu'elle dut s'adosser contre un mur. Elle aurait pleuré de soulagement s'il lui était resté assez d'eau pour le faire.

Qui lui avait ouvert ? Les Devins ? Où qu'Ophélie regardât, il n'y avait personne d'autre qu'elle dans le service de censure.

Elle trébucha jusqu'aux toilettes les plus proches. Elle dut s'empêcher de boire l'eau du robinet, qui n'était pas potable, mais elle passa un mouchoir mouillé sur la peau de son visage et de son cou. Elle était aussi rouge que sous l'effet d'un coup de soleil.

Il lui fallait retrouver Thorn, et vite. Il devait être impérativement informé de la disparition du seul livre de E. D. à ne pas avoir été détruit par Miss Silence. Il était peut-être en train de passer à côté de l'objet central de ses recherches.

À peine Ophélie sortit-elle des toilettes qu'elle y

retourna aussitôt et rendit le contenu de son estomac. Penchée par-dessus la cuvette, secouée de frissons, elle songea sérieusement à dénoncer les Devins. Elle l'aurait fait sans l'ombre d'une hésitation s'il ne lui avait pas fallu expliquer, par voie de conséquence, ce qu'elle-même manigançait au service de censure. Elle ne devait attirer l'attention ni de Lady Septima ni d'aucun Lord de LUX sur l'enquête qu'elle menait.

Ophélie ne croisa plus personne dans les galeries, hormis quelques automates qui lavaient les vitrines. Le Mémorial avait fermé ses portes ; les visiteurs et la plupart des membres du personnel étaient partis. Elle se rendit aux box de lecture pour y chercher Lady Septima. Restait à espérer que celle-ci fût d'accord pour lui ouvrir l'accès au Secretarium malgré son retard.

Les Devins étaient attablés à leur place, sagement penchés sur leurs livres, à croire qu'ils n'avaient jamais cessé d'être là. Ils esquissèrent un sourire d'ironie en croisant son regard furieux. Il y en avait néanmoins un parmi eux qui eut la décence de rentrer la tête dans les épaules, visiblement mal à l'aise. Ophélie se demanda si ce n'était pas lui qui, pris de remords, lui avait ouvert la porte.

Elle sourcilla en s'apercevant que le box d'Octavio était vide à la table des Fils de Pollux.

— *Well, well, well !* dit Lady Septima en la voyant. Voilà notre portée disparue. Cela va faire une heure que nous vous cherchons, apprentie. Pas un seul de vos camarades n'a été en mesure de nous dire où vous étiez passée. Quelle est votre explication ?

— Je ne me sentais pas bien.

Ce en quoi Ophélie ne mentait pas. Sa voix rauque, ses joues écarlates et ses cheveux trempés de sueur témoignaient en sa faveur.

— Voyez-vous cela. Et vous n'avez pas jugé bon de nous en informer ? Sir Henry avait besoin de vos mains pour une nouvelle expertise. Vous avez mis tout le monde en retard.

Lady Septima s'était exprimée en claquant sa langue contre son palais, mais ce mécontentement n'était qu'une façade. Son regard étincelait de satisfaction. Elle pouvait rendre à son élève l'humiliation qu'elle avait subie la veille en tant que professeur. Ophélie eut aussitôt la conviction qu'elle était parfaitement au courant de ce que les Devins venaient de lui faire endurer. Peut-être même en était-elle l'instigatrice.

— Je vais me rattraper, promit-elle. Pouvez-vous m'ouvrir l'accès au Secretarium ?

— C'est inutile, apprentie. Sir Henry vous a trouvé un remplaçant.

L'effet que ces paroles produisirent sur Ophélie fut plus brutal que la chaleur de l'incinérateur. Voilà pourquoi le box d'Octavio était vide !

— Si vraiment vous voulez vous rattraper, suivez l'exemple de vos camarades, recommanda Lady Septima en lui désignant la table des Filleuls d'Hélène. Les heures supplémentaires que vous ferez en catalographie atténueront peut-être la mauvaise impression due à ce que vous n'avez pas fait ailleurs ? Quel dommage, à quelques jours seulement de la remise des grades…

Ophélie s'assit dans son box, mais elle ne prit

ni de quoi lire ni de quoi écrire. Elle se contenta de fixer durement le globe du Secretarium dont la croûte terrestre en or rouge reflétait les lampes des galeries qui s'enroulaient autour de lui comme des anneaux planétaires. Étant donné que les box se trouvaient au plafond, Ophélie le voyait à l'envers, mais elle avait une vue imprenable sur la porte blindée.

Thorn l'avait remplacée.

— La *signorina* va pleurer ? chuchota l'un des Devins à travers la claire-voie d'en face. La *signorina* veut un mouchoir ?

Ophélie le fit taire d'un seul regard. Elle se sentait bouillante de colère.

Thorn l'avait remplacée à cause d'eux.

Elle quitta son box dès que la passerelle se déploya vers la porte du Secretarium. Lady Septima était installée au comptoir des pneumatiques : si elle la surprenait en train de déserter son poste sans son aval, c'était le renvoi assuré.

— Je demande la permission de me rendre aux toilettes.

— Encore ?

Lady Septima n'avait pas même levé les yeux du calepin où elle était en train de prendre des notes.

— Je suis vraiment indisposée. Je préférerais ne pas vomir sur le matériel du Mémorial.

Ophélie n'avait pas besoin de se forcer. Elle était réellement nauséeuse.

— Vous avez cinq minutes, décréta Lady Septima sans cesser d'écrire. Et ce sera reporté dans votre dossier. Un virtuose doit avoir la *perfect* maîtrise de son organisme.

Ophélie n'était plus à ça près. Elle prit la direction des toilettes, puis elle changea de trajectoire dès qu'elle fut hors de vue. Elle emprunta une enfilade de corridors et arriva au transcendium septentrional juste au moment où Octavio s'apprêtait à rappeler la passerelle d'un tour de clef dans la borne.

— Je dois me rendre au Secretarium, lui dit-elle d'une voix essoufflée. Juste une minute, s'il te plaît.

Octavio fronça ses épais sourcils noirs. La ressemblance avec sa mère fut à cet instant plus saisissante que jamais.

— Pourquoi ?

Ophélie sentit l'impatience la submerger.

— Parce que je dois parler à Sir Henry. C'est confidentiel.

— Tu ne le trouveras plus au Secretarium. Il l'a quitté à l'instant. Il se rend en ville, un dirigeable l'attend.

Ophélie songea que ce n'était décidément pas sa soirée. Rien ne se déroulait comme prévu. Elle descendit le transcendium aussi vite qu'il lui était physiquement possible de le faire. Thorn était en train de franchir les portes de l'atrium à grandes enjambées ; pour un invalide, il avait un fameux coup de talon. La différence de température entre la fraîcheur du Mémorial et la nuit audehors donna à Ophélie la sensation de pénétrer dans de l'eau chaude.

Elle ne réussit à rattraper Thorn qu'au moment où il passait devant la statue du soldat sans tête. La silhouette d'un dirigeable manœuvrait à l'approche du quai, sa coque étincelant sous la lune.

— Attendez…

Thorn se retourna en entendant Ophélie. C'était la première fois qu'elle le voyait porter l'uniforme officiel des Lords de LUX. Les dorures prenaient un éclat argenté dans le halo des lampadaires.

— Je suis pressé. Les Généalogistes m'ont convoqué.

— Je vais être brève : pourquoi m'avez-vous fait ça ?

— N'oubliez pas à qui vous vous adressez.

L'avertissement ne pouvait être plus clair. En ce moment, Thorn était Sir Henry et, même s'il n'y avait rien que des mimosas autour d'eux, ils se trouvaient dans un lieu public. Ophélie n'en avait cure. Elle ne parvenait plus à contenir le bouillonnement d'émotions qui la consumait de l'intérieur.

— Pourquoi ? insista-t-elle d'une voix serrée. Vous me punissez ?

— Vous n'étiez pas disponible. Vous attendre m'aurait ralenti dans mes recherches.

Thorn s'était redressé de toute sa hauteur et regardait droit devant lui. Hors de portée. Le détachement avec lequel il exposait ses arguments décupla le courroux d'Ophélie.

— Vous ralentir ? Pour votre gouverne, je faisais aussi des recherches de mon côté. Cela vous intéresserait d'apprendre…

— De votre côté, c'est bien ça le problème, l'interrompit-il. Je vous avais recommandé de ne jamais quitter votre division et vous deviez m'avertir si vous aviez du nouveau. Rien n'a changé, vous prenez toujours vos décisions seule.

— Je voulais vous aider, siffla Ophélie entre ses mâchoires.

Thorn leva la tête vers le dirigeable, à présent si proche de l'arche que ses hélices faisaient frémir tous les mimosas environnants.

— Je ne veux pas de vos bons sentiments. J'ai besoin d'efficacité. Si vous permettez, maintenant, j'ai un vol à prendre.

Le sang d'Ophélie prit feu dans toutes ses veines.

— Vous êtes égoïste.

Elle avait voulu mettre Thorn en colère et elle sut, à la manière dont il s'était pétrifié sur place, qu'elle avait réussi. Les ombres de la nuit paraissaient s'être soudain toutes rassemblées au milieu de sa figure. Il fit plonger vers Ophélie un regard d'une telle dureté qu'elle chancela sous son impact.

— Je suis exigeant, rabat-joie, maniaque, asocial et estropié, énuméra-t-il d'une voix terrible. Vous pouvez me prêter tous les défauts du monde, mais je ne vous autorise pas à me traiter d'égoïste. Si vous préférez faire les choses à votre manière, faites-les, conclut-il en fendant l'air du tranchant de la main, mais ne gaspillez plus mon temps.

Thorn lui tourna le dos afin de rejoindre son dirigeable.

— Notre collaboration est terminée.

Ophélie savait qu'une seule initiative de sa part ne ferait qu'aggraver son cas. Elle ne put pourtant empêcher sa main de s'élancer vers Thorn pour le retenir, l'obliger à faire volte-face, lui interdire de s'éloigner davantage.

Elle ne l'atteignit jamais.

Une douleur foudroyante lui traversa le bras comme une décharge électrique. La respiration coupée, Ophélie se retint de justesse à la statue du soldat pour ne pas tomber. Elle arrondit les yeux derrière ses lunettes déséquilibrées, tandis que Thorn se faisait engloutir par la nuit dans un sinistre grincement d'acier, sans un regard en arrière.

Il s'était servi de ses griffes contre elle.

Ombres

Le crayon volait sur le papier vierge. Il décrivait de grands tourbillons sombres, s'élançait à l'autre bout de la feuille, la crevait parfois de sa mine et tourbillonnait à nouveau. Victoire arrêta son crayon pour observer le résultat entre ses longs cheveux pâles.

Il y avait de plus en plus de noir et de moins en moins de blanc dans ses dessins.

— Tu ne voudrais pas utiliser tes couleurs, ma chérie ?

Victoire releva la tête. Maman avait soulevé la nappe de dentelle pour la regarder dessiner sous la table du salon. Avec un sourire, elle lui tendit tous les crayons qu'elle boudait depuis des semaines.

Victoire choisit une nouvelle feuille de papier vierge. Elle la posa à plat sur le parquet et entreprit de la recouvrir, comme toutes les autres, de grands tourbillons noirs.

Maman ne la gronda pas. Maman ne la grondait jamais. Elle se contenta de poser les autres crayons à côté de Victoire, sur le parquet. Elle frôla ensuite sa joue d'une main douce pour ramener ses cheveux derrière l'épaule, puis remit la nappe de dentelle en place.

Victoire ne vit plus de Maman que ses bottines de satin vert. Elle aurait voulu mettre dans ses dessins le vert des bottines de Maman. Elle aurait voulu y mettre aussi le bleu de ses yeux, le rose de sa peau et la blondeur de ses cheveux.

Elle ne pouvait pas. Les ombres de la Dame-D'or étaient plus fortes que toutes les couleurs de Maman.

Depuis que Victoire avait vu ce qu'elle avait vu, et même si elle ne comprenait pas ce qu'elle avait vu exactement, rien n'était plus pareil. Elle ne dormait que pour se réveiller en sursaut. Elle avait perdu l'appétit. Elle faisait des fièvres qui la clouaient au lit pendant des jours et, quand elle allait mieux, elle préférait jouer sous les meubles plutôt que sur les coussins.

Elle ne *voyageait* plus.

Dès qu'elle commençait à se sentir en sécurité, la Dame-D'or revenait à la maison. Maman lui ouvrait sa porte, lui proposait du thé, parlait et riait avec elle. La Dame-D'or ne restait jamais très longtemps et elle ne s'intéressait plus à Victoire, mais chacune de ses visites suffisait à ajouter de nouvelles ombres dans les dessins.

Les bottines de Maman résonnèrent sur le parquet, de l'autre côté de la nappe. Elles s'éloignèrent, revinrent vers la table, hésitèrent un moment avant de repartir.

— Au nom de tous les talons, calmez-vous ! s'exaspéra la voix de Grand-Marraine à l'autre bout du salon.

Les bottines de Maman s'immobilisèrent devant la cheminée où ronronnait un feu de bois.

— Je suis une mauvaise mère.

Victoire avait à peine entendu le murmure de Maman par-dessus le crépitement des flammes. La mine noire de son crayon dévorait le papier, centimètre après centimètre.

— Vous êtes une mère trop inquiète, voilà tout.

— Précisément, madame Roseline. Je m'effraie de tout, tout le temps. Les marches d'escalier, les coins de table, les aiguilles à broder, les cols trop serrés, chaque bouchée de nourriture : où que je pose le regard, je vois un danger. S'il lui arrivait quoi que ce soit... J'ai tellement peur de la perdre, elle aussi.

La voix faible de Maman s'étrangla. Victoire leva un instant les yeux de son dessin pour regarder les souliers vernis de Grand-Marraine traverser le parquet jusqu'aux bottines en satin vert.

— Elle va bien, Berenilde.

— Non, elle ne va pas bien. Elle ne sourit plus jamais, elle mange à peine, elle est tourmentée par des rêves affreux. C'est à cause de moi, vous comprenez ? Je sais ce qu'ils disent là-haut, à la cour. Ils parlent d'elle comme d'une attardée. (La voix de Maman s'était faite plus minuscule encore.) La vérité est qu'elle est d'une très grande sensibilité, au contraire. Elle ressent ce que je ressens, et moi, je ne fais que la contaminer de mes angoisses. Je suis une mauvaise mère, madame Roseline.

— Regardez-moi.

Il y eut un long silence dans le salon, puis les bottines de Maman se tournèrent l'une après l'autre vers les souliers de Grand-Marraine.

— Vous avez renoncé à toutes les polissonneries de votre ancienne vie pour vous consacrer à votre fille. Vous êtes une bonne mère, mais vous ne pouvez pas constituer une famille à vous seule. Il a son rôle à jouer, lui aussi.

— J'ai toujours pensé que quelque part, au fond de lui, il... Enfin, j'espérais que pour sa fille...

— Il viendra. Il viendra parce que vous le lui avez demandé et parce que sa place, aujourd'hui, est ici avec vous, pas avec tous ces ministres. Et s'il ne vient pas, ma foi, c'est moi qui irai le chercher personnellement !

Victoire serra fort le crayon dans son poing. *Il viendra ?* Étaient-elles en train de parler de Parrain ? S'il y avait bien une personne au monde capable de faire fuir toutes les ombres, c'était lui !

La cloche de la maison retentit en même temps que le cœur de Victoire.

— Ah, vous voyez ? dit Grand-Marraine.

Sous la nappe de dentelle, Victoire vit les deux paires de souliers quitter précipitamment le salon. Quelques instants plus tard, des morceaux de conversation lui parvinrent depuis le pavillon de musique :

— Le calendrier de notre seigneur est excessivement chargé... se tient une réunion plénière au quarante-septième étage... qui est, je vous le rappelle, toujours en attente de ratification...

Cette voix qui recouvrait celle, toute douce, de Maman, ce n'était pas Parrain.

Victoire fut tentée, juste le temps d'un tic-tac à l'horloge du salon, de *voyager* pour aller voir par elle-même ce qui se passait. Elle n'en fit rien.

Voyager, c'était voir des choses qu'il ne fallait pas voir.

Les conversations se turent brutalement dans le pavillon de musique. Victoire tendit l'oreille, le crayon noir figé au milieu de son dessin. La lame de parquet où elle était assise ondula soudain comme une vague d'eau. Il y eut un puissant craquement de bois, bientôt suivi d'un deuxième.

Quelqu'un marchait dans la pièce.

Victoire sut de qui il s'agissait avant même de surprendre, au-delà de la nappe en dentelle, les deux grandes bottes blanches qui se déplaçaient lentement, très lentement, à travers le salon.

C'était Père.

Victoire espéra de toutes ses forces qu'il ne remarquerait pas sa présence sous la table, mais Maman la tira de sa cachette. Elle l'installa dans un fauteuil près de la porte, peigna ses cheveux, lissa sa robe, lui adressa un dernier sourire ému, puis regagna le corridor où un homme répétait : « Le calendrier de notre seigneur est excessivement chargé ! » Si Victoire avait pu parler, elle leur aurait hurlé de ne pas la laisser seule avec Père.

Il se dirigea lentement, très lentement, vers l'autre bout du salon, le plus loin possible du fauteuil de Victoire. Il était si grand qu'il se cogna au lustre de cristal, mais ça n'avait rien d'amusant. Il s'approcha d'une fenêtre dont la faible clarté rendit son profil inexpressif, sa natte d'épaule et son manteau de fourrure plus blancs encore qu'ils ne l'étaient déjà.

Père ressemblait aux belles statues du parc qu'il était en train de contempler. Il avait les mêmes yeux vides. Des yeux qui donnaient l'impression à Victoire de ne pas exister.

— Quel âge avez-vous, à présent ?

Une fois, Victoire avait abattu ses deux mains sur les premières touches du clavecin de la maison. La bouche de Père produisait un son plus grave encore.

— Quel âge avez-vous ? répéta-t-il.

Victoire comprenait la question ; y répondre, c'était une autre affaire. Père ne l'aimait pas, et il allait finir par moins l'aimer encore. Maman était restée dans le corridor pour demander à Monsieur-Calendrier de patienter.

Père finit par sortir un cahier de son grand manteau blanc. Il en feuilleta les pages une par une.

Après un silence interminable, il déclara :

— Ah, oui. Vous ne parlez pas.

Il se plongea dans la lecture de son cahier pendant beaucoup de tic-tac à l'horloge du salon. Avait-il oublié Victoire pour de bon ?

— Votre mère m'a écrit ici, dit-il soudain en posant son doigt sur une page, que votre santé lui cause de l'inquiétude. Vous ne m'avez pas l'air si mal en point.

Le corps majestueux de Père ne bougea pas, faisant toujours face à la fenêtre, mais son visage pivota à la façon d'une vis, comme si son cou était capable de tourner entièrement sur lui-même.

À l'instant où il posa ses yeux inexpressifs sur elle, Victoire eut très mal à la tête.

— Si l'on excepte, évidemment, le fait que vous êtes incapable de parler et de marcher.

Plus Père la regardait, plus Victoire avait mal.

Il la punissait et, s'il la punissait, c'était forcément qu'elle était fautive. Elle avait peur. Peur qu'il ne l'aime jamais.

Elle sentit, sans oser l'essuyer, une larme rouler sur sa joue.

Père écarquilla les yeux avant de les ramener sur la fenêtre. La douleur cessa aussitôt.

— Ce n'était pas délibéré. Mon pouvoir… Vous n'êtes probablement pas encore prête pour l'endurer. Cette rencontre est prématurée.

Victoire ignorait ce que Père essayait de lui expliquer. Elle ignorait même s'il s'adressait vraiment à elle. Il employait toujours des mots trop compliqués.

— Je ne vais pas vous imposer plus longtemps ma présence.

Au moment précis où il prononça cette phrase, la cloche de la maison sonna à nouveau. Il y eut des bruits de pas et des murmures étouffés. Prisonnière de son fauteuil, Victoire attendit avec Père. Sa robe s'était collée à son corps à cause de la transpiration.

Elle se figea lorsqu'un puissant parfum lui brûla le nez.

— Mon seigneur ! Je faisais une petite visite de courtoisie à mes chères amies, mais je ne vous savais pas ici. Je tenais à vous présenter mes respects.

Victoire fut secouée de tremblements. La Dame-D'or était là, juste derrière elle. Les pendeloques de son voile tintaient de plus en plus fort alors qu'elle s'avançait dans le salon.

— Et vous êtes ?

Père avait posé sa question sans un regard pour

la Dame-D'or. Il semblait trouver la bonbonnière sur la bordure de fenêtre plus digne d'intérêt.

— C'est Mme Cunégonde, mon seigneur. L'une de vos meilleures illusionnistes.

L'arrivée de Maman dans le salon ne parvint pas à calmer Victoire. Elle était terrorisée. La Dame-D'or venait de poser une main sur son fauteuil, ses ongles s'enfonçant dans le velours comme de longs couteaux rouges.

— Excusez-vous... ou plutôt est-ce moi qui devrais m'excuser. Je ne voulais pas perturber votre petite réunion de famille.

La Dame-D'or caressa les cheveux blancs de Victoire. C'était avec cette même main qu'elle avait refermé les paupières de la Deuxième-Dame-D'or. Elle se tenait si près qu'elle plongeait entièrement Victoire dans son ombre.

Dans ses ombres.

Victoire courut se cacher sous la table. Elle avait *voyagé* sous le coup de l'affolement, abandonnant l'Autre-Victoire dans son fauteuil et sa robe mouillés de sueur. Le voile brillant de la Dame-D'or était toujours visible sous la nappe, à côté des bottines en satin vert de Maman et des souliers vernis de Grand-Marraine. Les palpitations du cœur de l'Autre-Victoire s'était faites aussi lointaines que leurs conversations, mais la peur continuait de hurler en elle de toute la force de son silence.

Une nouvelle paire de chaussures s'invita dans le salon. Même si elle était toute déformée par l'effet du *voyage*, Victoire reconnut la voix de Monsieur-Calendrier :

— Je me répands en excuses de vous presser

ainsi, mon seigneur. Vous êtes attendu à la réunion. C'est que le calendrier de mon seigneur est excessivement chargé !

Victoire entendit le parquet craquer comme une bûche de cheminée. Les grandes bottes blanches de Père se dirigèrent lentement, très lentement, vers la table. Au grand effroi de Victoire, le parquet grinça encore plus fort quand Père s'inclina en avant.

Du bout des doigts – des doigts immenses – il souleva la nappe de dentelle.

— Oh, ce ne sont que des dessins, dit Maman. La petite s'installe souvent ici pour jouer. N'est-ce pas, ma chérie ?

Les yeux de Père, pâles comme de la porcelaine, ne s'intéressèrent ni à l'Autre-Victoire dans son fauteuil ni aux dessins sur le parquet. Ils n'observaient que la vraie Victoire qui s'était cachée sous la table.

Père la voyait ?

— Mon seigneur, murmura Monsieur-Calendrier avec une petite toux impatiente. Votre réunion…

— Partez.

Père avait à peine remué les lèvres. Il se tenait toujours penché en avant, la nappe pincée entre les doigts, sa longue tresse coulant jusqu'au sol comme du lait.

— Immédiatement.

— Mon seigneur ? s'inquiéta Maman. Quelque chose vous a contrarié ?

Blottie sous la table, Victoire dévisageait Père avec stupeur. Elle avait toujours cru qu'il ne l'aimait pas, mais jamais il ne l'avait regardée de la façon dont il regardait maintenant la Dame-D'or.

Grâce aux yeux du *voyage*, Victoire pouvait voir l'ombre de Père. Une ombre encore plus grande et encore plus griffue que celle de Maman quand elle était fâchée. Une ombre qui hérissait toutes ses pointes en direction de la Dame-D'or.

— Je ne sais pas qui vous êtes, dit Père en articulant chaque mot, mais n'entrez plus jamais dans cette demeure.

Comme il maintenait la nappe soulevée, Victoire put voir les visages étonnés de Maman, de Grand-Marraine et de Monsieur-Calendrier se tourner vers la Dame-D'or. Elle souriait de ses lèvres rouges, mais elle avait cessé de caresser les cheveux de l'Autre-Victoire. Ses ombres à elle grouillaient sous ses pieds comme une foule folle furieuse. Il y en avait tellement ! Allaient-elles attaquer Père ?

— Comme il me plaira. Ou, devrais-je dire, comme il vous plaira.

Dans un concert de bijoux, la Dame-D'or sortit du salon, et toutes les ombres partirent avec elle.

Victoire n'écouta pas les exclamations qui jaillirent dans la pièce après son départ. Elle avait repris la place de l'Autre-Victoire dans le fauteuil et n'avait plus d'yeux que pour Père. Avec des gestes lents, très lents, il ramassa les dessins et les crayons sous la table, puis il les lui tendit sans prêter attention à toutes les questions que lui posaient Maman, Grand-Marraine et Monsieur-Calendrier.

Victoire regarda les ombres qu'elle avait gribouillées un peu plus tôt. Elle retourna sa feuille. De ce côté-ci, le papier était tout blanc.

Aussi blanc que Père.

La poussière

Ophélie avait eu, dans sa vie, l'occasion de passer par plusieurs salles d'attente, mais aucune ne ressemblait à celle-ci. Un eucalyptus se dressait en plein milieu du tapis, et des perruches gazouillaient sur les dossiers des banquettes.

L'observatoire des Déviations était décidément un endroit des plus surprenants.

Lorsque Blasius lui en avait parlé, Ophélie s'était représenté un sinistre hôpital. Elle découvrait un édifice haut en couleur où la jungle faisait partie intégrante de l'architecture. Ses pagodes, ses ponts, ses serres et ses terrasses formaient un ensemble si tentaculaire que l'observatoire occupait une arche mineure à lui seul. Elle ignorait quelles étaient exactement les « déviations » observées ici, mais les responsables des lieux avaient de sacrés moyens.

Ophélie n'eut pas longtemps à attendre. À peine s'était-elle posée sur une banquette qu'une adolescente vint à sa rencontre. Elle portait un sari de soie jaune, un pince-nez à verres sombres, de longs gants de cuir et un singe mécanique sur l'épaule. Ophélie ne l'aurait jamais prise pour un membre du personnel si elle ne lui avait fait signe de la suivre.

— Bienvenue dans notre établissement, Miss Eulalie ! La patiente a été conduite dans la verrière des visiteurs ; permettez-moi de vous y accompagner. Vous êtes la première personne à venir pour cette pauvre Miss Mediana, murmura l'adolescente une fois qu'elles eurent quitté la salle d'attente.

— J'ai pris mon dimanche pour rendre visite à ma camarade.

— Nous ne pourrons malheureusement vous accorder plus de cinq minutes avec elle. Je suis sûre que ça lui fera du bien de voir le visage d'une amie.

Ophélie s'abstint de la détromper.

— C'est Lady Septima qui vous l'a confiée ?

— Et qui a pris tous les soins à sa charge. Une sainte femme, Lady Septima ! Loués soient les Lords de LUX !

La jeune Babélienne s'exprimait avec une véritable ferveur religieuse. Chacun de ses sourires produisait un rayon de lumière à travers la nuit de sa peau.

Alors qu'elle la suivait le long d'un couloir, Ophélie se prit à l'envier. En ce qui la concernait, il lui semblait qu'elle ne sourirait plus jamais.

Notre collaboration est terminée.

Elle refoula les mots de Thorn. Ne surtout pas penser. Agir.

— De quoi souffre exactement Mediana ? On m'a parlé d'une attaque cérébrale, mais ce n'était pas très clair.

Le sourire de l'adolescente s'élargit et ses yeux pétillèrent par-dessus les verres sombres de son pince-nez.

— *Sorry, miss,* je ne suis pas autorisée à répondre à cette question.

— Mais c'est la spécialité de votre observatoire, des cas comme le sien ?

— *Sorry, miss,* je ne suis pas autorisée à répondre à cette question non plus.

Sur l'épaule de l'adolescente, le singe mécanique se mit soudain en mouvement pour lui tendre un bloc-notes.

— Tiens, je vois que nous avons déjà un dossier à votre nom, Miss Eulalie.

— À mon nom ? s'étonna Ophélie. Ce doit être une erreur.

L'adolescente éclata de rire, tandis qu'elle feuilletait son bloc-notes.

— Nous ne commettons jamais d'erreurs, Miss Eulalie, nous sommes très bien informés. Nous avons nos propres avant-coureurs à l'observatoire, dit-elle avec un regard entendu pour les ailes aux bottes d'Ophélie. Pour en revenir à votre dossier, il se trouve que vous avez effectué une visite médicale lors de votre entrée au conservatoire de la Bonne Famille. Les résultats de vos tests nous ont été communiqués et, d'après ce que je lis là, ils présentent un caractère... intéressant. Vous avez cinq minutes, rappela l'adolescente en ouvrant une porte vitrée. Je reste dans le couloir si vous avez besoin de moi.

Ophélie demeura immobile. Des tests médicaux le jour de son admission ? La seule chose dont elle se souvenait, c'était d'avoir fait des mouvements sans queue ni tête et quinze tours de piste qui avaient failli l'achever. Elle ne voyait vraiment pas en quoi ça pouvait présenter un quelconque intérêt pour qui que ce fût.

Elle cessa d'y penser en pénétrant dans la verrière des visiteurs. D'immenses vitraux transformaient la lumière du soleil en arc-en-ciel. Les couleurs ricochaient sur le carrelage, se mêlaient aux branches des palmiers et traversaient l'eau des bassins à poissons. La sérénité des lieux faisait presque oublier le vent extérieur qui agitait tous les carreaux dans leurs châssis.

Mediana était assise sur un banc. Elle se tenait accroupie, les jambes repliées contre son corps, les yeux ouverts en grand. Elle ne réagit pas à la sonorité familière des ailes d'avant-coureur lorsque Ophélie s'approcha et vint s'asseoir à côté d'elle.

— Bonjour.

Mediana ne répondit rien. Ophélie crut d'abord qu'elle contemplait le vitrail qui faisait face au banc, mais ses yeux étaient figés dans leurs orbites. Ce que Mediana regardait se trouvait à l'intérieur d'elle-même. Elle était méconnaissable dans son pyjama trop ample. Sa musculature avait fondu, ne lui laissant que la peau sur les os. Où était passée sa puissance ? Où étaient passées sa grâce et sa superbe ? La lumière du vitrail faisait scintiller les pierres précieuses incrustées dans la chair de son visage ; tant de couleurs sur ce corps sans âme, c'était presque déplacé.

Ophélie chercha ses mots, mal à l'aise.

— Tu te demandes sans doute ce qui m'amène. Ton départ de la Bonne Famille a été si précipité... Tu as laissé beaucoup de questions derrière toi.

Mediana ne répondit toujours pas. Les bras contractés autour de ses jambes, elle continuait de fixer le néant comme une gargouille de pierre.

— Tu sais que tu me causes encore des ennuis ? murmura Ophélie. Tes cousins me mènent la vie dure. Tu te plaisais à dire qu'ils te détestaient, mais, crois-moi, ils me font chèrement payer d'avoir pris ta place.

Toujours aucune réponse.

Ophélie se retourna sur le banc. Il n'y avait personne à part elles dans la verrière, mais elle avait sans cesse l'impression de sentir un regard dans son dos.

— Qu'est-ce qui s'est passé dans les toilettes du Mémorial ? demanda-t-elle alors d'une voix infime. Qui t'a fait ça ?

Encore le silence.

— Je dois absolument savoir, insista Ophélie. Est-ce que tu as découvert quelque chose à propos d'un livre ? Un livre de E. D. peut-être ? suggéra-t-elle face à l'inexpressivité de Mediana. *L'Ère des miracles* ?

Toujours rien. Ophélie prit une inspiration, il restait une dernière carte à abattre.

— « Qui sème le vent récolte la tempête. » C'est le Sans-Peur qui m'a chargée de te transmettre ce message. Est-ce lui qui t'a mise dans cet état ?

Elle guetta longuement une réaction, espérant que ce nom au moins produirait son petit effet, mais Mediana ne cilla même pas. Une mouche se posa sur sa lèvre inférieure, comme si elle n'était plus qu'un cadavre. Ophélie s'était promis de ne jamais avoir pitié d'elle, pas après son chantage et sa manipulation. Pourtant, la voir ainsi lui fit mal.

— Alors, c'est comme ça ? la gronda-t-elle à voix basse. Tu vas passer le reste de ta vie en pyjama sur un banc ? Tu rêvais de devenir avant-coureuse, tu voulais tout savoir. La Mediana que j'ai connue serait déjà à la recherche d'un nouveau secret.

— Miss Eulalie ?

À l'autre bout de la verrière, l'adolescente avait rouvert la porte et lui faisait signe de partir avec un grand sourire.

— *Sorry, miss*, les cinq minutes de visite sont écoulées.

Ophélie se leva du banc à contrecœur. Elle voulut se lever, du moins. La main de Mediana s'était cramponnée à sa redingote pour la retenir. Rien dans son attitude n'avait changé. C'étaient les mêmes yeux écarquillés sur le vide, le même corps tétanisé, mais ses lèvres articulèrent deux mots :

— Un autre.

— Pardon ?

Ophélie se pencha sur Mediana pour rencontrer enfin son regard. La seule chose qu'elle y vit fut une frayeur d'une telle intensité qu'elle en eut les entrailles nouées.

— Un autre… il y en a un autre.

— Un autre quoi ?

Pour toute réponse, Mediana la lâcha et replongea dans son mutisme.

— Miss Eulalie ! appela joyeusement l'adolescente. La visite est terminée !

Ophélie était venue à l'observatoire des Déviations pour obtenir des réponses. Elle le quitta avec une question supplémentaire : quel était donc ce nouvel « autre » ? Une chose au moins lui parut évidente, tandis qu'elle descendait le grand escalier de marbre qui menait à l'arrêt du tramoiseaux. Mediana, Miss Silence et le professeur Wolf partageaient désormais un vrai point en commun : la terreur.

Le vent s'avéra particulièrement âpre sur le belvédère du quai, à cause de la proximité du vide. Il soulevait des tourbillons de poussière d'une telle densité qu'on ne voyait et n'entendait pratiquement rien. L'observatoire des Déviations n'était pas une destination très desservie, il fallait s'armer de patience entre deux passages de tramoiseaux. Et de la patience, Ophélie s'en sentait dépourvue. Dès qu'elle cessait d'agir, les pensées revenaient à la charge.

Notre collaboration est terminée.

Thorn l'avait repoussée. Avec ses mots et avec ses griffes. Ophélie se sentait plus sèche que la poussière qui lui brûlait les yeux. Il lui manquait. Il n'avait jamais cessé de lui manquer, même quand elle était près de lui. Elle n'était pas parvenue à tenir sa place de collaboratrice, elle n'avait rien compris à ce qu'il attendait véritablement d'elle. Elle avait espéré de lui ce qu'il ne pouvait plus lui donner. Encore maintenant, elle se cramponnait à son enquête et fouillait les recoins de Babel, alors qu'au fond c'était toujours Thorn qu'elle continuait de chercher.

Ophélie se raidit. À travers le déluge de poussière

qui crépitait sur ses lunettes, elle distingua une silhouette sur le quai. Ce n'était peut-être qu'un autre voyageur, mais il semblait l'observer avec insistance. Soudain, la silhouette fonça sur elle à pas précipités. Ophélie prit brutalement conscience de la proximité du vide. Elle eut une pensée fulgurante pour le malheur qui avait frappé tous ceux dont elle voulait percer les mystères. La peur de Mediana, la peur de Miss Silence et la peur du professeur Wolf devinrent sa propre peur.

— Qu'est-ce que tu fais là ?

Ophélie reconnut la voix, emplie de méfiance, sous le chahut du vent. Cette silhouette qui lui faisait face, c'était Octavio. Il avait remonté sa veste par-dessus sa tête pour s'abriter, ce qui le faisait paraître plus grand qu'il ne l'était en réalité. Son don de Visionnaire lui avait permis de reconnaître Ophélie malgré la mauvaise visibilité qui régnait sur le belvédère.

— Tu m'as suivi ? insista-t-il. Tu me veux quoi ?

— Du calme. Je suis venue rendre visite à Mediana. Et toi ?

Il y eut un long silence tendu, puis :

— Ne dis pas à ma mère que tu m'as vu ici.

Ça aurait pu ressembler à un ordre, mais la voix d'Octavio était passée de l'hostilité à l'inquiétude.

— Tu me demandes, toi, de mentir ? Je croyais que l'honnêteté était un devoir civique à Babel.

Ophélie toussait plus qu'elle ne parlait ; elle avalait de la poussière à chaque inspiration. Elle sursauta en entendant crisser les roues du tramoiseaux au moment où il se posait sur les rails du quai. Juchés sur les toits des wagons, les volatiles géants se tenaient héroïquement dociles malgré la tempête.

Ophélie et Octavio s'engouffrèrent à l'intérieur. Ils pointèrent chacun leur carte, prirent place sur une banquette, puis passèrent plusieurs minutes à épousseter leurs vêtements sans échanger un mot ni un regard. Il n'y avait qu'un autre passager dans leur wagon et il dormait si profondément que son turban était tombé à ses pieds.

— Mentir est un péché, déclara Octavio une fois que le tramoiseaux eut décollé. Je vais donc te demander ce que j'ai demandé au personnel de l'observatoire. Si ma mère t'interroge, dis-lui la vérité. Le cas échéant, j'apprécierai ta discrétion.

Elle lui jeta des coups d'œil à la dérobée. La longue frange noire derrière laquelle il avait l'habitude de se dissimuler était tout ébouriffée. Son visage avait perdu son calme impérial. Même ses yeux, résolument tournés vers la vitre, brillaient d'un éclat moins orgueilleux. Octavio serrait les poings sur ses cuisses, comme s'il se sentait soudain en position d'infériorité. Humilié.

Ophélie l'avait toujours perçu comme la copie conforme de Lady Septima. De savoir qu'il était capable de désobéir à sa mère, une Lord de LUX de surcroît, le lui rendait moins antipathique. Elle n'était pas prête à lui faire confiance pour autant.

— Si je dois t'aider à cacher quelque chose, j'aimerais au moins savoir de quoi il s'agit. Que faisais-tu à l'observatoire des Déviations en même temps que moi ?

— C'est plutôt toi qui y étais en même temps que moi, fit remarquer Octavio d'un ton hautain.

Je viens ici chaque dimanche. (Il se mordit la lèvre, comme s'il hésitait à en révéler davantage.) Je rendais visite à ma sœur.

Ophélie s'était préparée à beaucoup de révélations, mais certainement pas à celle-là.

— Tu as une sœur ?

— Elle s'appelle Seconde. Elle est… différente. Elle l'a toujours été.

Octavio se détourna brusquement de la vitre pour darder son regard sur Ophélie, la mettant au défi de se moquer.

Elle n'en avait aucune envie.

— Moi aussi, j'ai une petite sœur différente. Elle ne parle presque pas, mais elle sait très bien se faire comprendre quand même. Ça n'a rien de honteux.

Elle réalisa, au moment de faire cette confidence, qu'elle s'était exprimée en tant qu'Ophélie, et non plus en tant qu'Eulalie. Sa sincérité eut au moins le mérite de détendre Octavio dont les poings s'étaient relâchés sur ses cuisses.

— Et ton père ? demanda-t-elle prudemment. Il t'interdit aussi de voir ta sœur ?

— *In fact,* je ne lui ai pas parlé depuis des années. Il a quitté ma mère quelque temps après la naissance de Seconde. Du point de vue de mes parents, donner naissance à un enfant imparfait a jeté le déshonneur sur toute la descendance de Pollux. Ma mère a fini par estimer que la meilleure place pour Seconde, c'était cet observatoire où ils peuvent étudier son cas. Ma sœur sert ainsi la cité à sa façon.

— Tu désapprouves.

Ophélie n'avait fait qu'émettre un simple constat, mais il fit l'effet d'un soufflet à Octavio qui la dévisagea avec un regain de défiance, la chaîne d'or se balançant à son sourcil.

— Je n'ai ni à approuver ni à désapprouver. Ma mère s'est toujours mise au service de l'intérêt familial.

Ophélie essuya ses lunettes contre la manche, tout aussi poussiéreuse, de son uniforme. Dans quelle mesure Octavio connaissait-il les forces qui se dissimulaient réellement derrière cet « intérêt familial » ? Il était doté d'un sens de l'observation hors du commun mais, dès qu'il s'agissait de Lady Septima, il devenait aveugle.

— De toute façon, je ne sollicitais pas ton opinion, ajouta-t-il en se redressant avec raideur sur la banquette. Le fait est que ma mère juge préférable que Seconde et moi vivions nos vies chacun de notre côté. La seule chose que je te demande, c'est de ne rien lui dire de mes visites, à moins qu'elle ne te pose *directly* des questions.

— Je ne lui dirai rien, promit Ophélie. Même si elle m'en pose.

Ils se turent l'un et l'autre ; durant ce silence embarrassé, seuls se firent entendre les battements d'ailes des oiseaux, le grésil de la poussière contre les vitres et les ronflements du troisième passager. Ophélie ne pouvait venir à bout de la désagréable impression de sentir une présence dans son dos, mais elle avait beau se retourner, il n'y avait personne sur la banquette de derrière.

— Tous les élèves du conservatoire profitent de leur dernier jour de congé pour mettre les bouchées doubles, reprit soudain Octavio. Et toi tu rends visite à Mediana. Je n'avais pas le sentiment que tu étais en si bons termes avec elle.

Ophélie haussa les épaules.

— Je ne vois pas l'utilité de réviser, puisqu'il n'y a aucun examen de passage pour devenir aspirant. Lady Hélène et Sir Pollux nous jugent sur l'ensemble de notre cursus.

— On m'a dit que Mediana n'était plus en état de communiquer. Qu'est-ce que tu lui voulais ?

Ophélie sentit sur elle le regard insistant d'Octavio. Elle ne se débarrasserait pas de lui ainsi.

— J'essaie de comprendre qui lui a fait ça et pourquoi. Je présume que tu vas m'affirmer, comme ta mère, qu'il n'y a rien à comprendre.

— Tu présumes mal. Je pense que nous sommes tous en danger. Ma mère incluse.

Ophélie cessa de frotter ses lunettes pour les remettre sur son nez, plus sales que jamais. Les sourcils d'Octavio étaient passés de l'état d'accents circonflexes à celui d'accents graves. Il avait l'air très sérieux.

— Le professeur Wolf, se rappela-t-elle. Tu savais qu'il avait été menacé. Tu m'avais avertie que ça pourrait m'arriver aussi.

— Je ne le savais pas, mais je le supposais. Ce qui est arrivé à Miss Silence et à Mediana n'a fait que confirmer mes soupçons. Il y a quelqu'un qui prend un malin plaisir à malmener celles et ceux qui fréquentent le Mémorial de trop près.

— Le Sans-Peur-Et-Presque-Sans-Reproche ?

— *Of course,* qui d'autre ? Ce perturbateur bafoue nos lois les plus sacrées avec ses provocations. Il implante dans les esprits ce que les Lords de LUX s'évertuent à purger depuis des décennies : des idées malsaines, agressives et dégradantes. C'est cet individu qui devrait se trouver à l'observatoire des Déviations.

Octavio s'était exprimé avec un calme souverain, mais Ophélie ne s'y trompa pas. Ses yeux rougeoyaient comme s'il traquait, à travers les parois du wagon et les kilomètres de nuages, le Sans-Peur en personne. Il était consumé de l'intérieur par un brasier qui ne demandait qu'à jaillir.

Ophélie se demanda s'il en avait conscience, mais la question qui lui monta aux lèvres fut tout à fait différente :

— As-tu déjà lu les livres de E. D. ?

Elle regretta après coup son imprudence. Sa curiosité la poussait trop souvent à poser les bonnes questions aux mauvaises personnes.

— Les vieux contes pour enfants ? s'étonna Octavio. Je les ai vaguement feuilletés quand j'étais môme. Tu trouveras la collection complète au Mémorial.

Soit il était un excellent comédien, soit il ignorait le sort que Miss Silence avait réservé à ces livres.

— Et qu'as-tu pensé de *L'Ère des miracles* ?

— Ce n'est pas le meilleur de la collection. C'est un conte qui décrit les débuts du nouveau monde. Cet « E. D. » était un auteur sans grande originalité. Pourquoi tu t'intéresses à ces livres ? Ce n'est quand même pas Sir Henry qui t'a demandé de les expertiser, non ?

À l'évocation de Thorn, Ophélie sentit une fêlure

se creuser brutalement entre ses côtes. Elle se concentra sur les gargouillis métalliques du tramoiseaux pour laisser passer la douleur.

— Et si nous allions rendre visite au professeur Wolf ? proposa-t-elle soudain. Demandons-lui si, oui ou non, le Sans-Peur lui a fait subir des intimidations.

— Ensemble ?

Octavio parut complètement pris au dépourvu. Ophélie ne l'était pas moins. Elle n'avait pas envisagé avant cet instant de s'associer avec le fils d'un Lord de LUX, mais, réflexion faite, cette idée n'était pas si insensée. Octavio avait plus d'influence qu'elle, il lui ouvrirait peut-être des portes qui lui seraient restées fermées. À commencer par celle du professeur Wolf.

— Ensemble, oui.

Le rouge

Ils descendirent à la station suivante pour prendre une gondole publique. Le Zéphyr qui la manœuvrait avait suffisamment d'expérience pour canaliser le vent et leur faire traverser la mer de nuages sans turbulences, mais Ophélie fut quand même soulagée de retrouver la terre ferme. Le quartier du professeur Wolf était dénué de pavés : le vent et le sable se mélangeaient tellement l'un à l'autre qu'ils formaient des fumerolles brûlantes. Le soleil ne se résumait plus qu'à une lune blafarde au milieu du ciel. L'atmosphère était si suffocante qu'il n'y avait ni passants ni dodos dans les rues.

Ophélie traversa la cour de l'immeuble, une manche plaquée sur le nez pour ne pas inhaler la poussière. Ses lunettes semblaient recouvertes de suie volcanique. Elle distinguait à peine la façade envahie de végétation devant elle. Le heurtoir du rez-de-chaussée ne se déclencha pas à son approche comme cela s'était produit lors de sa première visite. Venant d'une porte aussi paranoïaque, c'était inattendu.

Faisant signe à Octavio de se mettre en évidence devant le judas, elle donna trois petits coups prudents.

— Professeur Wolf ?

Elle n'était pas fière de se présenter à nouveau devant lui. Cet Animiste, si mal embouché fût-il, l'avait aidée à se procurer des gants de *liseuse*. Et elle, elle l'avait remercié en fouillant dans sa poubelle.

Ce ne fut donc pas une surprise de voir la porte rester close.

— Professeur Wolf ? insista-t-elle. Nous avons besoin de vous parler, c'est très important.

Ophélie colla son oreille contre le battant. Elle n'entendit aucun bruit à l'intérieur de l'appartement.

— Sa logeuse m'a assuré qu'il ne quittait jamais son domicile, dit-elle. Tente ta chance, il t'accordera peut-être plus de crédit.

Octavio n'en fit rien. Il s'éloigna de quelques pas, ses cheveux empourprés de poussière, les basques de sa redingote soulevées par le vent. Il observait la façade de l'immeuble avec une extrême concentration, le rougeoiement de ses yeux se faisant de plus en plus intense.

— Inutile, finit-il par déclarer. Il n'est pas chez lui.

— Tu vois à travers les murs ?

— Si j'adapte mon regard, je peux détecter les rayonnements propres aux organismes à sang chaud. Il n'y a rien de tel ici.

— Nous voici bredouilles, soupira-t-elle.

Octavio fronça les sourcils, tandis qu'il tournait

lentement sur lui-même en scrutant cette fois le nuage de poussière.

— Et encerclés, murmura-t-il.

Il fallut un moment à Ophélie pour les apercevoir à son tour : des silhouettes blanches arrivaient des quatre coins de la cour. Elles tenaient chacune un fusil.

— Des objets interdits, commenta Octavio avec dédain. Les sans-pouvoirs sont tombés bien bas.

Un rugissement de rire accueillit cette déclaration. Il se répercuta sur les parois des vieux immeubles, comme s'il émanait de partout à la fois. Ophélie se contracta de la tête aux pieds. À sa connaissance, un seul homme était doté de cordes vocales aussi puissantes. La silhouette du Sans-Peur se détacha du blizzard rouge, tandis qu'il s'avançait tranquillement vers eux. Il n'était pas armé. Il n'en avait pas besoin. Le gigantesque tigre à dents de sabre lui servait d'escorte.

— À quoi reconnaît-on un fils de Lord ? s'exclama le Sans-Peur à la cantonade. C'est *reaaaally* simple ! Ça se balade partout comme en terrain conquis, ça fait tinter haut et fort ses jolies bottes et ça trouve encore le moyen de se la jouer condescendant !

Sa voix était d'une telle ampleur qu'elle domptait la tempête mais, lorsqu'il se planta devant Octavio, ce dernier ne se montra pas le moins du monde impressionné. Il lui fit face sans ciller, le dos droit et le menton dressé, à croire qu'il n'était pas tenu en joue par plusieurs fusils.

— C'est donc vous l'homme qui se fait appeler le Sans-Peur-Et-Presque-Sans-Reproche ? Je suis déçu. J'ai souvent entendu vos fanfaronnades à la radio, je vous imaginais moins quelconque.

Un sourire carnassier dévoila brièvement les dents du Sans-Peur. Son apparence était peut-être celle d'un homme malingre et dégarni, il y avait un fauve tapi en lui et il n'était pas moins redoutable que la Bête qui feulait à son côté.

Le regard d'Ophélie ricocha dans tous les sens. La cour d'immeuble était une impasse, ils se retrouvaient acculés. Les vagues de poussière laissaient entrapercevoir, çà et là, les silhouettes des hommes armés. Ophélie les compta. Quatre, six, huit… au moins dix. Plus un tigre géant. Elle leva les lunettes vers les façades qui se dressaient autour d'eux ; les rares volets qu'elle parvenait à distinguer étaient poussés. Il y avait probablement des observateurs qui s'étaient collés aux fentes mais aucun d'eux, pas même la logeuse, ne paraissait disposé à intervenir.

Ophélie commençait à regretter d'avoir entraîné Octavio ici. Thorn avait raison, elle avait vraiment une prédisposition surnaturelle aux catastrophes.

— Que voulez-vous ? demanda-t-elle.

Le Sans-Peur l'effleura à peine des yeux, comme si elle n'avait aucune consistance solide. Seul Octavio présentait de l'intérêt pour lui.

— Ça, c'est ma question. Vous sembliez avoir *reaaaally* envie de me causer. À moins, évidemment, ajouta-t-il avec une lippe goguenarde, que vous ne craigniez que je vous contamine de mes idées « malsaines, agressives et dégradantes » ?

Les yeux d'Octavio irradièrent davantage.

— Ce sont mes mots exacts. Vous nous avez espionnés ?

— Je vais te dire une chose, *boy*. Quand on est un vieux pirate des ondes comme moi, on attrape des petites manies. J'ai tendance à répandre mes micros ici et là. Vous me faites *reaaaally* marrer, vous, les avant-coureurs ! Vous prétendez tout connaître, mais vous ne savez rien. Les censeurs vous siphonnent la cervelle !

Le Sans-Peur se tenait si proche d'Octavio qu'il lui cracha ce dernier mot en plein visage. Il se délectait de la répugnance qu'il lui inspirait.

— Avez-vous menacé les vies du professeur Wolf, de Miss Silence et de l'apprentie Mediana ?

Ophélie considéra Octavio avec un mélange d'admiration et d'exaspération. Il avait posé sa question sans détour, d'un ton plein de suffisance, comme si c'était lui qui dictait les règles. Il ne se recula pas quand le Sans-Peur taquina du doigt la chaîne d'or qui attestait sa filiation à Lady Septima.

— Tu te vois déjà Lord, mais tu n'es même pas un homme. Tu n'en seras jamais un tant que tu n'auras pas mis ton poing dans la gueule de quelqu'un. Elle ne t'a jamais appris ça, ta petite maman ? C'est trop malsain, agressif et dégradant pour vous ? Avoue pourtant que ça te démange *reaaaally* en ce moment !

La voix du Sans-Peur propageait des vibrations d'une telle force qu'Ophélie les sentait jusque dans son ventre. Il ne devait vraiment craindre personne pour insulter ainsi un Fils de Pollux au beau milieu d'une place publique.

Octavio sortit un mouchoir de sa redingote et tamponna les postillons sur sa peau.

— Je ne m'abaisserai pas à répondre à ces provocations. Je vous commande, à vous et à ces messieurs, de vous rendre à la justice et de vous comporter à l'avenir comme d'« honnêtes citoyens ».

Le Sans-Peur partit dans un rire qui évoqua une véritable explosion de poudrière. L'instant d'après, il avait retrouvé tout son sérieux. Il fit signe à ses hommes de baisser leurs armes puis, d'un geste bref, il arracha la chaîne du visage d'Octavio. Ophélie eut un haut-le-cœur en voyant le sang jaillir.

— Tu ne manques *reaaaally* pas de culot, grogna le Sans-Peur avec une moue écœurée. As-tu la moindre idée de l'outrage que tu fais subir à ces gens en te pavanant ici dans ton bel uniforme ? Ton avenir à toi est tout tracé. Eux n'en ont aucun, et tu sais pourquoi ? Parce que ce sont les gosses pourris gâtés dans votre genre qui finissent par gouverner la cité. Et ce sont eux aussi qui préfèrent donner un emploi à des machines plutôt qu'à d'« honnêtes citoyens ».

Octavio refusa la main qu'Ophélie s'était précipitée de lui tendre. Il se redressa avec orgueil, serrant les mâchoires pour ne pas crier de douleur. Il manquait un morceau de chair à son arcade sourcilière et sa narine était déchirée en deux. Son sang se mêlait à la poussière du sol, mais ce rouge-là n'était rien comparé à celui qui luisait dans ses yeux.

— Je peux la voir, le nargua le Sans-Peur en faisant tournoyer la chaîne dorée entre ses doigts. Cette violence que tu méprises tant, elle gronde en toi. Tu auras beau la recouvrir de tes bonnes manières, elle sera toujours là. Tu es comme moi, au fond. Un fauve.

Octavio essuya son visage ensanglanté de la même façon qu'il l'avait nettoyé des postillons un peu plus tôt : dans une attitude empreinte de supériorité.

— Ne me comparez pas à vous.

— Ça suffit, lui souffla Ophélie. Nous partons.

Le Sans-Peur la jaugea sans mot dire. Le hurlement du vent, le crépitement de la poussière et les grondements du tigre prirent la relève durant ce bref silence.

— C'est entendu, finit-il par décider. Je vous laisse filer. À une condition.

Sa main se décocha avec une vivacité de flèche. Il empoigna Ophélie par les cheveux et la fit tomber à genoux. Elle avait la sensation que la peau de son crâne allait se déchirer.

— Retire ton uniforme, petite agnelle.

Elle ne voyait plus clair. Ses lunettes pendaient en travers de son visage. Elle voulut se remettre debout, mais le Sans-Peur la força à rester agenouillée. Il lui tirait les cheveux avec une poigne étonnante pour quelqu'un d'aussi peu corpulent.

— Retire ton uniforme, répéta-t-il. La redingote, la chemise, le pantalon, les bottes, *everything* ! Si t'es sage, je te laisserai tes gants de *liseuse*.

Ophélie n'était pas particulièrement pudique. Elle s'habillait et se déshabillait chaque jour dans les vestiaires de la Bonne Famille. Pourtant, la pensée d'être obligée de le faire ici, dans cette position et devant tous ces hommes lui souleva l'estomac. Même Octavio ne trouvait plus rien à dire.

— Retire ton uniforme, rugit le Sans-Peur en la secouant, ou je demande à mes amis de s'en charger.

La vision d'Ophélie se troubla, et ce n'était plus seulement à cause de la myopie. Pourquoi ses griffes ne repoussaient-elles pas cette main qui la brutalisait ? Pourquoi ne se déclenchaient-elles jamais quand elle en avait le plus besoin ? La réponse la frappa en plein ventre. Parce qu'elle était effrayée. Les griffes étaient reliées à son système nerveux. La colère les galvanisait ; la peur les paralysait.

Le Sans-Peur avait vu juste. Elle n'était qu'une agnelle. Toutes les épreuves qu'elle avait traversées au Pôle, loin de l'endurcir, l'avaient rendue plus fragile.

Ophélie remit ses lunettes en place avec la dignité qui lui restait, puis elle défit les boutons de sa redingote. Ce simple geste du quotidien exigeait toujours d'elle, l'incurable maladroite, une grande persévérance. Trembler n'arrangeait rien ; Ophélie dut se débattre avec chaque bouton. Elle espérait que le Sans-Peur ne s'en apercevrait pas : elle n'avait aucune envie de lui accorder cette satisfaction-là.

Le vent griffa ses bras nus quand elle laissa tomber sa chemise et qu'il ne lui resta plus sur le dos qu'un tricot de peau.

— Ton pantalon.

Ophélie lutta contre la nausée en sentant l'ordre du Sans-Peur vibrer le long de sa colonne vertébrale. Cette voix lui faisait plus mal encore que la poigne qui lui tirait les cheveux. Alors qu'elle empêtrait ses doigts dans la boucle de sa ceinture, elle fut déséquilibrée par le soupir exaspéré que poussa le Sans-Peur.

— J'espère *reaaaally* que le spectacle vaut toute cette atten…

Le Sans-Peur ne termina pas sa phrase. Octavio venait de le frapper en pleine mâchoire. Il y eut un craquement d'os si retentissant qu'il sembla jaillir à la fois des doigts et des dents. La force du coup les projeta tous les deux par terre. Sans perdre un instant, Octavio s'accroupit sur le Sans-Peur pour l'immobiliser au sol, puis il abattit ses poings encore et encore. Son visage avait entièrement disparu sous un déluge de cheveux noirs. Son corps n'était plus que de la rage à l'état brut, aussi déchaîné que les éléments autour de lui.

Plus il cognait fort, plus le Sans-Peur riait aux éclats.

— Excellent, *boy* ! Vas-y ! Laisse sortir le fauve !

Ophélie bondit sur ses bottes, mais elle n'eut pas le temps d'intervenir. Le tigre à dents de sabre, qui avait observé jusque-là une immobilité de statue, se détendit comme un ressort ; son énorme patte envoya Octavio rouler dans le brouillard. Ophélie courut jusqu'à lui. Il se tenait recroquevillé sur le sol, empourpré de poussière et de sang. L'incendie de ses yeux s'était éteint. Il ne portait aucune trace de blessure grave, mais le choc l'avait étourdi.

La voix du Sans-Peur exultait par-dessus le tumulte du vent :

— Il l'a *reaaaally* fait ! Ha, ha, ha ! Il a franchi la ligne rouge !

Ophélie se dépêcha d'ôter les ailes de ses pieds et de ceux d'Octavio pour les glisser dans sa poche. À présent que les hostilités étaient ouvertes, ils devaient fuir. Leurs ennemis se tenaient à l'affût, quelque part dans la tempête. Ils les repéreraient au moindre tintement.

Au moment où elle passa le bras d'Octavio autour de ses épaules, un coup de feu résonna. La détonation se répercuta en échos à travers la cour enfumée, rebondissant sur les façades des immeubles. Ophélie n'avait pas l'impression d'avoir été touchée, mais ses veines pulsaient à une telle cadence qu'elle n'était plus sûre de rien.

— Qui a tiré ? beugla le Sans-Peur. J'avais dit : pas d'initiatives !

Il ne riait plus du tout. Les voix de ses hommes protestèrent, chacun affirmant que ce n'était pas lui. Ophélie ne comprenait pas ce qui se passait, mais elle avait la ferme intention de mettre cette diversion à profit. Elle entraîna Octavio à l'aveuglette. Il peinait à marcher droit, encore sonné. Elle-même ne voyait rien à moins de trois pas. Elle était déboussolée. Elle avalait du sable à chaque inspiration.

Un cri la figea sur place : un hurlement d'horreur tel que jamais, de toute sa vie, elle n'en avait entendu.

La voix du Sans-Peur.

Elle déflagra dans les airs comme une explosion, éclipsant le vent et la poussière. Ophélie et Octavio se bouchèrent les oreilles. La cour d'immeuble tout entière ne fut plus qu'un long, un interminable cri.

Puis la voix se tut.

Octavio montra à Ophélie le brouillard où se dressait une silhouette montagneuse. Le tigre à dents de sabre se tenait juste devant eux. Il était prostré sur le sol, les oreilles aplaties en arrière, le pelage hérissé, les prunelles arrondies comme deux phares.

Terrorisé.

Ophélie trébucha contre un corps étendu sur le dos. Il lui fallut quelques battements de cœur avant de reconnaître le Sans-Peur. La peau de son visage s'était déformée comme un masque de tragédie antique. Sa bouche hurlait en silence. Ses yeux exorbités fixaient le vide.

— Mort, souffla Octavio.

— Assassiné, rectifia une voix derrière eux.

Le professeur Wolf surgit de la tempête, aussi surnaturel qu'un spectre. Il était entièrement vêtu de noir, sa minerve lui conférait une raideur cadavérique et sa barbiche dégageait une forte odeur de roussi. Il portait en bandoulière un vieux tromblon dont le canon semblait avoir explosé. C'était vraisemblablement lui, le coup de feu.

Il tendit à Ophélie sa redingote qu'il avait ramassée en chemin.

— Suivez-moi, vous deux, ordonna-t-il entre ses dents. Celui qui a fait ça est peut-être encore dans les parages. Croyez-moi, vous n'avez pas envie de le rencontrer.

La datation

Le professeur Wolf les guidait à travers le brouillard. Quand Ophélie le perdait de vue, elle suivait le crissement de ses souliers. Elle ne pouvait se fier qu'à ses oreilles. Il n'y avait plus un bruit, plus un cri par-dessous le vent. Qu'étaient devenus les hommes du Sans-Peur ? Avaient-ils fui ? Étaient-ils morts ?

Et l'assassin ? Se trouvait-il toujours ici, quelque part dans la cour ?

Ophélie mordit sa manche pour s'empêcher de tousser. La poussière l'étouffait, l'aveuglait, l'assourdissait…

Elle se cogna à Octavio lorsqu'il s'arrêta brutalement devant elle. Le professeur les avait conduits jusqu'au mur d'un immeuble.

— Montez, grommela-t-il. Vite.

Ophélie remarqua l'échelle de secours qui menait vers le toit. Elle grimpa les barreaux l'un après l'autre, glissant sur la mousse, déstabilisée par les bourrasques. Plus elle prenait de l'altitude, moins la poussière était dense. Quand elle atteignit le dernier barreau de l'échelle, elle était à bout de souffle mais elle respirait mieux. Elle aida Octavio à se hisser à son tour ; le sang qui s'écoulait de son sourcil et de son nez formait une mélasse sur la moitié de son visage.

Le toit était une immense terrasse de lavandes qui ondulaient sous le vent, telle une mer. Le professeur Wolf en fendit les flots d'un pas nerveux. Ses habits, ses cheveux et sa barbiche noirs déposaient des taches d'encre sur les couleurs environnantes. Sa minerve l'empêchant de tourner la tête, il pivota sur ses talons pour faire signe à Ophélie et Octavio de presser l'allure, et s'assurer au passage qu'on ne les suivait pas.

Les toits étaient reliés les uns aux autres par des arcades en pierre. Il y poussait de tout : des romarins, des lauriers, des citronniers, mais aussi des orties et des lianes. Vu du sol, le quartier n'était qu'un monde de poudre ; vu de haut, il se transformait en une jungle labyrinthique.

Le professeur emprunta un escalier qui montait jusqu'à une vieille serre surélevée. La porte en était si rouillée qu'il dut l'enfoncer d'un coup d'épaule et il maugréa beaucoup de jurons animistes avant de réussir à la refermer derrière eux ; il se servit ensuite de son tromblon pour bloquer l'entrée. La serre était envahie de mauvaises herbes et de mouches. Des foulards multicolores colmataient les trous laissés par les carreaux manquants. Le vent sifflait à travers toutes les fissures, mais ce bruit-là produisait l'effet d'un silence après le tumulte du dehors.

Ophélie se laissa tomber sur la bordure d'un bassin asséché. Elle massa son cuir chevelu encore douloureux ; ses boucles avaient pris des proportions apocalyptiques.

— Allez-vous nous dire ce qui…

— Taisez-vous donc, la coupa le professeur Wolf. J'essaie de me concentrer.

Il avait collé son œil à une longue-vue pour observer la cour d'immeuble que la serre surplombait de haut. Ophélie regarda par les vitres sales : elle ne voyait du monde d'en dessous que des tourbillons rouges qui enflaient, ondulaient, éclataient et se reformaient dans une danse sans fin. Elle avait presque peine à croire qu'ils étaient piégés là-bas quelques instants plus tôt.

Elle rinça ses lunettes au robinet du bassin. Elle repéra autour d'elle un arsenal de vieilles armes parmi les plantes, ainsi qu'un lit de camp, des boîtes de conserve, de la vaisselle et des piles de livres.

Le professeur avait transformé cette serre abandonnée en bunker.

Ophélie s'inquiéta du mutisme d'Octavio. Il s'était avachi dans un coin, au milieu des fougères, les jambes repliées contre lui. Les deux mains cramponnées à ses genoux, il tentait de calmer les secousses de ses doigts, tuméfiés par les coups. Sa frange dissimulait son visage à la façon d'un rideau.

Ophélie chercha un récipient. Ici comme dans l'appartement du professeur Wolf, les objets étaient aussi farouches que des crabes qui se seraient renfoncés dans des cavités de rochers. Elle attrapa de justesse un bol de fer-blanc qui essayait de se cacher derrière un cactus. Elle le remplit à ras bord puis, le maintenant de force, elle y trempa un mouchoir pour nettoyer le sang d'Octavio. Ce dernier se laissa faire sans protester ; ses yeux fixaient un point sur le côté, évitant avec soin de croiser les siens.

Toute sa fierté semblait avoir volé en éclats avec sa chaîne d'or.

— Merci, lui murmura-t-elle. Je n'oublierai pas ce que tu as fait pour moi.

Un pli amer tordit la bouche d'Octavio.

— Je ne suis pas moitié aussi héroïque que tu le suggères. J'ai eu envie de le frapper dès l'instant où il s'est tenu devant moi. *Really* envie. Même maintenant qu'il est mort, j'en ai toujours envie. Parce qu'il a vu plus clair en moi que mes propres yeux. Si ma mère apprenait ce que j'ai fait… Elle l'apprendra, corrigea-t-il aussitôt avec, inscrit sur le visage, un profond dégoût de lui-même. Je le lui dirai face à face.

Ophélie contempla l'eau rougie du bol qui continuait de se débattre entre ses doigts. Combien de secrets, combien de pensées avait-elle dissimulés à sa propre mère pour éviter d'être jugée ? Elle sortit les ailes qu'elle avait gardées dans sa poche pour les lui rendre.

— C'est vrai, dit-elle. Tu es quelqu'un de bien.

Le professeur Wolf se détourna brusquement de la vitre, sa longue-vue se repliant d'elle-même dans un déclic sonore.

— La garde familiale vient d'arriver. Quelqu'un a dû les alerter. Il va y avoir une enquête qui conclura, comme d'habitude, à un malheureux accident. Après tout, le crime n'existe pas dans notre belle cité.

Octavio releva les yeux par-dessus les fougères

pour le scruter d'un air offusqué. Son froncement de sourcils refit aussitôt saigner sa peau déchirée.

— Vous frôlez l'antipatriotisme, professeur. Je ne vous dénoncerai pas si vous venez témoigner avec l'apprentie Eulalie et moi-même. Nous devons relater les faits tels qu'ils se sont déroulés.

En vérité, Ophélie n'y tenait pas tellement. Si elle faisait une déposition, on vérifierait son identité et on lui poserait tout un tas de questions qu'elle préférait s'épargner.

Le problème fut réglé lorsque le professeur Wolf s'empara d'une carabine parmi sa collection d'armes et mit en joue ses deux invités.

— Vous n'irez nulle part, siffla-t-il.

Son arme était aussi préhistorique que le tromblon qui lui avait explosé entre les mains, mais ça ne paraissait pas l'inquiéter outre mesure. Sa barbiche carbonisée lui donnait l'air redoutable.

— Que maniganciez-vous devant ma porte ? Qui vous a envoyés ?

Le teint d'Octavio passa du bronze au plomb. Il n'avait pas reculé face au Sans-Peur, parce que la violence était alors pour lui une notion abstraite. Depuis, il en avait fait l'expérience avec son corps.

Ophélie, quant à elle, ne voyait pas la carabine du professeur. Elle ne voyait que la peur tapie au fond de son regard. Une peur plus considérable que celle qu'elle avait elle-même éprouvée dans cette cour d'immeuble.

— Nous sommes venus de notre propre volonté, répondit-elle. Nous avions besoin de votre aide. Et j'avais, moi, besoin de votre pardon, ajouta-t-elle après une inspiration, pour avoir bafoué la déontologie des *liseurs* sous votre propre toit. Vous avez le droit de me considérer comme une ennemie, mais la réciproque n'est pas vraie.

Les lèvres du professeur Wolf se convulsèrent. S'il ne reposa pas sa carabine, il en abaissa imperceptiblement le canon.

— Pourquoi auriez-vous besoin de mon aide ?

— Vous êtes la seule personne vivante à comprendre ce qui se passe réellement. À pouvoir en parler, en tout cas, précisa Ophélie avec une pensée pour Mediana. Celui qui a tué Miss Silence et le Sans-Peur, vous l'avez déjà rencontré, n'est-ce pas ?

Les yeux du professeur, aussi vifs que des balles de pistolet, passèrent d'Ophélie à Octavio.

— Vous deux… vous n'avez pas la moindre idée de ce à quoi vous venez de vous frotter. Un bon conseil : cessez de fouiner. Pour ma part, ça ne m'a rapporté que des ennuis. Moins vous en saurez, mieux vous vous porterez.

Octavio, qui était resté recroquevillé dans son coin jusqu'à cet instant, se leva avec lenteur, épousseta son uniforme et redressa les épaules.

— Nous sommes des apprentis avant-coureurs. C'est notre devoir de savoir faire et de faire savoir.

Le professeur Wolf ricana sans lâcher sa carabine. Il y avait toutefois de moins en moins de hargne dans son attitude. Les muscles de son visage et de ses bras fléchissaient, cédant peu à peu sous le poids d'un fardeau trop lourd.

Ophélie estima qu'il était temps de le porter avec lui.

— Avez-vous lu les livres de E. D. ?

Elle sentit sur elle le regard brûlant d'Octavio,

qui surprenait cette question dans sa bouche pour la seconde fois.

Le professeur Wolf précipita une main vers sa minerve, comme si Ophélie venait de lui couper la respiration.

— Comment avez-vous… Que savez-vous ?

— Peu et trop à la fois. Si je dois avoir peur, je voudrais au moins apprendre pourquoi. J'ai besoin de connaître la vérité. Votre vérité, conclut-elle doucement.

Après une interminable hésitation, le professeur Wolf prit place sur son lit de camp, puis reposa sa carabine. Il paraissait tout à coup extrêmement las.

— Ma vérité, maugréa-t-il sans cesser de caresser sa minerve, c'est que je suis un lâche. Prenez un siège. Nous allons nous entretenir un moment.

À peine eut-il grogné ces mots que deux chaises de jardin sortirent des ronces et s'avancèrent sur la pointe des pieds. Elles étaient si craintives qu'Ophélie dut s'asseoir de tout son poids sur la sienne pour l'empêcher de faire marche arrière. Elle allait enfin voir s'assembler les pièces du puzzle.

Le professeur poussa un long soupir en contemplant ses gants noirs de *liseur*.

— Je suis un spécialiste des guerres de l'ancien monde. Je l'étais déjà avant que ce mot soit mis à l'Index, s'agaça-t-il en voyant Octavio sourciller. Peut-être pas un virtuose comme vous le deviendrez un jour, mais l'un des meilleurs experts en datation. Le Mémorial est un endroit qui m'a toujours fasciné pour son passé d'école militaire. Il était une époque où j'avais mes entrées au Secretarium et où je pouvais *lire* les collections d'origine. J'ai vu ma discipline être de plus en plus déconsidérée au fil des lois et des décrets. Les Lords de LUX m'en ont retiré l'accès du jour au lendemain. Armes, décorations, témoignages, correspondances, énuméra-t-il en dépliant l'un après l'autre les doigts de sa main, toutes les collections relatives à la guerre ont été évacuées du Mémorial comme des déchets. Et puis, ça a été le tour des livres. Romans d'espionnage, romans noirs, romans de cape et d'épée ont disparu des rayonnages. Une véritable purge !

Le professeur Wolf foudroya du regard les deux apprentis qui lui faisaient face, comme s'ils étaient personnellement responsables des faits.

Ophélie le comprenait sans pouvoir le lui dire ; elle avait vécu l'épuration de son musée comme une amputation.

Octavio, pour sa part, n'émit aucun commentaire. Dès l'instant où il s'était assis sur sa chaise de jardin, il avait croisé bras et jambes dans une attitude renfermée.

— Le Mémorial d'aujourd'hui n'a rien de comparable avec celui que j'arpentais quand j'étais étudiant, reprit le professeur Wolf. Il m'a été de plus en plus difficile d'y trouver des ressources pour mes recherches. J'ai assisté, impuissant, à l'appauvrissement des documentaires, des archives et de la littérature historique. En fait, c'était pire que ça. Cette maudite Acoustique… Miss Silence… Ses oreilles me suivaient à la trace. Dès qu'elle m'entendait feuilleter un ouvrage, elle l'envoyait directement au service de censure. Elle surveillait mes moindres faits et gestes au Mémorial, comme on surveille le vol d'un vautour au-dessus d'une carcasse. De son point de vue, si un spécialiste de mon genre jugeait un livre digne d'intérêt, alors ce livre était forcément subversif. Je passais mon temps à l'éviter, marchant sur la pointe des pieds pour ne pas être entendu d'elle. C'est ainsi que j'en suis venu à me rabattre par dépit sur le département jeunesse.

Une bourrasque, plus forte que les autres, fit trépider une vitre de la serre. Il n'en fallut pas davantage au professeur Wolf pour bondir sur ses jambes, sa carabine à l'épaule. Ses yeux écarquillés sous ses grands sourcils noirs lui donnaient l'air un peu fou.

Ophélie ne put elle-même s'empêcher d'observer les mauvaises herbes autour d'eux. Sans doute était-elle gagnée par la paranoïa de cet homme, mais elle ne venait pas à bout de la sensation d'être épiée.

Quand il comprit que c'était une fausse alerte, le professeur se rassit pesamment, faisant grincer les ressorts rouillés du lit. Il passa une main sur sa figure creusée par l'insomnie, rongée par l'angoisse.

— Je… je ne me suis pas immédiatement intéressé aux livres de E. D. Comme tout jeune Babélien qui se respecte, j'avais une fois ou deux monté l'échelle interdite aux enfants de mon âge, désireux d'approcher ces contes rangés trop haut. Et, les trouvant ennuyeux à mourir, je m'étais empressé de les reposer à leur place.

Octavio acquiesça sans décroiser ni les bras ni les jambes. Sur ce point au moins, il rejoignait le ressenti du professeur Wolf.

Face à leurs réactions conjuguées, la curiosité d'Ophélie atteignit les aigus.

— En quoi est-ce devenu différent ? demanda-t-elle. Qu'avez-vous découvert à propos de ces livres que vous ignoriez étant enfant ?

Le professeur grimaça comme s'il venait d'avaler du lait caillé.

— Au début, strictement rien. C'étaient toujours les mêmes histoires bien-pensantes, le même style poussiéreux, la même langue mal vieillie que dans mes souvenirs. Tous ces contes semblaient n'avoir été écrits que dans une seule intention : faire l'éloge du nouveau monde. Comment les vingt et un esprits de famille sont devenus les formidables parents de l'humanité ! déclama-t-il en roulant des yeux. Comment les arches ont été miraculeusement repeuplées par leurs descendances ! Comment les pouvoirs familiaux se sont merveilleusement propagés au fil des générations ! Comment sont apparus les « maîtres des objets », les « maîtres de l'espace », les « maîtres de la gravité » et toute la clique ! Comment la paix a remplacé les guerres, bref, ce genre de bla-bla-bla. Je ne serais jamais allé plus loin, s'il n'y avait pas eu… autre chose.

Il déglutit sous sa minerve. Pendue à ses lèvres, Ophélie se penchait tellement sur sa chaise de jardin qu'elle finit par basculer en avant.

— Si les histoires de E. D. ne valent pas un clou, poursuivit le professeur Wolf d'une voix serrée, ses livres m'ont intrigué en tant qu'objets. Comprenez qu'il ne s'agit pas de rééditions : ce sont tous des ouvrages d'époque et je les trouvais remarquablement bien conservés. Trop bien conservés, en fait. Je suis un expert en datation, rappela-t-il avec un rictus sarcastique. J'étais convaincu que le mémorialiste qui les avait catalographiés avait commis une énorme bourde. Ces contes n'avaient pas pu être imprimés à peine un siècle après la Déchirure, ils étaient forcément plus récents ! Ma conscience professionnelle m'a dicté de proposer mes services de *liseur* au Mémorial pour offrir à cette collection une expertise en bonne et due forme. Non, murmura le professeur davantage pour lui-même qu'à Ophélie et Octavio qu'il ne paraissait plus vraiment voir. Pas ma conscience. Mon arrogance. Je voulais leur faire regretter de m'avoir si mal jugé. (Il eut un ricanement sans joie.) Non seulement j'ai essuyé un refus catégorique, mais en plus j'ai attiré l'attention de Miss Silence sur les livres de E. D.

Ophélie retint son souffle. Le puzzle commençait enfin à prendre forme devant ses lunettes. Voilà pourquoi Miss Silence avait essayé de détruire la collection au grand complet : à cause de l'intérêt que lui avait porté le professeur Wolf !

— Qu'avez-vous fait, alors ? demanda-t-elle.

— La chose la plus stupide de toute mon existence. J'ai volé un livre.

Octavio ne prononça pas un mot, mais ses yeux se remirent à rougeoyer comme des braises. À Babel, le vol était un délit extrêmement grave.

Ophélie ne partageait pas cette désapprobation.

— Ce livre, vous l'avez toujours ? C'est *L'Ère des miracles*, n'est-ce pas ? Pourrais-je le voir ?

— Non.

La réponse du professeur avait été aussi cinglante qu'un fouet.

— Non ?

— Non, vous ne pouvez pas le voir. Non, ce n'est pas *L'Ère des miracles*. Non, je ne l'ai plus en ma possession. Si vous voulez entendre « ma vérité », s'impatienta-t-il, il va vous falloir la boucler, jeune dame.

Ophélie referma la bouche pour contenir ses questions.

— J'ai volé un livre, insista le professeur Wolf. J'en ai choisi un à la hâte parmi la collection de E. D., je l'ai dissimulé dans ma veste et je suis sorti en évitant les oreilles de Miss Silence. À peine rentré chez moi, j'étais atterré par ce que je venais de faire, marmonna-t-il tandis qu'il détournait le regard. Je ne me suis jamais senti coupable de prononcer des mots mis à l'Index ou de collectionner des objets interdits, mais voler… J'avais donné raison à tous ces mémorialistes qui me considéraient comme un homme indigne d'être appelé « professeur ». J'ai songé à télégraphier à Sir Henry pour faire amende honorable, lui expliquer mes motivations et dénoncer Miss Silence. Ce Lord n'est pas réputé pour faire dans les sentiments, mais il s'est toujours opposé à la destruction des livres.

Ophélie avala péniblement sa salive. Chaque fois qu'il était question de Thorn, elle avait l'impression de se crevasser davantage.

Le professeur Wolf grigna un mauvais sourire qui dévoila ses dents du bas.

— Je ne l'ai pas fait. Je n'ai pas contacté Sir Henry. Je n'ai dénoncé personne. À la place, j'ai *lu* le livre avec mes mains.

Le silence du professeur fut si brutal qu'Ophélie

et Octavio finirent par échanger un regard. Il était devenu très pâle. Ses favoris noirs ruisselaient de sueur. Plus il se rapprochait du dénouement de son récit, plus les muscles de sa mâchoire se tétanisaient. Ses tremblements se propageaient jusque dans le bois de sa minerve et les ressorts du lit.

— *And ?* le relança Octavio. Ce livre que vous avez... dérobé, il était aussi récent que vous le pensiez ? Vous aviez raison ?

Ses questions poussèrent le professeur Wolf à se reprendre.

— Non, jeune homme. J'avais tort. Tort au-delà de tout ce que j'avais imaginé. Les livres de E. D. sont beaucoup plus anciens.

Le professeur Wolf glissa une main sous le matelas de son lit de camp. Il en sortit un paquet de cigarettes qu'il avait dû se procurer au marché noir. Ce fut en voyant la flamme du briquet rougir dans la pénombre qu'Ophélie réalisa que le crépuscule venait de s'abattre sur toutes les vitres de la serre. L'air était absolument silencieux : plus un souffle de vent, pas une stridulation d'insecte.

— Les livres de E. D. n'ont pas été écrits après la Déchirure, déclara alors le professeur Wolf dans un nuage de tabac. Ils ont été écrits avant.

Ophélie sentit un frisson lui remonter le dos comme un courant électrique.

— C'est impossible, souffla Octavio.

La cigarette du professeur Wolf grésilla. Sa voix prit la même consistance fantomatique que la fumée qu'elle expirait.

— C'est ce que j'ai pensé aussi. J'ai découpé un morceau de page pour le soumettre à l'un de mes confrères. Je ne lui ai donné aucune indication sur la provenance de cet échantillon. Il a confirmé mon expertise. La composition même du papier ne ressemble à rien de ce que nous connaissons, sa durée de vie défie l'imagination. En d'autres termes, articula le professeur Wolf, les contes de E. D. n'ont jamais décrit le nouveau monde. Ils l'ont anticipé.

Ophélie fut saisie d'un vertige brutal, comme si elle venait de découvrir que sa chaise était suspendue au-dessus du vide. La dernière fois qu'elle avait éprouvé cela, c'était quand elle avait *lu* le Livre de Farouk.

— La Déchirure, les arches, les familles, le monde tel que nous le connaissons aujourd'hui..., énuméra le professeur Wolf, tout était planifié. Et E. D. le savait.

— Impossible, répéta Octavio.

Ses yeux luisaient comme des prunelles animales à travers le soir. Il faisait de moins en moins clair dans la serre. Les silhouettes des plantes se détachaient à peine sur le fond indigo des carreaux.

Le minuscule brasillement de la cigarette disparut quand le professeur Wolf l'écrasa. Ses mots se firent télégraphiques :

— Les livres de E. D. sont dangereux. Ma vie a basculé à cause d'eux. Littéralement. Du haut de mon escalier.

— Qui ? le pressa Ophélie. Qui vous a poussé ?

La respiration du professeur Wolf s'accéléra dans le noir.

— *Il* ne m'a pas poussé. *Il* n'a pas eu besoin de

le faire. *Il* est simplement apparu devant moi... surgi de nulle part. *Il* n'a eu ni à me toucher ni à me parler. Sa seule présence m'a...

Il se tut. Il n'avait pas besoin de le dire. La terreur lui étriquait la voix.

— Et vous voulez savoir le plus ironique dans l'affaire ? C'est que je ne me rappelle même plus à quoi *il* ressemble. Je me revois en train de monter l'escalier. *Il* m'attendait en haut des marches. Et puis... je ne sais pas... c'était comme tomber dans un cauchemar... non... dans la matière même du cauchemar. Pas une image, pas un son. Juste un gouffre d'absurdité. Le néant dans toute son horreur. (Le professeur Wolf inspira lentement, profondément, pour apaiser les saccades de son souffle.) C'est ma logeuse qui m'a trouvé au pied de l'escalier le lendemain. Brisé dans mon corps et dans mon âme. Le livre que j'avais volé, je me suis rendu compte plus tard qu'il n'était plus chez moi. J'ai appris par la suite qu'il avait été replacé sur son étagère au Mémorial. Personne ne semblait s'être aperçu de rien là-bas. À Babel, les gens ne voient que ce qu'ils veulent voir.

Le professeur se mit debout dans un grincement de ressorts.

— Voilà pour « ma vérité », dit-il d'un ton désabusé. Je n'ai rien d'autre à vous raconter qui ne soit plus pitoyable encore. Quand j'ai su qu'il y avait eu de nouvelles agressions au Mémorial, j'ai fui mon appartement et je me suis cloîtré ici comme un lâche. J'avais peur, viscéralement peur qu'*il* revienne me rendre visite. Je ne comprends ni ce qu'*il* est ni ce qu'*il* veut. La seule chose dont je suis convaincu, cracha-t-il entre ses dents, c'est que vous l'avez attiré jusqu'ici.

Les mots de son rêve frappèrent Ophélie de plein fouet. *Si tu cherches E. D., l'autre te trouvera.*

— Je devine ce qu'il veut, chuchota-t-elle. Miss Silence a jeté tous les contes de E. D. à l'incinérateur et c'est certainement ce qui lui a valu d'être… euh… épouvantée à son tour. Tous les contes, dit-elle d'une voix plus forte pour couper Octavio et le professeur Wolf qui entrouvraient déjà la bouche, à l'exception d'un seul. *L'Ère des miracles*. Ce livre a réchappé à la destruction et disparu de la circulation. Si votre mystérieux visiteur protège l'œuvre de E. D. comme je le crois, alors c'est ça qu'il cherche. Peut-être que Mediana et le Sans-Peur se sont mis en travers de son chemin sans le savoir ?

La question d'Ophélie resta en suspension dans les airs. Le silence entre eux trois se fit aussi dense que la nuit qui était tombée pour de bon. Les yeux qu'Octavio écarquillait étaient désormais la seule source de lumière dans la serre.

L'ombre du professeur Wolf finit par se mettre en mouvement. Ophélie sursauta quand il lui jeta sur les genoux une corbeille dont se dégageait une puissante odeur de figues.

— Mangez et dormez pendant que je monte la garde. Vous ne trouverez plus aucun tramoiseaux à cette heure pour vous ramener à votre conservatoire. N'approchez surtout pas du lit, marmonna-t-il en s'éloignant. Si quelqu'un d'autre que moi s'y couche, il se refermera comme une huître.

La convocation

Ophélie passa la nuit à contempler les étoiles à travers les vitres sales. Un brasillement s'échappait parfois de l'intérieur de la serre, lorsque le professeur Wolf aspirait une bouffée de cigarette, la longue-vue collée à son œil. Ses révélations l'avaient un peu déçue. Que la Déchirure et la fondation des familles eussent été planifiées à l'avance, c'était une idée effrayante. Mais Ophélie ignorait toujours qui était E. D., où se trouvait *L'Ère des miracles* et si, oui ou non, il s'agissait de l'œuvre recherchée par Thorn. Elle ne connaissait pas davantage l'identité de l'assassin qui avait épouvanté tant de personnes autour d'elle.

Il lui semblait que, une fois encore, elle avait plus de questions que de réponses sur les bras.

Ophélie était en train de s'assoupir au milieu des fougères quand Octavio la secoua et lui désigna le ciel ; l'aube approchait. Ils se débarbouillèrent chacun à leur tour dans un cabinet de toilette à l'odeur douteuse. Leurs uniformes auraient eu besoin d'un passage à la buanderie.

Le professeur Wolf écrasa sa dernière cigarette

sans leur adresser un mot. Il enfila sa jaquette noire, ôta le tromblon qui bloquait la porte de la serre et les guida à travers toits jusqu'à l'échelle de secours par laquelle ils étaient montés la veille.

— C'est ici que nous nous séparons, déclara-t-il. Vous partez. Je reste.

Il serra du bout des doigts la main qu'Octavio lui tendit, le regarda descendre, puis retint Ophélie par l'épaule.

— Avez-vous confiance en lui ?

— Oui.

Cette réponse spontanée la surprit la première. Deux jours plus tôt, elle considérait Octavio comme un ennemi.

Les doigts du professeur se resserrèrent autour de son épaule dans un grincement de gant.

— Il n'en demeure pas moins un Fils de Pollux. Tout ce dont nous avons parlé hier, il le répétera aux autorités. Si j'étais vous, je ne me fierais pas à des gens qui manipulent la mémoire collective, surtout maintenant que vous savez ce que je sais.

Ophélie acquiesça.

— J'ai une requête, enchaîna-t-il. Vous me devez bien ce service, jeune dame.

Elle acquiesça encore.

— Connaissez-vous un commis au Mémorial du nom de Blasius ?

Nouvel acquiescement, moins franc cette fois. Elle était consciente d'avoir contracté une dette mais, si son service impliquait de compromettre un ami, c'était une autre affaire. Le professeur Wolf lui parut cependant aussi embarrassé qu'elle. Il s'était mis à pétrir les restes carbonisés de sa barbiche, tordant et détordant ses lèvres, comme s'il voulait bien mastiquer ses mots avant de les prononcer.

— Pouvez-vous… juste lui dire de faire attention à lui ?

Ophélie le dévisagea par-dessus ses lunettes et l'évidence la frappa soudain. L'homme dans la vie de Blasius, c'était celui qui se tenait en ce moment devant elle.

— Est-ce qu'il sait ? murmura-t-elle. Blasius est-il au courant de ce qui vous est réellement arrivé ?

Le professeur refronça aussitôt les sourcils. Avec ses cheveux mal peignés, ses joues mal rasées et son expression mal lunée, il tenait décidément davantage de l'animal sauvage que du respectable scientifique.

— Non, grogna-t-il. S'il l'apprend, il voudra m'aider et, s'il cherche à m'aider, il va s'attirer des ennuis. Croyez-moi, il a suffisamment la guigne sans ça. Je peux compter sur vous ? Mettez-le en garde, mais pas un mot à mon sujet.

Ophélie s'agrippa à l'échelle de secours et posa prudemment ses bottes sur le premier échelon.

— Je crois que Blasius aurait préféré l'entendre de votre bouche.

Elle descendit l'échelle en un temps record de lenteur. Harmoniser ses mouvements de gauche et de droite sur plusieurs étages était pour elle d'une monstrueuse difficulté. Elle eut une curieuse sensation en foulant la vieille cour d'immeuble. Hier encore, cet endroit était une apocalypse de poussière. Aujourd'hui, l'aurore possédait la limpidité d'un lac. L'air et le temps semblaient immobiles, à croire que rien ne s'était jamais produit.

Ophélie trouva Octavio au milieu de la cour, occupé à scruter le sol. Elle aurait été incapable de déterminer où s'était trouvé le cadavre du Sans-Peur, mais il n'y en avait plus aucune trace. La garde de Pollux avait fait place nette. Ophélie eut une pensée brutale pour le fils du Sans-Peur. Allait-il être convenablement informé de ce qui était arrivé à son père ? Lui restait-il une famille ?

— Allons-y, déclara Octavio. Il n'y a plus rien à voir ici.

Ils se rendirent sur les quais, montèrent à bord de la première gondole en partance pour la mer de nuages et, une fois au centre-ville, ils demandèrent à un tac-si de les conduire jusqu'à l'embarcadère du tramoiseaux. Le soleil se levait à peine quand leur omnibus décolla enfin, mais les banquettes étaient déjà assaillies de voyageurs.

Assise à côté de lui, Ophélie observa Octavio du coin des lunettes. Sa frange lui couvrait la moitié du visage, absorbant dans son ombre les plaies du sourcil et du nez. Son seul œil visible était étouffé sous une paupière épaisse de fatigue. Il se tenait les bras croisés, sur la défensive, son pouce frottant le galon d'apprenti virtuose cousu à sa manche. Ophélie sentait que quelque chose avait changé chez lui.

— Que comptes-tu faire ? lui souffla-t-elle.

Octavio resta longuement appuyé contre la vitre du wagon, son attention perdue dans le vide, avant de chuchoter entre ses dents :

— *Well*... j'ai frappé un homme, assisté à un meurtre et j'ai été témoin de plus de choses interdites en une journée que toute ma vie durant. Je dirai l'entière vérité à ma mère après les cours. Elle saura quelle décision est la plus juste. Qu'en penses-tu ?

Il avait prononcé cette dernière phrase en tournant vers Ophélie un œil interrogatif. Elle comprit alors ce qui avait changé. Ce Visionnaire avait toujours posé sur le monde un regard dominateur, certain de la place qu'il aurait à y tenir et du rôle qu'il aurait à y jouer. À présent il doutait, tout simplement.

— J'en pense, répondit-elle après un temps de réflexion, que tu devrais décider toi-même ce qui te paraît le plus juste.

Octavio la fixa avec une soudaine intensité.

— Je me demande si je ne commence pas un peu à t'aimer.

Ophélie retira ses lunettes pour les empêcher de s'empourprer sur son nez. Elle se sentait crasseuse et malodorante, c'était la dernière déclaration à laquelle elle s'était attendue !

— Octavio…

— Ne t'encombre pas de grands discours, la coupa-t-il aussitôt d'un ton flegmatique. Même si tu étais intéressée, il n'y aurait rien entre nous et pas seulement à cause du règlement. Nos vies vont être assez compliquées comme ça. Et puis, ajouta-t-il avec une légère note d'ironie, tu es une personne trop trouble pour moi.

Lorsque Ophélie remit ses lunettes, le profil d'Octavio retrouva des contours nets ; sa peau et ses cheveux sombres se détachaient avec force sur la clarté de la vitre. Il regardait droit devant lui, déjà concentré sur l'avenir. Elle se surprit alors à l'admirer. Il était presque de la même taille qu'elle, mais il lui sembla beaucoup plus grand, parce qu'il avait le courage d'assumer ses pensées, ses sentiments et ses transgressions.

« Trop trouble, hein ? » songea Ophélie en se laissant aller contre le dossier de la banquette. C'était mérité.

Ils atterrirent enfin sur le quai de la Bonne Famille. À peine s'engagèrent-ils dans l'allée principale du conservatoire que les porte-voix des miradors retentirent à l'unisson :

— Apprentie Eulalie, apprenti Octavio, vous êtes demandés de toute urgence au bureau de Lady Hélène.

Ils échangèrent un regard tendu. Découcher était une faute passible de sanction, mais la directrice n'aurait jamais fait manquer ses cours à un apprenti, sauf en cas de force majeure.

Ils traversèrent le labyrinthe des jardins et des promenoirs, leur mutisme souligné par les cigales qui cessaient brusquement de chanter sur leur passage. Lorsqu'ils longèrent l'amphithéâtre des Filleuls d'Hélène, ils surprirent à travers les hautes fenêtres une foule de têtes tournées vers eux. Une convocation, c'était tout de même plus palpitant que les leçons radiophoniques du lundi et ça signifiait peut-être des concurrents en moins dans la course au grade.

Ophélie retint son souffle en découvrant un aérostat amarré juste devant le perron du bâtiment administratif. Un gigantesque soleil à face humaine était peint en or sur l'enveloppe blanche.

— On nous a devancés, commenta Octavio.

Après une série de colonnades et d'escaliers, ils arrivèrent dans le bureau directorial. Il y régnait comme toujours une pénombre qui réclama un moment à Ophélie pour s'accoutumer au brusque changement de luminosité. La silhouette éléphantesque d'Hélène trônait derrière le bureau de marbre ; tous les bras articulés de son fauteuil étaient exceptionnellement à l'arrêt. Il y avait trois autres personnes dans la pièce : un garde familial qui portait son casque sous le bras, un photographe aux oreilles décollées et Lady Septima. Cette dernière cilla à peine en découvrant le visage écorché de son fils.

— La connaissance sert la paix, saluèrent Octavio et Ophélie en se mettant au garde-à-vous.

— La connaissance sert la paix, répondit le garde.

Sa barbe évoquait une vague lancée vers le ciel. Chaque filament brillait comme de l'argent sur le fond brun de sa peau. À en juger par son nez léonin qui aspirait puissamment l'air, c'était un Olfactif.

— Je présente d'avance toutes mes excuses au fils de Lady Septima pour le désagrément occasionné par cette convocation. Je sais que la cérémonie de remise des grades est proche, vous n'avez certainement pas besoin d'être interrompu dans vos leçons.

« D'accord, pensa Ophélie. Moi, ça n'a aucune importance. » Au moins le ton était donné.

— Octavio n'est pas ici mon fils, mais un apprenti parmi d'autres, assura Lady Septima d'une voix indifférente. De même que je ne suis pas ici sa mère, mais la représentante officielle de Sir Pollux. Interrogez-le comme l'exige votre devoir.

Le garde acquiesça et, sans plus de cérémonie, déposa un objet qui tinta sur le marbre du bureau.

— Apprenti Octavio, ceci vous appartient-il ?

C'était la chaîne d'or que le Sans-Peur avait arrachée. Ophélie sentit son estomac se recroqueviller en remarquant qu'un petit morceau de chair était encore accroché à l'une de ses extrémités.

— Elle m'appartient, *sir*, confirma l'intéressé.

— Nous l'avons trouvée hier, dans la cour d'un immeuble du quartier des sans-pouvoirs, près du cadavre d'un agitateur que nos services recherchaient activement depuis des années. Est-ce cet homme qui vous a fait ça ? demanda le garde en désignant les mutilations d'Octavio.

— C'est bien lui, *sir*, mais je ne suis pas responsable de sa mort.

Le garde se fendit d'un sourire bienveillant qui propulsa ses moustaches argentées de chaque côté.

— Personne ne l'est. Ne vous inquiétez pas, milord, la cause du décès ne prête pas à question.

Ophélie ne savait pas ce qu'il lui fallait. Elle se rappela les yeux exorbités, la bouche béante, le corps convulsé. À Babel, les gens ne voient que ce qu'ils veulent voir. Le professeur Wolf avait raison.

Elle considéra le gigantesque corps d'Hélène de l'autre côté du bureau, immobile dans son fauteuil, ses longs doigts arachnéens arc-boutés les uns contre les autres. Son système optique était braqué sur ses hôtes comme des jumelles de théâtre, mais elle ne semblait pas disposée à quitter son rôle de spectatrice.

— Ce que nous voulons établir, poursuivit le garde, c'est si le Sans-Peur-Et-Presque-Sans-Reproche s'est bel et bien rendu coupable de violence. C'est malheureux à dire, mais ce trublion jouissait d'une popularité – toute relative, certes – auprès des éléments les plus faibles et les plus influençables de notre cité. Nous refusons que sa mort le transforme en figure héroïque, gronda-t-il en gonflant son nez d'indignation.

Un éclair de lumière vive jaillit à travers la pénombre du bureau. Le photographe aux oreilles décollées venait de prendre un portrait d'Octavio. Ophélie ne doutait pas une seconde que, dès demain, le *Journal officiel* présenterait un gros plan de ses stigmates.

— Ce sera tout, dit le garde en coiffant son casque d'or. Je vous remercie pour votre coopération.

— Je me suis également rendu coupable de violence.

La déclaration d'Octavio figea le temps à l'intérieur du bureau. Les paupières impassibles de Lady Septima laissèrent filtrer une étincelle entre leurs fentes. Le photographe suspendit ses gestes alors qu'il rangeait son matériel. Hélène conserva une immobilité montagneuse.

Octavio affichait lui-même un calme de façade. Légèrement en retrait, Ophélie vit qu'il agrippait ses mains l'une à l'autre dans son dos pour les empêcher de trembler. Elle faillit céder à l'impulsion de tout raconter, mais il l'en dissuada d'un regard oblique. Ce combat-là, il avait besoin de le mener seul.

— Vous avez dû trouver des contusions sur le corps, insista-t-il. Ce sont les marques des coups que je lui ai donnés.

Après une hésitation, le garde familial consulta Lady Septima des yeux, puis il enroula son index dans sa moustache.

— C'est regrettable, *indeed*. Je n'estime toutefois pas ce détail suffisamment pertinent pour qu'il figure dans mon rapport. Je vous souhaite une excellente journée.

Le garde et le photographe s'inclinèrent, puis quittèrent le bureau. Octavio regarda la porte se refermer sur eux avec une expression qu'Ophélie ne lui avait jamais vue encore. Rien de ce qu'il avait vécu ces vingt-quatre dernières heures ne l'avait autant choqué.

— Un détail ? répéta-t-il. Mère, je ne comprends pas, ne devrais-je pas aussi répondre de mes act…

Lady Septima lui coupa la parole d'un seul regard.

— Je ne suis pas ici votre mère, apprenti Octavio. Et il ne vous appartient pas de juger les décisions des représentants de l'ordre. Apprentie Eulalie, êtes-vous à l'initiative de cette excursion dans le quartier des sans-pouvoirs ?

Sa voix s'était faite aussi corrosive que ses yeux. Ophélie acquit à cet instant la certitude que Lady Septima la haïssait. Elle était l'étrangère qui avait fait dévier son si parfait petit garçon du droit chemin. Elles avaient désormais une affaire personnelle à régler.

— Oui.

— Avez-vous incité l'apprenti Octavio à se joindre à vous ?

— Oui.

— Avez-vous délibérément provoqué une rencontre avec le Sans-Peur-Et-Presque-Sans-Reproche ?

— Non.

— Mais pouvez-vous affirmer que les probabilités de le rencontrer là-bas étaient nulles ?

Ophélie contracta les mâchoires. La façon dont Lady Septima orientait ses questions était accablante. Hélène suivait cet interrogatoire en silence, à croire qu'elle n'avait pas son mot à dire. Le cas d'Ophélie ne relevait-il pas de sa juridiction plutôt que de celle d'une représentante de Pollux ? Cet esprit de famille était-il finalement aussi manipulable que son frère jumeau ?

— Je ne peux pas affirmer une telle chose, mais j'ignorais…

— Avez-vous conscience que la remise des grades se fera bientôt ? enchaîna Lady Septima sans laisser le temps à Ophélie de développer.

— Oui.

— Avez-vous conscience que vous avez pénalisé votre camarade dans son apprentissage en plus d'avoir mis sa vie en danger ?

— O-oui.

Ophélie n'avait pas pu empêcher sa voix de la trahir. Chaque mot de Lady Septima lui inoculait un peu plus de culpabilité.

— Je demande la permission de présenter ma version des faits, intervint Octavio. J'ai accompagné l'apprentie Eulalie de ma propre volonté. Nous avons mené conjointement une enquête en tant qu'avant-coureurs. Ce que nous avons découvert est prioritaire sur ce dont nous parlons ici. Si vous nous laissiez une chance de vous expliquer…

— Votre témoignage a déjà été entendu, siffla Lady Septima d'une voix sans appel. Apprenti Octavio, je vous donne l'ordre de regagner votre division séance tenante. Vous passerez d'abord à l'infirmerie et au vestiaire. Vous renvoyez une image déplorable de cet établissement.

Les yeux du fils soutinrent longuement ceux de la mère, tels deux feux contraires. Ophélie vit la flamme d'Octavio s'éteindre petit à petit. Même lorsque sa chaîne lui avait été arrachée, il n'avait pas manifesté une telle souffrance. De toutes ses illusions, il venait de perdre celle qui lui était le plus précieuse.

Il claqua la porte derrière lui. La bouche ogresque d'Hélène grimaça à cause du bruit.

— *Milady*, reprit alors Lady Septima en pivotant des talons vers elle. Puisqu'il s'agit de l'une de vos Filleules, le choix de la sanction vous revient. Je me permets néanmoins de vous recommander l'expulsion avec effet immédiat.

— Je refuse !

Les mots avaient débordé d'Ophélie en même temps que sa colère. Pour la première fois, elle eut pleinement conscience des griffes qui prolongeaient chacune de ses ramifications nerveuses. Un instinct primal lui souffla comment elle pourrait s'en servir pour blesser Lady Septima aussi douloureusement qu'elle avait elle-même blessé Octavio.

Il lui suffisait de relier son système nerveux au sien.

Il lui suffisait d'une seule pensée.

Ophélie détourna les lunettes, prit une profonde inspiration. La seconde suivante, elle fut affligée par cette tentation qui l'avait traversée.

— Je refuse, répéta-t-elle d'une voix plus maîtrisée. Je refuse d'être renvoyée sans pouvoir dire ce que j'ai à dire.

— Je vous écoute.

La voix d'Hélène possédait une résonance minérale, comme si l'intérieur de son corps était fait du même marbre que son bureau. C'était la première fois qu'elle s'exprimait depuis le début de cette convocation. En seulement trois mots, elle avait raffermi sa présence dans la pièce.

Ophélie concentra toute son attention vers l'appareil optique braqué dans sa direction. Elle devait faire abstraction de Lady Septima : si cette femme tenait tellement à l'évincer à quelques jours de la remise des grades, c'était qu'elle redoutait de la voir devenir aspirante, et donc qu'elle l'en croyait capable. Ophélie avait déçu Thorn sur tout le reste, elle lui devait de se battre pour ça.

— Je suis reconnaissante de la chance qu'il m'a été donné d'intégrer la Bonne Famille. J'ai reçu ici une formation de qualité qui m'a permis non seulement d'affiner mon pouvoir familial, mais aussi d'étendre mes connaissances. Je me suis efforcée de payer honnêtement ma contrepartie en m'investissant dans les groupes de lecture. De même que je me suis efforcée de me montrer digne de la confiance qui m'a été accordée en prenant la relève de Mediana au Secretarium.

Ophélie se gratta la gorge et redressa le dos pour libérer son diaphragme. Elle ne laisserait pas sa petite voix reprendre le dessus. Aujourd'hui plus que jamais, il était temps de se faire entendre.

— S'il y a une chose que j'ai retenue de mon apprentissage, c'est qu'un avant-coureur n'attend pas que l'information vienne à lui : il doit aller chercher l'information. C'est ce que j'ai fait. J'ai découvert que des éditions uniques avaient été incinérées au Mémorial et j'ai mené l'enquête pour en comprendre la raison. L'apprenti Octavio m'a aidée. Nous avons supposé que le professeur Wolf serait susceptible d'éclairer certains points de notre investigation, mais nous ne l'avons pas trouvé à son domicile. C'est dans ces circonstances que nous sommes involontairement tombés sur le Sans-Peur-Et-Presque-Sans-Reproche.

Tous les faits qu'Ophélie venait d'énoncer étaient la stricte vérité, mais elle avait fait l'impasse sur les plus importants. Elle n'avait pas assez confiance en Lady Septima pour s'aventurer plus loin dans les révélations. Pourtant, à en juger par le léger sursaut de ses paupières, sa surprise était sincère.

Avec une lenteur pachydermique, Hélène tourna son fauteuil.

— Est-ce exact ? Des livres ont-ils été jetés au feu ? N'est-ce pas contraire à la vocation même du Mémorial ?

— Je n'étais pas au courant, admit Lady Septima à contrecœur. Cela n'excuse en rien vos initiatives, apprentie Eulalie. Vous auriez dû venir m'en parler.

Ophélie s'avança d'un pas à seule fin de faire tinter les ailes à ses chevilles.

— Nous n'avions pas tous les éléments à notre disposition. Nous voulions d'abord remonter à la source. Comme vous nous l'avez appris, professeur.

Ce fut une vraie satisfaction de pouvoir retourner contre Lady Septima son propre enseignement. Ophélie la trouva tout à coup moins flamboyante malgré les belles dorures de son uniforme.

Hélène décroisa ses doigts interminables, se saisit d'un stylographe et griffonna une note.

— L'apprentie Eulalie ne sera pas expulsée. Elle aura le droit de se présenter à la collation des grades au même titre que tous les apprentis et, comme eux, sa candidature sera admissible pour le statut d'aspirant virtuose. Néanmoins, ajouta-t-elle alors qu'Ophélie s'apprêtait à la remercier, l'orgueil et le manque de discernement qu'elle a manifestés dans cette affaire sont contraires à ce que j'attends de mes avant-coureurs. Pour cette raison, l'apprentie Eulalie sera enfermée à l'isoloir jusqu'au jour de la cérémonie. Elle n'achèvera pas son apprentissage au conservatoire, elle n'aura la possibilité de communiquer avec personne et ses écarts de conduite figureront dans son dossier. Vous mettrez ce temps à profit pour réfléchir, apprentie, conclut Hélène d'une voix d'outre-tombe. L'isoloir est le lieu idéal pour ça.

Ophélie ne l'entendait plus. Son sang lui battait dans les oreilles comme un tambour de lave-linge. La seule réalité dont elle eut cruellement conscience fut le sourire triomphal de Lady Septima.

L’entre-deux

Si Ophélie n’avait jamais vu l’isoloir, elle le connaissait de réputation. C’était la pièce la plus redoutée du conservatoire, celle qui était destinée aux fortes têtes. Il se racontait qu’une seule heure dedans semblait durer une journée entière et qu’y demeurer trop longtemps rendait fou. Ophélie avait douté de son existence, mais elle ne pouvait plus la nier tandis qu’Elizabeth la conduisait au fin fond des jardins, là où la jungle n’était qu’une toile inextricable de lianes. Elles arrivèrent face à une statue assise en tailleur qui représentait une femme à tête d’éléphante. Elle était si monumentale que des arbres s’étaient nichés jusque dans ses anfractuosités, déversant sur la pierre une dégoulinade tortueuse de racines. Elizabeth gravit l’escalier du piédestal, puis elle débroussailla les ronces du bout de ses bottes. Elle mit ainsi au jour une trappe ronde dans le sol.

— Ouvre, apprentie Eulalie. C’est la tradition.

Ophélie donna plusieurs tours à la poignée. Elle devait être forgée dans un alliage alchimiste inoxydable car, malgré son apparente ancienneté, elle ne lui opposa aucune résistance. Il lui fut cependant plus difficile de soulever la trappe : elle était aussi épaisse que son corps ! Ses lunettes blêmirent quand elle découvrit un puits obscur s'enfoncer de plusieurs mètres dans la pierre du piédestal.

— Je dois vraiment descendre.

C'était un constat plus qu'une question. Ophélie savait qu'elle n'avait pas le choix. Contester la sentence d'un esprit de famille reviendrait à se mettre hors la loi.

D'un geste nonchalant, Elizabeth lâcha le panier de fruits secs qu'elle avait apporté. Le bruit de l'osier résonna étrangement au fond du puits.

— Tu trouveras de l'eau et de la lumière en suffisance en bas. C'est ce qu'on m'a dit du moins. Je n'ai jamais été dans l'isoloir. Je viendrai te chercher à la fin de la semaine pour te conduire à la cérémonie. Fais attention à bien rationner la nourriture, personne ne t'en apportera.

Ophélie pensait qu'Elizabeth allait ajouter son invariable « je plaisante », mais il s'avéra que, pour une fois, ce n'était pas un trait d'humour. L'idée de se retrouver seule au fond de ce puits pendant plusieurs jours et plusieurs nuits lui inspira une montée brutale de claustrophobie.

— Pourrez… pourrez-vous expliquer la situation à Sir Henry ?

— Ne t'inquiète pas pour lui, apprentie. Il te remplacera comme il a remplacé Mediana avant toi.

Ophélie s'efforça de ne pas montrer à quel point ces mots-là étaient pénibles à entendre.

— Croyez-vous que j'aie encore une chance de devenir une aspirante avant-coureuse comme vous ?

— Je ne le crois pas, non.

Ophélie avait beau être habituée à son implacable neutralité, elle aurait aimé la voir y renoncer aujourd'hui. Quand elle descendit les échelons du puits, Elizabeth se pencha vers elle, repoussant derrière ses oreilles les cheveux qui se collaient à ses joues.

— Mais je crois en Lady Hélène. Tu devrais en faire autant.

Sur cette recommandation, Elizabeth referma la trappe du puits. Ses taches de rousseur furent la dernière vision qu'Ophélie eut du monde extérieur. Comme sa voix en avait été le dernier son : les cris des oiseaux, des singes et des insectes cédèrent la place à un silence dur. Ophélie sentit sa gorge battre, tandis que l'angoisse reprenait violemment le dessus.

Elle ne voulait pas rester seule ici.

Elle lutta contre la pulsion de frapper la trappe en suppliant Elizabeth de lui rouvrir. Elle prit une lente, une profonde inspiration. L'air n'était pas très odorant, mais respirable. Elle décrispa ses doigts autour des échelons et, un pied après l'autre, elle acheva sa descente.

Quelques ampoules d'Héliopolis éclairaient froidement le fond du puits. L'isoloir était une pièce dotée des commodités élémentaires : une cuvette de toilettes, une douche sans cloison, un lavabo, une pharmacie, un matelas et des miroirs. Beaucoup de miroirs. Chaque mur était un miroir.

Le plafond était un miroir. Même le sol était un miroir. Lorsque Ophélie ramassa le panier de fruits secs qu'Elizabeth avait laissé tomber à l'intérieur du puits, son mouvement se démultiplia à l'infini. Elle se voyait de face et de dos à la fois, ses reflets rétrécissant dans une répétition en boucle. Elle avait l'impression de se trouver, non pas dans un espace limité, mais au milieu d'un tunnel multidirectionnel peuplé par des milliers d'autres Ophélie. Et elle ne pouvait échapper à aucune.

Il n'y avait ni téléphone ni périscope, rien non plus pour s'occuper l'esprit. Pas de quoi lire, pas de quoi écrire, pas de quoi combler le vide et le silence. Il n'y avait qu'elle. Une infinité d'elle.

Un lieu idéal pour réfléchir.

Ophélie s'assit dans un coin de l'isoloir, ramena ses jambes contre elle et engloutit son visage entre ses bras. Le temps coula sur elle comme de la colle. Elle ne possédait aucune notion de l'heure – il n'y avait pas d'horloge non plus dans l'isoloir – mais, plus elle restait prostrée, plus elle s'engourdissait. Après deux nuits blanches d'affilée, elle aurait eu besoin de dormir. Elle n'y arrivait pas. Chaque fois qu'elle était sur le point de s'assoupir, son corps lui envoyait une décharge électrique qui la faisait sursauter. Elle n'osait pas quitter son coin de pièce, harcelée par le regard de ses innombrables reflets. Ce n'était pas confortable, mais le matelas était d'une puanteur dissuasive.

Quand Elizabeth avait-elle refermé la trappe ? Aujourd'hui ? Hier ? Était-ce la nuit, là-haut ? Si au moins Ophélie avait pu entendre le son du gong… Les seuls bruits ici étaient ceux, organiques, qui émanaient de la plomberie et de son ventre.

Grignotant une par une les coutures de ses gants, elle se mit à réfléchir dans tous les sens : à Dieu, à l'Autre, à E. D., à LUX, à la Déchirure, à ce mystérieux inconnu qui répandait la terreur sur son passage.

Ophélie avait beau essayer d'ordonner ses pensées, les glaces de l'isoloir la déconcentraient. Elle était une passe-miroir. Elle aurait dû se sentir dans son élément ici, mais l'angoisse la nouait. La dernière fois qu'elle avait essayé d'utiliser son pouvoir, ça avait été navrant. Elle avait peur de se reconfronter à son reflet et elle savait que le simple fait d'en avoir peur rendrait tout passage impossible.

Parce que Octavio avait raison. Parce qu'elle était devenue une personne trop trouble.

Où serait-elle allée de toute façon ? Il n'y avait à sa connaissance aucun autre miroir sur l'arche de la Bonne Famille. Le plus proche où elle s'était reflétée se situait dans les toilettes du Mémorial et elle était incapable de franchir une telle distance.

Ophélie se recroquevilla davantage sur elle-même. La vraie question n'était pas « où aller ? » mais « pourquoi y aller ? ». Thorn ne l'attendait plus. Il avait mis un terme à leur collaboration. Elle avait eu la prétention de lui servir sur un plateau le livre qu'il cherchait, mais malgré tout ce qui s'était produit, malgré tout ce qu'elle avait appris, elle n'était pas plus avancée. Au contraire, elle avait compromis ses chances de devenir aspirante.

Elle avait échoué à aider Thorn. Encore.

Épuisée, Ophélie se laissa glisser au sol. Allongée sur ce grand miroir glacé, elle vit sa multitude de reflets au plafond comme d'étranges corps célestes. Puis elle ne vit plus rien. Ses pensées se diluèrent, le sommeil l'absorba et elle se sentit couler.

Quand Ophélie se réveilla, elle flottait dans une brume où elle percevait des images éclatées, des couleurs fluctuantes, des sons difformes, comme si elle dérivait sous la surface d'un lac. Elle ne ressentait ni crainte ni étonnement. En fait, elle s'était rarement sentie aussi calme. Elle avait l'impression de glisser sur la trame élastique de l'espace et du temps. Elle connaissait cet endroit, infime et infini, pour l'avoir traversé des centaines de fois sans jamais s'y être arrêtée. Le sol de l'isoloir l'avait engloutie pendant son sommeil et elle n'en était pas ressortie. Elle n'était nulle part. Elle était partout.

Elle se trouvait dans l'interstice entre les miroirs.

— Pourquoi êtes-vous à Babel ?

La voix de Thorn vibra sur Ophélie comme sur un diapason. Il n'était pas matériellement ici avec elle, dans l'entre-deux, mais sa question avait une existence bien réelle. C'était la première phrase qu'il lui avait adressée le soir de leurs retrouvailles. Cet écho du passé revenait maintenant vers elle avec l'implacabilité d'un retour de balancier.

Pourquoi Thorn lui avait-il demandé pourquoi ? N'était-il pas évident qu'il était la seule réponse à sa question ?

À peine cette pensée s'était-elle formée en elle qu'Ophélie comprit la raison de son passage dans l'entre-deux. Cet espace était le reflet même de son état intérieur. Ni enfant ni adulte, ni fille ni femme, elle était restée coincée à la charnière de sa vie. Elle avait attendu de Thorn des mots et des gestes qu'elle n'avait jamais eus pour lui. À aucun moment elle n'avait dit « nous ». À aucun moment elle n'avait fait un pas vers lui. À aucun moment elle ne s'était mise à nu.

La vérité, la seule vérité, c'est qu'elle avait été lâche.

Cette prise de conscience la traversa comme une brèche. Il lui sembla que c'était la surface entière de son être qui se craquelait de toutes parts, telle une coquille d'œuf. Cela lui fit mal, mais Ophélie savait que c'était une douleur nécessaire. La souffrance explosa quand son ancienne identité vola en éclats.

Elle se sentit mourir. Elle allait enfin pouvoir vivre.

Quand elle était petite, Ophélie s'était une fois amusée à courir à reculons dans le jardin pour voir le monde défiler à contresens. Son pied avait alors roulé sur une balle et elle s'était sentie basculer en arrière sans plus distinguer le haut du bas.

Ce fut exactement ce qu'elle éprouva en quittant l'entre-deux.

Elle tomba à la renverse avec un sentiment d'irréalité. Son dos rencontra brutalement le sol. Ses poumons se vidèrent sous le choc. Pendant de longues secondes, elle ne respira plus. Hébétée, elle fixa à travers ses lunettes les méandres de toiles d'araignée qui scintillaient au-dessus d'elle. Une lueur, aussi pâle qu'un rayon de lune, émanait d'un orifice au milieu d'un plafond voûté.

Ophélie était peut-être sortie de l'entre-deux, mais elle n'était pas retournée dans l'isoloir.

Elle s'englua dans les toiles d'araignée en se mettant debout. Le lieu où elle se trouvait baignait dans un nébuleux clair-obscur. Hormis le petit orifice du plafond, il n'y avait ni porte ni fenêtre apparentes. En revanche, un vieux miroir au sein de la pièce lui renvoyait un reflet approximatif. Sa surface était couverte d'une épaisse couche de poussière, sauf à l'endroit que le corps d'Ophélie avait traversé : cette poudre-là voletait encore en l'air dans le sillage de sa chute.

Où était-elle ? Comment avait-elle pu franchir un miroir où elle ne s'était jamais reflétée ? Ça enfreignait toutes les lois de la physique animiste.

Ophélie s'aperçut vite que ce n'était pas la seule singularité de ce miroir. Il était suspendu dans les airs. Il ne s'agissait pas d'un état de lévitation tel qu'il s'en observait partout à Babel. En s'approchant, on pouvait deviner qu'il était entouré d'une paroi transparente et – à en juger par la façon dont Ophélie pouvait passer sa main au travers – immatérielle. Du mur où il avait été fixé, il ne restait plus qu'un fantôme.

Ophélie fit glisser un regard circulaire sur la pièce, puis sur le plafond d'où s'échappait un rayon de lumière. Et tout d'un coup elle sut où elle était. Au cœur du Mémorial, dans le Secretarium, à l'intérieur du deuxième globe qui y flottait en apesanteur. Ce miroir devant elle appartenait à l'un des derniers étages du bâtiment d'origine. Il se tenait à l'endroit précis où l'autre moitié de l'édifice s'était effondrée au moment de la Déchirure. Pour une raison ou une autre, il n'était pas tombé dans le vide avec le reste. Il était resté ancré en l'air, absurdement. Quelqu'un avait fait construire le globe autour de cette aberration pour la cacher. Était-ce là l'œuvre de Dieu ? Combien de personnes connaissaient aujourd'hui l'existence de ce miroir suspendu ?

« La chambre forte, réalisa-t-elle alors. L'ultime vérité. »

Du gant, Ophélie frotta doucement la poussière qui s'était déposée sur la glace. Si elle avait raison, cet objet était vieux de plusieurs siècles. Aucun miroir ne pouvait vivre aussi longtemps sans perdre son étamage. Elle n'aurait normalement pas dû y voir son reflet.

Et ce n'était effectivement pas son visage qui se reflétait.

La femme qui lui faisait face avait la même petite taille, les mêmes cheveux bruns, les mêmes lunettes, mais ce n'était pas elle.

Leurs lèvres remuèrent en même temps :

— Je suis Ophélie, dit Ophélie.

— Je suis Eulalie, dit le reflet.

Ophélie ferma les paupières, puis les rouvrit : son image était redevenue la sienne. Elle déboutonna ses gants, les rangea dans ses poches et frotta ses paumes moites l'une contre l'autre. Elle ne comprenait rien à ce qui lui arrivait, mais elle était certaine d'une chose.

Elle devait *lire* ce miroir.

Elle fit taire ses pensées l'une après l'autre, soufflant dessus comme sur d'innombrables flammes de bougies. Quand elle se sentit prête, elle appuya ses mains nues contre celles de son reflet. La première vision qui la traversa fut celle de sa propre chute hors du miroir, ce qui était parfaitement logique.

Ensuite, rien ne se passa plus comme prévu.

Ophélie eut l'impression de se faire aspirer par son propre reflet. Sa mémoire se retourna sur elle-même comme un gant. Des souvenirs extrêmement anciens, venus d'un autre âge, fulminèrent au fond de sa conscience. La réminiscence fut d'une telle force qu'Ophélie se déchira en deux comme le bâtiment l'avait fait autrefois. Une moitié d'elle lui était soudainement devenue étrangère.

Cette moitié ressemblait trait pour trait à la petite femme qu'elle avait aperçue à la place de son reflet. Celle-ci était en train de taper à la machine à écrire, face au grand miroir, à l'époque où il y avait encore un mur pour l'accueillir. Ophélie regardait à travers elle comme une spectatrice de théâtre. Ses cheveux, sombres et indociles, n'avaient pas été lavés depuis si longtemps qu'ils se collaient à son front. Son nez ne cessait de couler, ce qui l'obligeait à se moucher d'une main tout en tapant de l'autre.

— Bientôt, marmonna-t-elle au miroir. Bientôt, mais pas aujourd'hui.

Ophélie observa les lieux à travers les yeux de la femme, par glace interposée. Elle essaya, du moins. Celle-ci semblait avoir une vue aussi mauvaise que la sienne et elle n'avait pas mis ses lunettes. Personne d'autre ne se trouvait dans la pièce. En revanche, il y avait des feuilles chiffonnées sur tout le parquet.

Quelques coups furent frappés à la porte. Ophélie cessa aussitôt de taper à sa machine pour tirer un épais rideau de façon à recouvrir entièrement le miroir.

— Qu'est-ce que c'est ? demanda-t-elle.

La porte de la chambre s'ouvrit et laissa entrevoir une silhouette floue, qu'Ophélie reconnut quand elle s'approcha. C'était le concierge dont elle avait expertisé le registre. Comme dans son rêve, il portait de petites bésicles de fer et un turban dont le foulard essayait de cacher sa mâchoire mutilée par la guerre. Il ne put retenir un froncement de sourcils en découvrant les feuilles et les mouchoirs qui jonchaient le sol. Il y avait dans sa raideur une trace résiduelle du militaire qu'il avait été autrefois.

— Pas de matière réfléchissante, lui dit Ophélie après s'être consciencieusement mouchée.

Le concierge retira ses bésicles d'un geste discipliné. Cela n'empêcha pas ses vieilles mains de trembler.

— Nous avons un foutu problème.

Le dialecte qu'il baragouinait était étranger à Ophélie. Elle le comprit toutefois sans la moindre difficulté. Elle lui fit même la politesse de lui répondre dans sa langue :

— Allons bon. Qu'est-ce qu'il a encore fait ?

— Il a tué tous nos foutus piafs, voilà ce qu'il a fait. Je voulais pas qu'il entre dans la volière, mais il a pas pu s'en empêcher. Un jour, je jure que ce sera moi qu'il tuera.

Le concierge jeta un coup d'œil nerveux derrière lui, en direction de la porte, comme s'il redoutait une présence de l'autre côté.

— Sois patient, soupira Ophélie. Il apprendra à se contrôler comme les autres.

— L'est pas comme ces foutus gosses, celui-là.

Le concierge disparut de son champ de vision. Elle frottait ses paupières d'un geste fatigué. À force de taper à la machine sans lunettes, elle avait les yeux en feu. Les sinusites chroniques n'arrangeaient rien.

— Son rôle à lui est différent, dit-elle. Il protège l'école.

— Moi aussi je protège cette foutue école, grommela le concierge entre ses lèvres déformées. Si ces foutus soldats arrivent jusqu'à notre foutue île, je les rejetterai à la foutue flotte.

Ophélie roula son mouchoir en boule et l'envoya rejoindre les autres sur le sol, arrachant un grognement exaspéré au concierge.

— Tu n'es qu'un homme, lui dit-elle doucement. Et je ne suis qu'une femme. Nous sommes limités, toi et moi. Pas lui. D'ici à l'avènement de la nouvelle humanité, il nous protégera tous. Aie confiance en lui.

Aie confiance en lui.

Ces quatre mots retentirent à travers Ophélie tandis que le vieux concierge, les feuilles, les mouchoirs, la machine à écrire et la pièce entière se déformaient comme des ronds dans l'eau. Quand elle reprit pied avec le présent, elle était étendue au milieu de l'isoloir, glacée et brûlante à la fois, pareille à une naufragée rejetée par la mer.

Elle avait quitté le deuxième globe du Mémorial et franchi l'entre-deux en sens inverse sans même s'en rendre compte.

Elle fixa longuement son reflet sur le sol, brouillé par les gouttes de sueur qui s'écoulaient de son visage. Son pouvoir familial frissonnait encore sur toute sa peau.

Elle ne s'était jamais sentie aussi différente. Elle ne s'était jamais sentie aussi elle-même.

Elle savait tout. Elle savait où était le livre qui permettait de devenir l'égal de Dieu. Elle savait qui le protégeait et pourquoi. Ou plutôt, elle savait qu'elle savait. Elle pouvait percevoir toutes les réponses qui pulsaient à travers ses veines, mais elle n'y avait pas encore accès.

Ophélie se déshabilla, prit une douche, puis mangea quelques fruits. Elle éprouva chaque sensation avec une acuité nouvelle. Elle ne remit pas ses gants : pour une fois, elle avait envie de toucher le monde sans se mettre de barrière. L'omniprésence de ses reflets autour d'elle ne la dérangeait plus.

Lorsqu'elle se sentit assez reposée, Ophélie s'assit au milieu des miroirs et croisa étroitement les mains. Cette fois, c'était son propre corps qu'elle devait apprendre à *lire*.

Elle écouta attentivement le flux et le reflux de sa respiration. Elle écouta attentivement toutes ses pensées, même les plus anodines. Elle écouta attentivement le silence de l'isoloir qui, peu à peu, devenait le sien. Le temps s'estompa.

Elle s'oublia pour mieux se souvenir.

Une avalanche de lumière se déversa dans l'isoloir, rebondissant sur ses glaces avec la puissance d'une rivière. Elle charria dans ses flots les bruits et les odeurs de la jungle.

La porte s'était rouverte là-haut.

— Toujours vivante ? appela la voix flegmatique d'Elizabeth.

Ophélie se releva lentement, aveuglée par l'éclat du jour. Un paquet lui tomba aussitôt entre les bras. C'était un uniforme propre.

— Prépare-toi, apprentie. La cérémonie nous attend.

Cette dernière acquiesça. Elle savait exactement ce qui lui restait à faire.

La cérémonie

Une flottille de luxueux aérostats, de tac-si volants et de gondoles zéphyriennes avait pris d'assaut le Mémorial de Babel. Ils s'y étaient amarrés comme d'immenses ballons forains, émaillant le ciel d'une constellation de couleurs. Des tramoiseaux supplémentaires avaient été mis en service, mais l'arche mineure était trop petite pour les accueillir tous ; ils devaient chacun respecter leur temps de passage sur le quai afin de ne pas provoquer d'accident.

Ophélie débarqua de l'un d'entre eux avec les membres de sa division. Personne ne lui avait adressé la parole durant le trajet, et pour cause : les Devins fixaient le bout de leurs bottes. Peut-être se faisait-elle des idées, mais ils avaient tous l'air désappointé.

Ils franchirent ensemble les hautes portes vitrées de l'entrée. Avant-coureurs, tabellions, ingénieurs, scribes, gardiens, artistes : les compagnies de la Bonne Famille étaient rassemblées au grand complet dans le vaste atrium. Leurs rangs étaient si serrés que tous les uniformes semblaient cousus les uns aux autres pour ne confectionner qu'une seule et immense étoffe bleu nuit aux ornements d'argent. Apprentis et aspirants virtuoses faisaient face à l'estrade où se dressaient, gigantesques, les esprits de famille jumeaux. Hélène était aussi étrangement dérangeante, avec son rectificateur optique et sa crinoline à roulettes, que Pollux était superbe ; ce dernier distribuait des clins d'œil bienveillants aux visages tournés vers lui sans avoir manifestement la plus petite idée de qui était qui.

Ophélie se sentit étourdie par la foule qui avait envahi chaque galerie, chaque transcendium, chaque salondenvers, chaque morceau de surface où il était possible de poser une paire de babouches. Après sa parenthèse de silence dans l'isoloir, le contraste était déroutant. Où qu'elle tournât ses lunettes, ce n'étaient que des gens devant, derrière, à l'endroit et à l'envers. Les érudits des académies voisines formaient à eux seuls une mer de toges universitaires. Les propagations de leurs chuchotis faisaient frémir toutes les vitres de la coupole. Ophélie se demanda si l'équilibre architectural qui tenait miraculeusement le Mémorial à califourchon sur le vide n'allait pas finir par basculer sous ce trop-plein de visiteurs.

Tenue de garder sa position au sein de son rang, elle chercha discrètement Thorn parmi les Lords de LUX alignés derrière les esprits de famille. Elle ne le trouva pas, mais elle repéra Lady Septima qui surveillait l'horloge de la statue-automate, comme si elle guettait la venue de quelqu'un.

Il y avait sur l'estrade une tribune d'or dont les porte-voix attendaient leur orateur.

Ophélie accrocha le regard d'Octavio dans la division des Fils de Pollux. C'était la première fois qu'elle le voyait depuis leur convocation. Il arborait des points de suture à son sourcil et à sa narine, mais ces plaies-là étaient moins visibles que celles qu'il portait à l'intérieur. Son visage ombrageux laissait exprimer la lutte sans merci qui se menait en lui. Il ignorait les signes de soutien des membres de sa propre division, qui essayaient de le flatter jusqu'à la dernière minute dans l'espoir qu'il se souviendrait d'eux le jour où il deviendrait Lord. Il ne faisait aucun doute qu'Octavio accéderait aujourd'hui au grade d'aspirant virtuose, mais il paraissait ne plus en avoir tellement envie.

Ophélie, elle, le voulait, ce galon. Même si ses chances étaient infinitésimales, son souhait le plus cher était de devenir aspirante et que Thorn fût là pour y assister. Elle leva les yeux vers le Secretarium qui flottait comme une planète au-dessus d'eux. Viendrait-il ?

Ophélie eut soudain la sensation d'être observée.

Ce n'était pas un effet du trac. Mais plutôt comme si quelque chose de visqueux se collait à sa peau. Il y avait un spectateur au milieu de la foule qui était en train de porter toute son attention sur elle, et sur elle seule. Quelqu'un l'épiait dans l'ombre depuis des jours, des semaines, peut-être même davantage. Elle ne le voyait jamais, mais elle avait une conscience de plus en plus aiguë de son existence.

Qui ?

Elle surprit un mouvement. Blasius lui adressait

de grands gestes d'encouragement parmi les mémorialistes venus assister à la cérémonie. Elle lui sourit, puis se mordit la lèvre quand il donna une claque accidentelle à son voisin. Avec tout ça, elle n'avait pas pu lui transmettre le message du professeur Wolf.

Les automates du Mémorial figuraient au premier rang des membres du personnel. Bien que la cérémonie n'eût pas encore commencé, ils applaudissaient déjà dans une cacophonie de métal. Le vieux balayeur ne se trouvait plus parmi eux. « Ce sont les gosses pourris gâtés dans votre genre qui préfèrent donner un emploi à des machines plutôt qu'à d'honnêtes citoyens. » Le Sans-Peur n'était certainement pas un ange, mais Ophélie ne pouvait s'empêcher de penser qu'avec lui s'était éteinte une voix nécessaire à Babel.

Si quelqu'un ne brillait pas par son absence, en revanche, c'était bien Lazarus. Installé à un balcon privé, il souriait modestement aux photographes qui le bombardaient d'éclairs chimiques. Avec sa redingote de satin blanc et ses lunettes au rose pétillant, il réverbérait toutes les lumières. Ophélie espérait que, de là où il se tenait, il ne la reconnaîtrait pas. Ambroise n'était pas à son côté.

Ambroise…

Ophélie savait désormais avec une absolue certitude que leurs trajectoires seraient amenées à se recroiser bientôt. Très bientôt.

Elle commençait à se demander ce que tout le monde attendait quand un bruit de moteur recouvrit les murmures. Toutes les têtes se tournèrent comme des girouettes vers l'entrée principale à l'instant précis où, à la stupéfaction d'Ophélie, un avion s'engagea entre les hautes portes vitrées. C'était un biplan qui paraissait sorti tout droit d'un musée de l'ancien monde ! Il décrivit une longue courbe aérienne au-dessus de l'atrium, contournant le globe du Secretarium. Il frôla de si près la foule qu'il y eut une envolée de cris et de turbans. Ophélie se cramponna à ses lunettes pour mieux voir : deux personnes se tenaient nonchalamment assises entre les ailes du biplan. Il y eut une clameur à travers tout le Mémorial quand elles tombèrent dans le vide au moment où l'avion effectuait une voltige aérienne sous l'immense verrière de la coupole. Deux parachutes se déployèrent. Les acrobates descendirent lentement la centaine de mètres qui les séparaient du sol au milieu d'un tonnerre d'applaudissements. Après une dernière boucle, l'avion repartit par l'entrée comme il était venu, obligeant tous les apprentis à s'aplatir dans l'atrium. Quand Ophélie se releva, complètement ébouriffée, elle songea que c'était la chose la plus dangereusement stupide dont elle avait jamais été témoin.

Les deux parachutistes manœuvrèrent de façon à atterrir dans les bras l'un de l'autre, en plein sur le tapis pourpre de l'estrade. Ils s'embrassèrent fougueusement, à croire qu'ils étaient seuls au monde, puis ils débouclèrent leurs casques d'aviation d'un geste si spectaculaire que les applaudissements redoublèrent dans tout le Mémorial. Leur exhibitionnisme ne choqua personne. Ophélie n'était pas assez proche de l'estrade pour bien les voir, mais elle n'en fut pas moins éblouie par leur chevelure et leur peau peintes en or.

Le vieux gong résonna pour rétablir le calme.

Le couple monta main dans la main l'escalier de la tribune. Les haut-parleurs propagèrent leurs voix comme si elles n'en formaient qu'une :

— La connaissance sert la paix.

— La connaissance sert la paix, répondirent en chœur toutes les personnes présentes dans le Mémorial.

Ce fut à cette seconde qu'Ophélie comprit que ces drôles d'oiseaux étaient les Généalogistes en personne. Ils avaient peu à voir avec l'idée qu'elle s'était forgée d'eux. À bien y regarder, ils n'étaient pas tellement jeunes, mais leur allure possédait la même flamboyance que leur maquillage. Ils se prenaient pour des soleils et, en vérité, leur éclat avait bel et bien éclipsé la présence d'Hélène, de Pollux et de tous les Lords présents sur l'estrade, comme si c'étaient eux les véritables esprits de famille de Babel. Lady Septima elle-même les dévorait du regard avec une vénération qu'Ophélie ne lui avait jamais vue encore. Ces gens ne voulaient pas devenir les égaux de Dieu : ils se considéraient déjà comme tels.

Thorn jouait vraiment avec le feu en s'alliant à eux.

— Aujourd'hui est un grand jour pour notre cité ! proclama la voix sensuelle de la femme dans le microphone. Nous célébrons un double avènement : un nouveau catalogue et de nouveaux virtuoses.

— Nous assistons à la réconciliation du passé et de l'avenir, enchaîna l'homme avec une synchronisation si parfaite qu'on aurait cru qu'il était le prolongement naturel de sa partenaire. La modernisation des techniques de consultation s'est mise au service de notre patrimoine ancestral. L'humain et la machine, déclara-t-il tandis que la Généalogiste désignait les automates d'un geste significatif, ont atteint au Mémorial un niveau de coopération jamais égalé à ce jour. Nous devons étendre ce modèle à Babel tout entière !

— Nous avons besoin pour cela de citoyens éclairés et compétents, poursuivit aussitôt la femme en caressant cette fois du regard les rangs de toutes les compagnies de virtuoses. Nous avons besoin de citoyens de la trempe du professeur Lazarus qui nous honore aujourd'hui de sa présence et qui a été autrefois l'un des vôtres. Nous avons besoin de citoyens comme vous, Filleule d'Hélène ! conclut-elle en arrêtant ses yeux sur Elizabeth. Votre travail sur la base de données a été rien de moins que remarquable. Approchez, avant-coureuse ! Venez chercher votre troisième grade qui fera à jamais de vous une citoyenne virtuose de Babel !

Il y avait une sorte de gourmandise dans cette invitation qu'Ophélie trouva un peu perturbante. Elizabeth monta sur l'estrade, inhabituellement écarlate.

Il apparut à Ophélie que les Généalogistes n'avaient fait aucune mention de Thorn dans leur discours. Il s'était pourtant trouvé au centre névralgique du projet. Était-ce pour protéger sa couverture de Sir Henry ou était-ce parce qu'ils n'avaient pas obtenu de lui le seul livre qui les intéressait ?

Ophélie leva ses lunettes vers le balcon de Lazarus, alors que celui-ci ordonnait à son majordome mécanique de photographier la scène. S'ils savaient ce que, *elle*, elle savait…

— Merci, avant-coureuse ! reprirent les Généalogistes une fois qu'Hélène eut remis à Elizabeth son galon d'argent. Vous êtes la preuve que Babel est la cité idéale où les descendances des vingt et un esprits de famille, mais aussi leurs non-descendants, peuvent œuvrer ensemble pour le meilleur des mondes possible ! En signe de notre gratitude, veuillez également accepter ce prix d'excellence. Venez, Filleule d'Hélène, rejoignez-nous !

Elizabeth gravit les marches de la tribune dorée où les Généalogistes, plus dorés encore, lui tendaient un trophée, doré lui aussi. Prise en tenailles par le couple, elle se cramponna des deux mains à son prix. Son long corps plat semblait vouloir se faire plus étroit encore, perdre tout son relief, échapper aux milliers de regards braqués sur lui. Ce n'était pas la première fois qu'Ophélie surprenait une fragilité derrière le masque d'indifférence d'Elizabeth. Elle se sentit mal à l'aise pour elle lorsque les Généalogistes la poussèrent doucement, mais fermement, vers le microphone.

— Hmm ? Oh, je… Il nous fallait juste un système de gestion… un langage normalisé… un algorithme pour les instructions… ce genre de choses. Ce n'est jamais rien qu'un simple programme de consultation. Un peu comme… comme une mémoire. Notre mémoire à tous. Le plus important, ce sont les données elles-mêmes. Je ne serais arrivée à rien sans les groupes de lecture et sans Sir Henr...

— Encore bravo, citoyenne ! la félicitèrent les Généalogistes avec un sourire chaleureux. Vous pouvez regagner votre place.

Ce n'était donc pas un oubli, songea Ophélie tandis qu'Elizabeth descendait les marches de la tribune en se cachant derrière son trophée. Thorn avait été délibérément mis de côté. Une fois encore, elle le chercha des yeux dans la foule du Mémorial sans parvenir à le localiser.

— Nous allons à présent procéder à la distribution des autres grades. Parmi tous les apprentis virtuoses ici présents, rares, hélas, seront les heureux élus. La tradition exige qu'un seul Fils de Pollux et un seul Filleul d'Hélène soient promus aspirants dans chaque compagnie et, croyez-nous, le choix n'a pas toujours été aisé. Chaque dossier a été examiné avec la plus extrême attention par les Lords de LUX, ainsi que par Lady Hélène et par Sir Pollux bien évidemment. Veuillez venir chercher votre grade à l'appel de votre nom. Compagnie des scribes : Cornelia et Erasmus !

Deux apprentis quittèrent les rangs pour se diriger vers l'estrade. Leurs visages radieux juraient avec les expressions jalouses de leurs camarades qui se forçaient à les applaudir du bout des doigts.

Au fur et à mesure que les Généalogistes appelaient des apprentis, la tension se répandit à travers tous les muscles d'Ophélie. Voilà. Le moment décisif était enfin arrivé. D'ici quelques instants, soit elle deviendrait aspirante et elle pourrait continuer à s'afficher publiquement au côté de

Thorn, soit elle redeviendrait une anonyme et toutes les portes de Babel lui resteraient fermées.

Elle observa l'un après l'autre les camarades dont elle avait partagé l'intimité ces derniers mois. Zen était tellement anxieuse que son uniforme ne cessait de rétrécir et de s'élargir autour de son corps de poupée orientale. Les Devins, quant à eux, continuaient de fixer sombrement leurs bottes. Connaissaient-ils déjà le résultat ? Ophélie ne les reverrait jamais et elle eut presque un pincement au cœur en réalisant qu'aucun d'eux ne lui manquerait. Sa seule vraie pensée fut pour Mediana, qu'elle avait laissée sur ce banc, recroquevillée devant le vitrail de l'observatoire des Déviations. Malgré tous ses travers, c'était ici, dans leurs rangs, que la Devineresse aurait dû trouver sa place aujourd'hui.

— Compagnie des avant-coureurs, clamèrent enfin les Généalogistes. Octavio et Zen !

À cette annonce, Ophélie ne bougea pas d'un cil. Pourtant, il lui sembla que sa conscience entière s'était brutalement reculée au fond de son corps. Elle se vit de loin en train de tourner la tête vers Zen qui étouffait un cri de surprise. Elle se vit de loin en train de l'applaudir avec le reste de la foule. Elle se vit de loin en train de la suivre des yeux tandis qu'elle montait timidement sur l'estrade avec Octavio pour récupérer son galon.

Zen était une femme sérieuse et compétente. Elle n'avait cessé d'affiner son pouvoir familial au fil des mois. Sa capacité à miniaturiser et à déminiaturiser des documents délicats, sans jamais les endommager, permettrait certainement au

Mémorial d'améliorer le stockage et la circulation de ses informations.

Elle méritait de réussir.

Alors pourquoi Ophélie n'acceptait-elle pas la défaite ? Pourquoi le sourire en coin de Lady Septima, sur l'estrade, la mettait-elle à ce point en colère ?

Parce que Zen n'était pas une véritable avant-coureuse. Parce qu'elle ne possédait pas de réelle curiosité. Parce qu'elle n'était animée par aucune soif de vérité et surtout, surtout, parce qu'elle n'avait pas besoin de ce galon comme Ophélie en avait besoin.

« Qu'est-ce que j'en sais ? se demanda-t-elle aussitôt, choquée par ses propres pensées. Nous ne nous sommes jamais vraiment parlé, elle et moi, je la connais à peine. »

L'espace d'un instant, Ophélie s'imagina à la place de Zen sur l'estrade comme si elles étaient les reflets inversés d'une seule et même personne. Elle fixa alors ses bottes de la même façon que les Devins autour d'elle. Elle n'avait plus seulement honte d'avoir échoué. Elle avait honte aussi de s'être laissé contaminer par cet esprit de compétition qui les avait tous poussés à se détester mutuellement. Si l'isoloir l'avait aidée à grandir, ce n'était certainement pas pour devenir cette sorte-là d'adulte. En un sens, Ophélie était soulagée que Thorn n'eût pas été présent pour la voir ainsi.

Elle applaudit Zen, sincèrement cette fois. Tant pis. Il existait une infinité d'avenirs possibles, à elle de s'en choisir un autre.

— Félicitations aux nouveaux virtuoses ! s'exclamèrent les Généalogistes une fois le dernier grade distribué. Quant à tous les autres, vous continuerez peut-être vos vies sans votre prestigieux uniforme, mais il fera toujours partie de vous à travers votre savoir-faire et votre faire-savoir. La connaissance sert la paix !

Toutes les gorges de l'assistance se déployèrent à l'unisson pour chanter l'hymne de Babel, un poing sur la poitrine. Commença alors la lente procession des apprentis recalés qui devaient à présent remettre leur insigne aux pieds d'Hélène et de Pollux. Ophélie fut entraînée par ce mouvement de cortège. Elle monta les marches de l'estrade comme tant d'autres avant elle et, parvenue devant l'immense crinoline d'Hélène, elle s'agenouilla pour décrocher les ailes d'argent de ses chevilles.

— Merci, lui dit Ophélie.

De tous les esprits de famille qu'elle avait rencontrés jusqu'à ce jour, aucun ne lui avait autant inspiré de respect que cette ogresse au physique cauchemardesque. Elle aurait aimé en obtenir un dernier regard, et tant pis si cela se faisait par le crible d'un appareil optique terriblement tarabiscoté, mais Hélène demeura de marbre quand les ailes d'Ophélie tintèrent sur le tas d'insignes.

Lady Septima fit mine de ne pas la remarquer non plus. L'étincelle entre ses paupières trahissait toutefois de la jubilation à l'état pur. Ophélie ne la remercia pas.

En haut de la tribune, le couple de Généalogistes s'était lui-même complètement désintéressé de ce qui se passait sur l'estrade. Ils avaient coupé le microphone et s'échangeaient des murmures en collant si près leurs lèvres qu'ils semblaient s'embrasser. Leurs longs cheveux s'entremêlaient aussi étroitement que les doigts de leurs mains. Cette passion qui irradiait de leurs corps peints en or transfigurait la maturité de leurs visages. Ophélie ne put s'empêcher de les trouver fascinants. Qu'ils fussent ou non les égaux de Dieu, ils portaient déjà en eux une pulsion immortelle.

— Apprentie Eulalie ?

Ophélie se tourna vers Octavio qui l'attendait en bas de l'escalier. Elle avait failli ne pas l'entendre à cause du quatorzième couplet de l'interminable hymne familial de Babel.

— Aspirant Octavio, je ne suis plus apprentie.

— Pardon. C'était un réflexe.

Il avait l'air si mal à l'aise qu'Ophélie se dérida un peu. Elle signala le nouveau galon d'argent à sa manche qu'il frottait comme une démangeaison désagréable.

— Félicitations. Tu le mérites.

— C'est ce qu'on ne cesse pas de me répéter, murmura Octavio en détournant les yeux. Quand c'est toi qui le dis, je suis presque tenté de te croire. Peux-tu me suivre, je te prie ?

Sans lui laisser le temps de répondre, il traversa l'atrium en fendant la foule des apprentis. Ophélie avait beau jouer des coudes, elle faillit le perdre. Elle aurait préféré rester le plus en évidence possible pour Thorn, mais la cherchait-il seulement ? Elle avait le sentiment qu'Octavio voulait, à l'inverse, échapper au regard surpuissant de sa mère sur l'estrade.

Ophélie sourcilla en le voyant monter le transcendium septentrional. Il ignora toutes les mains qui se tendirent vers lui dans l'intention de le complimenter. Il sortit de sa poche une clef qu'elle reconnut aussitôt.

La passerelle du Secretarium se déploya dès qu'Octavio l'activa depuis la borne.

— Dépêchons-nous, dit-il entre ses dents. Sir Henry veut te voir seule. Il y a tellement de monde aujourd'hui, je ne voudrais pas que des visiteurs s'invitent par accident.

Ophélie n'avait pas entendu la fin de sa phrase. Son esprit était resté bloqué à « Sir Henry veut te voir seule ». Elle dut se concentrer pour se raccrocher à la voix d'Octavio qui marchait devant elle le long de la passerelle :

— Ma mère n'a rien voulu entendre. Elle n'en démord pas : ce qui est arrivé à Miss Silence, à Mediana, au Sans-Peur ne sont rien qu'une série d'accidents. Le témoignage du professeur Wolf ? Des divagations. Elle y met une telle mauvaise volonté que j'ai presque cru qu'elle... c'est terrible à dire... qu'elle me cachait des choses. Mais je pense que le pire, c'est qu'elle croit réellement à ses propres affirmations. Elle est si obsédée par la perfection de notre cité qu'elle ne peut tout simplement pas concevoir que la réalité soit différente. Comme avec ma sœur, conclut Octavio dans un souffle. C'est pour cette raison que j'ai décidé de tout raconter à Sir Henry. Je crois que lui, au moins, m'a pris au sérieux. Il m'a passé sa propre clef pour que je t'ouvre le Secretarium après la cérémonie. Je pense qu'il veut entendre ta version des faits.

Ophélie ouvrit la porte blindée du globe terrestre. Thorn savait donc tout. Tout, sauf l'essentiel.

— Bonne chance de ton côté, dit-elle à Octavio. Je suis certaine que tu feras un meilleur usage de tes ailes que tu ne le crois.

Après une hésitation pleine de raideur, il serra la main qu'elle lui tendait.

— Toi aussi, tu méritais ton galon, Eulalie. Je ne te dis pas adieu. J'ai des raisons de penser que nous serons amenés à nous revoir.

Il pivota sur ses talons dans un brusque tintement d'ailes, puis il repartit d'un pas hâtif qui se propagea sur toute la passerelle. À l'intérieur de la paume d'Ophélie, il y avait à présent la clef du Secretarium, mais aussi un petit papier plié en quatre.

Sur le papier, une note était très mal écrite :

Passez me voir à l'occasion, vos mains et vous. Hélène.

Les mots

Ophélie traversa la cour intérieure du Secretarium avec la certitude qu'elle y marchait pour l'une des toutes dernières fois. Les festivités de la cérémonie au-dehors prenaient ici une résonance cuivrée, pareille à la ritournelle d'un vieux tourne-disque. Elle leva la tête vers le globe de l'ancien monde qui flottait au milieu du puits de lumière. Il était la réplique exacte de celui qui lui servait de contenant et pourtant le secret qu'il renfermait surpassait celui de toutes les collections réunies.

Un miroir suspendu.

Un miroir figé entre deux âges.

Un miroir témoin d'une histoire primordiale.

Ophélie n'arrivait toujours pas à comprendre comment elle avait réussi à effectuer un tel franchissement, mais elle était reconnaissante envers cet objet pour tout ce qu'il lui avait appris.

Elle emprunta le transcendium le plus proche. Les battements saccadés de sa poitrine se mêlèrent aux cliquetis des cylindres de la base de données.

« Sir Henry veut te voir seule. »

Elle tapa deux petits coups à la porte avant

d'entrer dans la salle de l'Ordonnateur. Elle se demanda si elle ne s'était pas trompée lorsqu'elle se cogna à une pyramide de cartons. Il flottait dans la pièce une pénombre tremblante dont Ophélie comprit la nature au moment de prendre un jaillissement de lumière en pleines lunettes : posé sur un tabouret, un projecteur diffusait des images fantomatiques sur l'un des murs ; l'appareil changeait de diapositive toutes les dix secondes dans un claquement mécanique. C'étaient tous des agrandissements de textes imprimés.

— Ne restez pas dans la lumière.

La voix de Thorn avait émané du fond de la salle, entre les piles vertigineuses des cartons, là où les ombres étaient les plus massives. Son long corps anguleux, tordu comme du fil de fer, était à la fois perché sur le tabouret et voûté au-dessus d'une visionneuse de microfilms. La loupe binoculaire de la machine avalait ses yeux qu'il ne relevait qu'une fois toutes les dix secondes, avec une ponctualité astronomique, pour jeter un bref regard à la projection d'une nouvelle diapositive sur le mur. Ses doigts tournaient avec application, millimètre par millimètre, les boutons rotatifs qui faisaient défiler le ruban de la bobine à travers la vitre de la visionneuse.

— Prenez un carton, ajouta-t-il sans s'interrompre.

Ce n'était pas précisément affectueux, pourtant Ophélie sentit aussitôt une humidité incontrôlable lui submerger les yeux, le nez et la gorge. Elle mesura tout à coup à quel point Thorn l'avait effrayée en la repoussant et à quel point elle était rassurée de le revoir. Elle réprima de son mieux un reniflement dans sa manche d'uniforme, puis elle ouvrit un carton au hasard parmi les dizaines qui encombraient la salle. Il était rempli à ras bord de bobines de microfilms qui portaient chacune une vieille étiquette délavée.

— Si vous parvenez à déchiffrer une date, mettez de côté les plus anciennes, préconisa Thorn.

Avec des gestes à la précision chirurgicale, il remplaça la bobine de sa visionneuse par une autre. Ophélie aurait apprécié de le voir prendre une pause dans son travail, mais il paraissait plus obsédé par le temps que jamais. L'ampoule de la visionneuse faisait scintiller la blondeur argentée de la barbe qui commençait à lui envahir les joues. Ophélie avait beau se tenir à l'autre bout de la pièce, elle pouvait percevoir l'énergie brute qui se dégageait de lui comme un champ électrique. Depuis combien de temps était-il juché sur ce tabouret ? Avait-il seulement conscience que la remise des grades venait de se tenir juste sous son Secretarium ?

Thorn fronça les sourcils quand il jeta un coup d'œil à une nouvelle diapositive sur le mur voisin et qu'il constata qu'Ophélie n'avait pas commencé son tri.

— Je suis au courant pour votre altercation avec le Sans-Peur-Et-Presque-Sans-Reproche, pour votre conversation édifiante avec le professeur Wolf et pour vos recherches sur les livres de E. D. après qu'ils ont été détruits par Miss Silence, énuméra-t-il d'une seule traite. C'est une excellente piste que vous teniez là. Si nous en avions discuté l'autre soir, au lieu de nous échauffer mutuellement, nous aurions gagné du temps. Tous les microdocuments que vous voyez ici ont été réalisés à l'occasion de l'Exposition interfamiliale d'il y a soixante ans, expliqua-t-il en replongeant les yeux dans sa loupe binoculaire. Ils n'ont jamais été rangés depuis. Il est raisonnable de supposer qu'une copie des livres de E. D. se trouve quelque part dans ces cart…

— Je ne serai pas virtuose, le coupa Ophélie.

À cet instant, elle se moquait éperdument des livres de E. D. : rien n'était plus urgent que le besoin impérieux d'avoir ici et maintenant une vraie conversation avec Thorn.

— Je m'en doutais.

Il lui avait répondu sans relever le nez de sa visionneuse ni ralentir le défilement de sa bobine.

— J'ai apporté un avis défavorable à votre montée en grade, poursuivit-il d'un ton affairé. Je présume que ça a dû peser dans la balance.

— Vous avez quoi ? balbutia Ophélie. Mais je croyais que vous vouliez…

— J'ai changé d'avis. Il m'est récemment apparu que les Généalogistes s'intéressaient d'un peu trop près aux futurs avant-coureurs. Je n'aurais pas dû vous encourager à obtenir ce grade. Votre couverture ne leur aurait pas résisté longtemps.

— Dans ce cas, vous auriez pu…

— Vous en parler d'abord ? acheva Thorn à sa place. Vous n'étiez pas exactement joignable ces derniers jours.

Ophélie se tut. Il régnait en elle un tel fouillis d'émotions qu'il lui était difficile de déterminer si elle se sentait immensément soulagée ou épouvantablement déçue.

Elle prit une ample respiration.

— Il y a autre chose que je dois vous dire. Que j'aurais dû vous dire avant, en fait.

— Ça pourra certainement attendre encore un peu, marmonna Thorn entre ses dents. À raison d'une diapositive toutes les dix secondes et d'un microfilm toutes les quatre minutes, j'aurai trouvé ce que je cherche d'ici l'aube.

Ce disant, il changea la bobine de sa visionneuse et recolla ses yeux à la loupe binoculaire.

Ophélie traversa la salle en faisant attention à ne renverser aucun carton, ce qui n'était pas une tâche aisée. Thorn était si absorbé par ses microfilms qu'il ne la remarqua pas quand elle s'approcha de lui. Elle contempla, faute de mieux, l'immense courbure de ce dos qu'il s'obstinait à lui présenter. Elle ne s'en tenait plus qu'à une longueur de bras. La dernière fois qu'elle avait essayé de franchir cette distance – cet abîme – entre eux, Thorn avait retourné ses griffes contre elle.

Elle leva timidement la main vers l'épaule dont l'os roulait sous la chemise à chaque manipulation de boutons. Elle voulait obtenir toute l'attention de Thorn, tandis qu'elle libérait enfin les mots longtemps coincés en elle :

— Je vous aime aussi.

Elle eut un haut-le-corps. Thorn s'était retourné à une vitesse foudroyante pour lui bloquer le poignet. Sa réaction fut si brutale, l'éclat de ses yeux si dur qu'Ophélie crut qu'il allait encore la repousser. Dans un mouvement contraire, absolument imprévisible, il la tira en avant. Le tabouret bascula. Ophélie eut la sensation de s'enfoncer de tout son poids entre les côtes de Thorn lorsqu'ils tombèrent ensemble dans un fracas d'acier et une avalanche de cartons. La visionneuse explosa en débris de verre à côté d'eux sur le parquet.

C'était la chute la plus spectaculaire et la plus incompréhensible qu'Ophélie avait jamais vécue. Ses oreilles bourdonnaient comme des ruches. La monture des lunettes lui meurtrissait la peau. Elle ne voyait plus rien, respirait à peine. Quand elle réalisa qu'elle était en train d'écraser Thorn, elle voulut se dégager sans y parvenir. Il l'emprisonnait de ses bras avec une telle fermeté qu'elle ne distinguait plus les battements de leurs poitrines.

La barbe drue de Thorn lui entra dans les cheveux alors qu'il articulait :

— Surtout pas de gestes brusques.

Après la façon dont il venait de les précipiter par terre, cet avertissement était quelque peu incongru. L'étau des bras se relâcha muscle après muscle autour d'Ophélie. Elle dut prendre appui sur l'estomac de Thorn pour se redresser. À demi effondré sur le parquet, le dos contre une bibliothèque, il la surveillait avec une contraction extrême, comme s'il s'attendait à ce qu'elle provoquât une catastrophe.

— Ne refaites jamais ça, dit-il en appuyant sur chaque syllabe. Me prendre par surprise. Jamais. Avez-vous saisi ?

Ophélie était trop nouée pour lui répondre. Non, elle ne saisissait pas. Elle en vint à se demander s'il avait seulement écouté la déclaration qu'elle lui avait faite.

Elle se décomposa en apercevant les éclats de métal répandus sur le parquet. Il ne restait plus grand-chose de l'armature de Thorn.

— Rien qui ne puisse être réparé, commenta-t-il. J'ai des outils dans ma chambre. En revanche ceci est plus ennuyeux, ajouta-t-il avec un bref regard pour la visionneuse de microfilms éclatée en morceaux. Je vais devoir m'en procurer une autre.

— Je ne crois pas que ce soit une priorité, s'agaça Ophélie.

Elle se mordit la langue quand Thorn pressa sa bouche contre la sienne. Sur le moment, elle ne comprit plus rien. Elle sentit sa barbe lui piquer le menton, son odeur de désinfectant lui monter à la tête, mais la seule pensée qui la traversa, stupide et évidente, fut qu'elle avait une botte plantée dans son tibia. Elle voulut se reculer ; Thorn l'en empêcha. Il referma ses mains de part et d'autre de son visage, les doigts dans ses cheveux, prenant appui sur sa nuque avec une urgence qui les déséquilibra tous les deux. La bibliothèque déversa une pluie de documents sur eux. Quand Thorn s'écarta finalement, le souffle court, ce fut pour clouer un regard de fer dans ses lunettes.

— Je vous préviens. Les mots que vous m'avez dits, je ne vous laisserai pas revenir dessus.

Sa voix était âpre, mais sous l'autorité des paroles il y avait comme une fêlure. Ophélie pouvait percevoir le pouls précipité des mains qu'il appuyait maladroitement sur ses joues. Elle devait reconnaître que son propre cœur jouait à la balançoire. Thorn était sans doute l'homme le plus déconcertant qu'elle avait jamais rencontré, mais il la faisait se sentir formidablement vivante.

— Je vous aime, répéta-t-elle d'un ton inflexible. C'est ce que j'aurais dû vous répondre quand vous vouliez connaître la raison de ma présence à Babel. C'est ce que j'aurais dû vous répondre chaque fois que vous vouliez savoir ce que j'avais vraiment à vous dire. Bien sûr que je désire percer les mystères de Dieu et reprendre le contrôle de ma vie, mais… vous faites partie de ma vie, justement. Je vous ai traité d'égoïste et à aucun moment je ne me suis mise, moi, à votre place. Je vous demande pardon.

Ophélie s'était voulue inébranlable, mais elle entendit sa propre voix se craqueler traîtreusement sur les derniers mots. Thorn fixa la larme qui roula sur son pouce ; il écarquillait tellement les yeux que sa balafre n'en finissait plus de se distendre.

— Je dois insister, grommela-t-il en raffermissant la prise de ses doigts autour de son visage. Ne m'accostez plus jamais de dos ou dans les angles morts de ma vision. Ne faites aucun mouvement que je ne puisse voir venir à l'avance, ou alors avertissez-moi à voix haute.

Le projecteur de diapositives poursuivait ses flashs sporadiques. À chaque éclair, Ophélie voyait Thorn sous un nouvel éclairage : ses mouvements de recul, ses pas de côté, son existence recluse, cette distance qu'il maintenait scrupuleusement entre lui et le reste du monde.

— Vous ne maîtrisez plus vos griffes ?

Thorn pinça les narines et amincit les lèvres. Toute sa figure semblait s'être rétrécie d'un coup.

— Je peux les contenir si elles ne vous perçoivent pas comme une menace. Encore faut-il que vous observiez mes consignes et que vous évitiez de déclencher des réflexes défensifs. Vous ne pouvez pas vous permettre d'être étourdie avec moi, c'est aussi simple que ça.

— Mais comment est-ce arrivé ? bredouilla Ophélie. L'inoculation de mon animisme aurait créé une instabilité dans votre pouvoir familial ?

Les sourcils de Thorn frémirent.

— Ça vous met mal à l'aise ?

Ophélie sut alors que cette perte de contrôle était plus humiliante pour lui que son handicap physique. Thorn ne s'était pas délibérément servi de ses griffes contre elle la dernière fois. Il ne s'en était même pas rendu compte.

Elle se promit de ne jamais le lui dire.

— Non, répondit-elle en le regardant droit dans les yeux. Maintenant que je le sais, je serai vigilante.

Thorn la dévisagea avec une intensité presque brutale. Ophélie eut soudain une conscience aiguë, douloureuse, de ce vide qui lui creusait le corps depuis trois ans. Elle se mit à trembler. Elle n'avait pas peur – elle n'avait *plus* peur. C'était une vibration qui provenait des racines mêmes de son être.

La pression des doigts de Thorn dans ses cheveux se fit d'abord plus forte avant de se relâcher brusquement, tandis que ses mains retombaient.

Il se racla la gorge.

— Vous… Ma boîte à outils se situe sous le lit de ma chambre. Pouvez-vous me l'apporter ? Je dois trouver une nouvelle visionneuse de microfilms et me remettre au travail, mais pour ça, grimaça-t-il en essayant de plier l'articulation du genou, je vais avoir besoin de ma jambe.

Ce qu'Ophélie possédait en elle de plus égocentrique s'insurgea.

— Est-ce vraiment si pressé ?

Pour la première fois depuis une éternité, elle surprit sur les lèvres de Thorn ce léger tressautement qu'elle n'avait jamais su interpréter. À sa surprise, il sortit d'une de ses poches la vieille montre à gousset qui ouvrit, puis referma d'elle-même son couvercle pour lui indiquer l'heure.

— En fait, ça l'est. Un peu plus que cela, même. J'ai jusqu'à la fin de la fête d'inauguration pour trouver le livre que m'ont réclamé les Généalogistes. Passé ce délai, si je n'ai rien à leur offrir, ils feront disparaître Sir Henry de la circulation. Pouvez-vous m'apporter ma boîte à outils ? demanda-t-il à nouveau en rangeant sa montre.

Ophélie fixa Thorn avec incrédulité.

— Ils feront disparaître Sir Henry de la circulation, répéta-t-elle d'une voix sourde. Vous êtes Sir Henry.

— Ce n'est qu'une identité que les Généalogistes m'ont créée. Ils peuvent me la reprendre à tout instant et me livrer à Dieu, ou pire encore. Ce qu'ils feront sans la moindre hésitation si je ne leur donne pas ce qu'ils attendent de moi avant l'aube. Ma boîte à outils, je vous prie.

— Vous saviez depuis le début que votre temps était compté et vous ne m'en avez rien dit ?

— Il aurait été contre-productif de vous en parler.

Ophélie ne comprenait pas comment Thorn s'y prenait, mais il avait vraiment l'art et la manière de la mettre sens dessus dessous. Un instant plus tôt elle luttait contre l'envie de se jeter dans ses bras ; à présent, elle luttait contre l'envie de le gifler.

— Mais pourquoi vous être allié à des gens pareils ? Pourquoi mettre toujours ainsi votre vie en danger ?

Alors qu'il essayait de se redresser malaisément contre la bibliothèque, Thorn parut soudain remarquer l'éparpillement de papier, de métal et de verre autour de lui. Il vérifia ses boutons de manchette, puis son col de chemise d'un geste compulsif, comme s'il craignait d'être contaminé par ce désordre.

— Parce que ma vie est la seule chose que je me sens en droit de mettre en jeu. Ma boîte à outils, s'il vous plaît. Et un flacon d'alcool désinfectant tant que vous y êtes.

— Mais pourquoi ? s'impatienta Ophélie. Pourquoi vous infligez-vous ça ? Pourquoi vous obligez-vous sans cesse à défier des forces qui vous dépassent ? Et ne me parlez pas encore de sens du devoir. Vous ne devez rien au monde. Qu'est-ce qu'il a fait pour vous, le monde ?

Le froncement perpétuel des sourcils de Thorn se relâcha d'un coup ; pas assez, toutefois, pour effacer la crevasse en travers de son front.

— Vous croyez que c'est pour le monde que je fais ça ?

La tension qui lui électrifiait le corps s'amplifia aussitôt, contractant ses mâchoires et durcissant ses yeux. Ophélie réalisa alors que ce qu'elle avait toujours pris pour de la détermination était en réalité une véritable rage.

— Dieu a dit qu'il vous garderait à l'œil, murmura-t-il d'une voix suffoquée. *Juste devant moi*. Je fais un mari exécrable mais je n'autorise personne, et surtout pas lui, à harceler ma femme. Il m'est impossible de vous arracher à Dieu, mais je peux l'arracher à vous. Et c'est ce que je vais faire de ce pas, dès que vous vous serez décidée à m'apporter cette maudite boîte à outils. S'il existe un livre qui détient le secret de Dieu et qui permet de mettre une faille dans son invulnérabilité, alors je le trouverai.

Ophélie soutint le regard de Thorn dans un face-à-face obstiné, puis elle se leva et s'en fut chercher la boîte à outils sous le lit de la chambre.

— Réparez votre armature et oubliez vos microfilms, dit-elle en la lui apportant. Je sais où est ce livre.

Le tiroir

Ophélie fendit la foule à contre-courant. Elle avait quitté la première le Secretarium : être vue en public avec Thorn aurait attiré l'attention et il y avait encore trop de monde au Mémorial. Les visiteurs venus pour la cérémonie suivaient les Généalogistes à travers les collections. Leur silence était si respectueux qu'en dépit de leur nombre et de l'immensité des lieux il était possible d'entendre la voix sensuelle du couple depuis l'autre bout de l'atrium. Ils posaient chacun à leur tour des questions extrêmement techniques aux mémorialistes sur le fonctionnement du nouveau catalogue. La fête d'inauguration prenait la tournure d'une véritable inspection.

Ophélie crut apercevoir auprès d'eux le grand haut-de-forme blanc de Lazarus. Elle espérait qu'il resterait là encore une heure ou deux, le temps que Thorn et elle fissent ce qu'ils avaient à faire.

Elle se dirigea vers la sortie en évitant consciencieusement de croiser Blasius, Elizabeth ou Zen qui auraient pu se sentir obligés de lui adresser quelques paroles réconfortantes pour la perte de ses ailes. Elle essaierait de leur dire convenablement au revoir lorsque cette histoire de livre serait enfin finie.

Avant de franchir les portes de l'édifice, elle eut un dernier regard pour les silhouettes dorées qui montaient à présent le transcendium méridional, main dans la main, tels deux astres solaires. Thorn n'avait peut-être pas eu d'autre choix que de s'allier à eux, mais plus Ophélie les observait, plus elle avait la conviction qu'ils étaient dangereux. Leur remettre le livre résoudrait un problème pour en créer un nouveau dans l'avenir.

« Tant pis, songea-t-elle en quittant le Mémorial. Nous aviserons le moment venu. »

Nous. Ce seul mot lui arracha un frémissement inédit au creux du dos. Elle s'assit sur une marche du perron pour attendre Thorn. Elle pouvait encore sentir sur son menton la démangeaison obsédante laissée par sa barbe. Elle leva le nez en aspirant profondément l'air tiède du soir. Les rayons du couchant étincelaient sur le feuillage des mimosas et la constellation des aéronefs. Le ciel orageux avait la consistance fluctuante d'une mixture où se mélangeaient, sans parvenir à fusionner, des couleurs contradictoires. Ophélie était sur le point de se remettre en danger et malgré tout, à cette seconde précise, elle se sentait incroyablement bien.

— Est-ce que nous nous connaissons ?

Elle tourna la tête. Assis sur la même marche qu'elle, à l'autre extrémité de l'escalier, un homme gigantesque la dévisageait avec un sourire troublé. C'était Pollux. Ophélie l'avait confondu avec l'une des statues en bronze. Le crépuscule faisait ressortir la nuit de sa peau et le feu de son regard. Ses mains immenses feuilletaient distraitement les pages charnelles de son propre Livre, comme un quidam aurait parcouru sans conviction un roman trop alambiqué. Il ressemblait davantage à un enfant abandonné qu'à un vénérable patriarche. Cette scène avait quelque chose de surnaturel, alors que des centaines de ses descendants se tenaient de l'autre côté des portes.

— Vous me rappelez quelqu'un, insista Pollux. En général, personne ne me rappelle jamais personne. J'ai toutes les difficultés à me souvenir du nom de ma propre jumelle. Mais vous, dit-il avec une note mélancolique dans sa voix de violoncelle, plus je vous observe, plus vous m'êtes familière. Est-ce que nous nous connaissons ?

— Pas personnellement, répondit Ophélie. Je suis une descendante d'Artémis.

— Artémis, murmura Pollux. Je crois en effet me souvenir d'une autre de mes sœurs qui porte ce nom-là. Est-ce à elle que vous me faites penser ? Je ne sais même plus pourquoi au juste j'ai sorti ceci, dit-il en tournant négligemment une page de son Livre. Je suis si tête en l'air…

Quand Ophélie vint à lui, Pollux contempla la minuscule main gantée qu'elle lui tendait. Son sourire se fit hésitant, presque inquiet, mais il finit par lui remettre docilement son Livre. Cet ouvrage, qui semblait si léger entre les doigts de l'esprit de famille, obligea Ophélie à le tenir de toute la force de ses deux bras. Elle parcourut des yeux l'écriture tatouée sur la peau des feuilles, ce code dont personne au monde, hormis Dieu, ne détenait la clef.

— Là, dit-elle en signalant le liseré à peine visible d'une page déchirée. C'était votre mémoire. C'est elle que vous cherchez. Vous ne la trouvez pas parce que quelqu'un vous l'a arrachée il y a longtemps. Je suis désolée.

Ophélie rendit son Livre à Pollux dont les grands yeux clignaient d'hébétude.

— Est-ce que nous nous connaissons ? redemanda-t-il.

Elle ne lui répondit pas, mais son expression hagarde la remua. D'ici peu, il aurait oublié cette conversation. Peut-être était-ce mieux ainsi. Peut-être était-ce mieux de maintenir les esprits de famille dans l'ignorance de ce qu'ils étaient réellement.

Ophélie fut soulagée de voir Thorn sortir enfin du Mémorial. Il avait boutonné sur sa chemise le prestigieux uniforme de LUX et, à en juger par la canne dont il se servait pour appuyer sa marche, il n'avait pas pu peaufiner les réparations de son armature.

Elle le suivit à distance respectable quand il se rendit sur le quai de l'arche. Ils patientèrent chacun dans leur coin en regardant dans des directions opposées et, une fois à bord du tramoiseaux, ils se choisirent l'un et l'autre une banquette différente. Ces précautions étaient peut-être excessives étant donné le peu de passagers qui voyageaient à cette heure-ci, mais Sir Henry et Eulalie n'étaient publiquement que de simples connaissances.

Ophélie remarqua, avec une contraction de

gorge, la façon dont Thorn se positionnait pour n'avoir personne autour de lui. Il n'y eut pas un frôlement de regard entre eux durant tout le trajet, et pourtant jamais elle ne s'était sentie aussi proche de lui. Il se tenait comme à son habitude, raide et impassible, mais Ophélie devinait sa nervosité chaque fois que son index tapotait le pommeau chromé de sa canne.

Elle aurait voulu s'asseoir à côté de lui, le rassurer, lui dire qu'elle savait exactement ce qu'elle faisait même si ce n'était pas tout à fait vrai. Elle connaissait peut-être l'emplacement du livre, elle ignorait toujours ce qu'il contenait.

Alors que le tramoiseaux manœuvrait pour atterrir sur les rails du terminus, secoué par une bourrasque et cliquetant de tous ses wagons, Ophélie la ressentit à nouveau : l'impression tenace d'être épiée. C'était même beaucoup plus fort qu'une impression. Ses oreilles se mirent à battre à grands coups sonores. Une coulée glaciale lui dévala le dos. Elle se tourna sur sa banquette pour passer en revue les derniers passagers. Quand elle était au Pôle, Ophélie avait déjà été prise en filature par un Invisible. Cette sensation-là n'avait rien de comparable. Il lui semblait que c'était la Terreur elle-même qui, à force de la talonner, s'était fondue dans son ombre. L'assassin qui avait épouvanté Miss Silence, le professeur Wolf, Mediana et le Sans-Peur était-il là, avec eux, dans l'un des wagons ? Ophélie avait la certitude de le connaître personnellement sans être capable de mettre le doigt sur son identité.

Elle ne fut pas fâchée de débarquer.

Elle suivit le claquement métallique de la canne de Thorn sur le quai, évitant comme lui le halo des lampadaires. La nuit était tout à fait tombée. Ils n'étaient plus l'un et l'autre que des silhouettes noires sur fond d'encre. Les ténèbres donnaient du relief au parfum résineux et au bruissement des aiguilles des pins parasols autour d'eux.

— À partir d'ici, nous marcherons, annonça Thorn à voix basse. Nous devons éviter les patrouilles de contrôle. Vous n'êtes plus supposée porter l'uniforme des virtuoses et ces gens ne badinent pas avec le code vestimentaire.

Ophélie acquiesça. Elle avait récupéré ses faux papiers avant de quitter la Bonne Famille, mais elle y avait laissé sa toge civile.

— Je ne suis allée qu'une seule fois chez Lazarus. Je ne suis pas certaine de me souvenir du chemin.

— Moi si, dit Thorn. J'ai mémorisé les plans de toute la cité dès mon arrivée à Babel. Cette adresse n'est pas la porte à côté, ne perdons pas une seconde.

Ils traversèrent une succession de chantiers mal éclairés sans croiser autre chose que des opossums. La cité était aussi déserte le soir qu'elle était animée le jour : les Babéliens possédaient tous une vertu d'enfants sages. Ophélie se retourna plusieurs fois pour vérifier qu'ils n'étaient pas suivis, mais l'anxiété qui l'avait saisie à bord du tramoiseaux avait disparu.

— Êtes-vous contrarié ? demanda-t-elle.

Elle ne voyait pas bien Thorn dans la pénombre du quartier qu'ils étaient maintenant en train de remonter, mais il y avait quelque chose dans son silence dur et ses coups de canne implacables qui était un peu plus que de l'impatience. Ophélie avait beau posséder des jambes valides, elle éprouvait des difficultés à soutenir la cadence qu'il leur imposait. Il lui paraissait à peine croyable que cet homme, qu'elle perdait de vue à chaque coin de rue, l'eût embrassée deux heures plus tôt.

— Je réfléchis, marmonna Thorn sans ralentir l'allure.

— Vous avez cherché tout ce temps un livre que j'ai chapardé. Vous avez le droit d'être exaspéré.

Deux étincelles dans la nuit indiquèrent à Ophélie que Thorn venait de faire pivoter son regard vers elle.

— Si vous ne l'aviez pas fait sortir du Mémorial, Miss Silence l'aurait détruit et, avec lui, mon unique chance de survie. Ce qui me chiffonne dans votre histoire est de nature strictement mathématique.

— Mathématique ?

— Il m'a fallu plus de deux ans pour mettre en place des groupes de lecture qualifiés afin de passer au crible toutes les collections. Le premier ouvrage que vous prenez par inadvertance est le bon. Votre propension à malmener les statistiques est effrayante.

Ophélie fronça les sourcils. Elle se remémora ce fameux jour où elle avait découvert le Mémorial avec Ambroise. Elle se revit en train de renverser, puis ramasser les livres de E. D. du chariot de Blasius. Il lui semblait qu'elle pouvait presque – presque – se rappeler cet instant fugace où elle avait glissé *L'Ère des miracles* à l'intérieur de son sac de voyage. Était-ce pour cette raison que Miss Silence avait tant insisté pour le fouiller ? Ses oreilles avaient-elles reconnu le son caractéristique du livre à l'intérieur ?

— Ce n'était pas vraiment de l'inadvertance.

Elle s'agenouilla sur le trottoir pour renouer un lacet qui ne cessait de la faire trébucher.

— Je veux dire : une part de moi n'a pas choisi ce livre par hasard. Une part de moi l'a reconnu. Une part de moi a voulu se l'approprier.

— Votre autre mémoire, commenta Thorn.

— J'essaie vraiment de comprendre d'où elle me vient et ce qu'elle veut me dire. J'aurais aimé qu'elle prenne au moins la peine de m'expliquer ce que ce livre pour enfants connaît de Dieu. Mais ça, conclut-elle en doublant le nœud de son lacet, nous allons le découvrir très bientôt par nous-mêmes.

L'acuité perçante avec laquelle Thorn la dévisagea lui fit perdre contenance. Au-dessus d'eux, des lampions ballottés par le vent diffusaient une lumière frissonnante.

— Quand cette affaire sera réglée, il faudra que nous parlions vous et moi.

— Que nous parlions de quoi ?

— Quand cette affaire sera réglée, répéta simplement Thorn.

Il désigna, de l'embout ferré de sa canne, les colonnes d'un portique de l'autre côté de la place où ils venaient de déboucher. Ophélie reconnut les bassins de nénuphars qui reflétaient les étoiles autour d'un domaine. Ils étaient arrivés.

— J'espère qu'Ambroise sera chez son père, chuchota-t-elle tandis qu'ils longeaient les colonnes. C'est à lui que j'avais confié mon sac, il me le rendra sans faire d'histoires si je le lui demande.

Elle s'abstint de mentionner le brusque changement d'attitude de l'adolescent après son admission à la Bonne Famille. Il n'avait même pas daigné se retourner la dernière fois qu'elle l'avait vu sur le quai du tramoiseaux, ignorant délibérément ses appels.

Quand Thorn martela l'une des portes d'entrée du pommeau de sa canne, un automate vint ouvrir.

— Ambroise est-il là ? demanda Ophélie.

— À CŒUR VAILLANT RIEN D'IMPOSSIBLE.

Thorn entra d'un pas pressé.

— Nous nous débrouillerons.

Ophélie promena les yeux sur l'atrium où les appareils modernes se fondaient dans l'architecture antique. Les lampes attiraient des essaims de papillons de nuit. Il n'y avait là que des statues et le portrait de Lazarus, pétillant de malice sous ses bésicles roses.

— Ambroise ?

Ophélie traversa la vaste enfilade de salles dont le marbre propagea en écho chacun de ses pas. Revenir, après tous ces mois, dans la première maison à l'avoir accueillie sur Babel lui procurait un sentiment indéfinissable.

Thorn l'accompagnait d'une démarche raide, s'arc-boutant de plus en plus sur sa canne.

— Je les trouve perturbants, grommela-t-il.

Tous les automates de la demeure s'étaient

rassemblés pour les suivre à distance. Ils semblaient indécis sur la conduite à observer envers ces visiteurs qui s'invitaient ainsi chez leurs maîtres. Leur comportement n'avait rien d'hostile, mais il n'était pas très confortable de sentir derrière soi une telle réunion de mannequins sans visage.

— Ambroise ? appela encore Ophélie en entrant dans une autre salle.

Thorn lui fit signe de prêter l'oreille. Un bruit émanait du fond de la demeure. Ça ne ressemblait pas vraiment au fauteuil roulant d'Ambroise ; Ophélie aurait plutôt cru aux trépidations d'un lave-linge.

Plus ils s'avançaient dans la demeure, suivis par le cortège silencieux des automates, plus le bruit gagnait en force.

Ophélie reconnut le sol en damier et les belles armoires basses de la garde-robe d'Ambroise. C'était ici même qu'il lui avait fait cadeau d'une toge de sans-pouvoirs. À sa vive surprise, le bruit était dû non pas à un lave-linge mécanique, mais à un tiroir. Il était agité de violentes secousses, comme s'il cherchait à s'échapper de sa commode.

— C'est peut-être mon sac, murmura Ophélie d'un ton hésitant. Je ne l'ai pas eu longtemps en ma possession, mais je peux l'avoir animé sans m'en apercevoir.

— Une seule façon de s'en assurer.

Thorn sortit un mouchoir pour saisir le bouton du tiroir, à croire que les microbes étaient une forme de vie plus redoutable que tout ce que ce meuble pouvait potentiellement contenir. Ophélie sursauta lorsqu'une forme bondit hors du tiroir et s'enroula autour du bras de Thorn. Sa première pensée, complètement affolée, fut qu'il s'agissait d'un énorme serpent. Sa seconde pensée, parfaitement incrédule, fut que le serpent était en laine.

Thorn n'eut pas un mouvement de recul. La main encore agrippée au bouton du tiroir, il étudia d'un regard circonspect la créature qui étranglait son bras dans ses anneaux tricolores.

— Ce n'est assurément pas votre sac. C'est votre écharpe.

— Je l'avais perdue.

Les mots étaient tombés des lèvres d'Ophélie comme des pierres. Elle contempla l'écharpe qui s'était accrochée à Thorn. C'était bien celle qu'elle avait tricotée maille après maille, celle qu'elle avait animée jour après jour, et pourtant elle ne parvenait pas à admettre la tangibilité de sa présence ici, juste devant elle.

— Je l'avais perdue, dit-elle encore.

Elle tendit prudemment la main. L'écharpe se débobina aussitôt du bras de Thorn pour sinuer autour du sien et s'enrouler à son cou avec une possessivité boudeuse. Ce ne fut qu'en sentant ce poids familier qu'Ophélie prit conscience que, non, l'écharpe ne vagabondait pas dans les caniveaux de la ville et que, oui, elles s'étaient enfin retrouvées. La culpabilité qui lui brûlait le ventre depuis des mois remonta dans sa bouche sous forme d'un goût de sel. Elle enfouit son nez dans le tricot.

— Je l'avais perdue, répéta-t-elle d'une voix étouffée.

Sa joie se troubla aussitôt. Comment Ambroise était-il entré en possession de son écharpe ? Et pourquoi l'avait-il cachée dans sa garde-robe ? N'aurait-il pas pu la lui restituer ? Lui envoyer un télégramme, au moins, pour la rassurer ? Plus Ophélie essayait de le comprendre, moins elle y parvenait. Cette confiance qu'elle lui avait si vite accordée, la peine qu'elle avait éprouvée lorsqu'il s'était mis à l'éviter, tout cela commençait à s'effriter à l'intérieur de sa poitrine.

Thorn l'observa avec sévérité, puis il finit par dire tout haut ce qu'elle ne voulait pas formuler :

— Cet Ambroise, êtes-vous certaine qu'il s'agit bien d'un ami ?

— Vous devriez partir.

Thorn et Ophélie se retournèrent. Une chaise roulante, entourée par un bataillon d'automates, se découpait dans l'encadrement de la porte. Ambroise s'approcha avec un ronronnement mécanique. Le jeu d'ombre et de lumière qui régnait dans la garde-robe accentua l'étrangeté de son corps à la symétrie inversée, la blancheur éclatante de ses habits et l'obscurité veloutée de son visage.

Ses mains à l'envers serraient convulsivement les accoudoirs du fauteuil.

— Partez.

Ophélie déglutit avec difficulté. Ce n'était pas un ordre. C'était une supplication qu'Ambroise lui adressait à elle, et à elle uniquement. Sa voix s'était faite si implorante qu'elle ne sut plus du tout ce qu'elle était supposée ressentir.

Elle tira sur l'écharpe pour dégager sa bouche.

— Je suis venue chercher mon sac. Mais que vous est-il arrivé ? Je ne vous reconnais plus.

Ambroise écarquilla ses yeux d'antilope. Le jour où ils s'étaient rencontrés, il n'avait cessé de manifester envers Ophélie une curiosité bienveillante. À présent, il la considérait comme si elle était la chose la plus improbable qu'il avait jamais vue.

— Il m'arrive que vous n'êtes pas celle que vous prétendez.

Le cœur d'Ophélie manqua un battement. Comment avait-il percé à jour son imposture ? Était-ce l'écharpe qui, d'une façon ou d'une autre, l'avait trahie ?

La gêne devait se lire sur son visage, car Ambroise parut en proie à une profonde déception.

— Alors, je ne m'étais pas trompé. Dès le premier instant, j'ai perçu chez vous... Mais je ne pensais quand même pas... (Il se tut, inspira lentement, puis réitéra avec une infinie douceur :) Vous devez partir, *miss*. *Please*.

— Sinon quoi ?

Thorn avait articulé cette question sans se départir de son calme, mais son regard était aussi polaire que son accent. Ophélie se crispa. S'il ne s'exprimait plus en tant que Sir Henry, c'était qu'une ligne venait d'être franchie. Il flottait dans la garde-robe une méfiance généralisée qui rendait la chaleur des lieux plus suffocante encore.

— Sinon ça se terminera très mal, répondit Ambroise.

Ses traits délicats se contractèrent douloureusement tandis qu'il suppliait Ophélie des yeux.

— De toute façon, ajouta-t-il dans un murmure

tendu, ça ne pourra que très mal se terminer. Après tout, *miss*, vous êtes celle qui provoquera l'effondrement des arches.

Les lunettes d'Ophélie verdirent sur son nez. La dernière personne à lui avoir adressé ces paroles, c'était…

Thorn fit entendre un reniflement excédé.

— Je vais nous faire économiser du temps. Vous êtes au service de Dieu, n'est-ce pas ?

À peine eut-il prononcé cette dernière phrase que tous les automates, qui s'étaient jusque-là tenus les bras ballants derrière la chaise roulante, se mirent en marche. Dans une lente procession, ils investirent la garde-robe en contournant Thorn, Ambroise et Ophélie, puis ils se tinrent par les mains comme l'auraient fait des enfants – de grands enfants sans bouche, sans nez et sans yeux – pour former une ronde autour d'eux. Dès l'instant où le cercle fut refermé, il y eut un jaillissement d'acier qui arracha un frisson d'écharpe à Ophélie. Des dizaines, des centaines de lames acérées venaient de transpercer les habits des mannequins. Le peu d'humanité qu'ils possédaient avait disparu : ils n'étaient plus désormais qu'une barrière infranchissable d'épines. Un piège.

Ambroise s'accouda gauchement à son fauteuil.

— C'est vraiment regrettable, soupira-t-il. Vous n'auriez pas dû dire ça.

— Rappelez-les, ordonna Thorn.

Ophélie lui décocha un coup d'œil inquiet. Il n'avait ni haussé la voix ni esquissé un geste, mais ses doigts se recroquevillaient autour du pommeau de sa canne à s'en faire blêmir les jointures.

Ses griffes se sentaient menacées et il prenait sur lui pour les contenir. La garde-robe n'était pas suffisamment spacieuse pour lui permettre de s'éloigner d'Ophélie et d'Ambroise sans s'embrocher sur les lames des automates.

— Ambroise, s'il vous plaît, intervint Ophélie. Je sais que vous ne voulez pas nous faire de mal. Rappelez vos domestiques et rendez-moi mon sac.

L'adolescent secoua la tête avec une expression malheureuse.

— Je ne peux pas, *miss*.

Ophélie sentit son épiderme se hérisser comme si la foudre s'apprêtait à s'abattre. Thorn semblait contracter chaque muscle de son corps pour empêcher le pouvoir des Dragons de déborder. Ses griffes ne feraient rien aux automates, mais elles pouvaient la découper, ainsi qu'Ambroise, comme du papier.

— Rappelez-les, insista Ophélie en s'enfonçant de tout son regard dans le visage désespéré d'Ambroise.

— Il ne peut pas.

La voix qui venait de chantonner ces quatre mots se propagea à travers les colonnades de la demeure. Elle était légère comme un batifolage de papillon.

La voix de Lazarus.

— Moi, oui. Rompez, *boys* !

À l'instant où ce commandement fut prononcé, les automates ravalèrent leurs lames dans un froissement métallique, brisèrent le cercle et se retirèrent d'un pas placide.

Lazarus se dressait sur le seuil. Il ôta son immense haut-de-forme et provoqua un déluge argenté de cheveux lorsqu'il s'inclina.

— Mr et Mrs Thorn, je suis enchanté de vous accueillir chez moi ! Si vous m'aviez attendu au Mémorial, je vous aurais volontiers proposé de vous prendre à bord de mon aéronef. Veuillez me suivre au salon, suggéra-t-il en recoiffant son chapeau avec une gestuelle théâtrale, nous allons avoir une causerie des plus intéressantes !

Le nom

La cuillère de Lazarus tintait musicalement dans sa tasse de porcelaine pour venir à bout du sixième sucre qu'il avait englouti au fond de son thé. Sa langue pointait entre ses dents en une lippe d'écolier appliqué. Les manières du vieil homme le rendaient drôle malgré lui.

Il n'inspirait à Ophélie aucune envie de rire.

Posée tout au bord du sofa, l'écharpe jalousement blottie entre ses bras, elle ne touchait ni au thé ni aux macarons que lui servait Walter, le majordome mécanique. Elle pouvait sentir sur elle l'attention désemparée d'Ambroise qui n'avait pas descellé les lèvres depuis que son père était rentré. Elle consulta Thorn du coin des lunettes pour savoir quelle tactique adopter. Il se tenait très raide parmi la débauche de coussins du sofa, serrant le pommeau de sa canne qu'il avait plantée entre ses jambes comme une épée, sans quitter Lazarus du regard. Il avait repris le contrôle de ses griffes, mais elles restaient à l'affût, à fleur de nerfs, prêtes à jaillir au premier faux pas. Le seul fait pour Ophélie de se tenir assise près de lui empêchait sa migraine de se dissiper complètement. Lorsque Thorn se vit remettre à son tour une tasse de thé par Walter, il en déversa aussitôt le contenu dans le pot d'un ficus.

— Allons, allons, je n'intoxiquerai jamais mes invités sous mon toit ! affirma Lazarus d'un ton amusé. Je ne peux déjà pas écraser un moustique sans me sentir horriblement coupable.

Le silence retomba, épais comme du goudron. Ambroise observait Ophélie qui observait Thorn qui observait Lazarus.

— *Well !* s'exclama ce dernier en faisant tinter sa tasse contre sa soucoupe. Je vais jouer cartes sur table. Oui, je connais vous-savez-qui et oui, je travaille pour lui depuis assez longtemps. J'étais un jeune aspirant virtuose lorsque je l'ai rencontré pour la première fois. *In fact*, pour être correct, c'est lui qui est venu me recruter. Ce fut une expérience... comment la qualifierais-je ? (Du petit doigt, Lazarus remonta ses bésicles roses sur l'arête de son nez, tandis qu'il cherchait le mot juste.) Déroutante. Un peu comme si je venais de me découvrir soudain un frère jumeau. Vous-savez-qui s'est présenté à moi avec mon propre visage, ma propre voix, mon propre uniforme – celui-là même que vous portez aujourd'hui, jeune *lady*, précisa-t-il avec un clin d'œil de connivence pour Ophélie. Il m'a gracieusement offert des moyens considérables pour me permettre de réaliser mes rêves d'exploration du monde. Il ne m'a demandé qu'une seule, une insignifiante contrepartie... *Blast !*

Walter lui avait resservi du thé jusqu'à faire

déborder sa tasse et répandre un liquide bouillant sur son beau pantalon blanc.

— Quelle contrepartie ? le relança Ophélie.

Oubliant la brûlure du thé, Lazarus se fendit d'un ample sourire tout en se penchant exagérément sur son pouf. Ses yeux, ses verres, ses dents et le bout doré de son nez scintillèrent dans le clair-obscur de la pièce. Ce vieil homme possédait une vitalité de jeune homme. Ambroise, grave et immobile dans sa chaise roulante, paraissait le plus âgé des deux. Pour un père et son fils, ils ne se ressemblaient pas tellement.

— Une contrepartie *extremely* simple, confia Lazarus avec, dans la voix, une vibration passionnée. Je devais regarder.

— Regarder quoi ?

— Ce que je jugerais digne d'intérêt, jeune *lady* ! Et comme je juge absolument tout digne d'intérêt, j'ai passé chaque seconde du reste de ma vie à regarder pour Di… pour vous-savez-qui.

Emporté par son enthousiasme, Lazarus s'était rattrapé de justesse. Il distribua des regards autour de lui afin de s'assurer que les automates, qui époussetaient les recoins du salon, n'avaient pas commencé à reformer leur cercle de lames.

Lazarus sortit alors triomphalement un calepin de sa redingote qu'il agita comme une baguette de prestidigitateur.

— J'ai pris des notes de voyage ! Tellement de notes qu'elles pourraient rivaliser avec les kilomètres que j'ai parcourus au fil de mes explorations.

En d'autres termes, songea Ophélie en caressant

son écharpe pour se forcer au calme, cet homme était le pion de Dieu. La situation se présentait assez mal. Elle eut un coup d'œil furtif pour la grande baie vitrée que les lampes du salon avaient transformée en glace. Elle les réfléchissait tous les quatre, cinq en incluant la silhouette sans visage de Walter. Si Dieu n'avait pas de reflet, il était au moins réconfortant de constater que ni Ambroise ni Lazarus n'étaient des imposteurs en ce moment.

— Il y a de ça une poignée d'années, vous-savez-qui est revenu me voir, poursuivit Lazarus après avoir bruyamment siroté une gorgée de son thé. Il m'a confié une nouvelle mission et de nouveaux moyens pour la mettre en œuvre. Une mission *extremely* délicate. Trouver l'introuvable Arc-en-Terre ! Ou, faute de mieux, trouver un Arcadien. Le seul que j'aie bien failli rencontrer, soupira-t-il d'un air de regret, c'est cette pauvre Miss Hildegarde. Elle a, semble-t-il, disparu dans de très troubles circonstances.

— Elle s'est désintégrée.

Ophélie leva les lunettes vers Thorn qui venait de prononcer ces paroles. Son profil en lame de rasoir ne laissait rien transparaître, mais dans la pause qui s'ensuivit flottait comme une accusation. *Elle s'est désintégrée à cause de vous, parce que vous la harceliez, parce que Dieu convoitait son pouvoir familial et parce qu'elle a préféré se sacrifier plutôt que de le rendre plus nocif qu'il ne l'est déjà.*

De ses doigts gantés de blanc, Lazarus massa son menton imberbe.

— Une bien triste sortie de scène pour une si brillante architecte. Je n'arrive toujours pas à comprendre comment la situation a pu prendre une telle tournure... Si au moins j'avais réussi à la voir, à lui parler, j'aurais été certainement capable de la convaincre du bien-fondé de notre entreprise. Voyez-vous, s'extasia Lazarus en joignant ses mains dans une attitude de prière, vous-savez-qui est bien davantage que le père créateur des esprits de famille et de la nouvelle humanité. Il ne cherche ni la gloire ni la reconnaissance. Il n'aspire qu'à une seule chose : devenir l'incarnation de chacun d'entre vous. Même moi qui ne suis qu'un sans-pouvoirs, j'ai été touché jusqu'à l'âme par la beauté de son œuvre, par la grandeur de sa cause ! Ma naissance fait que je n'appartiendrai jamais, hélas, à sa belle et grande famille, mais j'emploierai toute mon énergie à rendre ce monde – son monde – plus *perfect* encore ! Et tant pis si les Lords de LUX ne me jugent pas digne d'intégrer leurs rangs. Du moment qu'ils s'estiment satisfaits de mes automates et qu'ils m'aident à lutter contre la domestication de l'homme par l'homme, je suis un citoyen comblé !

Lazarus s'exprimait comme si chaque mot pétillait sur sa langue. Ophélie fut frappée à la fois par sa sincérité et par sa crédulité. Pour sa part, une seule rencontre avec Dieu lui avait suffi pour n'avoir jamais l'intention de se mettre à son service. Elle examina Ambroise à la dérobée afin de vérifier s'il était aussi endoctriné que Lazarus, mais l'adolescent contemplait la surface ambrée de son thé avec une infinie mélancolie. La présence de son père semblait le priver de la sienne.

— Puisque nous en sommes à LUX, ajouta

alors Lazarus en adressant à l'uniforme doré de Thorn un regard plein d'éloquence, comment diantre avez-vous fait pour devenir l'un des leurs ? La dernière fois que j'ai entendu parler de vous, vous étiez un intendant en disgrâce du Pôle et vous voilà aujourd'hui Lord de Babel !

Thorn haussa les épaules.

— Je suis missionné par les Généalogistes. Adressez-leur vos questions.

Ophélie admirait l'aisance avec laquelle il dissimulait sa nervosité. Il n'aurait pas été très stratégique de laisser entendre qu'il s'était allié avec les Généalogistes en vue de contrecarrer Dieu après tout ce que venait de leur apprendre Lazarus.

— *By Jove*, je m'en garderai bien ! s'esclaffa ce dernier en briquant ses bésicles sur sa redingote. Mon degré d'initiation est loin d'être le leur. Les Généalogistes n'ont pas le droit de me révéler ce qu'ils savent et il en est de même pour moi. Sans vouloir vous offenser, Mr Thorn, Sir Henry ou quel que soit votre nom, je me sens de toute façon surtout concerné par le sort de votre compagne.

Ophélie crispa ses mains dans son écharpe dont un pan fouetta l'air comme la queue ébouriffée d'un chat. Lazarus remit ses bésicles avec de grandes gesticulations dramatiques pour darder son regard rose sur elle. Un seul mot de lui et tous les automates de la maison, de la cité peut-être même, se transformeraient en une prison d'épines. Ou pire encore. Sa migraine amplifiant, Ophélie comprit que les griffes de Thorn étaient prêtes à passer à l'offensive si la situation l'exigeait.

— Et en quoi mon sort vous concerne-t-il ? demanda-t-elle.

Lazarus se pencha tellement qu'il se cogna les genoux contre le plateau en cuivre de la table à thé.

— À votre avis, jeune *lady*, pourquoi vous-savez-qui m'a-t-il chargé du jour au lendemain de trouver des Arcadiens ? Pourquoi a-t-il urgemment besoin de posséder aujourd'hui leur maîtrise de l'espace ? N'y voyez pas un reproche de ma part, mais c'est à cause de vous. Parce que vous avez brisé le fragile équilibre de notre monde, articula-t-il avec un sourire indulgent. Et vous-savez-qui fera tout ce qui est en son pouvoir pour le rétabl…

— Ne la dénoncez pas.

Toutes les têtes, y compris le visage vide de Walter, pivotèrent vers Ambroise. Il s'était exprimé dans un murmure impulsif, à peine audible. Il rentrait tellement le menton que son turban menaçait de lui tomber sur les genoux et sa main frémissait autour de la tasse qu'il n'avait pas touchée. À en juger par ses yeux grands ouverts, il était le premier choqué d'avoir coupé la parole à son père.

— Ne la dénoncez pas, répéta-t-il néanmoins. Elle… elle m'a prêté assistance. Je me suis fait la promesse de l'aider en retour.

Ophélie eut l'impression qu'un poids s'était décroché de sa poitrine pour échouer au fond de son ventre. Elle lui avait prêté assistance, elle ? Ambroise faisait-il allusion à la fois où elle avait dégagé sa chaise roulante des pavés ?

— Mon écharpe. Vous l'avez cherchée exprès ?

Ambroise acquiesça sans détacher le regard de sa tasse.

— Elle avait l'air d'être très importante pour vous, *miss*. Pendant votre période d'essai à la Bonne Famille, j'ai interrogé les contrôleurs de tramways. J'ai dû insister un peu. J'ai fini par apprendre que votre écharpe avait été déposée au service des objets trouvés. Je suppose qu'elle était affolée de vous avoir perdue ; son caractère... *well*... peu coopératif avait incité le préposé à la placer sous scellés. Il fallait régler une amende pour la récupérer. Je voulais vous la rendre, je vous l'assure, tout comme votre sac d'ailleurs.

Ambroise releva enfin les yeux vers Ophélie, puis il les fit doucement glisser sur son père.

— Il y a eu un imprévu. J'ai préféré cacher vos affaires en attendant de trouver une solution.

— *By Jove* ! s'écria Lazarus avec un grand sourire perplexe. C'est moi l'imprévu, Ambroise ? C'est mon retour à la maison qui... ? Je voyais bien que tu n'étais pas dans ton assiette ces derniers mois, mais si je m'étais douté ! Pourquoi ne pas m'avoir simplement expliqué... Attends une minute, enchaîna-t-il brusquement en dévisageant tour à tour Ambroise et Ophélie avec une expression de plus en plus stupéfaite. Cette jeune *lady*, qui crois-tu qu'elle soit, *exactly* ?

Ophélie haussa les sourcils et Thorn fronça davantage les siens. Il y eut de longues secondes muettes au cours desquelles un vent nocturne souleva toutes les moustiquaires des fenêtres, charriant avec lui le chant des grenouilles et la forte odeur des bassins de nénuphars.

— Celle qui provoquera l'effondrement des arches, souffla finalement Ambroise dans un filet de voix. Cet « Autre » dont vous m'avez si souvent parlé, père.

D'un mouvement spectaculaire, Lazarus s'appuya des deux mains sur la table à thé, renversant épices, pot de crème et sucrier. Il se mit à loucher sur Ophélie par-dessus ses bésicles, avec une intense curiosité, comme s'il voulait la voir autrement qu'en rose.

— Alors ça, dit-il, c'est fichtrement intéressant !

— Je ne suis pas l'Autre, protesta Ophélie.

— Elle n'est pas l'Autre, maugréa Thorn.

— Vous n'êtes pas l'Autre ? s'étonna Ambroise.

— Elle ne l'est pas, *indeed*, affirma Lazarus avec une inébranlable conviction. Mais elle est celle qui l'a libéré. Elle en porte la trace indélébile et je suis consterné de ne pas l'avoir remarqué par moi-même, dit-il en ponctuant chaque syllabe d'une claque réjouie sur le cuivre de la table. Vous êtes vous aussi une inversée !

Il détailla Ophélie de la tête aux pieds comme s'il s'agissait d'une découverte archéologique majeure. Elle se demandait si elle devait se sentir flattée ou insultée. Thorn appuya l'embout ferré de sa canne contre le torse de Lazarus, dont les élans fougueux mettaient ses griffes à rude épreuve, pour l'inciter à reprendre ses distances. Celui-ci se rassit docilement sur son pouf sans cesser de dévorer Ophélie des yeux.

— J'en suis un moi-même ! lui annonça-t-il fièrement. Avez-vous jamais entendu parler du *situs transversus*, jeune *lady* ? C'est l'appellation que les médecins donnent aux anatomies comme la mienne. Ce n'est certes pas aussi flagrant que dans le cas de mon fils, dit-il en tapotant la main malformée d'Ambroise sur l'accoudoir de sa chaise roulante, mais si vous pouviez voir à travers mon corps, vous constateriez que tous mes organes internes sont à l'envers. Mon cœur se trouve à droite, mon foie à gauche et ainsi de suite. Je suis né ainsi. En libérant l'Autre du miroir, votre symétrie s'est elle-même inversée d'une certaine façon, *isn't it* ?

Ophélie opina prudemment. Thorn sortit sa montre à gousset qui commençait à s'agiter et qui ouvrit impatiemment son couvercle pour leur rappeler l'heure. Tout cela était bien joli, mais ça ne leur disait toujours pas où était le sac. Bientôt la cérémonie s'achèverait au Mémorial et les Généalogistes attendaient le livre qui ferait d'eux les égaux de Dieu.

— Nous sommes pareils ! s'enflamma Lazarus avec fougue. Vous, moi, mon fils, nous sommes des semblables ! Cette particularité que nous possédons nous rend tous les trois *extremely* réceptifs à... à certaines choses. Je ne suis pas surpris que vous soyez devenue une si excellente *liseuse*. Ambroise dispose d'une sensibilité sensationnelle et j'ai, sans vouloir me vanter, des intuitions qui font de moi un authentique visionnaire. Saviez-vous que les gauchers étaient autrefois persécutés ? demanda-t-il à brûle-pourpoint. On les appelait les « sinistres » à cause de cette perception qu'ils avaient – que nous avons – de l'univers qui nous entoure ! Fort heureusement, on ne les persécute plus aujourd'hui. Vous seriez même étonnée d'apprendre, jeune *lady*, que nous avons ici, à Babel, une institution qui s'intéresse spécialement aux cas comme les nôtres.

— L'observatoire des Déviations, dit Ophélie avec un choc dans la poitrine.

— Oh, vous connaissez déjà ?

— J'y suis allée une fois. Ils ont même un dossier sur moi. Enfin, sur Eulalie. Ils me jugent intéressante.

— *Of course !* Vous êtes intéressante !

Lazarus s'exprimait avec une telle flamme que ses longs cheveux d'argent se dépeignaient à vue d'œil. Il regardait Ophélie comme s'il luttait contre le besoin irrésistible de danser avec elle.

— Où cette digression nous conduit-elle exactement ? demanda Thorn dont la montre fit claquer son couvercle dans un rappel autoritaire.

— Ça n'a rien d'une digression. *In fact,* nous sommes en plein dans le nœud de notre « problème », dit Lazarus en mimant les guillemets de ses doigts. Après tout, je suis certain que vous voudriez savoir si je vais, oui ou non, parler de vous deux à Dieu. Ma loyauté envers lui me pousserait à lui envoyer un télégramme sur-le-champ, mais je commence à croire que ce ne sera peut-être pas nécessaire.

— Euh... père ? l'interrompit timidement Ambroise.

Lazarus ne s'en était pas rendu compte, mais au nom de « Dieu », tous les automates de la pièce avaient laissé tomber leurs plumeaux pour se diriger vers eux.

— *Blast !* pesta Lazarus. Reprenez vos occupations, vous autres ! Ce n'est pas ma meilleure invention, admit-il d'un soupir excédé pendant que chacun regagnait sa place. C'est la seule solution que j'ai trouvée pour que certains secrets ne sortent pas de chez moi. Comme je vous disais, reprit-il en étirant aussitôt son sourire, je ne suis pas impérativement obligé de vous livrer à vous-savez-qui. Sa plus grande priorité, qui est par conséquent la mienne, est de retrouver l'Autre. Or, jeune *lady*, vous êtes liée à cet Autre et vous serez amenée tôt ou tard à recroiser sa route. Je suis personnellement convaincu que vous aurez plus de chances d'y parvenir à temps s'il n'y a personne pour vous tenir en laisse.

Ophélie plongea son regard dans les replis laineux de son écharpe pour dissimuler la colère qui lui obscurcissait les lunettes. Lazarus lui parlait de sa destinée commune avec l'Autre et de l'effondrement du monde comme s'il s'agissait de faits indubitables. À sa connaissance, aucune arche n'était portée disparue. Ophélie se souvenait à peine de cette nuit où elle avait libéré la créature du miroir, elle en arrivait parfois même à penser qu'elle l'avait rêvée. Ce vieux fou était en train de leur faire perdre un temps inestimable pour ce qui n'était peut-être que des divagations !

Un vieux fou qui commandait une armée d'automates.

Lorsque Ophélie releva la tête vers Lazarus, ses lunettes avaient retrouvé toute leur transparence.

— C'est entendu, promit-elle en ignorant de son mieux la contraction de Thorn à côté d'elle. Nous vous aiderons à retrouver l'Autre, à condition que vous nous laissiez libres de nos initiatives. À présent, ayez l'obligeance de me rendre mon sac et de nous prêter votre aéronef.

Lazarus partit dans un tel éclat de rire que son immense haut-de-forme tomba à la renverse.

— *Wonderful !* Vous pouvez compter sur ma totale coopération. Ambroise, veux-tu chercher ce que cette jeune *lady* te réclame ? Walter ! ordonna-t-il à son majordome en détendant lui-même ses jambes comme deux ressorts. Allons préparer le lazaroptère pour nos nouveaux associés !

Ophélie dut admettre, en les voyant soudain quitter le salon, qu'elle s'était préparée à de plus âpres négociations. Si Lazarus la croyait sur parole sans exiger d'elle aucune garantie, alors il était aussi naïf qu'il y paraissait.

À l'instant où ils furent seuls, Thorn s'affaissa contre le dossier du sofa, comme si sa longue colonne vertébrale refusait de le soutenir une seconde de plus. Lorsqu'il décrocha un à un les doigts de sa canne, Ophélie vit que la forme du pommeau s'était imprimée dans sa chair. Il fit une grimace quand il essaya de déplier sa jambe de quelques centimètres, déclenchant par la même occasion un tumulte d'acier et la chute d'un boulon.

— Vous avez mal ? s'inquiéta Ophélie.

— Je ne vous ai pas épargné les Généalogistes pour que vous pactisiez avec Lazarus.

— Il n'a l'air ni très redoutable ni très informé. Il ne sait même pas ce que nous sommes réellement venus chercher chez lui.

En prononçant ces mots, Ophélie ne se sentit pourtant pas aussi soulagée qu'elle aurait voulu l'être. Pendant un moment, elle avait presque cru que Lazarus était celui qui s'en était pris au professeur Wolf, à Miss Silence, à Mediana et au Sans-Peur. S'il n'avait rien à voir avec cette série d'agressions, la véritable menace restait inconnue.

— Les Généalogistes sont des égocentriques faciles à corrompre, dit Thorn. Lazarus est un idéaliste qui place l'intérêt général au-dessus du sien. Il ne sera pas aussi manipulable que vous le pensez.

— J'ai obtenu de lui un aéronef. Ne me sous-estimez pas.

C'était une boutade évidemment, mais Ophélie fut prise au dépourvu par l'extrême gravité de Thorn quand il fit descendre son regard sur elle.

— Je ne vous sous-estimerai jamais.

Ophélie engloutit d'une traite le thé qu'elle avait dédaigné jusqu'à présent, sans se soucier d'en déverser sur l'écharpe qui s'ébroua furieusement. Il était froid, mais il l'aida à faire descendre la boule qui s'était soudain logée dans sa gorge. Avait-on idée de faire des déclarations pareilles d'un ton aussi sérieux ? Elle se sentait plus intimidée maintenant, sur les coussins de ce sofa, avec le genou de Thorn qui effleurait le sien, qu'elle ne l'avait été face à toutes les lames des automates.

Quand elle releva les yeux de sa tasse, Thorn avait détourné les siens. Il fixait les motifs du tapis avec un intérêt excessivement marqué. Depuis qu'ils avaient quitté le Mémorial, il flottait entre eux un non-dit dont elle ne saisissait pas bien la nature.

— Vous m'avez avertie tout à l'heure qu'il faudrait que nous parlions vous et moi.

— Oui, confirma Thorn avec raideur. Ce sera nécessaire, en effet.

— J'aimerais vraiment savoir de quoi il s'ag…

— Votre sac, *miss*.

Ambroise venait de réapparaître dans un cliquetis mécanique.

— Je suis désolé de vous avoir évitée comme je l'ai fait, murmura-t-il. Je m'étais tellement convaincu que vous étiez l'Autre, je pensais agir au mieux. Je… j'espère que nous resterons amis ?

Après tout ce qui venait de se dire dans cette maison, les pensées d'Ophélie étaient trop emmêlées pour lui faire une réponse honnête. Elle n'en eut de toute façon pas le loisir. Le regard incisif que Thorn décocha à Ambroise incita celui-ci à reculer son fauteuil jusqu'à l'autre bout du salon.

Ophélie prit une inspiration avant de faire sauter les attaches de son sac. Elle retrouva à l'intérieur sa petite robe grise, ses bottillons d'hiver, le siphon d'eau gazeuse, des biscuits moisis et la carte postale que lui avait offerte le grand-oncle avant son départ précipité d'Anima.

Elle sortit alors un ouvrage pour enfants à la couverture pourpre et aux majuscules dorées :

CHRONIQUES DU NOUVEAU MONDE
L'ÈRE DES MIRACLES
ÉCRIT ET IMPRIMÉ À LA CITÉ-ÉTAT DE BABEL
E. D.

Ophélie ne put réprimer le léger frisson qui passa sur ses doigts, en dépit des gants, tandis qu'elle ouvrait ce livre qui avait engendré tant de convoitises et tant de malheurs. Elle repéra, sur la page de garde, le cachet du Mémorial. Elle n'était pas une experte du papier comme la tante Roseline, mais elle fut fascinée par son excellent état de conservation. Il était difficile de croire ce livre antérieur à la Déchirure. Possédait-il les mêmes mystérieuses propriétés que le miroir suspendu à l'intérieur du globe du Secretarium ?

Lorsqu'elle parcourut les premières lignes, elle ne s'étonna pas de pouvoir les réciter par cœur :

Il sera une fois,
dans pas si longtemps,
un monde qui vivra enfin en paix.

En ce temps-là,
il y aura de nouveaux hommes
et il y aura de nouvelles femmes.

Ce sera l'ère des miracles.

Ophélie tourna les pages l'une après l'autre avec une irrésistible impression de familiarité, comme si elle les avait déjà feuilletées de nombreuses fois par le passé. Elle n'avait pas besoin de lire l'histoire pour se la remémorer. Elle se rappelait à présent qu'elle était divisée en vingt petits contes et que chacun d'eux relatait la naissance d'une nouvelle famille : les maîtres des objets, les maîtres des esprits, les maîtres des animaux, les maîtres du magnétisme, les maîtres de la végétalité, les maîtres de la transmutation, les maîtres du charme, les maîtres de la divination, les maîtres de la foudre, les maîtres des sens, les maîtres du thermalisme, les maîtres du tellurisme, les maîtres des vents, les maîtres de la masse, les maîtres de la métamorphose, les maîtres de la température, les maîtres de l'onirisme, les maîtres de la fantomisation, les maîtres de l'empathie et les maîtres de l'espace.

Vingt familles, vingt pouvoirs.

C'étaient des contes tels qu'Octavio et le professeur Wolf les avaient décrits. Ennuyeux à mourir. Une fois qu'on avait accepté l'idée révolutionnaire que E. D. était parvenu à anticiper l'avènement du nouveau monde à une époque où les arches n'existaient pas encore, ses histoires en elles-mêmes ne présentaient plus d'intérêt.

Il n'y avait là aucun mode d'emploi pour s'élever au rang de Dieu.

Ophélie se sentit envahie par un terrible, un effroyable doute. Elle remit le livre à Thorn en s'efforçant de ne pas lui montrer son affolement.

— Peut-être… peut-être l'information que nous cherchons est-elle codée ?

Thorn ne répondit pas, entièrement concentré sur les pages qu'il photographiait des yeux en les faisant défiler à toute allure entre ses pouces. Parvenu à la fin de l'ouvrage, il demeura un long moment voûté sur le sofa, aussi figé que l'armature de sa jambe, avant de tourner lentement, très lentement, son nez d'aigle vers Ophélie. Elle semblait être soudain devenue pour lui une source d'infinie perplexité.

— Je crois que vous devriez lire attentivement

jusqu'au bout, suggéra-t-il d'une voix qu'elle ne lui avait jamais entendue encore.

Ophélie remonta ses lunettes sur son nez pour prendre connaissance de la dernière page où elle n'avait pas remarqué, tant l'encre avait pâli à cet endroit, une petite mention manuscrite :

« *En attendant des jours meilleurs, mes chers enfants.*

Eulalie Dilleux. »

Ophélie lut et relut en boucle ces quelques mots jusqu'à en imprégner chaque particule de son être.

Eulalie Dilleux.

Dilleux.

Dieu.

Curieusement, elle ne ressentit pas la moindre surprise. Elle le savait. Elle l'avait toujours su et elle se demandait comment elle avait pu oublier quelque chose d'aussi essentiellement fondamental. Le jour où Archibald lui avait demandé de se choisir un nom pour ses faux papiers d'identité, c'était Eulalie qui lui était venu spontanément à la bouche. Eulalie, la femme dont elle partageait la mémoire, ce reflet du passé qu'elle avait aperçu dans le miroir suspendu. Elle se revoyait, à sa place, en train de taper énergiquement sur sa machine à écrire, inventant d'innombrables romans pour enfants entre deux coups de mouchoir.

Eulalie était Dieu. Ou plutôt Dieu avait été autrefois Eulalie, avant la Déchirure. Une petite romancière au nom de famille mal prononcé. Cela ne révélait ni pourquoi Ophélie partageait ses souvenirs ni comment Eulalie Dilleux avait réussi à créer les esprits de famille, briser le monde en morceaux et devenir, au fil des siècles, un Mille-faces quasi omnipotent, mais cela expliquait enfin en quoi un simple livre pouvait permettre à quiconque de devenir l'égal de Dieu.

— Parce que c'est lui qui est l'égal de quiconque, murmura Ophélie en caressant la mention manuscrite.

Alors qu'elle refermait *L'Ère des miracles*, encore secouée par les remous de sa mémoire, elle sentit à la lisière de ses lunettes un regard qui les fixait, Thorn et elle, avec la plus extrême attention. Un regard qu'elle reconnut enfin. Celui qui avait épouvanté le professeur Wolf, Miss Silence, Mediana et le Sans-Peur se tenait dans le salon de thé en ce moment même.

Il n'avait jamais cessé d'y être.

Accoudé au dossier de la chaise roulante d'Ambroise, Lazarus leur adressa un ample sourire.

— L'aéronef de ces messieurs dames est avancé !

L'épouvante

Ophélie n'émit pas un son pendant que Lazarus les conduisait entre les bassins de nénuphars d'une démarche dansante. Elle comprimait le livre d'Eulalie Dilleux contre son estomac pour étouffer ses tremblements. Malgré la moiteur de la nuit, elle avait l'impression que son sang s'était converti en glace. Elle s'efforçait de ne rien laisser paraître, mais l'écharpe ressentait sa peur et s'agrippait à son cou.

Thorn, absorbé par ses propres pensées, battait le sol de sa canne avec une détermination nouvelle. Ophélie aurait voulu lui hurler que l'assassin se tenait parmi eux, mais elle aurait précipité leur perte. Non. Il lui fallait impérativement conserver le contrôle de ses nerfs. Regarder droit devant elle. Ne pas éveiller les soupçons. Un plan – un plan déraisonnable, un plan plein de lacunes, mais un plan tout de même – se mettait petit à petit en place dans son esprit.

— Vous allez bien, *miss* ? s'enquit poliment Ambroise.

Il manœuvrait son fauteuil de façon à se maintenir à sa droite, son doux visage levé vers elle comme s'il cherchait désespérément son absolution. Ophélie se contenta d'un hochement de tête.

Elle fut rassurée de voir Lazarus gravir en sautillant l'escalier d'une terrasse, les basques de sa redingote agitées comme des ailes. Thorn monta pesamment après lui, marche par marche, incapable d'articuler le genou de son armature. Il n'y avait aucune rampe d'accès pour atteindre la terrasse : Ambroise ne pourrait plus les suivre. Pas aisément, du moins. Lorsque Ophélie lui accorda un dernier coup d'œil depuis le haut de l'escalier, la peau sombre de l'adolescent et le bois de son fauteuil se fondaient complètement dans la nuit des jardins. Seuls ses habits blancs tranchaient sur les ténèbres, donnant l'illusion qu'un fantôme se tenait assis au milieu du néant.

Le plan d'Ophélie allait peut-être marcher.

Le « lazaroptère » les attendait sur la terrasse en marbre. Il s'agissait d'un appareil dont la voilure tournante et la structure en métal évoquaient, à la lueur des lampadaires, un gigantesque squelette de libellule. Walter était en train de piloter une passerelle d'embarquement. Les hélices de l'aéronef projetaient de telles bourrasques qu'Ophélie sentit l'air claquer contre ses joues et faire voler ses boucles dans tous les sens. Elle prit une profonde inspiration pour s'armer de courage, puis elle tendit *L'Ère des miracles* à Thorn alors qu'il se dirigeait vers la passerelle.

— La vérité que nous avons découverte, lui dit-elle d'une voix assez forte pour recouvrir le vrombissement des hélices, ce n'est probablement pas ce que les Généalogistes voudront entendre.

— Peu m'importe. J'ai rempli ma part du contrat.

Au moment de saisir le livre, Thorn referma autoritairement ses doigts sur ceux d'Ophélie et planta son regard dans le sien. Le vent, en hérissant ses cheveux, le faisait paraître encore plus revêche qu'à l'accoutumée.

— Vous n'avez pas l'intention de m'accompagner au Mémorial, constata-t-il. Pourquoi ?

Ophélie n'avait cessé d'accumuler les mensonges depuis son arrivée à Babel, souvent par nécessité, quelquefois par facilité, mais s'il y avait bien une personne au monde à laquelle elle aurait voulu être pleinement transparente, c'était l'homme qui lui faisait face en cet instant.

Elle lui mentit pourtant effrontément, yeux dans les yeux :

— Je souhaite m'entretenir avec Ambroise. Nous avons besoin de clarifier certaines choses, lui et moi. De toute façon, vous ne comptiez pas me présenter aux Généalogistes, je me trompe ?

Les doigts de Thorn écrasèrent les siens avec plus de force encore. La soupçonnait-il de ne pas lui livrer le fond de sa pensée ?

— Vous ne bougez pas d'ici jusqu'à mon retour. Des gens sont morts pour avoir approché le secret dont nous sommes les détenteurs.

Ophélie faillit fléchir sous son regard de plomb. Elle voulut supplier Thorn de rester avec elle sur cette terrasse, mais si elle se trahissait ici et maintenant, alors, oui, ils mourraient tous les deux de la plus atroce des façons. Il n'y avait qu'une solution pour arrêter l'assassin et cela impliquait pour Ophélie de lui parler seule à seul.

Elle trouva, sans trop savoir comment, la force de sourire.

— Je ne bougerai pas.

Thorn lui libéra les doigts à contrecœur et ne garda que le livre. Ophélie dut se faire violence pour ne pas courir derrière lui quand il monta la passerelle.

Lazarus se précipita sur la main qu'elle avait laissée en suspens pour la secouer en riant.

— J'ai été positivement ravi de vous revoir, jeune *lady* ! Nous ne nous reparlerons pas tout de suite, je vais avoir beaucoup à faire dans les prochaines semaines et je n'aurai sûrement pas le temps de repasser à la maison cette nuit. Sentez-vous-y comme chez vous ! Je vous souhaite bonne chance dans votre quête de l'Autre, ajouta-t-il en se collant tout contre son oreille. Ne vous fiez pas à vos yeux pour le trouver, nul ne sait à quoi il ressemble ni sous quelle forme il vous apparaîtra le moment venu. Si vous me permettez un dernier petit conseil : intéressez-vous aux échos. Ils sont la clef de tout. *Blast !*

Lazarus galopa sur la terrasse. Son haut-de-forme blanc, soufflé par les hélices, s'était envolé vers les étoiles.

Ophélie l'avait à peine écouté.

— Laisse-les partir avec le livre, chuchota-t-elle au vent alors que Lazarus montait la passerelle à son tour. C'est moi qui t'intéresse, n'est-ce pas ?

La présence était toujours là. Sans la mémoire d'Eulalie, Ophélie ne l'aurait probablement jamais remarquée. L'appareil s'éleva dans un tournoiement d'hélices avant de se perdre au fin fond de la nuit. Thorn était en sécurité.

Le vent et le silence retombèrent. Ophélie déglutit avec difficulté, puis elle tourna franchement la tête. Les lampadaires de la terrasse, bourdonnants de moustiques, dédoublaient l'ombre de l'homme qui était resté à côté d'elle. Pour la première fois depuis le début de la soirée, elle le vit très distinctement – malgré une triple épaisseur de cheveux, de sourcils et de barbe. Même à cet instant, il lui semblait incroyable que ce vieux balayeur à l'apparence si inoffensive eût épouvanté tant de personnes.

— Le soir où j'étais enfermée dans le local de l'incinérateur, lui dit Ophélie avec un calme qu'elle était loin de ressentir, c'est toi qui m'as ouvert la porte.

Il ne lui répondit pas. Il était impossible de discerner son expression sous toute cette pilosité qui l'ensevelissait.

— Tu étais là, insista-t-elle. Tu étais là quand le Sans-Peur me menaçait. Tu étais là quand Mediana me faisait chanter. Tu m'as protégée. De la même façon que tu as protégé *mon* œuvre, souligna Ophélie en mettant toute sa conviction dans le possessif. Tu as puni le professeur Wolf pour avoir volé l'un de mes livres et Miss Silence pour les avoir presque tous détruits.

La silhouette décharnée du vieil homme, dont l'équilibre semblait bancal sans son balai à la main, se redressa lentement à ces mots. Ophélie sentit une goutte de sueur glisser entre ses omoplates. Son plan reposait entièrement sur sa prestation à incarner Eulalie Dilleux face à lui. Il la confondait avec elle. Elle le savait parce qu'elle avait inspiré le même trouble à Farouk, à Pollux, peut-être même à Hélène et à Artémis.

« Un autre, avait dit Mediana. Il y en a un autre. »

— Tu es toi aussi un esprit de famille, déclara Ophélie avec aplomb. Un esprit de famille de l'ombre, inconnu du monde. Parce que ton rôle à toi est différent. Tu protèges mon école. Tu protèges mon œuvre.

Le vieillard ne remuait pas, pétrifié comme une statue. Ophélie ne s'y trompait pas. Les fauves se tenaient souvent immobiles avant de fondre sur leur proie.

— Je t'ai doté d'un pouvoir à double tranchant, enchaîna-t-elle d'une voix à peu près stable. Celui d'inspirer soit la peur la plus absolue, soit la plus complète indifférence. C'est un lourd fardeau que je t'ai fait porter durant des siècles. Condamné à ne jamais vraiment exister pour les autres qu'en les épouvantant.

Ophélie énonçait des vérités que le vieux balayeur connaissait déjà, mais elle devinait chez lui comme une hésitation. Elle devait le convaincre – se convaincre elle-même – qu'elle était Eulalie à cet instant et uniquement Eulalie.

Elle dut déployer tout ce qu'elle possédait de volonté pour ne pas reculer lorsque le balayeur s'avança mollement, superposant son ombre à la sienne. Il lui semblait qu'elle était soudain beaucoup trop à l'étroit dans son propre corps. Elle aurait voulu dénouer son écharpe qui, de plus en plus anxieuse, l'étranglait à moitié, mais elle parvenait à peine à remuer les doigts. Si elle ne se calmait pas très vite, cet esprit de famille n'aurait pas besoin d'utiliser son pouvoir pour la faire mourir de peur.

— Je suis désolée, lui murmura Ophélie. Tu as été seul si longtemps… Tu n'es plus obligé de faire tout ça pour moi. L'école que nous avons connue a cessé d'exister. Tes frères et tes sœurs sont suffisamment grands à présent. Mes livres ne valent pas la peine qu'on s'entre-tue pour eux. Tout ce qui était important autrefois ne l'est plus aujourd'hui. Tu dois passer à autre chose, tu comprends ?

Peut-être était-ce un effet de son imagination, mais il lui sembla distinguer une étincelle à travers la frange du vieux balayeur. En deux lentes enjambées, il avala le peu de distance qui les séparait puis, d'un mouvement presque reptilien, vertèbre après vertèbre, il se pencha en avant jusqu'à ce que son dos eût formé une bosse anatomiquement inhumaine. Son visage broussailleux, grotesque, ne se tenait plus qu'à un souffle de celui d'Ophélie. À ce détail près que le sien ne respirait pas. Y avait-il seulement une bouche de l'autre côté de cette barbe ? Y avait-il des yeux sous les buissons de ces sourcils ?

Au premier geste impulsif, ce serait l'ouverture des hostilités.

Le vieux balayeur demeura un long moment ainsi, arqué à s'en briser les os, dans un face-à-face à la limite de la décence. Lorsque enfin il se décida à se remettre en mouvement, ce fut pour déplier son long bras osseux, élever une main squelettique et soulever ses cheveux.

L'étincelle qu'Ophélie y avait aperçue ne provenait pas d'un regard, mais d'une plaque d'aluminium boulonnée directement sur la peau de son front. Une inscription minuscule, à peine visible dans la lumière falote des lampadaires, y était gravée. Elle reconnut ces caractères sans être pour autant capable de la comprendre – la mémoire d'Eulalie ne poussait pas si loin le souci du détail. C'étaient les mêmes arabesques que celles qui figuraient dans les Livres des esprits de famille, un code décrivant leur nature intrinsèque et définissant leur raison d'être.

Cette plaque était certainement bien moins complexe qu'un Livre, ce qui expliquait le comportement primitif du vieux balayeur, mais elle n'en était pas moins sa force vive. Ophélie était en train de se demander pourquoi il tenait tant à la lui montrer quand il tapota dessus de son grand ongle.

— Tu veux que je la retire ?

Ophélie avait retrouvé sa voix. Elle avait beau savoir que cette créature antique avait donné plusieurs fois la mort, elle ne se sentait ni le courage ni le droit de l'assassiner à son tour. Si terrifiée fût-elle, elle se sentait responsable de lui. Eulalie, en cessant d'être Dilleux et en devenant Dieu, l'avait abandonné à son sort. Si Ophélie avait hérité de sa mémoire, pour une raison ou pour une autre, n'avait-elle pas hérité aussi de sa culpabilité ?

— Miss Ophélie, c'est vous ? Vous n'êtes pas partie avec mon père ?

C'était Ambroise qui, l'ayant vraisemblablement

entendue depuis le bas des marches, s'était exclamé de surprise.

L'espace d'une fraction de seconde, Ophélie avait instinctivement réagi à l'appel de son nom. Ce ne fut qu'un bref, un infime mouvement de tête vers l'escalier, mais quand elle ramena son regard sur le vieux balayeur, elle sut qu'elle s'était trahie. Il n'avait pas bougé d'un cheveu, toujours exagérément penché en avant, une main soulevant sa frange, mais l'atmosphère autour de lui s'était brutalement épaissie.

« Je dois fuir, comprit-elle. Appeler à l'aide. »

Elle n'en fit rien. Ses jambes semblaient s'être enlisées dans le marbre. Chaque aspiration lui donnait la sensation d'avaler une eau marécageuse. Son corps ne lui obéissait plus ; il n'était désormais qu'un chaos d'entrailles dont chaque molécule hurlait dans le plus désespéré des silences. Jamais, y compris à l'intérieur de l'isoloir, Ophélie ne s'était sentie aussi absolument seule. Comme si, d'un impitoyable coup de ciseaux, on avait rompu le lien qui la rattachait à tout ce que le monde possédait de beau et de bon. Même son écharpe pendait à son cou comme un poids mort, vidée de tout animisme.

Et alors qu'elle croyait avoir touché le fond de la terreur, la véritable peur commença à remonter le long de son corps, à enfler dans ses viscères, à tout envahir, tout dévaster jusqu'à l'explosion.

Il lui fallut quelques secondes pour réaliser que l'explosion ne s'était pas produite en elle, mais à l'extérieur. Les muscles tétanisés, le ventre secoué de spasmes, elle fixa le visage du vieux balayeur devant elle.

La plaque de son front était perforée d'un énorme trou.

Aucune goutte de sang ne s'en écoula, et durant un moment il demeura dans la même position absurde, voûté jusqu'à la bosse, une main maintenant sa frange en l'air. Puis, enfin, il s'écroula sur le marbre comme un pantin désarticulé.

Mort.

Les jambes d'Ophélie se dérobèrent sous elle. Elle se recroquevilla, régurgita son thé et ensuite seulement, elle trouva la force de se retourner vers celui qui lui avait sauvé la vie.

Une ombre se tenait accroupie sur la balustrade de la terrasse, un fusil de chasse à la main. Elle était si petite et si souple qu'Ophélie pensa d'abord à un singe, mais, lorsque la silhouette se redressa, elle vit que c'était un enfant en simple pagne.

Le fils du Sans-Peur-Et-Presque-Sans-Reproche.

Sans un mot, sans un bruit, il se détourna et plongea dans les jardins.

— Miss Ophélie ! appela la voix alarmée d'Ambroise. Quel était ce bruit ? Vous n'êtes pas blessée ?

Cette dernière contempla le corps du vieux balayeur, un trou au milieu du front. Il perdait progressivement de sa consistance, devenant plus transparent de seconde en seconde, laissant bientôt deviner le marbre sur lequel il était étendu. Quelques instants plus tard, il avait intégralement disparu. Comme s'il n'avait jamais existé.

— Je vais bien, répondit-elle enfin.

Elle n'avait jamais été si soulagée de prononcer ces mots.

Bêtise

Victoire sursauta dans son lit. De grands cris étaient en train de traverser tous les étages de la maison. Il ne fallut pas longtemps à Maman pour allumer la lampe de la chambre ; elle ne portait qu'un peignoir de soie et ses cheveux étaient pleins de papillotes.

— N'aie pas peur, ma chérie ! chuchota-t-elle en la prenant entre ses bras.

Victoire n'avait pas peur. Elle n'avait plus peur depuis que Père avait chassé la Dame-D'or et toutes ses ombres. Les yeux alourdis de sommeil, elle regarda les fausses étoiles qui clignotaient derrière la fenêtre. Elle était tout de même curieuse de connaître la cause des cris. Ça ressemblait à la voix de Grand-Marraine et, si c'était bien elle, elle semblait très en colère.

— Madame Roseline ? Qu'est-ce que c'est ? Que vous arrive-t-il ?

Maman descendit l'escalier en serrant Victoire contre elle. Il n'y avait personne dans aucun des petits salons, personne dans la salle à manger, personne dans l'office, mais plus Maman poussait de portes, plus les cris de Grand-Marraine faisaient mal aux oreilles.

— A-t-on idée ! J'aurais pu vous tuer ! Vous êtes… vous êtes… vous êtes plus exaspérant qu'un tube de dentifrice !

Victoire écarquilla les yeux quand Maman entra avec elle dans le fumoir. Les lampes à gaz étaient toutes en veilleuse, mais leur lumière suffisait pour y voir. Il régnait ici un désordre comme jamais Victoire n'en avait vu à la maison. Aucun meuble ne se trouvait à sa place habituelle. Le beau damier se tenait renversé les quatre pieds en l'air. Sur le tapis, des débris de cendrier s'étaient mélangés aux pions noirs et blancs.

Grand-Marraine, en robe de chambre et bonnet de nuit, se dressait au milieu du fumoir avec une expression redoutable. Un de ses pieds avait perdu une pantoufle.

Victoire se cramponna à Maman en distinguant une ombre accroupie derrière le sofa.

— Ça débarque sans prévenir ! s'exclama Grand-Marraine d'un ton scandalisé. Ça s'invite chez les gens à pas d'heure ! J'ai entendu du bruit en bas, j'ai… j'ai cru à un assassin !

L'ombre derrière le divan se redressa à la lumière. C'était un homme qui, en fait, n'avait absolument rien d'une ombre. Ses joues et sa barbe brillaient comme le soleil et, au milieu de tout ce feu, étincelait un grand sourire ravi. Il tenait un cigare pareil à ceux qui s'alignaient derrière les vitrines du fumoir. De son autre main, il frottait – sans réussir à la faire disparaître – une drôle d'empreinte rouge sur le front.

— Madame Roseline m'a frappé avec une spatule à gaufre. Elle est extraordinaire.

Victoire se sentit frémir de la tête aux pieds. C'était Parrain !

— Comment êtes-vous entré ? demanda Maman.

— Par un petit raccourci de mon cru. Je l'annulerai en partant.

Parrain montra de son cigare la grande pendule sur pied qui battait les secondes au fond du fumoir. Ou plutôt, qui aurait dû battre les secondes. Le balancier avait disparu sous sa vitre : à la place, Victoire crut apercevoir les pavés d'une rue sombre.

— Bien. Je vais préparer du thé.

Même quand on la réveillait en pleine nuit et qu'on mettait sa maison sens dessus dessous, Maman gardait toujours ses bonnes manières.

— N'en faites rien, très chère. Nous avons peu de temps.

Parrain bondit par-dessus le divan pour s'asseoir sur le dossier, sans se soucier de salir les coussins avec ses souliers. Son pantalon était troué de partout et il n'avait même pas pris la peine d'enfiler les bretelles par-dessus sa chemise. Son visage, son cou, ses mains, chaque morceau de peau qui débordait de ses vêtements était incroyablement coloré. Jamais Victoire ne l'avait trouvé aussi beau.

— En fait, s'esclaffa Parrain dans un nuage de cigare, je n'ai pas le droit d'être ici. Mais vous me connaissez, n'est-ce pas ? Plus on m'interdit, plus je transgresse !

Maman assit Victoire à côté d'elle sur une

banquette et, d'un geste plein de grâce, posa un mouchoir sur son nez pour l'empêcher de respirer l'odeur du cigare.

— Vous êtes incompréhensible, Archi. Vos explications attendront un peu, toutefois. Il me faut d'abord vous poser une question de la première importance. Avez-vous, oui ou non, passé commande d'une illusion auprès de Mme Cunégonde ?

— Quelle idée ! Pourquoi irais-je réclamer quelque chose qui me répugne ?

Parrain avait éclaté de rire, mais Victoire surprit un regard nerveux entre Grand-Marraine et Maman. Ni l'une ni l'autre ne paraissaient trouver sa réponse amusante.

— Nous avons donc eu affaire à un imposteur. Quand je pense que je lui ai ouvert dix fois ma porte et que je l'ai laissée approcher ma fille ! Qui que ce soit, cette personne vous cherche, Archi. Je vous tiens donc pour responsable, vous nous avez mises toutes les trois en danger.

Sous la douceur de Maman, Victoire perçut comme une dureté sans en comprendre la nature. Loin de s'amoindrir, le sourire de Parrain redoubla.

— Si vous avez mentionné mes activités devant cet imposteur, dit-il en appuyant mystérieusement sur ce dernier mot, vous êtes un peu responsable vous-même. Peu importe ! Je suis venu vous mettre *toutes les trois* à l'abri dudit danger.

Parrain sortit d'une poche – trouée, elle aussi – une balle qu'il lança à Victoire d'un geste joueur. Elle pesait si lourd et elle sentait si bon ! Maman la confisqua aussitôt, comme s'il s'agissait d'un objet dangereux.

— Une orange, déclara Parrain. Avant votre naissance, jeune demoiselle, on en trouvait sur toutes les tables du Pôle. J'ai cueilli celle-ci il y a à peine un quart d'heure.

— Vous avez réussi ? s'étonna Grand-Marraine. Vous avez trouvé Arc-en-Terre ?

— Non sans mal. Il nous a fallu traverser des villes, des montagnes et des forêts pour changer de correspondance entre chaque Rose des Vents ! Et s'il n'est pas simple d'arriver jusqu'à Arc-en-Terre, en repartir est plus difficile encore. Les Arcadiens sont peut-être mes lointains cousins, ils ne m'ont pas accueilli à bras ouverts. (En déclarant cela, Parrain frotta l'empreinte de la spatule à gaufre sur son front.) Don Janus, leur esprit de famille, m'a expressément ordonné de ne pas quitter son arche et de ne plus me servir de ses Roses des Vents. Notez que ça n'a rien d'un calvaire, il y a de superbes jardins à Arc-en-Terre.

Victoire inspira fort le parfum que l'orange avait laissé sur ses petites mains. Montagnes. Forêts. Jardins. Ces mots n'étaient pour elle que des gravures sombres sur les livres de la bibliothèque, mais quand c'était Parrain qui les prononçait, elle entendait « ciel », « arbres », « oiseaux » !

— Et vous vous êtes empressé de lui désobéir, soupira doucement Maman. Vous avez désobéi à un esprit de famille.

— À moitié seulement, dit Parrain. Je suis venu jusqu'au Pôle sans emprunter la moindre Rose des Vents ! Ça m'a réclamé beaucoup de temps et d'efforts, mais je suis parvenu à invoquer un raccourci entre nos deux arches. Il ne tiendra pas très longtemps, aussi rassemblez vite vos affaires !

Grand-Marraine colla son nez à la vitre de la pendule et essuya la buée qui empêchait de voir les pavés.

— Vous voulez dire que ceci…

— Non, c'est juste le coin de la rue, madame Roseline. Mon raccourci pour Arc-en-Terre se trouve dans un autre quartier de la Citacielle. Allons, je vous épargne un périple de plusieurs milliers de kilomètres : nous ne sommes pas à une petite promenade près, non ?

— Pourquoi diantre voulez-vous nous emmener là-bas ?

Archibald ramassa la pantoufle que Grand-Marraine avait perdue et s'en servit comme d'un éventail.

— Soleil, café, fruits, épices, je vous sers le paradis sur un plateau et ces dames rechignent ?

Il y eut un silence, plus lourd encore que l'orange posée sur le peignoir en soie de Maman, si lourd que Parrain lui-même perdit soudain toute sa légèreté. Il écrasa longuement son cigare dans un cendrier. Sa bouche possédait toujours ce petit pli malicieux dont Victoire raffolait, mais sa voix fut très sérieuse quand il reprit la parole :

— L'imposteur auquel vous avez eu affaire est un mégalomane. Il a mis dans sa poche la quasi-totalité des institutions politiques et je ne mentionne pas son aptitude à assimiler, puis à reproduire les pouvoirs familiaux de tous ceux qui croisent sa route. Des hommes sont morts, et j'ai bien failli y rester moi-même, parce qu'un baron voulait lui faire plaisir. Ce n'est certainement pas un cas isolé. Il n'existe qu'un endroit au monde, un seul, sur lequel ce mégalomane n'a pas encore réussi à mettre le grappin : Arc-en-Terre. Et j'ai enfin compris ce qu'il y cherche et pourquoi les Arcadiens l'en tiennent éloigné. (Il y eut une étincelle de lumière au milieu de la barbe de Parrain quand son sourire dévoila ses dents.) Mes cousins détiennent, voyez-vous, un pouvoir des plus fascinants. Avez-vous déjà entendu parler des *Agujas* ?

Parrain avait prononcé « agourasse » avec un grand raclement de gorge. Grand-Marraine fronça les sourcils, Maman se tint silencieuse. Victoire n'avait pas bien compris la question, mais elle réalisa que ni l'une ni l'autre n'en connaissait la réponse.

— On les appelle aussi « Aiguilleurs », dit Parrain. Il s'agit d'une ramification de l'arbre généalogique des Arcadiens. Je ne les connaissais pas moi-même avant d'en avoir rencontré, et pour cause : ils sont extrêmement rares et extrêmement secrets. Imaginez-vous donc, mesdames, dotées d'une boussole intérieure qui vous permette de trouver absolument n'importe qui, absolument n'importe où. Votre cible pourrait se cacher à l'autre bout du monde, dans la plus impénétrable des forteresses, elle serait incapable de vous échapper. Vous y êtes ? Voilà le pouvoir des Aiguilleurs ! Je vous laisse imaginer à présent l'usage que ferait notre mégalomane d'un tel pouvoir. Plus personne ne serait à l'abri de son aiguille.

Parrain se tut comme pour savourer son petit effet. Le seul mot que Victoire avait saisi dans ce long discours compliqué, c'était « arbre ». Ce ne devait pas être un arbre ordinaire, car Maman et Grand-Marraine avaient l'air plutôt impressionnées.

— Si j'ai trouvé Arc-en-Terre, il y arrivera aussi, tôt ou tard, ajouta Parrain en jouant avec le mégot de son cigare. C'est pourquoi je pense qu'il faudrait nous servir du pouvoir des Aiguilleurs avant lui. Et c'est là tout le problème. Les Arcadiens, à commencer par don Janus, tiennent plus que tout à leur sacro-sainte neutralité. Ils ne veulent pas se mêler des petites affaires du monde si ce n'est pas assez lucratif. J'ai passé ma vie entière à être neutre, éducation oblige, et, s'il y a bien une leçon que j'ai retenue, c'est que « neutralité » est une jolie façon de dire « lâcheté ». Arrive un moment où il faut choisir son camp et, en ce qui me concerne, je refuse d'appartenir plus longtemps à celui des marionnettes.

Maman applaudit de ses belles mains tatouées. Victoire, croyant à un jeu, l'imita.

— Félicitations, Archi, vous grandissez un peu. Quel est le rapport avec nous trois ?

— Je voudrais convaincre don Janus et les Arcadiens de renoncer à leur neutralité, mais je ne suis à leurs yeux qu'un ex-ambassadeur qui n'est le messager que de lui-même. Vous, Berenilde, vous êtes pour ainsi dire la première dame du Pôle. Votre parole a plus de poids que la mienne. Et je ne parle pas de votre charme.

Parrain ouvrit les yeux en grand, des yeux plus bleus que ne l'avait jamais été le faux ciel de la maison. Victoire aurait voulu pouvoir y voler.

— Non, dit Maman.

— Non ? répéta Parrain en souriant davantage.

— Vous me demandez l'impossible. Si je vous suivais, je n'aurais aucune garantie de pouvoir rentrer et, contrairement à vous, je ne prendrais jamais le risque de déclencher un incident diplomatique en désobéissant à un esprit de famille.

— Considérez...

— Je vous l'ai dit et je vous le répète, Archi, poursuivit Maman en coupant Parrain, ma place est ici. J'en suis aujourd'hui plus convaincue que jamais : notre seigneur a besoin d'avoir sa fille auprès de lui. Il essaie de changer, il essaie de changer sa famille, et, s'il le fait, c'est parce qu'il veut lui offrir un avenir sans luttes de clans, sans conspirations et sans assassinats. Si nous partons, il oubliera pourquoi il se donne toute cette peine.

Cette fois, ce fut au tour de Grand-Marraine d'applaudir. Victoire, enchantée de ce petit jeu nocturne, mit un point d'honneur à l'imiter aussi. Elle se serait crue à l'une de ces représentations d'opéra que Maman lui racontait quelquefois.

Parrain passa le pouce sur son sourire qui s'élargissait de plus en plus.

— Le pouvoir des Aiguilleurs, Berenilde. Songez-y ! Persuadez-les de se mettre au service de votre cause, ils trouveraient pour vous M. et Mme Thorn en un claquement de doigts.

Victoire sentit le corps de Maman se raidir près du sien sur la banquette. Quand elle leva la tête vers elle, elle aperçut une sorte de douleur sur son visage, comme si elle venait de se brûler, mais cela ne dura qu'un court instant. Maman retrouva très vite son joli masque de porcelaine.

— Je ne chercherai ni Thorn ni Ophélie tant qu'ils ne souhaiteront pas être trouvés. En revanche, je veux que, eux, puissent me trouver ici le moment venu. Nous restons, ma fille et moi. C'est mon dernier mot.

Dès que Maman eut prononcé ces paroles, très droite et très digne sur sa banquette, Grand-Marraine tendit une main autoritaire à Parrain. Après une hésitation, il lui rendit sa pantoufle.

— Je n'ai jamais forcé une femme, ce n'est pas aujourd'hui que je commencerai. Tant pis ! Je dois vous laisser à présent, le raccourci ne tiendra pas très longtemps.

Le cœur de Victoire se mit à battre fort quand Parrain s'agenouilla devant elle pour lui prendre la main. Son menton doré lui picora les doigts. Il lui souriait, mais d'une manière inhabituelle. Il n'y avait pas vraiment de sourire dans ce sourire-là.

— J'ignore quand nous nous reverrons, jeune fille. D'ici là ne changez pas trop, s'il vous plaît.

Victoire eut soudain très froid. Elle regarda Parrain épousseter son grand chapeau percé, puis l'agiter à trois reprises au-dessus de sa tête comme s'il disait adieu à chacune d'elles.

Elle ne voulait pas.

Elle ne voulait pas le voir partir déjà. C'était voir partir avec lui le vrai ciel, les vrais arbres et les vrais oiseaux. Elle remua les lèvres en voyant Parrain s'enfoncer dans la pendule du fumoir, mais il ne l'entendit pas.

Personne ne l'entendait jamais.

Sans un regard pour Maman et Grand-Marraine,

Victoire laissa l'Autre-Victoire derrière elle et traversa la pendule à son tour. Elle se retrouva sur les pavés d'une rue pleine de brouillard que le *voyage* rendait plus floue encore. Vu de l'autre côté de la pendule, le fumoir n'était plus qu'une toute petite tache de lumière au milieu d'un mur. Parrain ferma une porte, puis la rouvrit : il n'y avait plus de fumoir, plus de maison.

Victoire n'avait pas peur. Elle continuait de percevoir au loin la présence de l'Autre-Victoire contre le corps de Maman. Et puis, Parrain était là. Même s'il ne la voyait pas comme Père, elle se sentait merveilleusement bien près de lui.

Cette fois, elle le suivrait jusqu'au vrai ciel !

Pour le moment, Parrain ne bougeait pas tellement. Il restait debout au milieu de la rue, les mains dans les poches, promenant un regard interrogatif sur le brouillard autour de lui.

— Ah, tout de même, dit-il en voyant une silhouette apparaître. Heureusement que vous étiez supposé monter la garde.

— Cru voir quelqu'un. Fausse alerte.

Victoire reconnut le Grand-Bonhomme-Tout-Roux. Même quand il essayait de chuchoter, sa grosse voix rebondissait dans toute la rue.

— Alors ?

— Alors rien, ricana Parrain avec un haussement d'épaules. Fut une époque où j'aurais convaincu la première venue de m'accompagner jusqu'au bout du monde. J'aurais pu utiliser mon vieux truc, dit-il en tapotant la larme noire entre ses sourcils, mais je me suis promis de ne plus jamais le faire sur Berenilde. Elle doit avoir raison, je commence peut-être à grandir. Quelle horreur…

Victoire bondissait de pavé en pavé pour ne pas perdre de vue Parrain et le Grand-Bonhomme-Tout-Roux. Ils marchaient très vite dans le brouillard. Leurs murmures, déformés par le *voyage*, ressemblaient aux bulles que font les pailles dans un verre de lait.

Ils s'enfoncèrent dans une allée moins éclairée encore. Elle ne menait qu'à une impasse de brique et à des montagnes de détritus. Si Victoire avait pu sentir les odeurs en *voyage*, elle aurait certainement dû se boucher le nez. Ce n'était pas là le ciel qu'elle avait espéré voir.

Parrain grimpa sur une caisse toute moisie qui lui permit d'atteindre la portière d'un vieux fiacre sans roues. Le Grand-Bonhomme-Tout-Roux le regarda faire sans poser de questions.

— À la bonne heure, il est toujours là, chuchota Parrain en lui faisant signe de se dépêcher. Avec un peu de chance, don Janus ne se sera rendu compte de rien.

La portière venait de s'ouvrir sur une lumière vive, comme s'il y avait le feu à l'intérieur du fiacre. Le Grand-Bonhomme-Tout-Roux dut jouer de ses épaules larges pour y entrer. Parrain vérifia d'un coup d'œil qu'il n'y avait personne dans l'impasse, ne remarqua pas la petite fille juste sous son nez et s'y glissa à son tour.

Sans la moindre hésitation, Victoire sauta dans la lumière avec lui.

Pendant un instant, elle ne vit plus rien. Ni lumière ni obscurité. Un jour, Grand-Marraine avait déchiré la manche de sa robe en s'accrochant à la poignée du salon. Victoire eut la sensation d'être, comme la manche de Grand-Marraine, coupée en deux.

Cette douleur-là, pourtant, ne lui fit pas vraiment mal et, la seconde suivante, elle cessa déjà d'y penser. Elle ne voyait plus que le ciel au-dessus d'elle. Un ciel absolument gigantesque. Un ciel qui ne se contentait pas d'être bleu, mais aussi rouge, mauve, vert et jaune, avec un soleil éblouissant et de grands tourbillons d'oiseaux. Le vrai ciel ! Même déformé par le *voyage*, c'était la plus belle chose que Victoire avait jamais vue de toute sa petite vie.

— Je vous l'avais dit que c'était une perte de temps.

Victoire se tourna vers la Dame-Aux-Drôles-D'yeux. Elle se tenait juste à côté d'elle, une cigarette aux lèvres dont elle soufflait la fumée avec colère. Elle aussi avait pris des couleurs depuis leur dernière rencontre.

— Aller là-bas, c'était prendre un risque stupide et inutile.

Parrain ferma, puis rouvrit la porte d'une cabane avec de grands gestes exagérés.

— Voilà, fini, plus de raccourci ! Est-il arrivé une catastrophe ? Quelqu'un a-t-il seulement remarqué notre absence ?

— Sais pas, grogna la Dame-Aux-Drôles-D'yeux. Le chat et moi, on s'est contentés de surveiller l'orangeraie pour ne laisser personne approcher votre foutu raccourci de ce côté-ci de la planète.

Elle adressa un regard de reproche au Grand-Bonhomme-Tout-Roux, mais il ne semblait pas avoir très envie de se mêler à la conversation. Il fixait Andouille qui reniflait ses gros souliers d'un air désapprobateur, comme s'il sentait que son maître avait marché sur quelque chose de pas très propre.

Victoire se rendit soudain compte qu'ils se tenaient tous au cœur d'un jardin où des arbres par centaines – de vrais arbres ! – ployaient sous les oranges pareilles à celle que lui avait offerte Parrain. La lumière qui régnait ici était plus puissante que toutes les lampes de la maison et toutes les illusions du parc.

L'émerveillement de Victoire fut vite remplacé par un sentiment de malaise. Elle ne percevait plus la présence de l'Autre-Victoire au loin.

— Cessons de nous morfondre, déclara Parrain, passons au plan de secours !

La Dame-Aux-Drôles-D'yeux grimaça.

— Quel plan de secours, monsieur l'ex-ambassadeur ?

— Celui qu'il va nous falloir inventer pour persuader mes cousins de faire la chasse à Dieu au lieu de le fuir.

Sur ces mots, Parrain s'éloigna en s'épluchant une orange, les bretelles de son pantalon lui battant les hanches. Victoire ne savait plus du tout ce qu'elle était supposée faire. Continuer à le suivre ? Ne surtout plus bouger ? Elle avait beau se concentrer, elle ne trouvait plus le chemin du retour. Elle n'avait jamais eu à se forcer auparavant : revenir à la maison avait toujours été aussi naturel que se réveiller.

Victoire sautilla devant la Dame-Aux-Drôles-D'yeux dans l'espoir que son étrange pouvoir annulerait le *voyage*, mais cela ne changea rien. La Dame-Aux-Drôles-D'yeux cracha un mégot qui traversa Victoire comme un nuage.

— Cet imbécile ne sait pas du tout ce qu'il fait. Et toi, qu'est-ce qui t'arrive ? demanda-t-elle au Grand-Bonhomme-Tout-Roux. T'as attrapé un rhume au Pôle ou quoi ?

Le Grand-Bonhomme-Tout-Roux ne lui répondit pas. Il avait cessé de fixer Andouille, qui continuait de renifler ses souliers, pour contempler le ciel.

Il avait froncé ses gros sourcils rouges d'un air soucieux.

— C'est la fin du début. Ou le début de la fin.

Avec un choc effroyable, Victoire les remarqua soudain : les ombres sous les souliers du Grand-Bonhomme-Tout-Roux.

L'autre

La soufflerie du sèche-cheveux recouvrait la voix du poste radiophonique et le crépitement de la pluie qui s'abattait en gouttes épaisses sur la fenêtre. De toute façon, Ophélie n'écoutait aucune des deux. Elle ne prêtait pas davantage l'oreille au domestique mécanique derrière sa chaise qui lui glissait des « MIEUX VAUT UNE TÊTE BIEN FAITE QU'UNE TÊTE BIEN PLEINE » et des « SOURIRE TROIS FOIS CHAQUE JOUR REND INUTILE TOUT MÉDICAMENT » tout en séchant ses boucles indisciplinées. Ophélie avait essayé de lui expliquer qu'un coup de serviette suffisait, en particulier avec la chaleur étouffante qui régnait dans la chambre, mais il ne lui avait pas laissé le choix. Lazarus ne reviendrait pas chez lui avant des semaines et Ambroise était parti faire le tac-si : en leur absence, mieux valait ne pas contrarier des automates capables de dégainer des centaines de lames au premier mot de travers.

Elle se concentrait donc sur la carte postale du grand-oncle, armée de la loupe qu'Ambroise lui avait prêtée. Les silhouettes de la foule de la XXIIe Exposition interfamiliale n'étaient pas faciles à distinguer, mais l'une d'elles était très reconnaissable : un vieil homme à l'écart, en train de balayer sur un promenoir du Mémorial, le visage dissimulé sous un mélange inextricable de barbe, de sourcils et de frange. En soixante ans, il n'avait pas changé. Il avait passé des siècles entiers à veiller sur ce qu'il restait de l'ancienne école où avaient vécu Eulalie et ses esprits de famille. Ophélie ne pouvait détacher ses lunettes de lui depuis qu'elle l'avait repéré sur la photographie. Il avait peut-être disparu, l'épouvante qu'il lui avait inspirée continuait de hurler en elle. Elle en avait fait des cauchemars toute la nuit et il lui avait fallu plusieurs douches pour estomper l'odeur âcre de l'angoisse sur sa peau.

« Je m'en suis pourtant bien sortie », songea-t-elle en levant les yeux vers les traînées poussiéreuses de la pluie sur la fenêtre. Si le fils du Sans-Peur avait attendu une seconde de plus pour détruire la plaque, elle se serait retrouvée – au mieux – dans le même état que Mediana. Ce jeune garçon l'avait-il espionnée en sachant qu'elle le mènerait jusqu'au meurtrier de son père ? Dans ce cas, la relève du Sans-Peur était incontestablement assurée.

Si le vieux balayeur auquel elle s'était confrontée la veille se trouvait au Mémorial soixante ans plus tôt, alors il ne pouvait pas être cet Autre qu'Ophélie avait libéré du miroir. Elle devait admettre qu'elle l'avait sérieusement considéré, mais ça ne collait pas. Et puis, c'était une chose d'épouvanter les gens, c'en était une autre de provoquer l'effondrement des arches.

Ophélie sourcilla quand une odeur de roussi émana de son propre crâne.

— Je crois que ça suffira, je vous remercie, dit-elle avec un signe de congé poli.

L'automate débrancha le sèche-cheveux, puis s'en fut sur un dernier « ON NE PEUT MÉNAGER LA CHÈVRE ET LE CHOU ». La pluie et la radio reprirent aussitôt le dessus. Avec son mobilier en bois sculpté, son immense lit à moustiquaire et sa belle glace sur pied, la chambre changeait de l'austérité de la Bonne Famille. Dire que c'était ici même qu'Ophélie avait passé sa première nuit à Babel... Elle avait peine à croire qu'il s'était presque écoulé la moitié d'une année depuis.

Elle déplia le petit papier que lui avait remis Octavio avant de la quitter.

Passez me voir à l'occasion, vos mains et vous. Hélène.

C'était une invitation qu'il était tentant d'honorer, mais elle préférait y réfléchir à deux fois avant d'approcher à nouveau un esprit de famille.

Elle colla son nez à la vitre, son reflet lui renvoyant une tête ébouriffée sur fond de gouttes. Toute cette humidité était inhabituelle en pleine saison sèche. Ophélie entendit, sans vraiment l'écouter, le présentateur radiophonique faire un reportage sur le dernier Salon des arts ménagers qui se tenait au centre-ville de Babel. De même, elle regarda sans les voir les bassins de nénuphars dont l'eau était troublée par celle qui tombait du ciel. Elle luttait contre le besoin d'ouvrir la fenêtre, de se jeter sous la pluie et de se pencher à la terrasse pour surveiller le portique de l'entrée.

Pourquoi Thorn tardait-il autant ? Remettre un livre ne prenait pas un temps considérable, non ? Est-ce que les Généalogistes lui avaient causé des ennuis ?

Ophélie sursauta en entendant deux coups autoritaires retentir contre la porte de sa chambre.

— Auriez-vous l'obligeance de me débarrasser de ceci ? exigea Thorn dès qu'elle lui ouvrit.

L'écharpe s'était entortillée à sa jambe. Appuyé au chambranle, Thorn l'avait saisie comme un chat par la peau du cou, mais la laine s'était coincée dans son armature.

Ophélie laissa échapper un sourire pendant qu'elle essayait de le délivrer.

— Et moi qui me demandais où elle était passée. Je crois qu'elle a pris goût à son indépendance.

Thorn confia son parapluie trempé à l'automate qui l'avait guidé jusqu'ici, puis il lui claqua la porte au nez. À son absence de nez, en fait.

— Où est le fils de Lazarus ? demanda-t-il en promenant un regard sévère dans la chambre.

— Il est sorti pour la journée.

Thorn poussa le verrou.

— Tant mieux. Nous ne serons pas dérangés.

Il vérifia qu'il n'y avait personne sur la petite terrasse inondée de pluie. Assaillie par l'écharpe, Ophélie observait avec circonspection le profil ombrageux de Thorn. Il avait peigné ses cheveux, rasé sa mâchoire et réparé, convenablement cette fois, son armature de jambe. Ce n'était pas l'apparence d'un homme qui a été malmené et, toutefois, il exhalait une odeur excessive de désinfectant.

— Qu'est-ce que les Généalogistes vous ont dit ? s'inquiéta-t-elle. Ils ont été déçus ?

Thorn tira les rideaux sans se soucier de plonger brutalement la pièce dans la pénombre.

— Ils ont été satisfaits. Un peu plus que cela même.

— Mais ?

— Il n'y a pas de « mais ». Le livre que je leur ai apporté a pleinement répondu à leurs attentes. Ils sont prêts à me confier une nouvelle mission.

— Laquelle ?

— Je ne sais pas encore.

Chaque phrase de Thorn lui tombait des lèvres comme du plomb. Il alourdissait l'atmosphère par sa seule présence. Pourtant, Ophélie se sentait plus légère maintenant qu'elle ne l'avait été en son absence. Plus fébrile aussi.

— Et vous ? demanda-t-elle. Vous êtes déçu ?

Thorn la dévisagea en silence, avec cette expression intensément sérieuse qui mettait Ophélie à vif. Elle resserra les pans de son peignoir autour du pyjama dont Ambroise lui avait fait cadeau. Elle eut une pensée pour l'automate et son maudit sèche-cheveux qui avaient transformé ses boucles en un buisson de ronces. C'était une expérience étrange pour elle de constater qu'elle aurait soudain voulu paraître moins négligée.

— Non, finit par répondre Thorn. Je ne m'attendais pas à renverser Dieu du premier coup.

Il prononça le mot « Dieu » avec un coup d'œil prudent pour le verrou qu'il avait poussé un peu plus tôt. Comme aucun automate ne se mit à enfoncer la porte, il se remplit un verre à la carafe de chevet, en renifla l'eau d'un nez méfiant, puis il s'assit au bord du lit.

— Et vous ? demanda-t-il à son tour.

Ophélie décida de ne pas lui parler du vieux balayeur. Elle le ferait plus tard – elle ne voulait rien lui cacher, mais elle sentait que ce n'était tout simplement pas le bon moment.

— Je me sens déboussolée, dit-elle en toute franchise. Plus je me frotte au passé d'Eulalie Dilleux, plus j'ai l'impression de la connaître, et pourtant plusieurs siècles nous séparent l'une de l'autre. Le pouvoir familial que vous m'avez transmis ne devrait pas permettre une telle chose, si ?

— Elle a été punie.

Thorn avait déclaré cela après avoir prudemment trempé les lèvres dans son verre.

— Punie ? répéta Ophélie. Je ne comprends pas.

— Moi non plus. Je vous ai dit une fois que je portais moi-même les souvenirs de Farouk, transmis de génération en génération, et de mémoire en mémoire, par le clan de ma mère. Des souvenirs fragmentés, imprégnés de subjectivité. Dans l'un d'eux, il m'est apparu que Dieu… *Dilleux*, rectifia-t-il aussitôt, a été punie. J'ignore encore par qui, pourquoi et comment.

« Le buffet-glacière des Nécromanciens assure une conservation parfaite des aliments tout au long de l'année ! s'extasia le présentateur radiophonique. Solide et peu encombrant pour un maximum de contenance utile ! De contenance utile ! »

Ophélie contempla le poste qui avait lâché un écho, pensive.

— Peut-être que sa transformation en Mille-faces n'a pas été un choix ? Peut-être est-ce une malédiction ? Peut-être est-ce bel et bien lié à l'Autre ?

— Ça, dit Thorn, ce sera à nous de le découvrir. Si, bien sûr, vous êtes toujours disposée à ce que nous enquêtions ensemble.

Il s'était exprimé d'une voix raide, le regard enfoncé dans son verre.

Ophélie remonta ses lunettes sur son nez.

— Vous en doutez ?

— Tant que vous resterez à Babel, si forte que soit la tentation et si grande que soit votre solitude, vous ne devrez avoir aucun contact avec votre famille.

— Je le sais.

— Plus vous approcherez de la vérité, plus vous vous mettrez en danger.

— Je le sais.

— En cas de difficulté, vous ne pourrez peut-être pas compter sur moi. J'ai les pieds et les poings liés par les Généalogistes.

— Je le sais aussi, dit doucement Ophélie. C'est de cela que vous vouliez que nous parlions hier ?

Thorn détacha enfin son regard du verre d'eau pour le braquer sur elle. Ses prunelles pâles projetaient un éclat incisif à travers la pénombre.

— Vous rappelez-vous ce que je vous ai dit l'autre soir, devant l'entrée du Mémorial ? Que je ne voulais pas de vos bons sentiments ?

Ophélie hocha le menton.

— J'étais sincère, poursuivit-il d'une voix implacable. Je n'en veux pas.

Il se renfrogna, comme s'il avait un goût désagréable en bouche. Ses doigts firent valser son verre d'une main à l'autre avant qu'il se décide à le poser.

— Du moins, pas seulement.

Ophélie s'humecta les lèvres. Thorn n'avait pas son pareil pour la faire se sentir tour à tour glacée et brûlante.

— Vous ne…

— Pas de demi-mesure, la coupa-t-il. Je ne suis pas et je ne veux pas être votre ami.

« Essayer la pince à sucre automatique, c'est l'adopter ! L'adopter ! Les mâchoires à ressort s'actionnent d'une simple pression du doigt ! Du doigt ! »

Ophélie s'empressa de baisser le volume du poste.

— Je refuse de vivre avec l'impression continuelle de vous mettre mal à l'aise, enchaîna Thorn d'un ton abrupt. Si ce sont mes griffes qui vous rebutent… je suis conscient d'être peu attractif… cette jambe ne m'empêchera pas de…

Il balaya son front d'une main excédée, comme s'il endurait un véritable calvaire grammatical.

Toute la nervosité d'Ophélie disparut aussitôt. Elle se débarrassa de ses gants comme d'une ancienne mue. Les coups durs avaient abîmé Thorn et les dégâts étaient plus considérables au-dedans qu'au-dehors. Elle se fit la promesse de le protéger de tous ceux qui pourraient l'écorcher davantage, à commencer par elle.

Elle s'approcha de manière à bien se tenir dans son champ de vision. C'était une bonne chose qu'il fût assis, ça les mettait à égalité. Il tressaillit quand elle appuya ses mains nues de part et d'autre de son visage. C'était un être anguleux de corps comme de caractère, sans jamais une formule aimable, ni un geste galant, ni un mot d'humour, préférant la compagnie des chiffres à la société des hommes. Il fallait avoir une bonne motivation pour regarder Thorn en face.

Ophélie en possédait une.

Elle embrassa ses cicatrices, d'abord celle qui lui fendait le sourcil, ensuite celle qui lui crevait la joue, enfin celle qui lui traversait la tempe. À chaque contact, Thorn écarquilla davantage les yeux. Ses muscles, à l'inverse, se contractèrent.

— Cinquante-six.

Il désenroua sa voix d'un raclement de gorge. Jamais Ophélie ne l'avait vu aussi intimidé, en dépit des efforts qu'il déployait pour ne rien en montrer.

— C'est le nombre de mes cicatrices.

Elle ferma, puis rouvrit les yeux. Elle le sentit à nouveau, en plus violent encore, cet appel impératif qui lui venait du fin fond du corps.

— Montre-les-moi.

Le monde cessa aussitôt d'être mot pour se faire peau. L'ombre blême des moustiquaires, le clapotis de la pluie, les lointaines rumeurs des jardins et de la ville, rien de tout cela n'existait plus pour Ophélie. La seule chose dont elle avait une perception aiguë, c'était Thorn et elle, leurs mains défaisant l'une après l'autre chaque retenue, chaque appréhension, chaque timidité.

Ophélie avait passé ses trois dernières années à se sentir creuse. Elle était enfin complète.

Sur le guéridon près de la fenêtre, le poste radiophonique n'était réduit qu'à un murmure minuscule. Ni Ophélie ni Thorn ne l'entendirent quand le reportage sur le Salon des arts ménagers fut brusquement interrompu :

« Citoyennes et citoyens de Babel, ceci est un communiqué de la plus extrême urgence. D'importants mouvements de terrain ont été observés il y a vingt minutes dans le nord-ouest de la ville. Les jardins botaniques de Pollux et le grand marché aux épices ont… ils se sont décrochés de l'arche. Si vous vous trouvez à proximité de la zone instable, éloignez-vous-en et évacuez les habitations. Nous invitons toute la population à conserver son calme, nous vous tiendrons régulièrement informés de l'évolution de la situation. *What* ? On… on nous communique à l'instant que plusieurs arches mineures avoisinantes auraient également été perdues de vue. Surtout, évitez les mouvements de panique. Je répète : citoyennes et citoyens de Babel, ceci est un communiqué de la plus extrême urgence… »

REMERCIEMENTS

Pour Thibaut, mon conseiller, mon lecteur, mon inspirateur, mon amour.

Pour ma famille de France et de Belgique qui prend laineusement soin de moi.

Pour mon frère Romain et pour Jason Piffeteau, dont les retours m'ont été si précieux.

Pour Stéphanie Barbaras, Célia Rodmacq, Alice Colin, Svetlana Kirilina : vous m'avez tant appris.

Pour mes plumes d'argent et mes amis en or qui me soutiennent à travers toutes les arches.

Pour Laurent Gapaillard, qui a su transformer chacun de mes livres en œuvre d'art.

Pour l'équipe entière de Gallimard Jeunesse grâce à qui Ophélie a pu sortir de son miroir.

Pour toi, enfin, très cher liseur, qui es venu spécialement me retrouver de l'autre côté.

Que l'écharpe soit avec vous tous !

À suivre, le Quatrième Livre de La Passe-miroir *:*

Le monde est sens dessus dessous. L'effondrement des arches a bel et bien commencé. Une seule solution pour l'enrayer : trouver le responsable. Trouver l'Autre. Mais comment faire sans seulement savoir à quoi il ressemble ? Ophélie et Thorn se lancent ensemble sur la piste des échos, ces étranges phénomènes qui semblent être la clef de toutes les énigmes. Ils devront explorer plus en profondeur les coulisses de Babel ainsi que leur propre mémoire. Et pendant ce temps, sur Arc-en-Terre, Dieu pourrait bien obtenir le pouvoir qu'il convoite tant. De lui ou de l'Autre, qui représente la plus grande menace ?

DE LA MÊME AUTRICE

Aux Éditions Gallimard Jeunesse

LA PASSE-MIROIR, LIVRE I : Les fiancés de l'hiver, 2013 (Folio n° 6132 et Pôle Fiction n° 92)

LA PASSE-MIROIR, LIVRE II : Les disparus du Clairdelune, 2015 (Folio n° 6446 et Pôle Fiction n° 119)

LA PASSE-MIROIR, LIVRE III : La mémoire de Babel, 2017 (Folio n° 6638 et Pôle Fiction n° 141)

LA PASSE-MIROIR, LIVRE IV : La tempête des échos, 2020 (Folio n° 6988 et Pôle Fiction n° 185)

Tous les papiers utilisés pour les ouvrages
des collections Folio sont certifiés
et proviennent de forêts gérées durablement.

Composition Nord compo
Impression Maury Imprimeur
45330 Malesherbes
le 29 mars 2022
Dépôt légal : mars 2022
1er dépôt légal dans la collection : septembre 2021
Numéro d'imprimeur : 262002

ISBN 978-2-07-295797-0 / Imprimé en France.

545645